Angels deserve to die
Narbenschwester

MIKA D. MON

MIKA D. MON

Angels
DESERVE TO DIE

NARBENSCHWESTER

Dark Romance

Freiherr vom Stein-Str.5 35085 Ebsdorfergrund
1. Auflage
Covergestaltung: Mika D. Mon
Coaching & Marketing: Einstrom.com
Druck: Druckerei Engelmann, Christian Engelmann, Weststraße 48,
09212 Limbach-Oberfrohna

ISBN: 978-3-96698-568-0

Bibliografische Information der Deutschen Nationalbibliothek:
Die Deutsche Nationalbibliothek verzeichnet diese Publikation in der Deutschen Nationalbibliografie; detaillierte bibliografische Daten sind im Internet über

http://dnb.d-nb.de abrufbar.

Vorwort

Dieses Buch befasst sich unter anderem mit schwierigen Themen wie Depressionen, Suizidgedanken, Gewalt, Drogenmissbrauch und sexueller Gewalt gegen Frauen und Kinder.

Wir sind uns über das Gewicht dieser Themen bewusst und haben eingehende Recherche dazu betrieben, zum Beispiel bei Ärzten, Psychologen, Opfern sowie Angehörigen.

Wir möchten mit diesem Buch nichts verherrlichen, sondern die Themen in ihrer absoluten Realität darstellen. Wir befassen uns in dieser Geschichte mit den Folgen der oben genannten Themen. Unsere Charaktere sind keine Helden, nur Menschen. Ihr Handeln muss nicht nachvollzogen werden können, denn jedes Opfer geht ganz individuell mit seinen Erlebnissen um.

Solltest Du selbst unter Depressionen leiden oder gar Selbstmordgedanken haben, gibt es Institutionen, die rund um die Uhr für Dich erreichbar sind, zum Beispiel die Telefonseelsorge.

Doch allen voran sind Deine Freunde und Deine Familie für Dich da. Rede mit ihnen, denn sie lieben Dich.

Auch für uns bist Du ein wichtiger, wunderbarer Mensch!

Achtung:

Dieses Buch ist ein Spin-off zu unseren Narbensohn-Büchern. Wir haben einige Szenen, die man aus Narbensohn kennt, bewusst nicht erneut geschrieben oder verkürzt, um die Geschichte nicht unnötig in die Länge zu ziehen oder zu viele Wiederholungen einzubauen. Dieses Buch enthält einige Zeitsprünge, da die Entwicklung der Charaktere, insbesondere von Anna, über viele Jahre hinweg geschieht und nicht innerhalb von ein paar Tagen passieren kann. Wer mehr über Helena, Liam und die anderen Charaktere wissen möchte, ist herzlich eingeladen, die Narbensohn-Reihe zu lesen!

Wir wünschen Dir viel Spannung bei Annas Geschichte!

Prolog

Er nimmt meine Hände, legt sie um den Griff der schwarzen Pistole, dreht den Lauf zu sich selbst und presst ihn gegen seine Stirn.

»Bring mich um, Anna, wenn es das ist, was du willst! Räche dich und werde mich für immer los.«

Der Mann, den ich seid Jahren liebe, der mich vor meinen Peinigern gerettet und beschützt hat, kniet vor mir und ich halte ihm eine Waffe an den Kopf.

Meine Finger zittern, als ich den schwarzen Griff umfasst halte und mein Zeigefinger den Abzug berührt. Seine Hände liegen fest auf meinen, während seine stahlgrauen Iriden direkt in meine sehen. Er und ich, wir sind gleich. Zwei verlorene Kinder der Dunkelheit. Ich liebe ihn und ich hasse ihn. Warum gibt er mir eine Waffe? In seinen Augen suche ich nach einer Antwort und ich finde sie. In ihnen steht ein Gefühl geschrieben, das mich schon mein ganzes Leben begleitet. Ein Gefühl, das für ihn jedoch völlig neu ist: Schmerz.

Er leidet. Und ich leide auch.

Und jetzt kann ich es beenden.

Gefallener Engel

Neun Jahre zuvor
November 2010

Wie konnte ich nur so dumm sein? Wie konnte ich glauben, dass es eine Lösung wäre, unangekündigt bei meinem Onkel aufzuschlagen und zu hoffen, dass er mir Unterschlupf gewährt, nachdem ich von zu Hause weggelaufen bin? Meine Lunge brennt vor Anstrengung, meine Schulter schmerzt unter dem Gewicht der Sporttasche, die ich seit über zwei Stunden mit mir herumtrage.

»Scheiße«, zische ich, als es zu allem Überfluss zu regnen beginnt. Es dauert nicht lange, bis meine Chucks völlig durchnässt sind und meine Füße vor Kälte schmerzen.

Ich schlage die riesige Kapuze meines dunkelblauen Camouflagemantels mit dem falschen Pelzkragen über meinen Kopf und hoffe, mich so etwas vor dem schrecklichen Wetter schützen zu können. Die Regentropfen werden durch den kalten Novemberwind so umhergewirbelt, dass sie sich auf meiner Haut anfühlen wie kleine Steinchen. Ich laufe dicht an den Hauswänden unter den Dachvorsprüngen entlang, um mich vor dem Regen zu schützen. Es ist zwecklos.

Sollte ich irgendwo in einem Hotel einchecken und den Rest der Nacht in einem warmen, weichen Bett verbringen? Mein ganzes Vermögen besteht aus siebenhundert Euro in meiner Tasche, die mich ein paar Wochen über Wasser halten sollten. Es muss ja kein besonderes Zimmer sein. Nur ein Bett und ein Badezimmer. Mehr brauche ich nicht.

Ich bleibe vor dem Eingang eines Hotels stehen und sehe die Fassade hinauf. Es ist eine billige Absteige. Kann ich es wagen? Wäre ich hier sicher? Es würde mich Geld kosten und ich müsste unter einem andern Namen einchecken. Ich habe keine Ahnung, was *er* sich einfallen lassen wird, um mich zu finden. Um mich wieder zu sich zurückzuholen. Ich seufze tief und wende mich von dem Hotel ab. Nein, ich muss einen anderen Weg finden, die nächsten Nächte zu überstehen.

Für mich gibt es keinen Ort, an den ich flüchten kann. Mein bester und einziger Freund, Liam, sitzt seit einigen Wochen im Knast. Von ihm kann ich die nächsten neun Jahre keine Hilfe erwarten. Ich bin wütend, enttäuscht und meine Hoffnung schwindet mit jedem Schritt. Wieso habe ich das alles nicht genauer geplant? Wieso habe ich so kopflos gehandelt und geglaubt, einen Ausweg aus meiner Situation gefunden zu haben? Mein Plan war die reinste Enttäuschung und hat nicht funktioniert. Dort, wo ich unterkommen wollte, war ich nicht erwünscht. Und jetzt?

Wohin willst du jetzt gehen, Anna?

Ich laufe weiter stur geradeaus, völlig durchnässt, meine Finger und Lippen zittern vor Kälte.

Die Straßen sind leer. Nur wenige Menschen sind um diese späte Uhrzeit und bei diesem Kackwetter draußen unterwegs. Ein Blick auf mein Handy, ein Motorola Razr, verrät mir, dass es schon 23:20 Uhr ist. Autos fahren an mir vorbei und ihre Lichter spiegeln sich auf dem nassen Asphalt. Scheibenwischer arbeiten auf Hochtouren und Regenschirme sind aufgespannt.

Mein bester Freund hätte gewusst, was zu tun ist. Aber er hat mich allein gelassen. Er hat sein Versprechen, mich zu retten, gebrochen. Wäre der Knast auch eine Möglichkeit für mich, vor meinem Leben zu fliehen? Ich könnte wie er eine Straftat begehen und würde dafür ins Gefängnis kommen. Dreimal täglich essen, ein warmes Bett und viel Freizeit! Möglicherweise könnte ich sogar eine Ausbildung machen? Nachdem ich die Hauptschule abgebrochen habe, habe ich nur in Gelegenheitsjobs gearbeitet.

Jetzt bin ich neunzehn und habe keine Ausbildung, keinen Beruf, keine Perspektive, nichts. Außerdem wäre ich im Gefängnis vor *ihm* sicher. Aber was soll ich Verbotenes tun, das mich in den Knast bringt?

Ich kann nicht so wie mein Freund zu einem Mörder werden!

Übelkeit überkommt mich und mein Magen verkrampft. Mir wird schwindelig und ich taumele zur Seite. Mit der Hüfte stoße ich gegen einen geparkten, schwarzen Mercedes. Als ich feststelle, dass der Besitzer nicht im Wagen ist, bleibe ich einen Augenblick an das Auto gelehnt stehen. Ich knete meine zitternden Hände, unterdrücke die Übelkeit und bekämpfe die Tränen. Meine Fingernägel krallen sich fest in meine Handballen. Der Schmerz beruhigt mich. Ich versuche, meine Atmung zu verlangsamen und mich zu entspannen. Dabei starre ich vor mich auf den Boden. Das Wasser läuft wie ein reißender Bach am Bordstein entlang. Es nimmt den Dreck der Straße mit sich in die dunklen Löcher der Kanalisation. Die Bäche und Pfützen vor mir reflektieren rotes Licht.

Es dauert einige Augenblicke, bis ich mich wieder gefangen habe, sodass ich mich von dem Auto wegdrücke und meinen Weg fortsetzen will. Meinen Weg ohne Ziel. Meinen Weg ohne Hoffnung.

Als ich den Kopf anhebe, erkenne ich die Quelle des roten Lichtes. Es ist ein hell leuchtendes Herz mit der Aufschrift »Sex-Inn«.

Ich bin im Rotlichtviertel, das ist mir spätestens jetzt klar. Es ist das verrufenste Viertel unserer Stadt. Weder die Politik noch die Polizei werden jemals Ruhe in diese Straßen bekommen. Hier kann man nicht nur schnelle Befriedigung finden, sondern es werden auf offener Straße Drogen verkauft und konsumiert.

Ich setze mich in Bewegung, gehe jedoch langsamer als zuvor. Als ich meine eiskalten Finger in die Jackentaschen schiebe, stelle ich fest, dass auch diese inzwischen vollkommen durchnässt sind. Ebenso wie meine Zigaretten. Die kann ich wegwerfen. *Verdammt.*

Ich sehe mich interessiert in der Straße um. Diese Gegend ist faszinierend und abschreckend zugleich. Ein paarmal war ich schon hier. Aber nie allein. Es macht mir Angst. Dabei will ich keine Angst mehr haben. Neben den ganzen Läden mit den roten Leuchtreklamen, die für ihre Damen werben, sehe ich einen Kiosk. Dieses Geschäft kenne ich. Hier bin ich mit Liam gewesen. Wir haben in der Etage über dem Kiosk geschlafen.

Bei einem fremden Mann.

»Der Mann, zu dem wir jetzt gehen, ist gefährlich, Anna. Er ist bösartiger als mein Vater und er bezahlt mich dafür, dass ich Leute für ihn zusammenschlage. Er hat gesagt, dass er uns beschützen kann, wenn ich tu, was er will. Wenn wir jetzt zu ihm gehen, sagst du kein Wort. Okay? Lass dich auf kein Gespräch mit ihm ein, er ist ein kranker Psychopath. Lass dich von seiner freundlichen Art nicht täuschen. Du darfst ihm nicht vertrauen, nur mir! Er wird uns nichts tun, solange ich nützlich für ihn bin.«

Das waren Liams Worte, als er mit mir vor dem Kiosk stand und meine Hand hielt.

Damals war ich völlig aufgelöst. Ich erinnere mich kaum mehr an etwas, außer dass ich von diesem Mann angestarrt wurde. Es war mir unangenehm. Liam hat mit ihm geredet, ob wir dort schlafen dürfen. Er war sehr groß, trug einen schwarzen Hoodie und hatte auffallend weißes Haar. Ich war damals zu eingeschüchtert, um ihn anzusehen, aber ich weiß noch, dass er nach meinem Handgelenk gegriffen und meine zerschnittenen Arme betrachtet hat. Es hat ihm nicht gefallen, was er gesehen hat. Dann hat er mich umrundet wie ein Raubtier seine Beute. Es war unheimlich und die dunkle, bedrohliche Ausstrahlung des Mannes hat mir schreckliche Angst gemacht. So nah wie damals war ich ihm nie wieder, denn immer wenn wir hier waren, warf er uns nur eine Decke entgegen und ließ uns allein.

Vielleicht war das meine Lösung? Vielleicht könnte ich hier übernachten, wie ich es schon einige Male mit Liam getan habe? Dieser ist jetzt im Gefängnis und ist ihm somit nicht mehr nützlich, aber vielleicht kann ich ihm irgendwie zur Hand gehen. Und wenn es nur das Putzen seiner Toilette ist. Was könnte ich sonst tun? Auf den Strich gehen werd ich jedenfalls nicht.

Regentropfen rinnen mein Gesicht hinab. Es fühlt sich an wie Tränen.

Kann ich es wagen?

»Ich tus! Was hab ich zu verlieren? Schlimmer als jetzt kann es kaum werden«, spreche ich mir selbst Mut zu und setze mich in Bewegung. Was soll mir schon passieren? Außer dass er mich wegschickt.

Oder?

Der Teufel

Es klopft an meiner Tür. Ein zögerliches, sanftes Klopfen, das sich von dem Hämmern gegen meine Tür unterscheidet, welches meine *Gäste* für gewöhnlich veranstalten.

»Was?«, rufe ich genervt und lasse einige Fünfziger in meiner Geldkassette verschwinden und schließe sie ab. Dann stecke ich sie in die oberste Schublade meines Schreibtisches.

»Kann ich reinkommen?«, höre ich eine leise Frauenstimme. Ich ziehe meine Brauen irritiert zusammen. Wer zum Donner ist das? Es könnte ein »Geschenk« von meinem Chef und Mentor sein. Ein schnuckeliges, kleines Ding, mit dem ich machen kann, was ich will. Er weiß, worauf ich stehe, und die wenigsten Nutten lassen sich beim Sex gerne fast töten.

Dennoch öffne ich die Tür mit einem aggressiven Ruck. Dann blicke ich in blaugraue Augen einer jungen Frau. Ihre Schminke ist durch den Regen vollkommen zerlaufen und zieht schwarze Linien ihre eingefallenen Wangen hinab. Sie trägt einen triefend nassen Mantel und unter ihren Chucks hat sich eine kleine Pfütze gebildet. Ihre zitternden Lippen sind spröde und blass. Die nassen Haarspitzen, die unter ihrer Kapuze herausschauen, sind schwarz. Ich kenne sie. Aber ich hatte sie blond in Erinnerung.

Was tut sie hier? Was will sie hier? Ich kralle mich fest um den Türgriff in meiner Hand. Nach einem kurzen Moment entspanne ich mich wieder und sehe sie abwartend an. Sie hat eine Reisetasche über die Schulter gehängt. Ob sie …

»Was willst du hier?«

Sie sieht mich nicht direkt an, ihr Blick huscht von meinen Lippen zu meiner Brust und wieder hinauf, doch nie zu den Augen. Sie ist unsicher und hat Angst. Das sehe ich daran, wie sie ihre Finger knetet, von einem Bein auf das andere tritt und an ihrer beschleunigten Atmung. Es gefällt mir. Ich genieße jede ihrer körperlichen Reaktionen.

»Ich wollte … Ich wollte fragen …«, druckst sie herum. Ein ungeduldiges Einatmen meinerseits reicht aus, damit sie mit der Sprache herausrückt.

»Kann ich hier übernachten?«, fragt sie flehend.

Meine Finger lösen sich von dem Türgriff, stattdessen verschränke ich die Arme vor der Brust. Ich bitte sie nicht herein, sondern sehe sie abwartend an.

»Und warum, meine liebe Anna, sollte ich das tun?«

Meine Worte wühlen sie auf. Ihre Stirn legt sich in Falten und sie sieht mich verständnislos an.

»Du hast uns doch schon ein paarmal hier schlafen lassen?« Sie ist verzweifelt, versteht nicht, was mein Problem ist.

»Damals hat dein Freund ja auch noch für mich gearbeitet. Er hat mir Geld reingebracht. Das ist jetzt nicht mehr der Fall, schließlich hat er sich einfach verpisst.«

»Verpisst?!«, fragt sie empört, während ihre Verzweiflung in Wut umschlägt.

»Ja, wie würdest du das denn nennen?«

»Er sitzt im Gefängnis! Und das ganz sicher nicht freiwillig und möglicherweise sogar wegen dir!«

Nun hebe ich ungläubig beide Brauen und stoße lachend die Luft aus.

»Bitte? Ich hab' ihm sicher nicht den Auftrag gegeben, Sebastians Schädel einzuschlagen.« Bei diesen Worten kann ich nicht verhindern, dass ein Lächeln an meinen Mundwinkeln zupft. Mann, war das ein Massaker. Schade, dass Natascha, die Hure, nicht zuerst mich angerufen hat, sondern die Polizei, als sie ihren Freund tot aufgefunden hatte.

»Außerdem hat mir Natascha erzählt, dass Liam wohl brav neben ihr auf der Couch auf die Bullen gewartet hat. Das nenn' ich verpissen. Er genießt jetzt einen Luxusaufenthalt in unserer schönen Fünf-Sterne-JVA, während ich hier zwei personelle Ausfälle ausgleichen muss. Drei, wenn man bedenkt, dass Natascha momentan zu nichts zu gebrauchen ist.«

»Er hat einen Mann totgeschlagen. Natürlich war er dann neben sich! Das musst du doch verstehen!?« Sie versucht, ihn zu verteidigen. Aber da stößt sie bei mir auf Granit. Ich hab weder Mitleid mit Sebastian noch mit Natascha oder Liam. Ich hab mich um Wichtigeres zu kümmern, als den Psychologen zu spielen.

»Bitte, ich flehe dich an. Ich weiß nicht, wohin ich sonst soll!« Anna versucht erneut, mich dazu zu bewegen, sie bei mir aufzunehmen.

Ich spüre, wie sich mein Herzschlag beschleunigt. Das gefällt mir nicht. Ich löse meine Arme aus der Verschränkung und greife in die linke Tasche meines Hoodies. In dem Moment, als meine Finger kaltes Metallberühren, beruhige ich mich etwas. Ich hole das Butterflymesser hervor und spiele damit. Es entspannt mich. Man kann mich einen Künstler im Umgang mit dieser Waffe nennen. Es bedarf kaum mehr als einen Bruchteil meiner Aufmerksamkeit, es schwungvoll zu öffnen und zu schließen oder um meinen Daumen tanzen zu lassen.

»Weißt du, Anna, es ist mir scheißegal, warum er das getan hat oder wie es ihm danach ging. Das Einzige, was mich interessiert, ist, dass mir dank ihm drei Arbeitskräfte fehlen, und dann kommst du hierher und willst, dass ich dich hier schlafen lasse?«

Annas Lippen pressen sich fest zusammen. Als sie spricht, ist ihre Stimme fest und entschlossen.

»Ja. Genau das will ich. Ich will, dass du mich hier aufnimmst, so lange, bis ich etwas Eigenes gefunden habe«.

Etwas Eigenes? Das bedeutet, dass sie von zu Hause abgehauen ist? Mutig, mutig. Das muss ich zugeben.

»Und was, meine liebe Anna, bekomme ich dafür von dir?«

»Ich habe Geld. Ich will nur auf der Couch schlafen und vielleicht das Bad benutzen. Mehr nicht. Ich könnte dir zwanzig Euro pro Nacht geben«, sage ich und krame in meiner Gesäßtasche nach meinem Geldbeutel.

Er schüttelt den Kopf. »Ich will kein Geld.«

»Was dann? Du sagst doch, dass wir hier schlafen durften, weil Liam dir Geld reingebracht hat. Wieso kann ich dann nicht einfach bezahlen und du lässt mich hierbleiben?« Ich traue mich noch immer nicht, ihm in die Augen zu sehen, dabei bin ich neugierig und alles in mir ruft danach, einen Blick zu riskieren.

Er ist sehr groß, aber auch sehr schlank. Seine weite Kleidung kaschiert das jedoch gut. Seine Hände sind gepflegt, seine Finger lang und schmal. Geschickt spielen sie mit dem Butterfly herum. Das metallische, klackende Geräusch der Waffe beschleunigt meinen Herzschlag. Ob er mich damit nervös machen will? Bedroht er mich?

Ich wende den Blick von seiner Hand ab, hoch in sein Gesicht. Seine Haut ist blass und makellos. Ich sehe schmale Lippen, markante, hohe Wangenknochen und große Augen. Sein Blick weicht nicht eine Sekunde von mir.

Sag schon, was du willst! Spann mich nicht auf die Folter. Kann ich bei dir bleiben oder nicht?

Ich hoffe, dass mein flehender Blick ihn erreicht, ihn irgendwie überzeugen kann. Als ich ihm endlich in die Augen sehe, erkenne ich, dass sie stahlgrau sind. Stahlgrau und eiskalt. Sie verraten mir, dass ich nicht auf sein Mitleid hoffen kann. Dieser Mann besitzt kein Mitgefühl.

»Ich will dein Geld nicht. Deine lächerlichen paar Kröten kannst du behalten. Das würde meinen Aufwand nicht im

Geringsten entschädigen. Aber … du könntest mir bei einigen Dingen zur Hand gehen.«

»Was? Wie meinst du das? Was soll ich tun? Ich weiß ja nicht mal, womit du dein Geld verdienst.« Sicher verkauft er Drogen, wie alle anderen zwielichtigen Typen hier. Auf meine Worte hin fängt er an zu grinsen.

»Ich verdiene mein Geld mit diversen Dingen.« Er will nicht mit der Sprache herausrücken.

»Können wir in deinem Büro weiterreden? Ich würde gerne meinen nassen Mantel ausziehen. Bitte.« Ich mache einen Schritt auf ihn zu, sehe ihm dabei auf die Brust. Lange konnte ich seinem Blick nicht standhalten.

Zu meiner Erleichterung nickt er und tritt zur Seite. Als ich in sein Büro gehe, schließt er die Tür hinter mir. Ich lasse meine Reisetasche völlig erledigt zu Boden fallen und bin froh, dass sie wasserdicht ist, sonst wäre meine ganze Kleidung jetzt nass.

»Du wirst die Dinge tun, die eben gerade anfallen. Mir fällt da schon was ein, keine Sorge«, erklärt er und ich ziehe meinen Mantel aus. Als ich mich nach einem Platz umsehe, wo ich ihn hinhängen kann, kommt er auf mich zu und nimmt ihn mir ab.

»Okay, dann warte ich mal darauf, womit ich dir zur Hand gehen kann.«

Ich sehe mich in dem Büro um und suche nach der Couch, auf der ich gemeinsam mit Liam übernachtet habe. Dann ziehe ich meine Chucks aus und presse die Lippen fest zusammen, während ich sie hochhebe und zusehe, wie das Wasser von ihnen tropft. »Fuck.«

»Gib her«, verlangt mein Gastgeber und hält mir auffordernd die Hand entgegen. »Ich leg sie auf die Heizung, dann sind sie bis morgen trocken.«

Plötzlich doch so freundlich?

Nach kurzem misstrauischen Zögern reiche ich ihm meine Schuhe und kämpfe mich anschließend aus meinem dicken, schwarzen Kapuzenpulli. Darunter trage ich ein weißes, eng anliegendes Top, welches zum Glück trocken geblieben ist. Meine durchnässten Strümpfe nimmt er mir auch ab. Dennoch weicht die Kälte nicht aus meinen Gliedern. Damit er keinen Blick auf meine zerschnittenen Arme werfen kann, krame ich mir sofort eine Strickjacke aus der Sporttasche und zieh sie über.

Ich lege meine Fingerspitzen an den Bund meiner Jeans, halte jedoch inne. Wer weiß, wie der Kerl drauf ist. Nachher vergreift er sich an mir, wenn ich mich vor ihm ausziehe. Meine Erfahrungen mit Männern haben gezeigt, dass diese Mistkerle zu allem fähig sind. Daher behalte ich meine durchnässte Hose an.

»Wenn du den Flur runtergehst, ist hinter der zweiten Tür links ein Bad. Es ist nicht neu, es ist nicht sauber, aber es funktioniert. Sei dankbar dafür«, informiert mich mein Helfer.

Ich nicke und wühle in meiner Reisetasche herum, um meinen Kulturbeutel herauszuholen. »Ich glaube, das Bad werde ich auch gleich benutzen und dann pennen. Ich bin hundemüde.«

»Tu das. Ich hab jetzt noch was zu erledigen, und Anna: Dieses Zimmer wird immer abgeschlossen. Egal ob du drin bist oder nicht. Egal ob du nur grad fünf Minuten pinkeln bist oder auf einer Drei-Stunden-Shoppingtour. Verstanden?« Seine Worte klingen nach einer Drohung. Er löst einen der Schlüssel von seinem Schlüsselbund und reicht ihn mir. »Pass gut drauf auf und ich rate dir, verlier ihn nicht.«

Keine Ahnung, was er macht, wenn ich Mist baue, aber ich will es lieber nicht herausfinden.

Dann nimmt er sein Smartphone vom Schreibtisch, lässt es in die Hosentasche wandern und geht auf die Tür zu.

»Gute Nacht, Anna. Vielleicht komme ich später nochmal rein, ansonsten sehen wir uns morgen Abend«, verabschiedet er sich. Dass er meinen Namen kennt, verwundert mich. Ich erinnere mich nicht an seinen, falls er mir überhaupt je genannt wurde. Vielleicht hat Liam ihn ihm verraten.

»Warte, lass mich mit rausgehen, ich will ins Bad«, halte ich ihn auf und verlasse zusammen mit ihm das Büro. Neben der Tür bleibt er stehen und sieht mich abwartend an. Es dauert einen Augenblick, bis ich verstehe, was er von mir will. Ich führe den Schlüssel in das Schloss und schließe die Bürotür ab. Zufrieden dreht er sich von mir weg und geht auf die Treppe zu, läuft diese mit langsamen, gemütlichen Schritten hinab.

Ich sehe ihm nach, bis er aus meinem Sichtfeld verschwindet. Dann mache ich mich auf den Weg ins Badezimmer. Als ich die Tür öffne, schlägt mir stickige, warme Luft entgegen. Die Heizung bollert vor sich hin und als ich den Lichtschalter betätige, erhellt sich eine von Spinnenweben umrahmte Glühbirne ohne Lampenschirm unter der Decke.

Ich schließe die Tür hinter mir und muss feststellen, dass es keinen Schlüssel gibt, um abzuschließen. Es befindet sich hier eine Duschwanne, eine dreckige Toilette, ein Seifenspender steht auf dem Waschbecken und ein relativ frisch aussehendes Handtuch hängt an der dafür vorgesehenen Halterung. Ich gehe auf das Waschbecken zu und stelle meine Kulturtasche auf die Ablage über diesem. Anschließend stütze ich mich mit den Händen auf den Beckenrand und sehe in den Spiegel.

Ich sehe aus wie eine Leiche. In den letzten Wochen muss ich nochmal einige Kilo abgenommen haben. Mein Gesicht ist dünn und wirkt ausgezehrt. Ebenso wie mein Schlüsselbein und die Schultern, die knochig hervorstechen. Meine dunkle Schminke ist vollkommen zerlaufen.

Ein Wunder, dass mein Gastgeber keinen Schock bekommen hat, als ich plötzlich vor der Tür stand. Ich sehe nicht aus, als hätte ich einen Platz auf der Couch gewollt, sondern eher ein frisches Gehirn zum Essen. Ein Lächeln will sich bei diesem Gedanken auf meine Lippen schleichen, doch es fällt augenblicklich in sich zusammen, als mir der Ernst meiner Lage bewusst wird.

Sofort wird mir übel und mein Magen verkrampft sich erneut. Ich klammere mich an die Keramik in meinen Händen, beuge mich vornüber und übergebe mich in das Waschbecken.

Was sollst du jetzt tun?

Wie soll es weitergehen?

Was hast du nur getan, Anna?!

Wieder übergebe ich mich und während ich meine Augen zukneife, lösen sich Tränen aus ihnen.

Es ist lange überfällig, dass ich weine. Ich hätte es schon viel früher tun sollen. Viel früher tun müssen.

Was bist du nur für ein schrecklicher Mensch, Anna?

Zum dritten Mal übergebe ich mich, doch mein Magen quetscht nur noch Galle hervor. Ich drehe den Hahn voll auf. Ich schluchze, lasse meine Handflächen voll Wasser laufen, spritze es mir ins Gesicht und spüle mir den Mund aus. Als ich nicht mehr würgen muss, stelle ich mich aufrecht hin.

»Du hast alles richtig gemacht, Anna. Es ist alles gut. Du hast euch beiden geholfen. Du bist jetzt frei«, rede ich mir gut zu und greife nach meinem Kulturtäschchen. Wenn ich überleben will, muss ich lernen, mit der Schuld klarzukommen. Ich putze mir geistesabwesend die Zähne, reinige mein Gesicht und beseitige die zerlaufene Schminke mit Klopapier und Creme. Meine Kulturtasche lasse ich auf der Ablage stehen, als ich das Bad verlasse und zurück zum Büro gehe. Ich öffne die Tür und verschließe sie hinter mir, so wie es mir aufgetragen wurde.

Jetzt, da ich alleine bin, ziehe ich mich aus und lege die Klamotten über die Lehne eines Stuhls, der sich im Zimmer befindet. Dann schlüpfe ich in meinen Schlafanzug und ziehe die Couch aus. Auf dieser liegen zwei Sofakissen und eine Wolldecke. Es ist nicht wie in einem Hotel, aber wenigstens ist es warm, weich und hoffentlich sicher. Ich schließe mein Handy an das Ladekabel an. Das Display leuchtet auf und zeigt mir das heutige Datum und die Uhrzeit an. 14.11.2010 1:32 Uhr.

Der 13.11.2010 wird mir immer im Gedächtnis bleiben als der Tag, an dem sich alles verändert hat.

Der Tag, an dem ich entkommen bin.

Ich lege mich hin und ziehe die Decke bis zu meiner Nase. Am besten ich schlafe jetzt und tanke etwas Kraft. Egal, was es sein wird, was mein Gastgeber von mir verlangt, ich sollte darauf vorbereitet sein und ihm weder Stress noch Arbeit machen. Niemand weiß, wie lange ich seine Gastfreundschaft in Anspruch nehmen muss. Ein tiefes Seufzen verlässt meine Lippen und ich schließe meine mittlerweile brennenden Augen.

Hoffentlich schlafe ich schnell ein.

Der Verfolger

»Lass mich rein! Bitte mach auf und lass mich rein, es ist etwas passiert!«, flehe ich und starre direkt in die Linse der Kamera. Ich stehe vor der Haustür der pompösen *Villa Winterfeld*.

»Was willst du?«, höre ich die tiefe und abweisende Antwort des Hausherrn durch den Lautsprecher der Gegensprechanlage.

»Anna ist weg!«, rufe ich.

Diese Worte reichen aus.

»Warte. Ich komme runter.«

Ich trete nervös von einem Bein auf das andere, bis endlich die Tür vor mir geöffnet wird. Der Mann, der heraustritt, ist hochgewachsen und muskulös.

»Balth-a…« Ich verstumme sofort, als eine seiner riesigen Hände nach meinem Kragen greift. »Was heißt, sie ist weg?«, knurrt er dunkel. Seine stechendblauen Augen bohren sich in meine.

»Sie ist weg. Scheiße, sie hat mich beklaut und ist abgehauen. Ich muss sie finden. Ich muss sie zurückholen und du musst mir dabei helfen!«, verlange ich und blicke dabei direkt in diese bedrohlich funkelnden Iriden. Ich sehe ihm an, dass er mir am liebsten den Schädel einschlagen würde. Aber das tut er nicht. Das kann er nicht. Ich habe ihn dafür zu sehr in der Hand und das weiß er. Das wissen wir beide.

»Was ist mit Christin?«, fragt er und ich schlage bedauernd die Lider nieder.

»Sie ist tot. Sie hat einfach im Schlaf aufgehört zu atmen, mein Freund. Es ist jedoch eine Erlösung für sie, wie du dir denken kannst.«

Sein Griff um meinen Kragen wird lockerer, ehe er mich loslässt. Er drängt mich dennoch einige Schritte nach hinten, sodass ich zwei Stufen der Treppe vor der Haustür hinabgehen muss. Nun ragt er noch größer und beeindruckender vor mir auf. Das gefällt ihm. Das weiß ich. Aber soll er sich ruhig mächtig und stark fühlen. ICH habe schon immer die Zügel in der Hand gehabt. Nicht er. Balthasar mahlt seinen Kiefer und knetet die Hände. Er überlegt.

»Und wie soll ich dir da helfen?«

»Du kannst doch sicher deine Kontakte bei der Polizei spielen lassen, um sie zu finden, oder? Denk daran, dass sie womöglich nach einem Weg sucht, uns auffliegen zu lassen, und dann sind wir *beide* dran, mein Freund«, rede ich auf ihn ein und sehe ihn erwartungsvoll an. Ich rücke meine Krawatte grade, da er sie verschoben hat. Er sollte dringend an seinen Aggressionsproblemen arbeiten. Genauso wie sein Sohnemann, der jetzt im Knast sitzt. Der kleine Winterfeld Junior.

»Ich werde sehen, was sich machen lässt. Wir werden sie schon finden, Markus«, versichert er mir.

Damit bin ich zufrieden. Ich hatte beinahe geglaubt, sie hier vorzufinden. Meine Kleine hatte ja schon immer eine *besondere* Beziehung zu Balthasar. Ich hab es gehasst. ICH hätte der Einzige sein sollen, zu dem sie so eine Beziehung hat. ICH hätte der einzige Mann in ihrem Leben sein sollen.

Aber leider wären all diese schönen Dinge, die wir getan haben, ohne Balthasar und Liam nicht möglich gewesen. Die beiden Winterfelds sind ein notwendiges Übel, mit dem ich eben klarkommen muss. Auch heute brauche ich wieder seine Hilfe. Er muss mir helfen sie zu suchen. Sie zu finden und niemals wieder gehen zu lassen.

»Gut, Balthasar. Du weißt ja, dass viel davon abhängt. Mein Leben, dein Leben, dein Job, deine Ehe. Es ist wichtig, dass wir unsere Anna bald wiederfinden«, verabschiede ich mich von ihm und laufe mit schnellen Schritten die Einfahrt hinunter. Weg von der protzigen Villa Winterfeld. Ich bin mir sicher, dass er alles dafür tun wird, um sie aufzuspüren. Dafür ist seine Angst, sein perfektes, normales Leben zu verlieren, viel zu groß.

Der Teufel

»'Ne Packung Kippen«, bestelle ich bei Amal, welchem der Kiosk unter meinem Büro gehört. Da ich hier Stammkunde bin, weiß er, was ich rauche, und schiebt mir die blaue Packung meiner starken Zigaretten über den Tresen entgegen. Er selbst pafft an seinem Vaporizer und mir steigt der Geruch von Kirsche in die Nase.

Pussy.

Ich bezahle, friemele die Packung aus der Folie und ziehe mir gleich eine Kippe heraus. Nachdem ich sie mir zwischen die Lippen geklemmt habe, lasse ich die Packung in meine hintere Hosentasche wandern. Ich gehe zur Tür und schaue durch die Glasscheibe raus auf die Straße. Mittlerweile nieselt es nur noch, trotzdem ist es einfach ein deprimierendes Kackwetter. Ich zünde meine Kippe mit dem Zippo an und inhaliere den Rauch genüsslich.

Sie kann nicht bleiben. Nach dieser Nacht muss sie gehen. Ich habe keine Zeit und, keine Lust, ihren Babysitter zu spielen. Das alles war etwas anderes, als Liam für mich die Drecksarbeit erledigt hat, aber das kann er ja nicht mehr. Von daher habe ich absolut keinen Grund, sie bei mir schlafen zu lassen.

Er hat mir viel von ihr erzählt. Er ist zerfressen von Vorwürfen über das, was er ihr angetan hat. Lächerlich, dabei hat er sie nicht mal richtig gefickt. Ich nehme einen weiteren tiefen Zug meiner Zigarette und sehe in meine Augen, die sich in der Glastür spiegeln.

Als er sie das erste Mal mit zu mir gebracht hat, konnte ich meinen Blick kaum von ihr abwenden. Sie war viel zu dünn, ein puppenhaftes Gesicht mit weißer Haut und so schönes, goldblondes Haar.

Wie ein Engel.

Ich sehe im Spiegel, wie ich meine Brauen wütend zusammenziehe. Sie muss wieder blond sein. Dieses gefärbte, düstere Schwarz gefällt mir nicht. Sie verletzt sich immer noch, ich habe es eben gesehen, auch wenn sie versucht hat, es vor mir zu verbergen. Sinnlos, so etwas entgeht mir nicht. Als sie das erste Mal vor mir stand, haben sich schon alte und frische Schnittwunden über ihre Arme gezogen. Warum tut sie sich das an? Warum ist sie jetzt weggelaufen? Und warum, warum verdammt nochmal, kommt sie ausgerechnet zu *mir*?

Ich stoße den Rauch energisch aus und öffne die Tür. Draußen schlage ich mir die schwarze Kapuze meines Hoodies über und vergrabe die Hände in meinen Taschen. In der linken umfasse ich mein Butterfly, in der anderen spüre ich mein iPhone 4. Es ist neu, ich kann meine E-Mails bequem darüber checken und die Kamera ist gut. Das digitale Zeitalter hat einige Vorteile mit sich gebracht.

Durch den nachlassenden Regen trauen sich wieder mehr Menschen raus. Männer in Jacketts, die wichtigtuerisch in ihr Handy brüllen, aufgetakelte, betrunkene Frauengrüppchen in

Feierlaune, die eilig über die Straße huschen, Nutten, Junkies und Dealer, die diesen Teil der Stadt ihr Zuhause nennen.

Mit Daumen und Zeigefinger greife ich nach meiner Zigarette, ziehe den Qualm tief in meine Lunge und asche dann auf den nassen Asphalt.

»Hast du Zeug?«, fragt mich ein kleiner Kerl mit stoppeligem Kinn und müden, zugeschwollenen Augen. Er stinkt, als hätte er die letzten Nächte in seiner Pisse geschlafen. Wahrscheinlich liege ich damit nicht mal falsch.

»Nein«, antworte ich knapp und würdige ihn keines weiteren Blickes.

»Wo soll ich hin? Von wem soll ich denn was kriegen?« Er bettelt und greift nach meinem Ärmel. Mit einem Ruck löse ich mich und dreh mich zu ihm um. Meine Hand schließt sich fest um das Messer in meiner Tasche. Aber es bleibt dort. Stattdessen lächele ich ihn an und nicke mit dem Kopf in Richtung einer anderen Straße.

»Du findest sicher einen beim alten Kino, der dir was verkauft. Adrian sollte jetzt da sein. Aktuell sind viele Bullen in der Nähe, aber wahrscheinlich lassen die dich in Ruhe.« Das ist wahr. Man hat wirklich keinerlei Probleme mit der Polizei in diesem Teil der Stadt. Du kannst quasi direkt neben einem Bullen Zeug kaufen, verkaufen oder nehmen. Dass sie überhaupt hier Streife fahren, ist ein Witz und strotzt vor Resignation. Resignation gegenüber all denen, die hier ihr Leben zerstören oder sich die Taschen füllen.

»Danke, Mann«, verabschiedet sich der Junkie und macht sich auf den Weg zum alten Kino.

Nur ein paar Meter weiter Biege ich in das *Donna's* ab. Ein Mittelklasse-Bordell. Nicht die letzte Absteige, aber auch kein Nobelschuppen. Ich gehe direkt an dem Türsteher vorbei, der mich grüßt und mit dem Daumen nach rechts zeigt. Ich nicke ihm verstehend zu. Dann wandere ich an dem Tresen vorbei, hinter dem die Chefin sitzt und mir zuwinkt. »Soll ich dir eine bereitstellen?«

Ich schüttele den Kopf. »Ich bin wegen Dirk hier.«

Sie formt ihren Mund zu einem verstehenden »Oh!«, ehe sie ebenfalls nach rechts den Gang herunter deutet. »Zimmer fünf.«

Hinter dem Tresen befindet sich jeweils ein Gang nach rechts und nach links. Es stinkt hier so nach Vanille, dass mir übel wird. Aber besser so, als würde man riechen, was die Damen und Herren hinter den Türen mit den Herzchen drauf treiben. Die Lampen im Flur sind gedimmt und strahlen orange. Nur über manchen Türen leuchtet ein rotes Licht mit einer Nummer drauf. Ich strecke meine Schultern durch und öffne die Tür mit der Fünf ohne anzuklopfen.

»Was zum …«, knurrt mir Dirk entgegen, welcher mit heruntergelassener Hose dasitzt und sich von einer kleinen Asiatin einen blasen lässt. Er verstummt augenblicklich, als er mich erkennt, schiebt die Nutte von sich weg und zieht sich eilig die Hose hoch. »Oh, ha- hallo! Ich wollte morgen gleich zu deinem Boss kommen, sag ihm das doch bitte.« Er hat die Hoffnung, noch etwas zu retten. Sinnlos. Seine Augen weiten sich panisch und er rutscht auf dem Bett zurück, als ich mein Messer ziehe und es mit einer Drehung um meinen Daumen herum öffne.

»Nicht morgen, Dirk. Heute. Ich würde sagen: jetzt.« Meine Stimme bleibt ruhig, was sie umso bedrohlicher macht.

Die kleine Asiatin huscht geduckt an mir vorbei und verlässt hastig das Zimmer. Dirk ist ein Mann Anfang dreißig, normal groß, mit leichtem Bauchansatz, lockigem kurzen Haar und einem dünnen Oberlippenbart. Er ist nicht schön, nicht hässlich, nicht groß oder klein. Er ist absoluter Durchschnitt.

»Du schuldest uns wie viel? Achthundert? Neunhundert?« Ich informiere ihn mehr, als dass ich frage, woraufhin er empört vom Bett aufspringt. Seine noch geöffnete Hose rutscht ihm dabei wieder hinab, sodass er sie mit einer Hand festhalten muss. »Was? Nein! Es waren siebenhundertachtzig Euro und ich … ich hab das Geld auch. Ich wollte nur nochmal etwas Spaß haben, bevor ich es deinem Chef vorbeibringe. Ehrlich!«

Mein Blick weicht keine Sekunde von ihm, während ich mit dem Messer in meiner Hand spiele. Die gefährliche Ausstrahlung dieser Waffe und der Umgang mit ihr ist einer der Gründe, warum sie in Deutschland verboten ist. Man könnte meinen, dass Messer gleich Messer ist. Man kann jemandem mit einem Küchenmesser genauso gut die Kehle aufschlitzen wie mit einem Butterfly. Aber keine andere Waffe lässt sich so spielerisch und eindrucksvoll handhaben wie diese. Den bedrohlichen Effekt nutze und genieße ich nur zu gerne. So wie jetzt. Immer wieder huscht sein Blick auf meine linke Hand, mit der ich die Klinge auf- und zuschnappen lasse. Es beruhigt mich. Schnapp. Schnapp. Wie ein Metronom.

»Na dann.« Ich mache eine lockende Bewegung mit meiner freien Hand. »Her damit.«

Dirk presst die Lippen fest zusammen und ringt mit sich, sucht nach einer Lösung, den Zahltag doch noch etwas verschieben zu können, aber es hat keinen Zweck. Das weiß er. Seufzend greift er in seine Hosentasche und zieht seinen Geldbeutel hervor. Während er seine Finger in das Fach für die Scheine gleiten lässt und abzählt, kommt er auf mich zu.

Als er in Reichweite ist, greife ich seine Finger und quetsche sie zusammen. Es knackt unter meinem Griff. Er stöhnt auf, als ich ihn zu mir heranziehe und mit der anderen Faust zweimal mit Wucht in sein Gesicht schlage. Wieder knackt es, diesmal kommt es von seiner Nase. Sofort schießt Blut aus ihr heraus und er sackt zu Boden. Ich nehme den Geldbeutel an mich und lasse ihn los.

»Achthundertfünfzig, neunhundert, siehe da, wir bekommen sogar tausend zusammen! Das entschädigt meinen Aufwand wenigstens ein bisschen. Es ist nicht schön, bei dem Dreckswetter durch die Straßen hinter seinem scheiß Geld herzulaufen.« Ich ziehe die Scheine heraus und werfe ihm den leergeräumten Geldbeutel entgegen. »Lass uns besser nicht noch einmal so lange warten. Das nächste Mal wandert nicht meine Faust in dein Gesicht, sondern meine Klinge direkt in deinen Schmierbauch. Haben wir uns verstanden?«

»Ja, jaja… ja …«, stöhnt er weinerlich und hebt abwehrend die Hand mit den gebrochenen Fingern an. Die andere presst er gegen seine blutende Nase.

»Prima. Vielleicht lernst du ja doch noch deine Schulden direkt zu begleichen.« Ich stecke mein Messer und das Geld in meine Tasche und wende mich zum Gehen. Wie er jetzt die kleine Asiatin bezahlen will, kann er mit Donna ausmachen. Das ist nicht mein Problem. Ich verlasse das Zimmer und laufe durch den Vanillegang zurück zum Hauptraum.

»Gute Nacht«, verabschiede ich mich im Vorbeigehen bei Donna.

»Gute Nacht! Ich hoffe, du hast ihm genug gelassen, um seine Rechnung hier zu bezahlen?«

»Lass ihn Teller oder Sexspielzeug waschen«, schlage ich schmunzelnd vor und verlasse das Bordell.

Draußen angekommen, zünde ich mir eine Zigarette an.

»Fuck«, fluche ich, als mir sofort Regen ins Gesicht prasselt. Was ein Mistwetter. Ich trete schnell einen Schritt zurück, um unter dem Vordach des Gebäudes Schutz zu suchen. Ein Blick auf mein iPhone verrät mir, dass es 03:12 Uhr ist. Für heute habe ich alles erledigt. Ich sollte nachhause fahren und mich hinlegen. Überlegend ziehe ich an meiner Kippe.

Oder ich gehe zurück in mein Büro zu Anna, mache etwas Papierkram und sehe ihr beim Schlafen zu. Oder ich lege mich auf sie, presse sie ins Polster, sodass sie sich nicht wehren kann. Dann ficke sie solange bis sie weint und fleht, dass ich aufhören soll. Das Lächeln, welches sich auf meine Lippen schleichen will, unterdrücke ich energisch, als ich einen tiefen Zug nehme und mich in Bewegung setze. Ich werde zu meinem Auto gehen und nachhause fahren. Das ist das einzig Vernünftige.

Gefallener Engel

»Lass mich, bitte! Du bist zu schwer, ich bekomme keine Luft!«

Er ist zu stark, seine Hände sind zu kräftig, ich habe keine Chance.

»Es tut weh. Es tut weh!« Meine Stimme ist nur ein Piepen.

»Es muss wehtun … nur so spürst du, wie groß meine Liebe ist.«

Meine Finger krallen sich in seine Schultern. Ich versuche, ihn wegzudrücken, aber sein Griff ist eisern und beherrschend. Ich bin machtlos. Ausgeliefert. Klein. Schwach. Verloren.

»Ich liebe dich. Ich liebe dich, meine kleine Anna.«

Mein Puls rast und donnert schmerzhaft in meinem Kopf, als ich die Augen aufschlage und mich aufsetze. Meine Hände umklammern die Wolldecke so fest, dass es schmerzt. Verwirrt sehe ich mich um und stelle fest, dass ich nicht *dort* bin. Nicht an dem Ort, an dem ich so oft leiden musste. Ich bin im Rotlichtviertel auf einer Couch in einem Büro. Meine Finger entspannen sich etwas, die Atmung beruhigt sich und ich reibe mir mit den flachen Händen über das Gesicht. Dann lehne ich mich zu meinem Handy, klappe es auf und schaue auf die Uhr.

10:30 Uhr. Meine Nacht war erstaunlich erholsam und lang – trotz des Traumes. Ich muss ganz schön erledigt gewesen sein. Als mein Blick über das Sofa huscht, entdecke ich Tüten vom Bäcker. Irritiert kräusele ich meine Stirn und lehne mich nach vorn, um sie zu mir zu ziehen. In ihnen befinden sich ein Schokocroissant und ein mit Pute belegtes Brötchen.

»Ich dachte schon, du wachst nie auf und bist auf meiner Couch verreckt.« Eine Stimme erschreckt mich und ich zucke zusammen. Ich wirbele herum. Hinter mir am Schreibtisch sitzt mein Gastgeber und trinkt Kaffee aus einem Pappbecher. Vor ihm auf dem Tisch steht ein weiterer Coffee-to-go-Becher.

»Cappuccino. Dass er noch heiß ist, kann ich allerdings jetzt nicht mehr garantieren.«

Koffein kann ich jetzt wirklich gebrauchen. Ich schäle mich aus der Decke, nehme die Brötchen mit und lege sie auf den Schreibtisch. Dann ziehe ich mir den Stuhl mit meinen Klamotten herbei und setze mich zu ihm.

»Danke«, murmele ich, als ich den Cappuccino vorsichtig an meine Lippen führe und einen Schluck davon nehme. »Baaah!«, stöhne ich auf und verziehe das Gesicht. »Du meine Güte!«

»Was? Ich hab' doch gesagt, dass er wahrscheinlich nicht mehr so heiß ist«, verteidigt er sich.

»Nein, das ist es nicht … Da ist ja 'ne Tonne Zucker drin! Wer soll das denn trinken?«

Mein Gegenüber sieht mich verständnislos an.

»Frauen trinken ihren Kaffee süß. Oder nicht?«

»Das mag ja in einigen Fällen stimmen, aber ich trinke meinen Kaffee schwarz.«

»Dann haben wir ja eine Gemeinsamkeit. Aber in deinem Becher sind wenigstens ein paar Kalorien mehr und jetzt iss was.«

»Warum?«

»Du bist zu dünn.«

Er hat recht. Die Hosen schlackern an meinen Beinen und meine Knochen stechen hervor. Vor allem die letzten Wochen habe ich viel Gewicht verloren. Dass ihm das jedoch auffällt, verwundert mich. Ich frage mich, ob er sich Sorgen macht. In seinem Blick ist nichts davon zu erkennen. Seine Züge sind hart, die Körperhaltung wirkt desinteressiert und die Stimme ist kalt. Ich betrachte ihn genauer. Wimpern und Augenbrauen sind ebenso weißblond wie seine Haare. Dann wende ich meinen Blick schnell auf mein Frühstück.

»Danke«, wiederhole ich nochmal leise, hole das Putenbrötchen heraus und halte es ihm entgegen. »Ich bin Vegetarierin.«

Auf diese Worte hin rollt er mit den Augen und nimmt es mir aus der Hand. »Noch was? Glutenunverträglichkeit? Vegan? Laktoseintolerant?«, fragt er genervt und beißt hinein.

»Nein. Nur vegetarisch.« Ich kann einen kurzen, mitleidigen Blick auf das Brötchen in seiner Hand nicht verhindern. Die arme Pute. Ich würde am liebsten vegan leben, aber da ich sowieso Probleme damit habe, mein Gewicht zu halten, kann ich nicht immer darauf achten.

»Guten Appetit!«, wünsche ich ihm, ziehe mir das Schokocroissant heraus und beginne zu essen. Ob ich nach seinem Namen fragen soll? Oder warte ich darauf, dass ihn mal jemand damit anspricht? Es ist komisch, dass er meinen kennt, ich seinen jedoch nicht. Während ich überlegend auf dem Blätterteig herumkaue, bemerke ich erneut, dass er seinen Blick nicht eine Sekunde von mir abwendet. Damals, als ich mit Liam hier war, hat er mich auch so angestarrt. Es ist eine der wenigen Dinge, an die ich mich erinnere. Mein Schlafanzug hat zum Glück lange Ärmel, sodass er meine zerschnittenen Arme nicht sehen kann.

»Und was ist der Plan? Was haben wir heute vor?«, frage ich ihn, ehe es an der Tür klopft. Mein Herzschlag beschleunigt sich und ich sinke auf dem Stuhl zusammen, als ob ich mich so verstecken könnte. Gerade als mein Gegenüber sich aufrichten will, um die Tür aufzuschließen, hören wir von außen, wie sich ein Schlüssel in das Schloss schiebt. Er legt das Brötchen und den versüßten Cappuccino auf den Tisch und tritt um den Schreibtisch herum.

Die Tür wird geöffnet und ein weiterer Mann betritt den Raum. Er ist kleiner als mein Gastgeber, hat aber eine ähnliche schlaksige Figur. Seine Hose hängt tief auf der Hüfte, er trägt einen Pulli und darüber einen dunkelgrünen Trenchcoat. Seine Füße stecken in Chucks. Die Haare sind braun und wirken wie durch den Wind zerwühlt. In seinem Gesicht glänzt ein Augenbrauen- und ein seitliches Lippenpiercing. Er wirkt zwar jugendlich, aber die Fältchen um seine Augen, als er lächelt, verraten, dass er älter ist, als er erscheinen mag.

»Moin!«, grüßt der Fremde und zieht meinen Gastgeber an seiner Hand zu sich in eine freundschaftliche Umarmung. Als er mich dann auf dem Stuhl entdeckt, weiten sich seine Augen.

»Oho! Ich hoffe, ich störe nicht!« Er löst sich von dem anderen.

»Nein. Wir waren gerade fertig. Wollen wir direkt los?«, fragt der Hausherr, wird jedoch von dem Fremden ignoriert.

»Zuerst muss ich die hübsche Dame begrüßen«, erklärt dieser und kommt auf mich zu. Die Luft riecht nach Zigarettenqualm, als er bei mir ankommt. Dann hält er mir seine Hand entgegen, welche ich zögerlich ergreife. In seiner anderen hält er ein braunes, verschlossenes Ledermäppchen. Sein Händedruck ist fest, seine Hand warm und rau. »Hi, ich bin Josh. Und du bist?« Sein Blick gleitet an mir rauf und runter. »Heißer Schlafanzug!«

»Anna«, flüstere ich fast und ärgere mich darüber, dass ich so klein und hilflos erscheine. Dabei wirkt der Mann vor mir überhaupt nicht bedrohlich. Seine Augen sind grün und freundlich.

»Anna? *Die* Anna?«, fragt er und sieht mich erwartungsvoll an.

Da ich keine Ahnung habe, wer eine andere Anna sein soll, nicke ich zögerlich. »Ja?«

»Mein Vater und dein Vater waren Freunde. Sie hatten die gleichen Hobbys«, erklärt er mir mit einem Lächeln auf den Lippen.

»Ja, aber dein Papi verwest jetzt irgendwo auf dem Grund vom Main«, schaltet sich mein Gastgeber wieder ein und macht eine auffordernde Handbewegung. »Los. Lass uns gehen.«

Josh sieht mir noch einen Moment lang direkt in die Augen. Abwartend, suchend, als würde er sich etwas erhoffen. Nach einer gefühlten Ewigkeit wendet er den Blick endlich von mir ab. »Stress deinen Chef nicht so, ich hab nicht viel geschlafen letzte Nacht«, stöhnt Josh und dreht sich von mir weg.

Dieser Mann ist also der Chef von dem blonden geheimnisvollen Kerl, auf dessen Sofa ich übernachte.

»Wo geht ihr hin?«, frage ich eilig, trinke den restlichen Kaffee aus und richte mich vom Stuhl auf. »Wenn ihr zehn Minuten wartet, bin ich angezogen und kann mitkommen.« Schließlich soll ich ihm helfen, also muss ich mitkommen oder nicht?

Josh lacht auf meine Worte hin auf und schüttelt den Kopf, während er sich eine selbstgedrehte Zigarette in den Mundwinkel steckt.»Und was willst du bei uns?«, fragt er verständnislos.

»Ich habe Anna gesagt, dass sie hier schlafen kann, wenn sie mir dafür bei manchen Dingen zur Hand geht.« Mein Gastgeber sieht mich an. »Aber das ist keine der Sachen, bei der du mir helfen kannst.« Mit diesen Worten öffnet er die Tür.

»Wir würden nur auf dich aufpassen müssen«, stimmt ihm der Chef zu. »Also, machs dir hier bequem und entspann dich. Ich bringe deinen Liebsten heute Abend schon wieder heil nachhause.«

Liebsten?

Auch der andere hebt bei dieser Aussage eine Augenbraue und verlässt ohne ein weiteres Wort den Raum. Josh verabschiedet sich, indem er kurz mit Zeigefinger und Mittelfinger salutiert und dann ebenfalls verschwindet.

»Sie soll dir also zur Hand gehen, soso … da fallen mir ja so einige Dinge ein …«, höre ich ihn noch murmeln, ehe die Tür geschlossen und der Schlüssel von außen gedreht wird.

Ich sehe auf das halbe Schokobrötchen in meiner Hand. Der Hunger hat mich schon verlassen. Seufzend räume ich die Tüte, die zwei angebissenen Brötchen und die leeren Kaffeebecher in den Mülleimer neben dem Schreibtisch. Dieser quillt vor To-go-Bechern über. Es wäre wirtschaftlicher und umweltfreundlicher, würde er sich einen Becher aus Porzellan kaufen.

Ich beginne träge aufzuräumen. Eigentlich will alles in mir sich einfach hinlegen, die Augen schließen und nicht mehr aufstehen. Mir ist Ordnung nicht wichtig. Ich habe für gewöhnlich keine Kraft und kein Interesse daran aufzuräumen. Aber da ich hier nur zu Gast und auf ihn angewiesen bin, will ich ihm keine Last, sondern eine Hilfe sein.

Als ich mit großer Anstrengung wenigstens ein bisschen Ordnung gemacht habe, schnappe ich mir frische Kleidung und gehe ins Bad, um mich fertig zu machen. Ich will jeden Gedanken an letzte Nacht verdrängen. Deshalb werde ich mir gleich Wein kaufen. Er wird mir helfen, zu vergessen. Mir ist klar, dass es keine Lösung ist, zu trinken, aber mir fällt aktuell keine andere Möglichkeit ein, meine Gefühle zu betäuben. Mein Leben ist unerträglich. Irgendwann, wenn ich weit weg von hier bin und ein schönes, normales Leben führe. Irgendwann, wenn ich einmal glücklich bin, dann werde ich den Alkohol nicht mehr brauchen.

Ich sitze auf dem ausgezogenen Sofa und schaue in der Zeitung nach Arbeitsstellen. Außer bei unangemeldeten Putzjobs kann ich mich nirgendwo bewerben. Für die meisten ausgeschriebenen Arbeitsplätze benötige ich eine Ausbildung oder ein Auto. Bei den zwei Anbietern, die in Frage kamen, war die Stelle schon vergeben.

Deprimiert stoße ich die Luft aus und lehne mich seitlich neben das Bett, um nach der geöffneten Flasche Weißwein zu greifen. Frustriert stelle ich fest, dass nur noch ein paar letzte Tropfen darin sind.

»Verdammt«, fluche ich und im selben Moment spüre ich meinen Magen grummeln. Der Abend ist fortgeschritten und ich habe heute Mittag das letzte Mal gegessen. Mein Körper signalisiert mir, dass es an der Zeit ist, etwas zu essen. Ich habe zwar Hunger, aber keinen Appetit. Vielleicht liegt das daran, dass ich durch den Wein ein bisschen beschwipst bin. Aber das ist ja Sinn der Sache. Mit Alkohol im Blut mache ich mir weniger Gedanken und kann besser schlafen.

Ich trage eine Jogginghose eine dicke Strickjacke und darunter ein weites, schwarzes Bandshirt von System of a Down. Das ist eindeutig meine Lieblingsband und es gibt für mich kaum etwas Besseres, als mir mit ihrer Musik über die Kopfhörer die Ohren vollzudröhnen. Gerade als ich meine Ohrstöpsel aus der Reisetasche ziehen will, bemerke ich, wie die Bürotür aufgeschlossen wird.

»Ich hau dann ab und lass euch zwei mal alleine … Ich muss nochmal im Club vorbei. Bestell Anna liebe Grüße von mir«, höre ich entfernt Joshs Stimme.

Ich hebe zum Gruß die Hand, als mein Gastgeber in das Zimmer kommt und die Tür von innen verschließt. Es ist ein komisches Gefühl, mit ihm eingeschlossen zu sein. Ich kenne ihn nicht. Ich weiß weder was er tut, was er will noch wie er tickt. Vielleicht suche ich bei einem Psychopathen Unterschlupf und weiß es nicht mal? Wer weiß.

Über seiner Schulter hängt eine Sporttasche und in der Hand trägt er eine durchsichtige Plastiktüte. Darin befindet sich etwas, das in Alufolie gewickelt ist, und zwei rote Getränkedosen.

»N'abend«, grüßt er mich und wirft die Tasche neben dem Schreibtisch auf den Boden. Sein Blick huscht forschend über mich und bleibt an der leeren Weinflasche hängen. Er presst seine Lippen zu schmalen Strichen zusammen und schüttelt abwertend den Kopf. Passt es ihm nicht, dass ich getrunken habe? Was interessiert ihn das?

»Abend«, grüße ich unsicher zurück. Meine Augen huschen neugierig zu der Tasche. Als er meinen Blick bemerkt, lächelt er.

»Da drin ist unsere Arbeit für morgen Abend. Heute muss ich noch ein paar andere Dinge erledigen«, erklärt er und greift in die Plastiktüte. Er zieht eine Coladose hervor und eine in Alufolie gewickelte Rolle *irgendwas* umwickelt mit Servietten. »Das ist 'ne vegetarische Dönerrolle. Iss das«, befiehlt er mir, als er mir die beiden Sachen in die Hände drückt. Er selbst setzt sich an den Schreibtisch und holt noch eine Cola und eine Aluschale mit Plastikbesteck hervor.

Ich sehe ihm zu, wie er mit seinen langen, schlanken Fingern den Pappdeckel der Schale abzieht und das Innere ausgiebig mustert. Dann öffnet er mit einem Zischen und Klacken die Getränkedose. Ich beobachte ihn nachdenklich. Er hat keinen Grund, mir Essen mitzubringen oder sich darum zu kümmern, dass ich was zu mir nehme. Und trotzdem tut er es. Warum? Ich lege meine Stirn in Falten. Meiner Einschätzung nach ist er kein selbstloser Samariter, der in seiner Freizeit armen, jungen Frauen hilft. Irgendetwas muss er vorhaben. Was erhofft er sich hiermit? Ich weiß, dass Liam früher für ihn Leuten zusammengeschlagen hat. Das kann er von mir wohl kaum verlangen. Warum also hilft er mir?

»Das Essen wird kalt«, informiert er mich abwesend, während er seine Unterlagen studiert. Ertappt löse ich meinen Blick von ihm und friemele die Alufolie von der Rolle. Es riecht lecker. Nun regt sich mein Appetit doch. Herzhaft beiße ich hinein. Die Dönerrolle schmeckt gut. Würzig, aber nicht zu scharf mit genügend Soße. Ich wende meinen Blick von meinem Gastgeber ab und konzentriere mich aufs Essen.

Es ist still im Zimmer. Ich höre nur das Rauschen der Heizkörper, das Umblättern von Papier und unser Kauen. Immer wieder wollen meine Gedanken zur letzten Nacht abdriften, ich habe aber keinen Alkohol mehr, um das zu verhindern. Diese Stille, dieses Rauschen. Es macht mich wahnsinnig. Es erinnert mich an das Krankenzimmer. Dort war auch nur das Rauschen der Überwachungsgeräte zu hören. Das Rauschen und ihr Atmen. Diese Gedanken drängen sich soweit in den Vordergrund, dass mir übel wird. Mein Gesicht wird heiß und ich richte mich vom Sofa auf. Ich muss hier raus. Ich muss mich übergeben.

Hektisch krame ich nach meinem Schlüssel und gehe mit schnellen Schritten zur Tür.

»Anna?«, höre ich hinter mir seine Stimme, doch ich renne den Flur hinunter, drücke die Tür zum Badezimmer auf und in dem Moment, als ich vor der Toilette auf die Knie gehe, übergebe ich mich schon in die Schüssel. Ich klammere mich an die Klobrille, atme durch, bis sich mein Magen wieder verkrampft und ich erneut kotzen muss.

Scheiße. Scheiße. Oh Gott. Was hab ich getan? Was hab ich nur getan?

Zwei weitere Male landen die Dönerrolle und der Wein noch in der Schüssel, ehe nichts mehr als Galle meinen Magen verlässt. Die Übelkeit sitzt wie ein Parasit in meinen Gliedern. Zehrt mich auf und weicht nicht von mir. Meine Gedanken kreisen unentwegt um meine Tat. Wenigstens habe ich aufgehört zu würgen. Schwer atmend und mit zusammengekniffenen Augen lehne ich mich zurück, bleibe aber auf dem Boden vor dem Klo hocken.

Verdammt.

Ich habe das Büro nicht abgeschlossen. Ich atme tief durch und streiche mir die schwarzen Strähnen zurück, die sich aus meinem Zopf gelöst haben. Hoffentlich ist er nicht wütend, hoffentlich darf ich noch bleiben.

So eine Scheiße.

Plötzlich wirft etwas einen Schatten auf mich und ich hebe ängstlich meinen Blick.

»Komm«, sagt er zu mir und streckt mir seine Hand entgegen. Zögernd sehe ich sie an, ehe ich meinen Mut zusammennehme und sie annehme. Sein Griff ist fest und warm. Er zieht mich auf die Beine und führt mich zum Waschbecken.

Während ich mir die Zähne putze, betätigt er die Toilettenspülung und wäscht sich die Hände dicht neben mir. Ich spüre die Wärme seines Körpers an meinem Arm und kann den Geruch von Zigarettenqualm und eine Note von Lavendel riechen. Ich will zu ihm hinaufsehen, aber ich traue mich nicht. Er lässt sich Zeit, wäscht und trocknet sich die Hände so lange, wie ich brauche, um mir die Zähne zu putzen und mir den Mund auszuspülen, weicht mir dabei keinen Zentimeter von der Seite. Will er mich überwachen?

Schweigend verlassen wir gemeinsam das Bad und gehen über den Flur zurück zu seinem Büro. Die Tür steht offen. Er hat sie auch nicht abgeschlossen. Nachdem er mich zuerst ins Zimmer gehen lässt, verschließt er die Tür hinter uns und geht zusammen mit mir zur Couch. Er nimmt die leere Weinflasche vom Boden und stellt sie auf den Schreibtisch. Von dort holt er seine Cola mit und setzt sich auf das Sofa. Seine Stiefel streift er ab und zieht die Beine auf das Polster. Hoffentlich glaubt er, dass der Alkohol der Grund für mein plötzliches Kotzen ist.

»Setz dich«, verlangt er. Ich gehorche und lasse mich ihm gegenüber nieder.

Er deutet auf die Zeitung. »Wonach suchst du?«

Ich öffne mein Getränk ebenfalls. Essen kann ich nichts mehr, nachdem die Dönerrolle gerade meine Speiseröhre wieder hinaufgekommen ist.

»Nach Jobs.« Die Cola schmeckt scheiße, nachdem ich mir gerade die Zähne geputzt habe. »Aber das ist nicht so leicht. Ich habe kein Auto und ich will nicht angemeldet werden.«

Er nickt und dreht das rote Metall zwischen den Fingern unentwegt im Kreis. Ich sitze dicht vor ihm, rieche seinen Duft und kann ihn nun so genau betrachten wie noch nie.

Er trägt einen schwarzen, weiten Hoodie und eine graue, verwaschene Jeans. Ich vermute, dass in den großen Taschen des Pullis sein Handy und sein Messer stecken. Die Ärmel sind hochgeschoben, sodass ich seine Unterarme sehen kann. Sie bestehen nur aus Sehnen und Muskeln. Es ist keine Unebenheit an ihnen. Ebenso wie sein Gesicht. Es ist makellos. Die Haut weiß wie Porzellan. Ohne Muttermale, ohne Narben. Links seitlich an seinem Hals erkenne ich jetzt zum ersten Mal ein Tattoo.

Ich verenge die Augen etwas, um besser sehen zu können. Mein Gegenüber bemerkt meine auffälligen Blicke und ein Lächeln schleicht sich auf seine Lippen.

»Na? Fasziniert?«, fragt er neckend und ich schlage beschämt die Lider nieder.

»Na ja, also … ich hab dich noch nie so genau angesehen.«

Er lächelt noch immer, dreht sich etwas zu mir und und öffnet den Reißverschluss seines Hoodies. Dann schlägt er den Kragen über seine Schulter herab und gewährt mir einen Blick auf sein Tattoo. Es ist das Bild einer Schlange, die sich auf seinem Rücken hochschlängelt und über seine Schulter auf seinen Hals kriecht. Die Augen des Tiers stechen in einem giftigen Grün hervor und starren mich förmlich an. Ich mag Tattoos.

Abgesehen davon ist sein Körper, soweit ich sehen kann, schmucklos. Ich sehe weder Ringe, Ketten, Ohrringe oder sonstigen Klimbim an ihm. Sein Bauch ist sehr flach, das kann ich trotz des weiten Pullis erkennen.

Schließlich zieht er sich wieder an. Dann umfasst er die Coladose mit beiden Händen, dreht sie oder tippelt mit seinen Fingern darauf herum, während mich seine stahlgrauen Augen fixieren. Ich fühle mich vor seinem Blick nackt. Als könne er mir bis auf den Grund meiner zerbrochenen Seele sehen. Seine geheimnisvolle Aura hüllt mich ein und hält mich gefangen. Die subtile Gefahr, die er ausstrahlt, kitzelt mich im Nacken und drängt mich zu ihm hin.

Verdammt, bin ich wahnsinnig? Ich habe genug gefährliche, kranke Männer in meinem Leben gehabt. Warum fühle ich mich dennoch so zu ihm hingezogen? Mein Hang zur Selbstzerstörung ist nicht zu leugnen.

Beschämt schlage ich meine Lider nieder.

»Ich höre mich mal um. Je nachdem, wie gut du mir zur Hand gehst, kann ich dich dafür etwas entlohnen. Zusätzlich zu deinem Schlafplatz. Ich hab einige Kontakte und könnte sicher etwas für dich finden, wo du dich nicht anmelden musst«.

Diese Worte geben mir augenblicklich neue Hoffnung und meine Mundwinkel heben sich zu einem Lächeln.

»Das klingt toll! Es muss nichts Besonderes sein. Eine Putzstelle reicht schon vollkommen. Hauptsache ich kann Geld ansparen, damit ich irgendwann diese Stadt verlassen und irgendwo ein neues Leben anfangen kann«.

»Ohne Liam?«

»In den Zeitungen sagen sie, dass ihm bis zu neun Jahre Haft drohen. Soll ich neun Jahre hier warten? Weißt du, warum er das getan hat? War es wirklich aus Eifersucht, wegen Natascha?« Meine eigenen Worte machen mich wütend. Sebastian war Nataschas fester Freund, das wusste Liam schon, seit er sie kennengelernt hat. Hat er ihn wirklich aus Eifersucht totgeschlagen und mich hier allein gelassen? Ich kann das nicht glauben.

»Ich glaube eher, dass Liam rausgefunden hat, dass Sebastian Minderjährige und Kinder zum Sex angeboten hat«, sagt mein Gastgeber leicht daher und ich weite meine Augen.

»Fuck.« Wenn das wahr ist, verstehe ich, wieso Liam so ausgeflippt ist. »Das ändert das Ganze natürlich.«

»Und wenn er ihn aus Eifersucht getötet hätte, wäre das etwas anderes?«

»Ja. Das wäre für mich kein Grund, jemanden zu töten und mich allein zu lassen.«

»Bist du eifersüchtig, dass er in Natascha verliebt war?« Die Dose gibt plötzlich knackend unter dem Druck seiner Finger nach.

»Was? Nein! Ich wünsche ihm alles Glück der Welt. Liam war immer wie ein Bruder für mich.«

»Hm.« Das ist seine einzige Reaktion darauf. Er hebt seine Cola an und leert sie mit einem kräftigen Zug. Ich sehe, wie bei seinem gestreckten Hals der Adamsapfel deutlich auf- und abspringt. Zum ersten Mal wendet er den Blick von mir ab und sieht auf meine angebissene Dönerrolle. »Soll ich dir unten etwas beim Kiosk holen?«

»Nein. Ich habe keinen Hunger mehr. Mir ist schlecht. Aber danke.«

Seine Mundwinkel zucken leicht nach unten. »Du bist viel zu dünn.«

»Du auch! Ich habe momentan nicht viel Freude am Essen«.

»Du warst schon dürr, als du das erste Mal mit Liam hier warst. Du hast offenbar nie Freude am Essen.«

»Kann man es mir verübeln?«, frage ich bissig, ohne zu wissen, wie viel er über mich weiß.

»Nein. Aber jetzt hast du ja offenbar vor dein Leben zu ändern. Wie kommt es, dass du jetzt hier bist, Anna? Warum bist du ausgerechnet jetzt bei mir?«

»Weil ich nicht weiß, wohin ich sonst gehen soll. Liam sprach zwar von irgendeinem Polizistensohn, an den ich mich wenden könnte, aber …« Ich schüttele den Kopf. »Ich traue mich nicht«, flüstere ich.

»Warum? Du traust dich nicht zu einem Polizisten, aber zu *mir*?«

»Weil … weil …«

Weil ich mich schäme. Weil ich mich schäme, dass ich all die Jahre nichts unternommen habe.

Ich presse meine Lippen fest zusammen, wieder steigt diese Hitze in mein Gesicht und meine Hände beginnen zu zittern.

Weil ich mich schäme für das, was passiert ist. Weil ich mich schäme für das, was ich getan habe.

»Ich bin übrigens Vice«, durchbricht seine Stimme mein Gedankenkarussell. Ich blinzele und hebe den Blick an.

»Falls du das noch nicht wusstest. Aber da du dich bisher immer geschickt davor gedrückt hast, mich mit Namen anzusprechen, dachte ich mir, dass Liam vielleicht gar nichts von mir erzählt hat. Dieser Egoist«, sagt er schmunzelnd und entlockt damit sogar mir ein Lächeln.

»Nein. Er hat deinen Namen nie erwähnt. Er sprach immer nur von *jemandem, der uns helfen kann*. Vice, was ist das für ein Name? Wo kommt der her und wie wird er geschrieben? So wie die Farbe?«

»Man spricht ihn aus wie »weiß«, aber geschrieben wird er V-I-C-E«, buchstabiert er für mich. »Ich habe keinen Namen. Ich habe keinen echten Ausweis oder Führerschein. All meine Dokumente sind gefälscht und meine Identitäten nur ausgedacht. Es gibt nicht einmal eine Geburtsurkunde von mir. Ich existiere nicht. Ich bin ein Niemand.«

»Und wie kommst du dann zu dem Namen Vice?«, frage ich und lächele schief. »Hat man ihn dir gegeben, weil du so weiße Haut und Haare hast?«

»Ich fand ihn gut«, sagt er schulterzuckend ohne wirkliche Erklärung. »Es nennen mich alle so.«

»Okay, freut mich, Vice«, sage ich und halte ihm meine Hand entgegen. Er will sie gerade ergreifen, als es in seiner Tasche vibriert. Er zieht sein iPhone hervor, nimmt den Anruf an und hält sich das Telefon an sein Ohr.

»Ja?«, meldet er sich und wartet kurz, während eine Frauenstimme am anderen Ende völlig aufgelöst ins Handy jammert.

»Wann hat er das gemacht? Ja ... Ist Andi nicht dabei gewesen? Okay. Beruhig dich, Tanni, ich fahre hin.« Ein Lächeln huscht über seine Lippen. »Davon kannst du ausgehen, dass ich das tue,« sagt er und legt auf.

»Es tut mir leid, Anna, aber ich werde gebraucht.« Er rutscht zum Rand des Sofas und schlüpft in seine Stiefel.

»Lass mich mitkommen!«

Eilig springe ich vom Sofa hinunter und ziehe mir meine Chucks und den Mantel an.

»Bist du dir da sicher? Es könnte unschön werden«, sagt er, während er sich eilig seine Stiefel neu bindet.

»Absolut sicher. Vielleicht kann ich dir irgendwie helfen und wenn ich nur deine Tasche trage oder was weiß ich!« Ich will endlich etwas zurückgeben. Er lässt mich hier schlafen, bringt mir Essen, das ich wieder auskotze, und ich habe noch nichts für ihn tun können, um meine Schuld zu begleichen.

»Na gut. Dann komm. Wir fahren mit meinem Auto.«

Vice zieht sich seine schwarze, dicke Jacke mit grauem Pelzkragen an. Wir verlassen den Raum, schließen ab und laufen die Treppe nach unten. Nachdem wir einen Lagerraum durchquert haben, treten wir durch eine Tür in den kleinen Kiosk ein. Hier sitzt ein Inder hinter der Kasse und spielt an seinem Handy. Ohne dass er Notiz von uns nimmt, verlassen wir das Geschäft.

»Hier, nimm«, sagt Vice und ich sehe fragend zu ihm. Er hält mir ein Snickers entgegen.

»Danke. Woher hast du das?«, frage ich, kann es mir aber eigentlich schon selbst beantworten.

»Aus dem Laden. Ich bezahls später. Vielleicht.« Er zuckt die Schultern »Wenn ich gute Laune habe.«

Wir steigen in einen alten, schwarzen 3er BMW ein. Ich nehme auf dem Beifahrersitz Platz. Plötzlich spüre ich mein Herz schnell in meiner Brust schlagen. Ich weiß nicht, wohin wir fahren und warum. Nervös öffne ich den kalorienschweren Schokoriegel und beiße ein großes Stück ab. Ich esse, ohne darüber nachzudenken, wie schlecht mir eben noch war.

»Wohin fahren wir?«, frage ich. Vice' Fahrstil ist ruckartig und schnell. Die Kurven nimmt er eng und ohne vorher vom Gas zu gehen. Es kommt mir vor wie in einer Achterbahn, aber das macht mir nichts. Ich halte mich innen am Türgriff fest und gebe mich den Kräften hin, die mich von links nach rechts ziehen oder in den Sitz drücken. Meine verstümmelte Psyche empfindet nicht einmal Angst vor dem Tod.

»Wir bringen jemandem die Regeln bei«, erklärt er mir und von der Seite kann ich sehen, dass er lächelt. Heute werde ich also einen Einblick in sein Tagesgeschäft haben. Erfahren, was er wirklich arbeitet.

»Für gewöhnlich hätte ich für solche Probleme Liam geschickt, aber der … ist ja leider anderweitig beschäftigt.«

Als ich aus dem Autofenster schaue, sehe ich, wie die Stadt an uns vorbeirast. Vice' Hände liegen trotz der wilden Fahrt locker um das Lenkrad und häufig manövriert er nur mit den Handballen. Alles liegt in seinen Händen. Wohin wir fahren. Wie wir dorthinfahren. Leben. Tod. Es fühlt sich gut an, die Verantwortung in die Hände eines anderen zu geben. In diesem Moment muss ich nichts weiter machen, als hier zu sitzen und das Adrenalin durch meine Adern rauschen zu lassen.

»Wir sind da«, sagt er nach einigen Minuten. Er fährt rechts ran und kommt bei einer Bushaltestelle zum Stehen. »Los gehts«. Er steigt aus und schließt die Tür. Ich tu es ihm gleich. Vice geht mit großen Schritten vor, sodass ich mich beeilen muss, hinter ihm herzukommen. Er steuert auf einen riesigen Wohnkomplex zu.

Als ich mich genauer umsehe, erkenne ich, dass wir im Südviertel sind. Hier erstrecken sich die Betonbauten mit unzähligen Etagen und immer gleicher Bauweise in die Höhe. Die Wohnungen sind klein, die Wände dünn, aber die Mieten bezahlbar und das ist in dieser Gegend alles, was zählt.

Aus dem Eingang des Gebäudes kommt eine Gruppe Jugendlicher. Sie sind laut und die Alkoholflaschen, die sie bei sich haben, lassen darauf schließen, dass sie feiern wollen. Als Vice, groß und schwarz gekleidet, auf die Jungs zugeht, machen sie ihm Platz und halten ihm die Tür auf. Entweder sie kennen ihn oder seine Erscheinung flößt ihnen solchen Respekt ein, dass sie lieber keinen Ärger mit ihm wollen. Ich husche an ihnen vorbei hinter ihm her.

Im Hausflur angekommen, steuern wir den Fahrstuhl an. Vice drückt auf den Pfeil nach oben und wir warten, bis die rot leuchtende Anzeige über der Tür ein E für Erdgeschoss anzeigt. Mit einem metallischen, schleifenden Geräusch öffnet sich die beklebte und verbeulte Fahrstuhltür und wir treten hinein. Es stinkt und ich versuche angeekelt nichts zu berühren.

An den Wänden sind neben verschiedenen »Ich grüße«-Botschaften auch zwei Herzen mit Buchstaben darin, ein FUCK und ein riesiger, behaarter Penis gekrakelt. Ich schüttele augenrollend den Kopf, ehe ich seitlich zu Vice hinaufsehe.

Er steht ruhig neben mir, die Hände in den Jackentaschen. Aus der Linken höre ich ein leises Klacken. Er spielt mit seinem Messer.

Ich schlucke. Ich habe immer noch keine Ahnung, wohin wir gehen oder was er vorhat.

Wir kommen im fünften Stock an und die Tür vor uns öffnet sich. Vice geht auf eine Wohnungstür zu, vor der eine Matte mit der Aufschrift *»Welcome to the Dark Side«* liegt. Er stellt sich neben den Eingang und drückt sich mit dem Rücken an die Wand.

»Du klingelst und siehst hübsch aus. Sag ihm, du suchst Spenden für arme Tiere.«

»Was? Was soll ich?«, frage ich überrumpelt.

»Du willst mir doch helfen, oder? Mach, dass er dich reinbittet, dann bleibt mir eine Diskussion erspart und du warst mir eine Hilfe.«

Ich halte die Luft an, ehe ich sie geräuschvoll ausstoße und nicke.

Okay, Anna. Du packst das. Sei süß, sympathisch und tu es als Dank für Vice!

Ich stelle mich vor die Tür, betätige die Klingel und sehe mit großen Augen abwartend in das Loch für den Türspion. Es dauert nicht lange, bis ich höre, wie der Schlüssel gedreht und die Tür geöffnet wird. Vor mir steht ein dünner, mittelgroßer Mann mit langem, schwarz gefärbtem Haar, das zu einem Pferdeschwanz gebunden ist. Sein Kinnbart ist dagegen dunkelblond und zieht sich perfekt getrimmt bis zu seinen Koteletten. An seinem rechten Handgelenk sehe ich Lederbänder und er trägt ein schwarzes, weites Shirt, auf dem ein blauer Drache abgebildet ist. Ich schätze ihn auf Mitte zwanzig. Er steht noch in der Wohnung.

»Guten Abend«, begrüßt mich der Mann überrascht. Er lehnt den Unterarm gegen die Türzarge und sein Blick gleitet forschend über meinen Körper.

»Guten Abend. Entschuldigen Sie die Störung, aber ich suche ein paar Menschen, die mir helfen, notleidende Tiere zu unterstützen.«

Seine Mundwinkel heben sich zu einem breiten Grinsen.

»Na, so ein hübsches Mädchen unterstütze ich doch gerne.« Der Fremde redet mit mir, als wäre er ein Vielfaches älter als ich. »Komm doch rein.«

Als er zur Seite tritt, um mich hineinzulassen, spüre ich, wie meine Hände kalt und nass werden. Warum will er, dass ich hereinkomme? Was, wenn das alles ein abgekartetes Spiel ist und Vice mit ihm unter einer Decke steckt? Was, wenn er mich an diesen Mann verkaufen will? Ich knete meine Finger und sehe im Augenwinkel zu Vice. Dieser steht noch immer ruhig an die Wand gelehnt und sieht mich abwartend an. Ich traue mich nicht. Ich hab Angst. Verdammt. Ich mache einen Schritt zurück.

»Wenn du Geld haben willst, musst du schon reinkommen, Süße«, sagt der Mann mit dem Pferdeschwanz und kommt mir mit einem Schritt hinterher. Jetzt setzt sich auch meine Begleitung in Bewegung. Er tritt um die Wand herum. Mit dem geöffneten Butterfly in der Hand drängt er den anderen zurück in seine Wohnung.

Scheiße. Ich hab versagt.

»Komm und schließ die Tür«, befiehlt Vice mit kalter Stimme. Ich folge ihnen hinein und mache die Haustür hinter mir zu. Vor Aufregung schwitze ich und mein Herz pumpt mein Blut so schnell durch meinen Körper, als würde ich einen Marathon laufen.

»Mann, was – lass mich los … was wollt ihr von m–?«, höre ich die erstickte Stimme des anderen, ehe er unterbrochen wird.

»Anna, such sein Portmonee und alles, was du sonst an Geld findest«, befielt Vice. Er stößt den Mann mit Wucht durch die Tür ins Badezimmer, sodass er gegen das Waschbecken knallt. Er fasst sich an die Hüfte und krümmt sich nach vorn. Dann schlägt ihm Vice mit dem Seifenspender aus Porzellan ins Genick und er sackt auf die Knie.

»Scheiße… aufhören… bitte«, presst er angestrengt hervor.

»Hast du bei Tanja aufgehört, als sie sagte, du sollst aufhören? Nein.« Vice, der um einiges größer ist als sein Opfer, lehnt sich hinunter und greift nach seinem Handgelenk. »Du bist Rechtshänder? Hast du sie mit rechts geschlagen und gewürgt?«

Ich weite meine Augen, als ich sehe, wie er die Hand des am Boden kauernden Mannes erbarmungslos festhält und die Klinge seines Butterflys in den Handballen drückt.

»Anna, das Geld!«, knurrt Vice ungeduldig in meine Richtung.

Ich zucke zusammen und wende mich eilig von dem Geschehen ab.

»Geld, Geld, Geld …«, flüstere ich hektisch und sehe mich suchend um. Irgendwo hier muss doch sein Portmonee liegen. Vielleicht in seiner Jackentasche?

»AAAH, FUCK … NEIN … BITTE … !« Die Schmerzensschreie fahren mir durch Mark und Bein, während ich die Taschen seiner im Flur aufgehängten Jacken durchwühle. In einem schwarzen Ledermantel finde ich endlich seinen Geldbeutel. Ich öffne ihn und durchsuche jedes Fach. Es sind fünfundachtzig Euro darin, welche ich schnell herausziehe und in meine eigene Tasche stecke. Ich sehe den Flur hinunter in ein Schlafzimmer. Neben einem Bett steht hier auch ein Schreibtisch. Während ich auf diesen zueile, werden die Schreie aus dem Badezimmer leiser und kläglicher.

»Bitt- he… aufhören … !«

Ich habe keine Ahnung, was Vice ihm antut, aber es müssen unvorstellbare Schmerzen sein. Ich durchwühle die Schubladen des Schreibtisches und schlagartig keimt in mir wieder diese Übelkeit auf. Mir wird eiskalt und schwindelig, sodass ich mich auf den Stuhl vor dem Schreibtisch sinken lassen muss. Erinnerungen bahnen sich unaufhaltsam den Weg in mein Bewusstsein.

Ich habe nach Hinweisen gesucht, nach irgendwelchen Dingen, die ihn ins Gefängnis bringen könnten. Die seine schrecklichen Taten beweisen. Seinen ganzen Schreibtisch, seine Unterlagen, seine Schränke, alles hab ich durchwühlt, aber nichts gefunden.

Meine Augen brennen. Diese verfluchte Verzweiflung und Hoffnungslosigkeit, die sich in meiner Brust eingenistet hat wie ein Parasit. Ein Parasit, der sich durch meine Angst ernährt, immer weiter wächst und mir so die Luft zum Atmen nimmt.

Du kannst ihn nicht besiegen, Anna. Das kannst du nicht. Niemals. Und du kannst ihm auch nicht entkommen.

Der Teufel

Sein warmes Blut läuft über meine Finger und tropft auf die hässlichen, gelben Fliesen. Er heult, jammert und hat sich eingepisst wie ein kleines Kind. Zufrieden, aber auch angewidert wende ich mich von ihm ab und wasche zuerst mein Messer, dann meine Hände. In einem kleinen Strudel wird das rote Wasser weggespült.

Als ich den Blick von meinen Händen anhebe und in den Spiegel schaue, erkenne ich auch ein paar Spritzer auf meiner Wange. Das Rot hebt sich in einem so starken Kontrast von meiner Haut ab, dass es zu leuchten scheint. Ich wische es mit meinem Ärmel weg.

Ich hab ihm ein schönes Loch in die Hand gestochen und einige Prellungen an Gesicht und Oberkörper zugefügt. Jetzt wird ihm klar sein, dass er nur die Dienstleistungen von unseren Damen bekommt, die er auch bezahlt. Natürlich darf er seine geheimsten Wünsche an ihnen ausleben. Unser Service ist bekannt dafür, die krankesten Fantasien der Männer zu befriedigen. Aber dafür muss er das entsprechende Mädchen buchen und bezahlen.

Ich ärgere mich, dass ich ihn nur zurechtweisen und ihm nicht die Kehle dafür aufschlitzen darf. Zu gerne hätte ich all sein Blut auf dem Boden und an den Wänden verteilt. Meine Augen spiegeln sich in der Klinge meines Messers, welche ich mit einem Handtuch abtrockne.

Aber er hat Tanja leider nicht getötet oder verstümmelt. Dass er sie grün und blau geschlagen und beinahe erwürgt hat, reicht leider nur für diese nette Behandlung. Schade.

»Du solltest zusehen, dass ich nicht noch einmal hier vorbeikommen muss«, drohe ich beiläufig, während ich mich zum Gehen wende. Eine Antwort erwarte ich nicht, als ich das Badezimmer verlasse, die Tür schließe und mich nach Anna umsehe.

Sie hat gezögert und Schiss bekommen, dabei war es so einfach. Ihr hübscher Anblick durch den Türspion, sollte ihn nur dazu bringen, die Tür zu öffnen. Dann wurde es aber wohl zu viel für sie. Wie soll ich sie gebrauchen, wenn sie sich bei den einfachsten Dingen schon in die Hose macht?

Was zum …

Sie sitzt zusammengekauert vor einem Schreibtisch auf dem Stuhl und hält sich den Bauch. Ich sehe, wie sie angestrengt atmet.

»Anna?« Sie reagiert nicht, sondern starrt abwesend auf die Schreibtischplatte. Ich stecke mein Messer weg und gehe auf sie zu. »Anna?«, versuche ich es nochmal, doch sie reagiert immer noch nicht. Ich trete neben sie und greife an ihr vorbei in eine der Schubladen. Unter einem Berg Papieren finde ich eine große, schwarze Ledermappe. Als ich sie öffne, ziehe ich einige Hunderter und einige Fünfziger heraus. »Prima, Anna …«, lobe ich, zeige ihr das Geld und lege eine Hand auf ihre Schulter.

In dem Moment, als ich sie berühre, zuckt sie zusammen. Sie blinzelt einige Male und sieht sich verwirrt um. Es wirkt, als wäre sie aus einem Traum erwacht, als würde sie erst jetzt, durch meine Berührung wieder zurück in diese Welt kommen.

»Vice, ich … es … tut mir leid«, entschuldigt sie sich und ich sehe die Panik in ihrem Gesicht deutlich. Panik davor, dass ich wütend oder enttäuscht bin. Panik vor dem, was ich getan habe, und vor dem, was ich tun könnte. Ich mag diesen Ausdruck in den Gesichtern anderer Menschen. Wenn ich in ihren Augen Angst sehen kann. Vor Schmerzen, dem Tod oder Verlust.

Ich mag es, wenn sie Angst vor mir haben.

»Alles gut«, versichere ich ihr und reiche ihr meine Hand. »Ich hab alles, was ich wollte.«

Zögerlich legt sie ihre zierliche Hand in meine und ich helfe ihr hoch.

»Gut, okay.« Ihre Stimme ist leise und unsicher.

»Lass uns zurückfahren. Wie viel Geld hast du aus seinem Geldbeutel?« Es wird nicht viel sein. Ich schätze hundert Euro, wenn überhaupt.

»Fünfundachtzig Euro, glaube ich.«

Ich führe sie mit mir um den Schreibtisch herum, umfasse ihre Finger fest mit meinen und ziehe sie durch die Räume hindurch. Die Tür zum Bad ist geschlossen, sodass sie nicht sehen kann, was dahinter passiert ist.

Wir verlassen die Wohnung und kurz darauf den ganzen Gebäudekomplex. Im Auto angekommen, steuere ich den Wagen langsamer und entspannter als auf dem Hinwegzurück zum Rotlichtviertel. Anna schweigt die gesamte Zeit über, bis wir wieder in meinem Büro ankommen. Dort entledigen wir uns unserer Jacken und Schuhe, ehe sie sich auf das Sofa sinken lässt. Ich habe aus dem Kiosk eine Cola, ein Bier und eine Tüte Chips mit hochgenommen. Ich drücke ihr das Getränk und die Chips in die Hände und gehe zu meinem Schreibtisch. Dort lasse ich mich auf den Sessel fallen und zücke mein iPhone.

Ich schreibe Tanja eine Nachricht, dass der Kerl sie nie wieder anfassen wird, und Andi, dass sein Gehalt gestrichen ist, weil es schließlich sein Job ist, auf die Mädchen aufzupassen. Anschließend starre ich nur noch auf das ausgeschaltete Display meines Smartphones. Es ist mittlerweile 01:30 Uhr.

Ich frage mich, was eben mit Anna los war. Was ist mit ihr gewesen, dass sie so neben sich stand? Sie hat kalte Füße bekommen, als er sie hineingebeten hat, das verstehe ich. Aber was war mit ihr los, als ich sie dann im Schlafzimmer fand? Worüber denkt sie nach, wenn sie so in sich gekehrt und abwesend ist? Genau wie jetzt.

Ich lege mein iPhone auf den Tisch und öffne zischend mein Getränk. Das hab ich mir jetzt verdient.

»Wieso bekommst du ’n Bier und ich nur Cola?«

Mit angehobener Augenbraue sehe ich sie an.»Hättest du lieber Bier?«

Sie hebt unschuldig lächelnd die Schultern. Seufzend richte ich mich auf und gehe an einen der Schränke in meinem Büro. Ich ziehe zwei milchige, staubige Gläser hervor, puste hinein und stelle sie auf den Schreibtisch. Ich teile das Bier auf die beiden Gläser auf und reiche ihr eines. Anschließend setze ich mich zu ihr auf das Sofa.

»Danke! Mit der Cola könnten wir jetzt ’n Versautes draus machen.«

»Ein was?«

»Na, ein Versautes. Wenn man ein Bier mit Cola mischt, versaut man das Bier. Also ist das dann ein Versautes.«

»Da, wo ich herkomme, nennt man das Diesel.« Ich deute auf die Cola. »Also, pur oder versaut?«

»Pur«, sagt sie und hebt das Glas präsentierend in die Höhe.

»Na dann, auf einen erfolgreichen ersten Ausflug zusammen.« Ich proste ihr zu, woraufhin sie sich zu mir lehnt und mit mir anstößt.

»Ja«, murmelt sie und trinkt einen großen Schluck des goldenen Gebräus.

Ich trinke es mit einigen großen Zügen komplett leer, behalte das Glas jedoch in den Händen und drehe es zwischen meinen Fingern.

»Tust du sowas oft?«, fragt sie, ohne mich dabei anzusehen.

»Liam hat mir diese Aufgabe meistens abgenommen. Aber generell, ja.«

»Für Josh?«, hakt sie nach und ich nicke.

»Unter anderem. Ich bau mir auch was Eigenes auf. Und Josh ist dabei sowas wie mein Mentor.«

»Was hat dieser Mann getan, dass er es verdient hat, so gefoltert zu werden?«

Ich lache mit verschlossenen Lippen, während ich ihr unentwegt in die schönen, blaugrauen Augen sehe.

»Wenn ich ihn gefoltert hätte, hätte das anders ausgesehen. Ich hab ihn nur an die Regeln erinnert. Er hat eine Hure grün und blau geschlagen und ihr Todesangst eingejagt. Ohne dafür zu bezahlen.«

»Das heißt, für genug Geld hätte er sie schlagen und verängstigen dürfen?«

»Nun, ich habe für jede Vorliebe die passende Nutte anzubieten. Er wollte Geld sparen oder hatte sich nicht unter Kontrolle. Wer weiß das schon. Ist mir auch egal, warum er das getan hat.«

»Also bist du Zuhälter?«

»Wenn du es so nennen willst. Ich organisiere und verwalte die sexuellen Dienstleistungen meiner angestellten Damen.«

»Und was machst du noch?«, fragt sie neugierig und lehnt sich sogar etwas zu mir vor.

»So dies und das.«

Augenrollend lässt sie sich wieder nach hinten sinken und leert mit zwei großen Schlucken ihr Glas. »Du machst gerne ein Geheimnis aus dir, oder?«

»Ich gebe einfach nicht gern etwas von mir preis, Anna.« Ich sehe sie nachdenklich an. »Wieso jetzt? Wieso bist du jetzt geflohen und noch nicht viel früher?«

Sie weitet erschrocken über diese Frage die Augen und wendet den Blick von mir ab. »Weil … weil ich nicht früher konnte.«

»Warum konntest du nicht? Warum kannst du es jetzt?«, bohre ich weiter nach.

»Wegen meiner Mutter.« Ihre Stimme ist nur ein Flüstern und sie umklammert das leere Glas in ihren Fingern, als könne es ihr Halt geben. Ihre Lippen zittern. Etwas in mir will zu ihr, nach ihrer Hand greifen, über ihre Fingerknöchel streichen. Doch ich tu es nicht.

»Aber jetzt ist sie tot.« Ihre Stimme bricht und sie senkt den Kopf. Eine Träne tropft von ihrem Gesicht hinab auf ihre Hände. Sie stellt das Glas zur Seite und umfasst den jeweils anderen Unterarm, krallt sich mit ihren dunkel lackierten Nägeln in ihr Fleisch. Ich stelle mein Glas ebenfalls weg und richte mich plötzlich auf.

»Was ist das eigentlich für eine Band auf deinem Shirt?«, frage ich und gehe zu dem gleichen Schrank, aus dem ich zuvor die Gläser geholt habe. In dem untersten Regalfach steht eine Musikanlage, die ich per Knopfdruck einschalte und auf Bluetooth stelle. »Eine Rockband?«, hake ich nach, während ich mein iPhone vom Schreibtisch nehme und auf Youtube eine Playlist von System of a Down suche.

»Alternative Metal.« Anna räuspert sich. »Du kennst kein SoaD?« Sie ist empört und sieht mich strafend an.

Ich zucke nur mit den Schultern. »Nö.«

»Was hörst du für Musik?«

»So dies und das«, antworte ich mit einem einseitigen Lächeln.

»Das ist deine Lieblingsantwort, oder?«

»Wenn mir mal ein Lied gefällt, werde ich dir davon berichten.«

Als ich die Playlist abspiele, dröhnt mir sofort harter Gitarrensound aus den Lautsprechern entgegen, zu dem sich bald das Schlagzeug in schnellem Rhythmus gesellt. Ich hebe meine Augenbrauen an und sehe zweifelnd zu Anna. »*Sowas* hörst du?«

Auch ihre Lippen ziert jetzt wieder ein Lächeln und sie deutet mit der flachen Hand auf die Anlage.

»Es ist meine Lieblingsband. Ich mag ihre Texte und dass sich die schnellen, harten Passagen mit harmonisch klingenden Sounds und Gesang abwechseln.« Tatsächlich wird das wilde Getrommel plötzlich von einem melodischen Gesang zweier Männerstimmen abgelöst.

»Und wovon singen die?«

Annas Lächeln wird breiter, als sie spricht.»So dies und das.«

»Touché.«

Wir hören ein paar Songs dieser Band, wodurch Anna von ihren trüben Gedanken abgelenkt wird. Schließlich blicke ich auf die Uhr.

»Wir haben jetzt halb drei. Willst du schlafen oder mir noch etwas bei der Arbeit helfen?«

»Ich bin hellwach und für alle Schandtaten bereit!« Sie salutiert auf dem Sofa. »Aber meinen Schlafanzug würde ich mir schon anziehen, falls wir das Büro jetzt nicht mehr verlassen wollen.«

»Tu das. Ich bereite schonmal alles vor«, sage ich, ehe sie ihren Schlafanzug aus ihrer Reisetasche nimmt und das Zimmer – brav auf- und wieder zuschließend – verlässt.

Was tue ich hier nur?

Gefallener Engel

Abgesehen von meinem Bandshirt, das ich ordentlich zusammenlege, knäule ich die Kleidung nur zusammen und lege sie auf den Klodeckel. Ich kuschele mich in meinen Schlafanzug und putze mir die Zähne. Während ich mir dabei ins Gesicht sehe, fällt mir auf, wie miserabel ich aussehe. Ich habe dunkle Augenringe, meine Wangen sind so eingefallen, dass selbst ich es als krank empfinde, und meine Lippen sind so rau und blass, dass sie sich kaum von dem Rest meiner Haut unterscheiden.

Immer wieder stelle ich mir die Frage, ob ich das Richtige getan habe und wie es jetzt weitergeht. Ich muss als Allererstes Kraft tanken und mir einen finanziellen Puffer aufbauen, um über die Runden zu kommen. Ich hoffe, dass Vice die Wahrheit gesagt hat und sich wirklich mit mir um einen Job kümmern wird. Oder ob ich einfach bei ihm arbeiten kann? Dann wären meine finanziellen Sorgen nicht mehr so groß. Zumindest, solange er mich bei sich übernachten lässt.

Viel größer sind meine Bedenken, ob ich es schaffe, in dieser Welt zu überleben. Ich habe meine Schlafstätte direkt in der kriminellen Hochburg unserer Stadt. Ich habe eben selbst miterlebt, wie ein Mann gefoltert und dann ausgeraubt wurde. Kaum zu glauben, dass mein Freund Liam das jahrelang getan hat. Und noch weniger zu glauben, dass *ich* einen Menschen ausgeraubt habe.

Ich spucke den Schaum in das Waschbecken und spüle mir den Mund aus.

Kann ich Vice vertrauen? Liam hat für ihn gearbeitet und mir gesagt, dass ich ihm nicht trauen soll. Er meinte immer, dass es besser wäre, wenn ich so wenig wie möglich von dieser Welt weiß und dem weißblonden Mann nicht zu nah komme. Ich sollte mich von seiner freundlichen Art nicht täuschen lassen, hat er zu mir gesagt und er hat recht. Vice ist nicht nur freundlich, sondern auch sehr zuvorkommend und höflich. Kaum zu glauben, dass er eben einen Mann gefoltert hat. Und noch weniger kann ich glauben, oder gar verstehen, warum er sich so sehr um mich kümmert.

Ich spritze mir eiskaltes Wasser ins Gesicht.

Es mach mich wahnsinnig, dass ich so wenig über meinen Gastgeber weiß. Er ist so verschlossen und er zeigt zu wenig Emotionen, um erahnen zu können, wie er wirklich denkt und tickt. Er hat diesem Mann eben schreckliche Schmerzen zugefügt und das war ganz offensichtlich nicht das erste Mal, dass er als Henker unterwegs war. Was für ein Mensch ist er, dass er so abgeklärt über all das spricht und es seinen Job nennt, jemanden zu foltern? Ich trockne mein Gesicht ab und ziehe das Haargummi aus meinem Zopf hinaus. Ich spüre, wie die Spannung auf meinem Kopf nachlässt und meine Kopfhaut zu schmerzen beginnt.

Im Spiegel sehe ich den mindestens zwei Zentimeter langen, goldblonden Ansatz auf meinem Kopf. Ich muss dringend wieder meine Haare färben.

Der Song »ATWA« von meiner Lieblingsband System of a Down dringt aus dem Büro zu mir durch. Eilig schnappe ich mir meine Kleidung vom Toilettendeckel und renne zurück zu Vice. Ich schließe die Tür auf, gröle laut und schließe die Tür hinter mir wieder ab. Als ich mich umdrehe, sehe ich Vice auf dem Sofa sitzen, neben ihm liegt die Sporttasche, die er von seinem Ausflug mit Josh mitgebracht hat.

Auf meine Gesangseinlage hin hebt er eine seiner blonden Augenbrauen.

»Was? Das muss so klingen«, behaupte ich und gehe auf ihn zu. »Was tun wir jetzt?« Ich lasse mich ebenfalls auf das ausgezogene Sofa sinken und sehe ihn abwartend an.

»Wir wiegen, sortieren und packen ab«, erklärt er mir, macht die Musikanlage über sein iPhone leiser und greift in die Sporttasche. Als Erstes hebt er eine Waage heraus, dann einige Zippbeutel und schließlich eine große, braune Tüte. Noch bevor er sie zwischen uns ausschüttet, ist mir klar, worum es hier geht.

»Drogen?«

»Ganz genau.« Viele kleine Plastiktütchen fallen auf das Polster. In einigen sind bunte Tabletten und in wieder anderen braunes oder weißes Pulver. »Du wirst mir helfen, das alles zu sortieren, zu wiegen und zu beschriften.« Ich nicke und sehe mir die ganzen Substanzen interessiert an.

»Was ist das alles?«

»Also die lustigen Smarties hier sind Ecstasy, das weiße Pulver ist Kokain und das braune ist Diamorphin«, sein Mundwinkel zuckt zu einem Lächeln. »Wir nennen es auch Gift oder einfach Heroin.«

Ich nicke verstehend und hebe den Blick von dem braunen Pulver an in Vice' Gesicht. Meine Augen treffen seine, da er mich unentwegt ansieht. Wieso tut er das nur?

»Hast du schonmal was davon genommen?«, frage ich.

»Alles«, antwortet er mit einem Schulterzucken. Eigentlich hätte ich mir diese Antwort auch denken können.

Andererseits …

»Ich dachte immer, ein guter Dealer nimmt nicht sein eigenes Zeug?«

Er schnaubt belustigt. »Ein guter Dealer wird nicht von seinem eigenen Zeug abhängig. Apropos …« Er richtet sich auf und geht auf den Tisch zu. Dort holt er eine Mappe und kommt zurück zum Sofa. Er legt sie zwischen uns. Als er es sich wieder bequem gemacht hat, öffnet er die Tüte mit dem weißen Pulver und streut ein wenig davon auf die Mappe.

Ich ahne, was er vorhat.

»Probieren wir doch mal die Qualität.« Er zieht seinen Geldbeutel aus der hinteren Hosentasche und holt erst eine Kreditkarte hervor, mit der er feinsäuberlich zwei Lines zieht. Dann nimmt er einen Zehn-Euro-Schein und rollt ihn zusammen. Die linke Line Koks ist etwas dicker als die rechte.

»Ist das dein Ernst?« Natürlich ist das sein Ernst. Er macht ganz sicher keinen Spaß damit. Und was ist mit mir? Traue ich mich das? Ich habe schon viel getrunken in meinem Leben und gekifft habe ich auch schon. Aber gekokst habe ich noch nie. Liam hätte mir eine Standpauke gehalten, wie giftig, schädlich und gefährlich das ist.

»Natürlich ist das mein Ernst. Liam hat meine Lines immer gern angenommen.«

»Was hat dieser Affe? Ha! Mir hat er immer die Moralapostel vorgespielt«, beschwere ich mich.

Liam hat mir nie etwas davon erzählt, dass er Drogen genommen hat und seinen ausgeprägten Beschützerinstinkt hat er mir gegenüber immer gerne ausgelebt. 'Hör auf zu trinken, hör auf zu rauchen, hör auf zu kiffen!', Jetzt erfahre ich plötzlich, dass er mit Vice gekokst hat. Dieser Heuchler.

Ohne noch einen Augenblick zu zögern, führt er den Geldschein an sein Nasenloch, hält das andere mit dem Daumen zu und lehnt sich hinab zu dem weißen Pulver. Ich kann genau hören und sehen, wie er die dickere der beiden Lines in seine Nase zieht. Er fasst sich mit Daumen und Zeigefinger an die Nasenwurzel und kneift kurz die Augen zusammen. Ich erwarte irgendeine Reaktion von ihm. Dass er stöhnt, seufzt oder jubelt. Aber nichts. Er blinzelt, ehe er mir den Geldschein entgegenhält. »Los, Anna. Du wirst es lieben«.

Werde ich das? Ich drehe den gerollten Schein nachdenklich in meinen Fingern und starre die zweite Line an, als könnte sie mir meine Fragen beantworten und mir die Ängste nehmen. Vice bemerkt mein Zögern und rückt zu mir herum. Nun sitzt er neben mir und ist mir so nah, dass ich die Wärme seines Körpers durch den dicken Pulli, den er trägt, spüren kann.

»Was soll schon passieren, Anna? Die Wirkung dauert höchstens eine dreiviertel Stunde. Bei der geringen Dosis eher fünfundzwanzig Minuten. Versuch es und ich garantiere dir, du wirst es genießen.«

Aufgeregt fahre ich mit der Zunge über meine Lippen und streiche mir mit der freien Hand eine Strähne zurück.

Er hat recht. Was soll schon passieren? Ich lehne mich langsam nach vorn. Plötzlich spüre ich, wie er um mich herum greift und beide Hände an meinen Hals legt. Als ich fühle, wie seine Fingerspitzen rechts und links über die empfindliche Haut an meinem Hals gleiten und mein Haar zurückstreichen, bildet sich sofort eine Gänsehaut. Er hält die Strähnen zurück, damit sie mich nicht stören, wenn ich mich nach vorn lehne.

Diese kurze, sanfte Berührung hat mein Herz zum Rasen gebracht und ich versuche, meine Atmung ruhig zu halten, was mir nicht ganz gelingen will.

»Was hast du zu verlieren, Anna?«, raunt er leise an mein Ohr, woraufhin ich mich nach vorn neige und entgegen all meinen Ängsten und Sorgen das weiße Pulver mit zusammengekniffenen Augen durch die Nase ziehe.

Es brennt und ich unterdrücke einen Hustenreiz, als ich mich wieder aufsetze. Ich erwarte sofort eine Wirkung, wie ich es aus dem Fernsehen kenne. Aber noch spüre ich nichts. Vice rückt von mir weg und die Kälte, die zurückbleibt, als sein Körper nicht mehr an meinen gelehnt ist, sticht in meiner Brust. Er greift in die Tasche und zieht kleine, weiße Aufkleber und zwei Stifte hervor.

»Ich wiege und fülle ab. Du beschriftest«, bestimmt er und beginnt direkt mit dem Abwiegen verschiedener Mengen des weißen Pulvers, füllt es in die Tütchen, welche ich beschrifte. Ich schreibe darauf, was und wie viel davon enthalten ist.

»Sind die Herzchen als I-Punkte wirklich nötig?«, fragt mich Vice, welcher ein Schmunzeln nicht unterdrücken kann.

»Ich kann auch kleine Sterne malen oder Mittelfinger, was dir lieber ist.«

»Herzchen sind prima.« Ich lächle ebenfalls und lausche dabei dem nächsten Lied meiner Lieblingsband.

»Violent Pornography« von System of a Down dröhnt aus dem Lautsprecher, woraufhin sogar der Drogendealer mit dem Kopf im Takt nickt.

»Das Lied mag ich«, stellt er mit angehobenem Zeigefinger fest.

»Man muss alle Lieder von ihnen mögen! Sie sind einfach solche Poeten! Und so melodisch, so gesellschaftskritisch, so lustig und trotzdem auch todernst …«, philosophiere ich über System of a Down und fühle mich dabei von Euphorie und Glück erfüllt. Diese Band und ihre Musik machen mich glücklich. Ich könnte auf der Stelle aufstehen, herumhüpfen, meine Haare von rechts nach links werfen und so laut den Text mitschreien, wie ich nur kann.

Vice schüttelt lächelnd den Kopf und reicht mir den nächsten Zippbeutel, in dem das letzte braune Pulver verpackt ist. Ich hab gar nicht mitbekommen, dass wir schon das ganze Kokain und Heroin verpackt haben.

»Jetzt fehlen nur noch die Smarties. Hmm… ich hab schon lange keine mehr gegessen. Die sind von einem bösen Konzern und ich kaufe nichts von dieser Firma«, stelle ich fest.

Während Vice die ersten bunten Pillchen einpackt, sieht er mich fragend an. »Wieso kaufst du nichts davon?«

»Weil sie Mensch und Natur ausbeuten. Kannst du dir vorstellen, dass sie in Afrika Wasser privatisieren? In Afrika?! Wo die Menschen kilometerweit laufen müssen, nur damit sie eine dreckige braune Brühe nachhause tragen und trinken können? Und denen kaufen die das Wasser weg! Kannst du dir das vorstellen, Vice? Wie schrecklich das ist?«

»Furchtbar schrecklich.«

Er sagt diese Worte mit solch einem Zynismus, dass ich versucht bin, nach ihm zu schlagen. Vielleicht sollte ich es tun. Vielleicht aber auch nicht? Stattdessen verenge ich meine Augen und starre ihn giftig an. Hoffentlich spürt er meinen strafenden Blick als stechenden Schmerz.

»Beschriften, Anna«, erinnert er mich an das Ecstasy, auf dessen Tütchen ich die weißen Papierchen klebe.

»Ja, mach ich doch. Ich hab schon fünfhundert Tütchen beschriftet! Siehst du das nicht? Das ist ja Fließbandarbeit hier«, übertreibe ich maßlos und muss selbst darüber lachen.

Alles fühlt sich gut an. Mit den ganzen Drogen, die hier liegen, wird er so viel Geld verdienen! Und ich werde davon Geld bekommen und das werde ich sparen und dann hab ich bald genügend zusammen, um mir irgendwo ein neues Leben aufzubauen!

Als ich das letzte Tütchen beschriftet habe, beginnt er alles nach und nach in die Sporttasche zu räumen. Mein Puls rast und Hitze durchströmt meinen Körper. Ich krempele ohne nachzudenken die Ärmel meines Schlafanzuges hoch und sehe Vice dabei zu, wie er alles wegpackt. Auch er hat sich mittlerweile den Hoodie ausgezogen und da er darunter ein T-Shirt trägt, kann ich seine Arme und einen Teil seines Tattoos sehen. Ich beobachte gerne, wie sich die Sehnen an seinen Armen anspannen, wenn er zugreift und die Tüten hochhebt.

Ich weiß, dass er im Augenwinkel genau sieht, dass ich ihn anglotze, aber da es ihn nicht stört, stört es mich auch nicht.

Seine Ausstrahlung und das dazu neugewonnene Wissen über das, was er tut, lassen ihn noch viel gefährlicher wirken. Doch diese Gefahr schreckt mich nicht ab. Sie lockt mich. Das war schon so, als ich noch nichts über das Ausmaß seiner kriminellen Machenschaften wusste, als ich es nur vermuten konnte.

Ich rücke etwas zu ihm hinüber, als er den Reißverschluss der Tasche zuzieht und sie hinter das Sofa stellt. Als er sich wieder zu mir umdreht, bin ich dicht vor ihm. Ich mag die Hitze, die er ausstrahlt, die Gefahr, die ihn umgibt. Alle anderen müssen Angst vor ihm haben. Aber nicht ich. Er kann mich vor allen beschützen. Vielleicht kann er mich sogar vor *ihm* beschützen?

Die ersten Worte von »Chop Suey« *ertönen.*

»Das ist mein Lieblingslied von ihnen!«, stelle ich fest und greife dabei euphorisch in den Kragen seines Shirts. Ich fühle mich so wach, so hellwach und elanvoll. Ich glaube, dass ich alles schaffen kann. Dass ich hier das Richtige tue!

»Verstecke die Narben«, singt der Sänger auf Englisch. Das Lied passt zu mir.

Es ist mein Lied.

Annas Song.

Vice tut nichts dagegen, dass ich ihm so dicht gekommen bin, und löst auch meine Hand nicht von seinem Shirt. Stattdessen sieht er mir direkt in die Augen. Jetzt, da ich ihm so nah bin, erkenne ich, dass seine kaum eine Maserung haben. Sie sind glatt, kalt und grau wie Stahl.

»Wie das Chinagericht?«

»Ja, aber darum geht es nicht … in dem Lied geht es um … um …«

Mein selbstgerechter Suizid.

»Selbstmord?«, vermutet er, da es genau das ist, wovon sie in diesem Moment singen.

Ich nicke.

»Ja, aber nicht nur … jetzt kommt meine Lieblingsstelle!«

»Father«, schreit der Sänger verzweifelt.

Ich singe euphorisch mit, sodass mir dabei die Tränen kommen.

Vater, warum hast du mich aufgegeben?

Ich drehe mich seitlich zu dem Drogendealer und lehne mich mit meinem Oberkörper und Kopf an seine Brust. Ich spüre, wie er sich unter meiner plötzlichen Nähe anspannt, dann aber seine Arme anhebt und um meinen Körper legt. Seine Fingerspitzen streicheln meinen Arm von der Schulter hinab zu meinen Fingerspitzen und wieder hinauf. Eine Gänsehaut breitete sich auf meinem Körper aus. Ich weiß nicht, warum ich keinerlei Berührungsängste habe. Vielleicht liegt es am Kokain in meinem Blut. Dabei sagte er doch, dass es gar nicht so lange anhalten würde. Aber er hat recht gehabt. Ich liebe es. Ich habe mich noch nie so frei und gut gefühlt.

Ich weine, wenn Engel den Tod verdienen.

Ich atme tief ein und genieße seine Nähe. Sein Leben ist so aufregend, ohne Regeln und dennoch unter seiner Kontrolle. Er ist stark und unabhängig. Ich muss an seine Worte denken, als er mir seinen Namen verraten hat.

»Ich existiere nicht. Ich bin ein Niemand.«

»Vice, ich will auch ein Niemand sein.«

Ich schließe meine Augen und presse mich näher an ihn heran. »Es wäre alles so viel besser, wenn ich nicht Anna Fröhlich wäre.«

»Das solltest du dir gut überlegen, Anna«, dringt seine Stimme zu mir durch. »Das ist keine Entscheidung, die man einfach so aus einer Laune heraus trifft. Das Leben als Geist in dieser Welt ist nicht so leicht, wie du dir das jetzt vielleicht vorstellst.«

Seine Fingerspitzen streicheln über meinen Arm, sind sanft und vorsichtig. Manchmal kitzelt es mich ein bisschen. »Wieso verletzt du dich?«

Diese Frage bildet augenblicklich einen kalten Klumpen in meiner Brust und ich streife sofort die Ärmel meines Schlafanzuges nach unten. Schweigend starre ich ihn an.

»Anna«, knurrt er drohend.

Ich zucke zusammen.

»Weil ich mir manchmal einfach nicht anders zu helfen weiß, okay? Ich weiß dann nicht, wohin mit meinen Gefühlen. Es fühlt sich an, als würde es mich innerlich zerreißen. Ich bin so zornig. Wütend auf die Welt. Wütend auf mein Leben. Wütend auf mich! Ich finde keinen anderen Weg, diese Wut loszuwerden. Diese Verzweiflung muss irgendwie aus mir heraus!«

Seine Finger legen sich um meinen Unterarm, drücken leicht zu und er zieht mich etwas zu sich heran. Er legt seinen Kopf auf meinen und flüstert:»Ich mag das nicht.«

»Warum nicht?«, flüstere ich zurück. Ich verstehe ihn nicht. Er ist ein eiskalter Verbrecher, der kein Problem damit hat, Menschen mit seinem Messer zu bedrohen oder zu verletzen. Warum interessieren ihn meine Wunden, wenn er Menschen doch schon viel Schlimmeres angetan hat?

Ob er schonmal jemanden getötet hat?

Der Gedanke, möglicherweise von einem Mörder festgehalten zu werden, ist so surreal, dass ich ihn für unmöglich halte. Jemanden zu töten ist nochmal etwas anderes, als jemanden zusammenzuschlagen. Oder nicht?

Wenn Engel den Tod verdienen.

»Ich fahre jetzt.« Vice antwortet mir nicht. Er lässt mich abrupt los und zieht sich seine Stiefel an. Mit einem Klick auf sein iPhone schaltet sich die Musik aus.

»Wir sehen uns morgen Nachmittag«, verabschiedet er sich, während er sich seinen Mantel überzieht und, ohne mich noch eines Blickes zu würdigen, das Büro verlässt. Woher kommt dieser plötzliche Launenwandel? Habe ich etwas Falsches gesagt?

Als die Tür ins Schloss fällt und der Schlüssel von außen gedreht wird, lasse ich mich nach hinten in die Polster fallen.

Der unangenehme Klumpen in meiner Brust breitet sich zu einer eiskalten, inneren Leere aus. Sie umschließt mein Herz und es fühlt sich an, als wolle sie es daran hindern zu schlagen. Ich habe das Gefühl, keine Luft zu bekommen, und mein Gesicht wird heiß, meine Finger zittern und mir ist übel. Ich versuche, mir klarzumachen, dass es sicher nur die nachlassende Wirkung des Kokains ist. Trotzdem will die Panik nicht verschwinden.

Ich greife nach der Wolldecke, ziehe sie zu mir und wickele mich darin ein. Sie soll die fehlende Nähe und Wärme ausgleichen, die Vice mir eben für ein paar wenige Augenblicke geschenkt hat. Es ist mittlerweile Viertel vor vier und ich sollte schlafen. Auch wenn ich weiß, dass es sicher eine ganze Weile lang dauern wird, bis ich mich in einen unruhigen Schlaf gekämpft habe. Wo ist die Euphorie hin, meine Hoffnung und mein Mut, den ich eben noch hatte? Waren diese Gefühle nicht echt? Oder sind sie zusammen mit Vice durch die Tür gegangen und haben mich einfach wieder verlassen? So wie Liam mich verlassen hat?

Eine Woche ist mittlerweile vergangen, seitdem ich bei Vice aufgeschlagen und in seinem Büro eingezogen bin. Es ist Samstag-Nachmittag und ich erwarte ihn jeden Moment zurück. Ich habe ihm bei nicht vielen Dingen seit unserer Kokain-Qualitätskontrolle helfen können. Generell war er selten da und wenn, hatte er Sachen zu erledigen, bei denen er mich nicht brauchte. Manchmal war ein lautes, tiefes Dröhnen durch die Fenster und Wände im Büro zu hören, dann wusste ich, das Josh mit seinem Ford Mustang gekommen war, um ihn abzuholen. Wir haben uns weniger unterhalten als die ersten zwei Tage und ich frage mich, woran das liegt.

Vielleicht ist es aber auch das Beste für mich, wenn ich mich nicht zu sehr auf ihn einlasse und nur ausnutze, dass er mich hier schlafen lässt und sich drum kümmert, dass ich genug zu mir nehme. Egal von wo oder wann er zu mir ins Büro kommt, immer hat er etwas zu essen dabei. Manchmal sogar nur für mich, während er fastet. Dabei hat er es mindestens genauso nötig wie ich. Bisher musste ich auch nichts mehr wieder auskotzen. Trotz allem darf ich mich nicht von seiner freundlichen Art blenden lassen. Liam hat mich schließlich gewarnt.

Die fünfundachtzig Euro, die ich von dem Pferdeschwanz-Typ geklaut habe, durfte ich behalten und auch jetzt stehe ich unten im Kiosk und fülle das letzte Regal. Ich bekomme neunzig Euro dafür, die heutige Lieferung mit Preisen zu bekleben und einzusortieren.

Ob ich immer nur solche Arbeiten machen kann? Es muss ja nicht mal im Verkaufsraum sein. In einem Lager versteckt ohne Kontakt mit Menschen könnte ich mir auch gut vorstellen.

Der Fragebogen beim Arbeitsamt hat damals festgestellt, dass ein passender Beruf für mich Kindergärtnerin ist. Ich habe dann auch ein Praktikum dort gemacht. Ich habe ein gutes Händchen für Kinder, genau wie meine Mutter es hatte. Zumindest wurde mir das von meinem Vater und Balthasar erzählt. Sie wäre eine tolle Erzieherin gewesen und die Kinder hätten sie geliebt.

Mir konnte sie ja nie eine Mutter sein, denn mit meiner Geburt kam ihre Krankheit. Aber der Umgang mit den Kindern hat mich innerlich so aufgewühlt, dass ich schon auf dem Weg nachhause mit den Tränen kämpfen musste. Ich habe sehr viel geweint in dieser Zeit und wusste nicht einmal, warum.

War ich froh über das Glück dieser Kinder? Oder neidisch? Ihre Unschuld, ihr unbeschwertes Leben löst in mir eine schmerzhafte Traurigkeit aus, die ich nicht zu beschreiben weiß. Ob ich sie jemals überwinden werde? Den Traum, Erzieherin zu werden, kann ich jedoch an den Nagel hängen. Ein normales Leben ist für mich jetzt noch unmöglicher als vor meiner Flucht.

Das Klingeln der Tür, welches einen neuen Kunden ankündigt, erweckt meine Aufmerksamkeit. Ich lehne mich zur Seite und sehe an dem Regal vorbei.

Ein großer, schlanker Mann mit weißblondem Haar betritt den Laden. Er hält einen bunten Rucksack in der linken Hand, auf welchem verschiedene Bilder aus einem Mickey-Mouse-Comic zu sehen sind.

Ganz schön auffällig, für einen Zuhälter, Dealer und Geist.

»Hallo, Vice«, ich trete um das Regal herum.

»Hallo«, begrüßt er mich und will schon an mir vorbeigehen. Ohne darüber nachzudenken, halte ich ihn an dem Ärmel seines dicken Mantels fest.

»Was?«, zischt er mir entgegen und ich lasse ihn erschrocken los.

Wieso ich ihn festgehalten habe, weiß ich selbst nicht. Vielleicht, weil ich wissen will, warum er mich die letzten Tage ausgeschlossen und sich vor mir zurückgezogen hat. Doch jetzt sieht er mich mit solch einer Kälte und Ablehnung in den grauen Augen an, dass ich keinen Ton herausbekomme.

Er wird ungeduldig.»Was ist, Anna?«

»Ich …«, beginne ich und weiß nicht, wie ich es ihm erklären soll, ohne dass er merkt, wie mich sein Verhalten verletzt. »Ich wollte nur wissen, wann ich dir wieder helfen kann.«

»Sobald ich etwas habe, wo du mir helfen kannst. Du hast doch hier Arbeit, oder nicht? Und wenn ich was für dich finde, wirst du das schon erfahren«.

»Habe ich etwas falsch gemacht?« Meine Stimme ist leise und zittert. Ich habe Angst vor der Antwort und das, obwohl ich mir sicher bin, keinen Fehler gemacht zu haben.

Seine Wangenknochen treten deutlich hervor, als er die Kiefer fest aufeinanderpresst. Womit habe ich ihn jetzt schon wieder wütend gemacht? Sein Blick löst sich von mir und richtet sich auf das Schaufenster des Kiosks.

Dann stößt er mich mit einer Hand von sich weg und ich falle auf den Boden. Ich stöhne gequält auf und fasse mir an die Brust, die von seinem Schubsen schmerzt. Dann richtet er seinen Blick kurz auf mich und legt sich seinen Zeigefinger auf die Lippen.

Irritiert werfe ich die Stirn in Falten und sehe fragend zu ihm hinauf. Dann höre ich wieder die Klingel der Tür.

»'Ne Packung Kippen und das hier«, höre ich Vice, der ein Ei-Sandwich aus dem Regal nimmt und sich von mir entfernt.

Ich bleibe auf dem Boden hocken und rutsche etwas nach vorn. Hier kann ich durch das Regal hindurchsehen. Abgesehen von Vice' Beinen sehe ich die eines weiteren Mannes, der eine Anzugshose trägt.

»Entschuldigung, ich suche einen Vice.«

Die Stimme des Mannes brennt sich augenblicklich durch meinen Körper, frisst sich wie Säure durch meine Adern hindurch bis zum Herzen. Ich bekomme keine Luft mehr und ich beginne am ganzen Körper zu zittern.

»Und was willst du von mir?« Es ist Vice' ablehnende Stimme, die antwortet.

»Ähm, guten Tag. Joshua van der Linden schickt mich. Ich suche eine junge Frau und er meinte, dass Sie mir da vielleicht helfen können.«

»Möglich.«

»Oh, gut. Ähm, hier, ich hab eine Kopie von einem Foto. Darauf hat sie blonde Haare, aktuell hat sie diese aber dunkel gefärbt. Wenn Sie es sich vielleicht mal ansehen können?«

Meine Hände sind schweißnass und mein Atem geht so schnell wie der von einem Kaninchen. Ich versuche, so leise wie möglich zu sein. Wird Vice mich verraten? Aber warum hätte er mich dann überhaupt zur Seite gestoßen?

»Und?« Ich höre die Ungeduld in Markus' Stimme. Vice sieht sich das Bild offenbar sehr lange an. »Haben Sie sie gesehen?«

»Kann schon möglich sein.«

»Was heißt *kann schon möglich sein*? Es ist wichtig!« Zorn schwingt in seiner Stimme mit, doch Vice lässt sich davon nicht aus der Ruhe bringen.

»Das bedeutet, dass ich für genug Geld die Augen offen halte und dir Bescheid gebe. Ich versichere dir, wenn du glaubst, dass die Kleine von dem Bild hierher in diese Welt kommt, wird sie früher oder später bei mir landen. Das tun alle verlorenen Mädchen.«

Verlorene Mädchen.

Ich höre, wie Markus seufzt und kurz darauf das Rascheln von Scheinen.

»Hier meine Visitenkarte. Sie können immer anrufen, wenn Sie glauben, sie gesehen zu haben. Es ist mir … wirklich sehr, sehr wichtig, dass sie wohlbehalten zurückkommt. Wissen Sie, ihre Mutter ist vor kurzem gestorben und sie hat es nicht leicht in ihrem Leben und–«

»Es ist mir scheißegal, was mit ihr ist oder warum sie weggelaufen ist. Ich hab' gesagt, wenn ich sie sehe, sag ich dir Bescheid, und jetzt hab ich Wichtigeres zu tun.« Vice wimmelt ihn unfreundlich ab.

Danach höre ich schnelle, energische Schritte und die Türklingel. Ich stoße seufzend die Luft aus, richte mich auf und laufe an Vice und dem Kioskverkäufer vorbei. Ich muss hoch, muss weg von hier. Zwei Stufen auf einmal nehmend, renne ich zum Badezimmer hinauf, werfe die Tür hinter mir zu und reiße das Kulturtäschchen vom Waschbecken herunter. Ungeduldig wühle ich mit den Fingern darin herum und ziehe dann eine kleine Rasierklinge hervor.

Ich drücke mir die Ärmel meiner Stoffjacke nach oben und setze die Klinge auf der Haut an.

Mein Blick verschwimmt vor Tränen, die unaufhaltsam in meine Augen schießen.

Ich ertrage es nicht länger. Ich hab solche Angst und bin so hoffnungslos. So hilflos. Der Schmerz, der meinen vernarbten Unterarm durchfährt, als ich in mein Fleisch schneide, breitet sich in meinem Körper aus und löst die Tränen aus meinen Augen. Sie tropfen auf den Boden.

Wenn er nur einen Schritt weiter zum Tresen gegangen wäre, wo Vice stand, hätte er mich gesehen. Was wäre dann gewesen? Er hätte mich nur packen und mit sich reißen müssen. Hätte ich dann geschrien, getreten und mich losgerissen? Wäre Vice mir zu Hilfe gekommen? Ich glaube nicht.

»Hör auf.« Vice' Stimme dringt kaum zu mir vor. Er hat die Tür aufgerissen und steht plötzlich neben mir.

Mein ganzer Körper spannt sich an. »Lass mich allein!«

»Anna. Hör. Auf.« Seine Worte sind leise, aber bestimmend.

Er soll mich in Ruhe lassen. Ich setze die Klinge ein weiteres Mal an, ehe sich ein dunkler Schatten über mich legt und sich seine Finger fest um meinen Unterarm schrauben. Meine Hand wird weggerissen. Er tut mir weh. Anschließend presst er meine Finger fest zusammen, sodass ich die Rasierklinge fallen lasse. Sie fällt klimpernd zu Boden. Mit einem Ruck zieht er mich zum Waschbecken und hält mich dabei eisern fest. Zuerst zerre ich noch an meinem Arm und schlage mit dem Verletzten auf seinen ein. Doch ich bin zu kraftlos und er zu stark, als dass es etwas bringt.

Er dreht mit der anderen Hand den Wasserhahn auf und hält ein Ende des Handtuches darunter. Anschließend drückt er den nassen, kalten Stoff auf meinen verletzten Unterarm. Ich hebe den Kopf an und sehe ihm ins Gesicht. Seine Lippen sind fest zusammengepresst, die Brauen zusammengezogen und er schüttelt abfällig und verärgert den Kopf.

»Lass mich doch einfach …«

»Sei still!«, fährt er mich wütend an, was mich zusammenzucken lässt. Ich habe ihn noch nie so wütend erlebt.

»Warum tust du das?!«

Ich gebe ihm keine Antwort. Ich habe ihm schon gesagt, dass ich mir in solchen Situationen einfach nicht anders zu helfen weiß.

»Er hat dich nicht gefunden. Er ist einfach wieder gegangen, Anna. Warum also machst du so eine Scheiße?«

Seine Worte sind schneidend und der Zorn schwingt deutlich in ihnen mit. »So unnötig. So dumm.«

Wieso ist er so in Rage? Kann er mich nicht einfach machen lassen, was ich will?

Er presst das Handtuch mit seiner Hand auf die Schnittwunde und zerrt mich aus dem Bad über den Flur in sein Büro. Dort stößt er mich hinein, zieht seinen Rucksack ab und wirft ihn ebenfalls ins Zimmer.

»Setz dich! Und rühr dich nicht vom Fleck. Verstanden?«

Daraufhin geht er raus, schließt die Tür und verriegelt sie von außen.

Der Teufel

»Pflaster? Wofür?«

»Für deine Halsschlagader, wenn du nochmal fragst«, zische ich Amal äußerst gut gelaunt entgegen.

Dieser hebt die Augenbrauen in die Höhe und gibt mir mein Wechselgeld.

»Das Mädchen tut dir nicht gut, Vice.«

Ich ignoriere seine Aussage und gehe zurück zum Büro.

Kopfschüttelnd über Anna, diese Situation und über mich selbst, schließe ich die Tür auf. Anna sitzt auf dem Sofa und hält sich den Unterarm mit dem Handtuch. Wie ich es ihr befohlen habe, hat sie einfach hier gewartet. Schweigend gehe ich auf sie zu und setze mich zu ihr.

»Arm her«, befehle ich, woraufhin sie mir ihren verletzten Arm zögerlich entgegenhält. Ich löse vorsichtig das Handtuch von ihm und trockne die Haut um die Wunden herum ab. Noch immer kann ich nicht anders, als über dieses Mädchen den Kopf zu schütteln.

»Dumm«, flüstere ich erneut und atme tief ein. Anna senkt den Blick und auch wenn sie es zu verbergen versucht, sehe ich die Tränen von ihrem Gesicht herab auf ihre Oberschenkel tropfen.

Wieso weint sie? Wegen der Schnitte in ihrer Haut? Nein. Ich weiß, wie es aussieht, wenn Menschen vor Schmerzen weinen. Anna weint aus anderen Gründen. Sie ist verzweifelt und hat Angst. Sie ist nur knapp ihrem schlimmsten Albtraum entgangen und weil sie nicht weiß, wie sie ihren Gefühlen Luft machen kann, verletzt sie sich.

Und ich Idiot fahre sie dafür an.

»Er wird dich nicht finden«, verspreche ich ihr, während ich die Folie von dem »Ich – einfach unverbesserlich«-Pflaster ziehe und vorsichtig über ihre Wunde klebe. In meiner Eile habe ich nur die Kinderpflaster gefunden. Aber egal. Pflaster ist Pflaster.

»Ein Minion?«, fragt Anna leise, woraufhin ich die Schultern zucke.

»Ja, ich bin der Oberbösewicht und du mein kleiner Helfer. Passt doch.«

Tatsächlich entlockt es ihr ein kleines, schwaches Kichern. Auch mein Mundwinkel hebt sich etwas an.

Doch ihr Lächeln hält nicht lange.

»Ja, ich bin auch genauso dumm wie die Minions«, flüstert sie und senkt ihren Blick. Ich klebe den letzten gelben Kopf auf den blutenden Schnitt und umfasse dann ihre Hände mit meinen. Sie sind zierlich und eiskalt.

»Ich meinte das nicht so«, sage ich und weiß selbst nicht warum.

»Doch. Meintest du und du hast ja recht. Ich bin dumm.«

Meine Finger legen sich fester um ihre und ich rücke etwas näher.

»Ich … kann nur nicht verstehen, warum man sich selbst so etwas antut. Ich dachte, du müsstest froh sein, dass er dich nicht gefunden hat. Dass er sich darauf verlässt, dass ich ihm sage, wo du bist.«

Sie hebt ihren Kopf an und ihre blaugrauen, geröteten Augen sehen direkt in meine. »Und? Wirst du es ihm sagen?« Ihre Stimme ist nur noch ein Flüstern.

Ich schüttele den Kopf.»So viel Geld kann er mir gar nicht anbieten.«

Was sagst du da, Vice? Bist du noch ganz dicht?

Nur an Annas Augen sehe ich, dass sie wieder lächelt.

»Danke.«

»Nicht dafür. Ich bin einfach gerne in der Position, jemandem etwas nicht zu geben, was er gerne hätte.«

Sie nickt verstehend. »Ach so.«

»Aber das ist ja auch egal, er wird dich nicht finden.«

»Wie kannst du dir da sicher sein?« Ihre schmalen, blonden Brauen ziehen sich zusammen, während sie mich mit ihren verweinten Augen ängstlich ansieht. »Wenn er sogar hier, im Untergrund nach mir sucht, was wird er alles in der Welt da oben unternehmen, um mich zu finden? Ich werde nirgendwo mehr unter meinem Namen einchecken können. Ich habe meine EC-Karte schon weggeworfen, nachdem ich mein ganzes Geld, was nicht viel war, abgehoben habe, und aus meinem Handy habe ich die Karte entfernt und zertreten. Ich weiß nicht, was ich tun soll! Wie kann ich sicher sein, dass er mich nicht doch irgendwie findet? Ich kann mich nicht einfach in Luft auflösen, Vice. Ich bin kein Geist so wie du!«

Ihre Stimme überschlägt sich vor Verzweiflung. Ich halte ihre Hände fest, sehe ihr dabei unentwegt in die Augen und presse nachdenklich meine Kiefer aufeinander.

Fuck!

Dann löse ich mich von ihr und lehne mich zum Schreibtisch. Unter diesem ziehe ich den Papierkorb aus Metall hervor und stelle ihn vor uns auf den Boden. Anna hat ihn ausgeleert. Generell hat sie ein bisschen Ordnung in mein Büro gebracht. Als ich in ihre Reisetasche greife, rutscht sie mir verwirrt nach an den Rand des Sofas.

»Was hast du vor?«

Ich ziehe ihr Portmonee aus dem Seitenfach der Sporttasche heraus und öffne es. Es ist einiges an Geld darin, aber das bleibt auch dort. Stattdessen fische ich mit meinen Fingerspitzen ihren Personalausweis hervor.

Ich betrachte ihn einen Augenblick lang genaustens. Sie ist blond auf dem Passbild. So gefällt sie mir so viel besser.

Während ich den Personalausweis auf Augenhöhe zwischen uns halte, ziehe ich mit der anderen Hand mein Feuerzeug aus der Tasche.

Ich sehe direkt in Annas Gesicht, als ich die Flamme des Zippos entzünde und an die untere Kante ihres Ausweises halte.

Gefallener Engel

Was macht er da? Warum tut er das?

Ich starre auf meinen eigenen Ausweis, wie er stinkend Feuer fängt und das Plastik sich zu krümmen beginnt.

»Warum?«, flüstere ich leise, als ich an der Flamme vorbei in Vice' Gesicht sehe. Es ist eine weiße, undurchsichtige Maske. Ich sehe keinerlei Gefühle. Weder in seiner Mimik noch in seinen Augen, die mich unentwegt anstarren, während er den Ausweis mit seinen langen Fingern etwas dreht, damit die Flammen ihren Weg finden können. Mein abgedrucktes Gesicht verzerrt sich und geht in Flammen auf.

»Ich verbrenne Sie, Frau Fröhlich.« Er hebt einen Mundwinkel, ehe er den verbrannten Ausweis in den Mülleimer fallen lässt. »Willst du einfach verschwinden? Nicht mehr Anna Fröhlich sein, die neunzehnjährige Schulabbrecherin ohne Perspektive mit Narben auf Körper und Seele? Willst du ein Niemand sein? Ein Geist wie ich?«

Seine stahlgrauen Augen fixieren mich und eine Gänsehaut breitet sich bei diesen Worten auf meinem ganzen Körper aus. Es ist, als würde mir der Teufel persönlich in diesem Moment seine Hand reichen. Bin ich verrückt, wenn ich sie annehme? Oder habe ich eigentlich gar keine andere Wahl?

»Ja.« Meine Stimme ist leise und belegt.

»Ja, was?«

»Ja, ich will ein Geist sein. Genau wie du.«

Sein Blick huscht über mein Gesicht herab zu meinem Hals und wieder hinauf in meine Augen. Nach dieser kurzen Musterung nickt er zufrieden und richtet sich auf.

»Wie willst du heißen, Anna?«, fragt er beiläufig, während er sich suchend im Zimmer umsieht.

»Kann ich mir das einfach so aussuchen?«

»Natürlich. Es sollte nur etwas halbwegs Passendes sein. Chui Ling oder Ebru Can wird dir wohl kaum jemand abkaufen. Komm mal mit«, verlangt er von mir, woraufhin ich mich vom Sofa aufrichte und ihm in den Flur folge. Er schaltet das Licht dort an und deutet mir, mich vor die weiße Wand zu stellen. Dann stellt er sich vor mich und zückt sein iPhone. »Nur ein bisschen lächeln. Nicht zu viel. Auf diesen neuen biometrischen Passbildern muss man ja so ernst schauen wie ein Schwerverbrecher.«

Ich lache auf. »Dürfte dir ja nicht sonderlich schwergefallen sein. Vorausgesetzt, du hast überhaupt einen.«

»So, jetzt ruhig stehen bleiben. Ich mach ein paar Fotos. Natürlich habe ich gefälschte Personalausweise. Aktuell meinen Dritten. Ein bisschen mehr lächeln kannst du trotzdem. Ja, so siehts gut aus.«

»Seh ich nicht total verheult aus?«, frage ich und reibe mir mit beiden Händen über das Gesicht, als er fertig ist.

»Durch den Filter sieht man das nicht. Du siehst hübsch aus. Außerdem sieht jeder auf seinem Perso furchtbar aus.«

Da hat er recht. Kaum jemand ist mit dem Bild auf seinem Ausweis oder dem Führerschein zufrieden.

»Und? Hast du dir einen Namen überlegt?«, fragt er, als er das iPhone sinken lässt und mit mir zurück ins Büro schlendert.

Ich denke kaum darüber nach, als meine Lippen schon ein Name verlässt. »Christin.«

Vice sieht von seinem iPhone auf und hebt eine Augenbraue an. »Bist du dir da sicher?«

Ob er weiß, dass das der Name meiner Mutter war? Aber woher sollte er das wissen?

Ich nicke. »Nachname egal.«

Vice scheint damit zufrieden, denn er senkt seinen Blick wieder auf das Display und deutet auf den Rucksack, der vor dem Sofa auf dem Boden liegt.

»Da drin ist das Ei-Sandwich und eine Cola. Aber pass auf, wenn du sie aufmachst. Ist ja jetzt total durchgeschüttelt worden.«

Ja, weil du sie quer durchs Zimmer geworfen hast.

»Danke.«

»Ich werd mich gleich hier drum kümmern. Kann ich dich allein lassen? Oder finde ich dich mit aufgeschlitzten Pulsadern, wenn ich zurückkomme?«

Ich zucke schmunzelnd die Schultern. »Wer weiß?«

Er lächelt ebenfalls. »*Ich* Vice.«

Narbenvater

»Was willst du hier?«, brüllt er und richtet sich von seinem Stuhl auf. Der junge Wärter neben ihm legt ihm eine Hand auf die Schulter und drückt ihn wieder herab.

»Bleiben Sie sitzen!«, befiehlt er ihm. Ich kenne den Wärter. Er ist nur ein Jahr älter als Liam und der Sohn eines Kollegen. Unterschiedlicher könnten sie nicht sein. Liam, mein Sohn, der im Gefängnis sitzt, weil er einen Menschen umgebracht hat, und der Vorbildsohn meines Kollegen, welcher als sein Justizvollzugsbeamter neben ihm steht.

Ich atme tief durch und setze mich ihm gegenüber auf den Stuhl.

»Hallo, Liam.« Ich lege die Unterlagen, die ich mitgebracht habe, zwischen uns auf den Tisch. Er kann sich kaum beruhigen. Seine Atmung geht schnell, seine Finger knacken, so heftig knetet er sie unter dem Tisch, und der Zorn, den sein ganzer Körper ausstrahlt, gilt einzig und allein: mir.

Ich suche den Blickkontakt. Ich sehe ihm in die strahlend blauen Augen. In meine Augen. Er ist mir wie aus dem Gesicht geschnitten. Und ich hasse es.

Ich hasse es, dass er mir so ähnlich ist. Doch Liam glaubt, dass mein Hass ihm gilt. Aber das stimmt nicht.

»Ich habe ein paar Unterlagen mitgebracht. Ich habe mit einem fantastischen Anwalt gesprochen und–«

»Ich will deine Hilfe nicht«, unterbricht Liam mich. Ich atme tief ein. Respektlos wie immer.

»Du kannst meine Hilfe aber gebrauchen, Liam. Wenn du nicht die nächsten neun Jahre hier verbringen willst.«

Mein Sohn lacht freudlos auf.»Und was interessiert dich das, Vater? Wäre es dir nicht lieb, wenn ich hier drin verrecke? Ich habe bereits eine Anwältin, mit der ich alles regeln werde. Ich brauch dich also nicht.«

Ich mahle einen Augenblick mit dem Kiefer, bevor ich weiterspreche.

»Ich habe den besten Anwalt Frankfurts zu Rate gezogen und er glaubt, deine Strafe um mindestens drei Jahre verkürzen zu können. Außerdem–«

»Ich sagte: Ich brauche deine Hilfe nicht!« Wieder unterbricht er mich. Nun bin ich es, der seinen Zorn zügeln muss. All die Jahre, all die Strafen, all die Züchtigungen haben nichts, aber auch *gar nichts* gebracht. Er ist und bleibt ein Rebell.

»Ich bin doch nur hier, um dir zu helfen! Verdammt nochmal. Sei doch nicht so stur!«

Liam lacht erneut auf. Diesmal ist es ein bitteres Lachen.»Und wieso? Wieso willst du mir helfen? Glaubst du, dass du irgendwas damit retten kannst, hm? Oder was hast du vor? Warum interessiert es dich, wie lang ich im Gefängnis sitze?« Ich höre an der Bitterkeit in seiner Stimme, ich sehe in seinen Augen, wie sehr er leidet.

»Weil du mein Sohn bist.«

Er schnaubt abfällig. »Und was hast du deinem Sohn angetan? Was hast du Anna angetan? Was hast du meiner Mutter angetan?!«

Ich führe meine Hände zusammen und beginne sie zu kneten. Der Wärter neben Liam hat den Kopf von uns abgewandt. Es ist mir egal, was er hört. Und Liam ist es das auch.

»Darum geht es jetzt nicht, Liam. Ich will dir nur helfen und Anna ...« Ich überlege gut, ob ich ihm die nächsten Worte sagen soll, entscheide mich dann aber dafür. »Christin ist tot und Anna ist weggelaufen. Hast du eine Ahnung, wo sie sein könnte?«

Ich sehe, wie mein Sohn seine Augen weitet und die Verzweiflung und der Zorn einem anderen Gefühl Platz machen. Angst.»Weggelaufen? Vater, wohin soll sie denn gehen? Ich bin nicht mehr da, um sie zu beschützen! Scheiße. SCHEIßE!«

Er hebt beide Hände an und schlägt mit den Fäusten auf den kleinen Tisch zwischen uns.

»Beruhigen Sie sich, Herr Winterfeld!«, herrscht ihn der Wärter an. Liam ballt immer wieder seine Hände zu Fäusten und schüttelt dabei den Kopf.

»Wo soll sie denn hin, Vater?«

»Genau das frage ich ja dich! Du kennst sie von uns allen am besten.« Ich sehe auf seine verkrampften Hände, die auf dem Tisch liegen. Ich will nach ihnen greifen. Aber ich darf es nicht. Ich sage ihm auch nicht, dass Anna zu mir gekommen ist, dass sie bei mir gewesen ist und um meine Hilfe gebeten hat. Sie kam nach dem Tod ihrer Mutter zu mir. Ich sollte sie aufnehmen und vor Markus beschützen. Und ich habe sie weggeschickt. Warum? Weil ich feige bin. Weil ich ein feiges Schwein bin, das nur an sich selbst gedacht hat. Wenn Anna jetzt etwas zustößt, werde ich mir das niemals verzeihen.

»Und du glaubst wirklich, dass ich ausgerechnet DIR sagen würde, wo sie ist?«

»Ja, weil ich der Einzige bin, der ihr jetzt noch helfen kann!«

»Helfen?«, keucht er tonlos und starrt mich dabei ungläubig an. »Helfen, wobei?«

»Dass Markus sie nicht in die Finger kriegt.«

»So? Warum auf einmal? Bist du eifersüchtig, dass er sie ficken darf und nicht du? Glaubst du, jetzt, wo ich im Knast sitze und sie nicht mehr für dich anfassen kann, kannst du endl–«

»Halt deinen Mund!«, knurre ich. Ich ringe um Fassung. Liam raubt mir den letzten Nerv. »Hör auf damit! Ich bin hier, um eine Lösung zu finden, nicht, um mit dir zu streiten.«

»ICH will mich aber streiten!«, ruft er aufgebracht, richtet sich ruckartig auf und stößt dabei den Wärter mit unglaublicher Kraft zur Seite. Dann wirft er den Tisch vor uns mit Wucht um und geht auf mich los. »Ich werde dir NICHT sagen, wo sie sein könnte. Ich werde dir gar nichts sagen!« Seine Hände stecken in Handschellen, dennoch versucht er mich zu schlagen. Der erste Versuch gelingt ihm und er streift meine Nase und erwischt meinen Wangenknochen. Sofort durchfährt ein dumpfer Schmerz mein Gesicht. »Und ich will auch deine Hilfe nicht! Wage es nicht noch einmal, hier aufzukreuzen. Ich bring dich um, Vater! Ich schwöre dir, ich bringe dich um!«

Ich halte seine gefesselten Hände an den Handgelenken fest und dränge ihn nach hinten durch den Raum. Auch wenn Liam ein großer, trainierter junger Mann ist, überrage ich ihn dennoch und kann ihn ohne Probleme mit meinem Körpergewicht gegen die Wand pressen.

»Hör. Auf!«, presse ich zwischen zusammengebissenen Zähnen hervor. Ich bin wütend. Ich bin furchtbar wütend und ich kann nicht einmal sagen, ob auf ihn oder auf mich selbst. Vielleicht auf uns beide.

»Ich bring dich um.« Es ist kaum mehr als ein Flüstern, das seine zitternden Lippen verlässt. Einen Augenblick lang sehen wir uns direkt in die Augen.

»Ich hasse dich.«

Diese Worte überrollen und bedecken meinen ganzen Körper wie eine Lawine aus Eis. Sie sind kalt, hart und so wahr.

»Auseinander!« Der junge Wärter greift zwischen uns durch, packt Liam an seinen Handschellen und zieht ihn von der Wand und von mir weg.

»Liam, bitte beruhig dich«, höre ich den Justizvollzugsbeamten auf meinen Sohn einreden. Für einen Moment wundere ich mich, warum er ihn duzt.

Ich brauche einige Atemzüge, ehe ich mich auch in Bewegung setze. Ohne noch einmal zu meinem Sohn zu sehen, hebe ich die mitgebrachten Unterlagen des Anwaltes vom Boden und gehe auf die Tür zu. Gut. Wenn er meine Hilfe nicht will, soll er hier die nächsten neun Jahre festsitzen. Ich war hier, um ihm meine Hand zu reichen. Wenn er sie nicht annimmt, ist er selbst daran schuld.

Gefallener Engel

Drei weitere Tage sind vergangen, ohne dass es irgendwelche Katastrophen gab. Ich habe im Kiosk geholfen und war dabei, als Vice von zwei Zuhältern das Geld seiner »Mädchen« abgeholt hat. Von den Kerlen wurde ich angesehen wie ein Stück Frischfleisch. Vice hat ihnen deutlich gemacht, dass ich nicht zum Verkauf stehe. Ich muss zugeben, dass mir das etwas geschmeichelt hat. Auch wenn Josh sein Mentor und Chef ist, scheint er Vice alle Verantwortung in unserer Stadt übertragen zu haben.

Ich liege auf dem Rücken auf dem Sofa, höre über die Anlage und meine SD-Karte Musik und starre nachdenklich unter die Decke.

Wieso Vice als Drogendealer, Zuhälter und Geldeintreiber arbeitet, weiß ich noch nicht. Auch nicht, warum er keinen Namen hat. Oder wieso es keine Geburtsurkunde von ihm gibt. Ob er ein Waisenkind ist?

»Muss das so laut sein? Man hört die Musik ja bis runter in den Laden! Du würdest nicht mal mitbekommen, wenn das SEK die Tür eintritt!«

Ich zucke zusammen und drehe mich zu der Stimme.

Vice geht auf die Anlage zu und drückt auf Stop.

»Ich hab gar nicht gehört, dass du gekommen bist«, sage ich erstaunt.

Er zieht vielsagend eine Augenbraue in die Höhe.»Woran das wohl lag. Los, zieh dich an und pack all deinen Kram zusammen. Wir fahren weg.«

»Warum? Was ist los?«

»Erzähl ich dir im Auto.«

Sofort hüpfe ich vom Sofa und fange an zu packen. Ebenso hole ich die SD-Karte aus der Anlage und mein Kulturtäschchen sowie meine zwei neu gekauften Handtücher aus dem Bad. Ich stopfe alles in die Reisetasche, zieh mir meine Jacke an und werfe mir die Tasche über die Schulter.

»Kann losgehen!«

Vice, der mich beobachtet hat, setzt sich ebenfalls in Bewegung und verlässt mit mir das Büro und anschließend das ganze Gebäude. Er hat seinen BMW vor dem Kiosk auf dem Bürgersteig geparkt, sodass wir direkt einsteigen können. Ich werfe meine Tasche auf den Rücksitz und nehme selbst auf dem Beifahrersitz Platz.

»Also, wo fahren wir hin?« Ich sehe ihm von der Seite fragend ins Gesicht.

Er lächelt. »Lass dich überraschen. Hast du Hunger? Sollen wir irgendwo halten?«

Ich schüttele den Kopf. »Nein, ich bin jetzt zu neugierig, wo wir hinfahren!«

Daraufhin greift er in seine Jackentasche und zieht einen Müsliriegel heraus. »Das dachte ich mir. Iss das.«

»Danke.« Ich schalte die Sitzheizung höher und stelle das Gebläse ganz warm.

»Willst du dich kochen?«

»Es ist schweinekalt draußen«, jammere ich. Es stimmt. Es ist ein eiskalter Novembertag. Der Himmel ist blau und die untergehende Sonne schickt ihre letzten Strahlen auf den Boden, schafft es trotzdem nicht, den Frost aus ihm zu vertreiben. Vor ein paar Tagen waren es noch fast 16 Grad und regnerisch und heute tummeln sich die Temperaturen um den Nullpunkt und kein Wölkchen ist zu sehen. Nach einer gefühlten Ewigkeit fahren wir von der Hauptstraße ab und in einen ruhigeren Teil unserer Stadt.

Er setzt den Blinker und parkt seitwärts zwischen zwei Autos ein.

»Parken nur Bewohner mit Ausweis«, warne ich und zeige auf das entsprechende Schild am Straßenrand. Er zuckt nur mit den Schultern und steigt aus.

Ich folge ihm und hole meine Sporttasche vom Rücksitz. Vice kommt um das Auto herum und nimmt mir die schwere Tasche ab. Dann gehen wir gemeinsam zu der Eingangstür eines Altbaus. Er zieht seinen großen Schlüsselbund hervor, sucht kurz nach dem richtigen und schließt auf. »Komm rein.«

Wir betreten zusammen einen großen Flur. Hier befindet sich eine Tür mit der Aufschrift »Keller« und eine, an welcher ein Türkranz aus Tannenzapfen und organge-braunen Blättern hängt. In der Mitte ist ein silbernes Herz. Auf dem Klingelschild lese ich: »Elke Schönberg«.

Vice geht nicht mit mir zur Tür von Elke, sondern die Treppe hinauf. Eine Etage darüber stehen wir vor einer weiteren Tür. Auf dem Klingelschild steht: »Weiß & Valenti«

»Wo sind wir?«, frage ich ihn irritiert, woraufhin er in seine Tasche greift und mir einen Schlüssel und einen Ausweis entgegenhält.

»In Ihrer neuen Wohnung, Frau Weiß.« Seine Stimme ist leise und sanft und sein Blick erwartungsvoll.

Ich nehme ihm den Ausweis ab und betrachte ihn. Er sieht echt aus und ist im neuen Scheckkartenformat, das man seit diesem Monat bekommt. Ich sehe auf dem Bild nicht mal schlecht aus. Der Name Christin Weiß steht darauf und genau diese Adresse, bei der wir gerade stehen. Aufgeregt stecke ich den Ausweis in die Jackentasche und schließe die Tür auf.

Als ich hineinblicke, weite ich ungläubig meine Augen.

Es ist eine sehr große, wunderschöne Altbauwohnung. Die Wände und Möbel sind weiß, der Boden aus dunklem Holz und auch alle anderen Akzente sind in dieser Farbe. Eilig laufe ich durch die saubere, helle Wohnung. Die Lampen unter den hohen Decken sind riesig und wie Kronleuchter. Dennoch ist alles modern und nicht überladen oder kitschig.

»Wow!«, staune ich, als ich flüchtig in das Wohnzimmer sehe, wo sich eine riesige Wohnlandschaft befindet und ein großer Fernseher. Vom Wohnzimmer aus führt eine Tür auf einen Balkon. Links neben mir steht ein großer Schrank und rechts geht der Raum noch weiter. Aber ich will mir zuerst den Rest der Wohnung ansehen. Ich drehe mich um und gehe den Flur zurück. Ungläubig schüttele ich den Kopf.

»Krass«, murmele ich und trete durch die nächste Tür, die ich finden kann. Dahinter befindet sich ein Bad, das in Schwarz und Weiß gehalten ist. Eine große Badewanne, eine Dusche, Toilette und zwei großzügige Waschbecken.

»Wie geil ist das denn?« Im Gehen ziehe ich mir meine Jacke aus, und noch bevor ich mich auf den Weg zur Garderobe machen kann, wird sie mir von Vice abgenommen. Ich schlüpfe aus meinen ungebundenen Chucks und öffne die nächste Tür.

Es ist ein Schlafzimmer. Hier drin befindet sich nichts außer einem großen Kleiderschrank und zwei Nachttischen, die rechts und links neben einem riesigen Bett stehen. Es ist mit einem grau gemusterten Bettzeug bezogen, hat ein weißes Bettlaken und ein dunkelbraunes Holzgestell. An der Außenwand des Zimmers sind drei bodentiefe Fenster, durch welche die letzten

Strahlen der untergehenden Sonne scheinen. Rechts und links hängen dunkelgraue, schwere Vorhänge.

»Juhu!«, rufe ich, als ich in das Zimmer renne und auf das Bett springe. Ich drücke mich fest in das Kissen und umklammere es mit meinen Händen.

»Ist das weich! Duftet das gut! Und es ist so sauber!«

Vice steht mit verschränkten Armen in der Türzarge und sieht mich lächelnd an. Auch er hat sich seiner Jacke und Schuhe entledigt und steht nun in Jeans, Pulli und Strümpfen vor mir. Die Türen und Decken sind hier so hoch, dass selbst über seinem Kopf noch viel Platz ist.

»Zum einen fühlt sich gerade mein Büro beleidigt und zum anderen: liegst du da auf meinem Bett. Du schläfst auf der Couch. Aber keine Sorge. Das Bettzeug ist im Trockner und das Sofa hat einen Federkern. Dürfte also auch bequem sein.«

»Oh! Entschuldige!«, rufe ich und springe sofort vom Bett auf. Ich streiche es wieder glatt, auch wenn ich es nicht so akkurat und ordentlich hinbekomme, wie es vorher war.

»Nicht schlimm. Freut mich, dass es dir gefällt.«

Ich gehe auf ihn zu, und ohne auch nur eine Sekunde darüber nachzudenken, schließe ich meine Arme um seinen Bauch und presse mich an ihn.

»Danke. Vice«, flüstere ich und schließe meine Augen. Ich spüre die Wärme seines Körpers durch den dicken Pulli hindurch und ziehe mich noch enger an ihn heran.

Nach kurzem Zögern legt er seine Arme um mich und drückt mich an sich. Ich reiche ihm bis ans Schlüsselbein. Sein Herz schlägt schnell. Seine Fingerspitzen gleiten über meinen Rücken. Auf und Ab. Ein warmes Gefühl von Geborgenheit breitet sich in mir aus.

»Du hast das Beste ja noch gar nicht gesehen!«, beendet Vice diesen Moment und löst sich von mir. »Komm.« Er führt mich durch den Flur zurück ins Wohnzimmer. Wir gehen durch dieses hindurch um eine Ecke herum, woraufhin wir eine enorme

Küche betreten. Sie ist nur durch einen Tresen vom Wohnzimmer getrennt. In der Mitte befindet sich eine Kochinsel mit großem Induktionsfeld.

»Die Küche?«, frage ich und sehe ihn skeptisch an. »Die Küche ist für dich das Beste?«

Er nickt entschlossen.»Natürlich. Essen ist wichtig und ich liebe Kochen.«

»Ich nicht«, gebe ich zu und sehe mich in der Küche um. Als Erstes öffne ich den Kühlschrank und sehe erwartungsvoll hinein. Milch, zwei Flaschen Bier, eine Flasche Weißwein, über die ich mich besonders freue. Ansonsten finde ich Parmaschinken, Parmesan, Mozzarella und Gouda. Auch im Gemüsefach ist einiges drin. Auf den ersten Blick erkenne ich Tomaten und Rucola. »Sieht Italienisch aus«, stelle ich schmunzelnd fest und schließe die Kühlschranktür.

Als ich mich umdrehe, sehe ich Vice mit dem Rücken an die Theke gelehnt zu mir herüberblicken.

»Heut Abend Pizza?«, fragt er.

Ich nicke. »Gerne! Heißt das, du bleibst hier? Es ist deine Wohnung, nicht wahr?«

Er nickt.

»Das heißt, du bist der Valenti, der auf dem Klingelschild steht?«

Wieder nickt er und greift in die Hosentasche. Dort holt er den Geldbeutel hervor und reicht mir seinen ebenfalls gefälschten Personalausweis.

Darauf ist ein Bild von ihm. Emotionslos schaut er in die Kamera und sieht jünger aus als jetzt. Die Haare sind länger und strubbelig. Jetzt hat er sie eher nach hinten gekämmt. Die Adresse ist dieselbe, bei der wir uns gerade befinden. Sein Geburtsdatum ist der 22.11.1985. Damit ist er sechs Jahre älter als ich.

»Du hast ja morgen Geburtstag!«, stelle ich erschrocken fest und sehe ihn mit großen Augen an. »Oder … stimmt das auch nicht?«

Er schüttelt den Kopf. »Nein. Es war zwar wohl irgendwann im Herbst, aber das Datum hab ich mir selbst ausgesucht. Ich dachte, Skorpion passt zu mir.« Er zuckt die Schultern und hebt einen Mundwinkel.

»Und wieso hast du dir dann eine Schlange tätowiert und keinen Skorpion?«, hake ich nach und ziehe meinen eigenen Ausweis hervor. Mein Geburtsdatum stimmt. Ob er es sich in dem Moment gemerkt hat, als er meinen echten Ausweis verbrannt hat?

»Weil ich Schlangen mag. Darum hab ich ja auch zwei als Haustiere. Schlange gab es leider nicht als Sternzeichen, sonst hätte ich das genommen. Einen Skorpion werde ich mir allerdings auch noch tätowieren lassen.«

Erneut ziehe ich eine überlegende Schnute. »Mal nachgeschaut, ob du im chinesischen Tierkreiszeichen eine Schlange bist?«

Er schüttelt den Kopf. »Da bin ich Büffel. Unruhig, ehrlich und immer bereit, den Schwachen zu helfen.« Vice sagt diese Worte mit solch einer Überzeugung, dass ich den Kopf schütteln muss. »Du bist übrigens Ziege. Und fällst vor allem durch deine Sturheit auf.«

Lachend stoße ich die Luft aus. »Als ob! Interessierst du dich für so einen Kram?«

»Ich hab genau aus diesen Gründen mal nachgeschaut. Ich habe mir Gedanken über mein Geburtsdatum gemacht und mich ein bisschen in das Thema reingelesen.«

Ich schaue wieder auf seinen Ausweis. Luca Valenti. Ich hebe eine Augenbraue an.

»Luca Valenti? Na, der Name passt ja super zu dir, Blondi. Wieso ausgerechnet ein italienischer Name?«

Er lächelt schief. »Ich mag die Mafia«, sagt er grinsend. Er gibt mir mit einem Kopfnicken zu verstehen, dass ich ihm folgen soll. »Gib mir meinen Ausweis wieder und dann kannst du dir mal meine Haustiere ansehen, wenn du möchtest.«

»Klar!«

Zusammen gehen wir aus der Küche hinaus durch das Wohnzimmer und an dem großen dunklen Schrank vorbei. Dahinter stehen zwei große Terrarien übereinander. Im unteren räkelt sich eine riesige weiße Schlange.

»Das ist eine Albino-Python. Mittlerweile drei Meter und vierzig Zentimeter lang. Sie hört auf den Namen *Choker*, aber meist nenne ich sie nur *Choke*. Das bedeutet *erwürgen* im Englischen. Da sie eine Würgeschlange ist, fand ich das ganz passend. Und die Hübsche da oben ist eine Albino-Kobra und heißt *Venom.*« Vice deutet auf die beiden Schlangen.

Ich sehe mir die Tiere fasziniert an. Angst habe ich nicht, aber großen Respekt und sofort bekomme ich eine Gänsehaut. »Aber Venom ist doch der schwarze Spiderman, oder?« Ich lehne mich nach vorn und sehe in die roten Augen der Kobra.

»Ja, aber *Venom* ist das englische Wort für *Gift.*«

Ich nicke verstehend und verenge meine Augen.»Und womit fütterst du sie?«, frage ich, obwohl ich es mir schon denken kann. Die beiden werden ja kaum vegetarisch sein.

»Mit Mäusen. Auch wenn Choke schon eine Putzfrau von mir gefressen hat, weil sie mich beklauen wollte.«

Er sagt das so todernst, dass ich mich umdrehe und ihn mit einem zweifelnden Blick ansehe.

Ohne zu lachen oder ein weiteres Wort zu verlieren, geht er zurück in den Flur. »Du kannst deine Sachen einräumen und dich duschen, wenn du magst. Ich habe dir eine Seite in meinem Schrank freigeräumt. Wir sollten dir generell bald mal Klamotten kaufen. Ich zeig dir später noch, wo die Waschmaschine und der Trockner sind, okay? Ich verschwinde nochmal und komm zum Abendessen wieder.«

Ich nicke und hebe meine Reisetasche vom Boden hoch.

»Okay. Dann bis später«, verabschiede ich mich, woraufhin Vice sich anzieht und die Wohnung verlässt.

Ich starre noch lange auf die geschlossene Tür, hinter der er verschwunden ist. Es ist alles so irreal und nicht zu glauben. Soll das hier jetzt wirklich mein neues Zuhause sein? Und wenn ja: für wie lange? Welchen Grund hat Vice, das alles für mich zu tun? Mich vor *ihm* zu beschützen, mir Essen zu geben, mich bei sich in seinen eigenen vier Wänden wohnen zu lassen, mir einen gefälschten Ausweis zu besorgen, der mit Sicherheit nicht billig war.

Ich kann diesen Mann nicht durchschauen. Ist er vielleicht gar nicht so böse und gefährlich, wie Liam ihn immer beschrieben hat? Steckt in ihm vielleicht auch nur ein armer Waisenjunge, der gar keine andere Wahl in seinem Leben hatte, als kriminell zu werden? Wer weiß, was ihm vielleicht passiert ist. Wer weiß, was ihm angetan wurde, dass er jetzt Drogen und Menschen verkaufen muss und anderen ohne zu zögern die Nase bricht.

Ich seufze tief und mache mich mit meiner Reisetasche auf den Weg zum Bad, um die dreckige Kleidung in den Wäschekorb zu werfen. Meine Fragen werden mir nicht beantwortet, solange ich nicht mehr Zeit mit ihm verbringe und ihn näher kennenlerne. Ich weiß nicht, ob ich ihm vertrauen kann oder ob das alles nur Teil seines Plans ist, mich in Sicherheit zu wiegen. Oder steckt hinter diesen stahlgrauen, eiskalten Augen doch ein guter Mensch mit großem Herz?

Der Teufel

»Pass auf, Vice, mit einer Frau zusammenzuleben, ist nochmal was ganz anderes. Nicht, dass es dich plötzlich erwischt«, sagt Josh und lächelt dabei schief. Er sieht mich aus seinen grünen Augen schelmisch an.

Ich puste abfällig den Rauch aus meiner Lunge und schüttelte den Kopf. »Du weißt, dass ich das nicht kann, Josh. Ich bin nicht dazu in der Lage, Gefühle für jemanden zu entwickeln.«

Das war schon immer so und das wird auch immer so sein. Ich weiß nicht, warum es so ist. Entweder ich bin einfach so zur Welt gekommen, oder meine Mutter oder mein Vater haben irgendwas falsch gemacht. Vielleicht haben sie mich zu oft fallen gelassen? Ich würde das jedenfalls mit meinem Kind tun. Wer braucht schon ein nerviges, schreiendes Balg? Ich jedenfalls nicht und da meine Mutter so oft betont hat, wie ähnlich ich meinem Vater bin, wollte er mich womöglich auch am liebsten loswerden.

»Sei dir da mal nicht so sicher. Du bist zwar echt ein Härtefall, Vice, aber vor der richtigen Frau ist kein Mann sicher.« Er zieht ebenfalls an seiner Zigarette und bläst mir den Rauch mit wissendem Blick entgegen. »Glaub mir das. Aber hey, Anna ist echt schnuckelig und total kaputt. Das wäre doch perfekt!«

»Ich lasse sie einfach nur bei mir wohnen. Ende der Geschichte«, bestimme ich und drücke mich von Joshs Mustang ab, an den ich gelehnt bin.

»Wirst du sie töten?«

Diese Worte lassen meine Finger kribbeln und jagen einen wohligen Schauer meine Wirbelsäule hinab. Mein Herzschlag beschleunigt sich. Seine Frage ist ernst gemeint, jedoch ohne Wertung. Ich kann nicht anders, als mit den Schultern zu zucken. »Mal sehen.«

»Überleg es dir gut, Vice. Diesen Spaß hast du nur einmal, denn dann ist sie für immer weg.« Auch Josh drückt sich von seinem Mustang weg. »Hier.« Er öffnet sein heiliges, braunes Ledermäppchen, das er immer und überall dabei hat, und zieht einige Geldscheine heraus, die er mir reicht. »Das ist dein Anteil. Ist gut gelaufen heute.«

Ich nicke und nehme das Geld entgegen. Es sind mehrere tausend Euro. Als ich auf die Scheine in meiner Hand blicke, erkenne ich, dass ich Blut an meinen Fingern habe.

»Na dann, noch einen schönen Abend, Vice«, verabschiedet er sich mit einem Schlag gegen meinen Oberarm.

»Dir auch. Aber mit dem Heroin, das wir eben besorgt haben, dürfte das ja kein Problem sein.« Diesen Seitenhieb kann ich mir nicht verkneifen, denn ich weiß, dass er es nicht nehmen darf, dass er es sich selbst nicht erlaubt.

Josh presst die Lippen fest zusammen und sieht mich strafend an. »Du weißt, dass ich das Zeug nicht mehr anrühre. Machs mir doch nicht noch schwerer, als ich es sowieso schon hab, Mistkerl.«

Ich lächele ihn an und hebe die Hand zum Abschied, schnippe dabei die heruntergeraucht Zigarette weg.

»Dann eben einen schönen Abend mit deiner Frau und den Kids.« Im Gegensatz zu allen anderen in unseren Kreisen weiß ich von seinem spießigen Normaloleben, das er außerhalb von Frankfurt, seinem Drogen- und Nutten-El-Dorado, führt.

»Ja, das ist auch weitaus schöner als eine Nadel im Arm.«

Soll er sich das nur einreden. Ich weiß, wie sehr er sich nach dem Rausch sehnt. Jemand wie ich erkennt die Zeichen eines ehemaligen Junkies. Auch wenn er meinen vollsten Respekt verdient. Er hantiert tagtäglich mit dem Zeug herum und kann der Versuchung widerstehen, bleibt standhaft.

Im Gegensatz zu ihm habe ich keinerlei Probleme mit Drogen. Ich hab schon alles probiert. Manches nur ein-, anderes immer wieder mal. Aber süchtig? Dafür habe ich mich zu gut im Griff.

Der Mustang wird mit lautem Motor gestartet und fährt die Straße hinunter. Das Geld stecke ich in den Geldbeutel und gehe zur Haustür meiner Wohnung. Ich schließe auf und betrete den Flur. Als Erstes gehe ich runter in den Keller und hole dort das Bettzeug aus dem Trockner und trage die Wäschewanne bis ganz nach oben. Durch die Tür höre ich dröhnende Gitarrenklänge.

Als ich die Wohnungstür geöffnet habe, donnert mir die laute Musik ungedämpft entgegen und ich kann nicht anders, als den Kopf zu schütteln. Meine Jacke hänge ich an der Garderobe auf und die Schuhe stelle ich darunter. Den Wäschekorb lasse ich im Flur.

Da ich Anna im Wohnzimmer erwarte, gehe ich als Erstes dorthin. Es ist mittlerweile halb acht Uhr abends.

Sie liegt auf dem Rücken, in den Händen hält sie eines meiner Bücher. Es scheint »Während du stirbst« von Tammy Cohen zu sein, soweit ich das erkenne. Sie trägt ihre blaue Schlafanzughose mit kleinen pinken Donuts drauf, ein schwarzes Bandshirt und darüber einen schwarzen, geöffneten Hoodie, in dem sie vollkommen untergeht.

Ich weiß nicht, wie lange ich dort stehe und sie einfach nur anstarre. Zweimal hat sie nun schon umgeblättert, ohne mich zu bemerken. Komisch für eine Frau, die eigentlich auf der Flucht ist. Vielleicht liegt ihre Entspannung aber auch an der halb leeren Flasche Weißwein auf dem Tisch.

Das gefällt mir nicht.

»Guten Abend, Anna«, sage ich so laut, dass sie es über die Musik hinweg hören muss. Sie zuckt zusammen und sieht über das Buch zu mir.

»Guten Abend! Wie geht es dir? Alles okay?« Bei dieser Frage wandert ihr Blick zu meinen Händen.

»Alles prima.«

Durch ihr Starren an meine blutigen Finger erinnert, gehe ich in Richtung Badezimmer. Dort hole ich mein Butterfly heraus und lege es in das Waschbecken. Auch an ihm klebt Blut. Den dicken Pulli, den ich trage, ziehe ich aus und werfe ihn in den Wäschekorb. Dieser quillt über von Annas Kleidung. Im Wohnzimmer wird die Musik ausgeschaltet. Ich halte meine Hand unter den elektrischen Seifenspender.

»Wirklich alles in Ordnung?« Ihre Stimme ist leise und fragend, als sie seitlich an mich herantritt und hinab ins Waschbecken sieht.

»Ja. Ist ja nicht mein Blut.«

»Von wem ist es dann?«

Ich öffne langsam das Messer und beginne auch seine Klinge zu säubern. Ganz vorsichtig, da es verdammt scharf ist. »Unwichtig.«

Ich nehme mir eines der kleinen Handtücher von dem Regal neben dem Waschbecken und trockne mir meine Hände und das Butterfly.

»Ist er tot?«

Bei dieser Frage hebe ich eine Augenbraue an und sehe zu Anna. Neugierde und Angst ringen in ihren Augen um die Vorherrschaft. Langsam neige ich den Kopf zur Seite und sehe sie eine Weile lang an.

»Ist das denn wichtig?«

Sie weiß nicht, ob sie die Wahrheit wissen will. Vielleicht glaubt sie, sie zu kennen. Vielleicht täuscht sie sich aber auch vollkommen in mir.

»Hunger?«

Diese Frage scheint sie im ersten Moment vollkommen zu überfordern, doch nach kurzem Zögern nickt sie.

»Ja. Ich habe schon einige Pizzalieferservices rausgesucht.«

Ungläubig sehe ich sie an. Ist das ihr Ernst?

»Pizzalieferservices?«

»Ja, wir wollten heut Abend doch Pizza essen, oder nicht?«

Nun kann ich ein Lachen nicht verkneifen. Ich stecke das trockene Messer in meine Hosentasche und schüttele den Kopf.

»Ich bestelle doch keine Pizza bei einem Lieferservice. Die backe ich selbst«, bestimme ich und gehe an ihr vorbei aus dem Badezimmer hinaus in mein Schlafzimmer.

»Echt jetzt? Sowas kannst du?«

»Ich sagte doch, ich koche gern.«

Ich öffne meine Jeans und zieh sie mir aus. Dass sie mich jetzt in Shorts sieht, stört sie offenbar nicht. Und mich auch nicht. Ich hänge die Hose über einen Bügel in meinen Schrank hinein und hole mir eine Jogginghose heraus und zieh sie an. »Hast du lange Stelzen«, stellt sie fest und schmunzelt, als ich sie ansehe.

»Ich bin ja auch groß. Kann ja nicht jeder so ein Zwerg sein wie du.«

»Ich bin kein Zwerg. Ich bin vollkommen normalgroß für eine Frau. Du bist einfach ein Riese.«

Nachdem ich mich fertig umgezogen habe, gehe ich mit Anna in den Flur. Dort zeige ich auf die Wäschewanne. »Da drin ist dein Bettzeug. Im Sofakasten ist die dazugehörige Bettwäsche. Überzieh schonmal alles, ich fang in der Zeit mit der Pizza an.«

Ohne zu zögern, nickt Sie und trägt die Wanne ins Wohnzimmer. Erst jetzt erkenne ich, dass es mein Hoodie ist, den sie trägt. Ich sage nichts dazu, sondern gehe weiter durch bis auf den Balkon. Von dort hole ich den schon fertig zubereiteten Pizzateig.

»Ist das der Teig?«

»Ja. Der schmeckt am besten, wenn er mal mindestens zwölf Stunden gehen konnte. Ich hab ihn heute Morgen schon vorbereitet. Also war die Entscheidung über das heutige Essen schon heute Morgen gefallen.«

»Offenbar!«

Ich betrete die Küche und beginne den kalten Teig durchzukneten, um ihn weich und geschmeidig zu bekommen. Zufrieden sehe und spüre ich, dass er gut gegangen ist, und ich denke, dass es ein fantastischer Pizzaboden wird. Ich höre Anna im Wohnzimmer ihr Bettzeug überziehen. Dieses Geräusch löst gemischte Gefühle in mir aus.

Josh irrt sich. Ich muss nicht aufpassen. Ich genieße nur ihre Anwesenheit und sorge dafür, dass Markus sie nicht findet. Sie kann mir manchmal eine Hilfe sein und ich war schon früher von ihr fasziniert. Allein aus Liams Erzählungen. Ich finde sie interessant. Ihr Leben, ihre Geschichte, ihre Narben und damit meine ich nicht jene an ihren Armen. So viel wie möglich möchte ich über sie erfahren. Ich will wissen, wie zerstört sie ist, wie kaputt sie von Markus, Balthasar und Liam gemacht wurde, und ich will wissen, wie es in ihr drin aussieht.

Wenn ich in ihre Psyche eindringe.

Oder wenn ich mit meinem Messer in sie eindringe.

Gefallener Engel

Nachdem ich mein Bett-Sofa fertig bezogen habe, gehe ich in die Küche. Vice streut gerade Mehl auf die Arbeitsplatte, dann legt er eine Teigkugel darauf. Konzentriert drückt er mit beiden Händen den Teig kreisförmig auseinander. Ich ziehe mir einen der Barhocker an den Tresen, auf dem er gerade arbeitet, heran und setze mich darauf, um ihm zuzusehen. Kurz hebt er den Kopf und sieht mich an, ehe er etwas Mehl aus der Verpackung holt und vor mich auf den Tresen streut. Daraufhin legt er einen weiteren Klumpen Teig vor mich.

»Wasch dir die Hände und roll den Teig aus.«

»Trink dabei etwas mit mir«, verlange ich, als ich schon zurück ins Wohnzimmer gehe und mir dort mein Glas und die Flasche Weißwein hole. »Los, hol dir ein Glas. Ich schütte dir ein.«

Vice hält in seiner Bewegung inne und sieht auf die Flasche und das Glas. Als er bemerkt, dass ich den Wein aus einem Wasserglas trinke, schüttelt er abfällig den Kopf.

»Banause«, murmelt er, wischt sich die Hände an einem Tuch ab und kippt den letzten Schluck aus meinem Glas in die Spüle. »Ich trinke keinen Weißwein.«

Dann geht er an mir vorbei ins Wohnzimmer. Dort holt er eine dunkle Flasche und ein großes bauchiges und ein kleineres Weißwein-Glas aus einem Schrank und kommt zurück. Er entfernt den Verschluss mit einem Korkenzieher und nachdem er mir Weißwein eingeschenkt hat, füllt er sein Glas mit Rotwein. »Du wolltest trinken, also: Auf was stoßen wir an?«

»Auf dass mir ein anderes Schicksal droht als der Frau aus dem Buch ›Während du stirbst‹, das ich eben am Lesen war«, sage ich und lächele dabei schief.

»Wieso? Willst du nicht angekettet in einer Hundehütte vor meinem Bett schlafen und täglich von mir gefoltert werden?«

Sein bösartiges Grinsen bei diesen Worten bereitet mir eine Gänsehaut.

»Danke. Aber nein, danke«, lehne ich ab.

»Auf dein neues Leben, Anna«, prostet Vice mir zu und unsere Gläser geben ein hohes, glockengleiches *»Bing«* von sich, als wir sie aneinanderstoßen.

Selbst als er trinkt, sieht er über den glänzenden Rand seines Weines hinweg die ganze Zeit über direkt in meine Augen. Wie macht er das nur? Wie kann er nur immer und zu jeder Zeit diesen direkten Augenkontakt halten? Spätestens nach ein paar Sekunden muss ich wegsehen. Auch sonst habe ich dieses Verhalten bei noch keinem anderen Menschen so stark wahrgenommen wie bei ihm.

Ich kippe die Hälfte des Glases direkt in meinen Mund und ernte dafür einen weiteren zweifelnden Blick. Er sagt jedoch nichts dazu, stattdessen stellt er sein Glas ab und widmet sich dem Pizzateig. Ich tu es ihm gleich.

»Sieht die lecker aus. Und wie die riecht!«

Ich sehe in den Ofen hinein, der auf Augenhöhe im Küchenschrank integriert ist. Darin brutzeln die zwei Pizzen vor sich hin. Eine Pizza Margherita, die Vice für mich gemacht hat, und eine Pizza nur mit etwas Käse, die ich gemacht habe, die er erst nach dem Backen belegen will.

Hoffentlich schmeckt es ihm überhaupt. Mein Teig ist bei weitem nicht so flach wie seiner geworden. Während ich aufgegeben und mit einem kleinen Handroller die Pizza platt gemacht habe, hat Vice sie wie ein Profi in der Luft gedreht und gewirbelt. Das Ergebnis war ein dünner, runder und gleichmäßiger Pizzaboden, der danach von uns beiden mit Tomaten und Käse belegt wurde. Sogar die Tomatensoße war nicht aus dem Glas, sondern selbst gemacht.

»Sag mal, ist an dem Italiener Luca Valenti doch was Wahres dran?«, frage ich, als ich mich von dem Ofen wegdrehe und zu Vice sehe, der auf einem Hocker sitzt und das Glas Rotwein in seiner Hand schwenkt. Er zuckt die Schultern.

»Ach komm schon!« Ich drücke mich mit den Händen an der Arbeitsplatte ihm gegenüber nach oben und setze mich darauf. Er reicht mir mein Glas Wein. Es ist das Letzte, dann ist die Flasche leer. Ebenso wie sein Rotwein. Mir ist gar nicht aufgefallen, wie viel wir während dem Pizzabacken getrunken haben. »Verrat mir wenigstens das.«

Er führt das Glas an seine Lippen und trinkt. Langsam. Sehr langsam. Er will mich damit ärgern. Ich greife neben mich, zupfe von dem übriggebliebenen Teig ein Stück ab und werfe es auf ihn. »Los! Sag schon!«

Er wehrt den Teig mit der andern Hand ab und greift neben sich auf die Arbeitsplatte. Dann schleudert er mir ein Stück Teig mit Mehl entgegen. Ich berühre es zwar noch mit den Fingerspitzen, es fliegt mir dennoch direkt ins Gesicht.

»EY!«

Vom Ehrgeiz gepackt stelle ich mein Glas zur Seite und zupfe erneut Teig ab. Diesmal ein größeres Stück, teile es auf und werfe mit beiden Händen.

Wieder wehrt er die Stücke ab. Eines fängt er sogar im Flug auf und wirft es auf mich zurück. Erneut trifft es mein Gesicht.

Das darf doch nicht wahr sein!

Ich nehme mir noch zwei große Stücke und springe von der Arbeitsplatte herunter, um direkt auf ihn zuzugehen. Dann muss ich eben dichter an ihn heran, um ihn zu erwischen. Er weitet die Augen, als ich so zielstrebig auf ihn zugehe. Schnell stellt er sein Glas ab und hebt abwehrend die Hände. Ich werfe einmal und beim zweiten Mal erwische ich ihn ebenfalls im Gesicht, sodass ein großer weißer Mehlabdruck auf seiner Wange zurückbleibt.

Das reicht noch nicht! Ich werfe nochmal, aber er fängt es auf, greift anschließend nach meiner Hand und zieht mich mit einem Ruck an sich heran. Sofort stoße ich gegen seine Brust, an die er mich mit festem Griff drückt. Obwohl er nur einen Arm um meinen Körper gelegt hat, kann ich mich nicht mehr wehren. Meine Hände sind zwischen unseren Körpern eingeklemmt.

Er ist warm und riecht so angenehm, dass ich versucht bin, einfach die Augen zu schließen. Ich bemitleide mich fast selbst, wie verzweifelt ich mich nach Nähe sehne. Nach Nähe, die mich tröstet und nicht zerstört. Ich will nicht, dass dieser Augenblick endet. Doch dann rieselt weißer Schnee auf mich herab. Als ich den Blick anhebe, sehe ich Vice' Hand über meinem Kopf, wie er Mehl auf mich streut.

»Du bist so gemein«, murmele ich in den Stoff seines Shirts.

»Gemein ist mein zweiter Vorname.«

Dann lässt er mich los und ich trete einen Schritt zurück. Ich merke, dass meine Wangen heiß sind. Bestimmt bin ich knallrot und sein fixierender Blick macht es nicht besser. Hoffentlich denkt er, dass es am vielen Wein liegt. Das liegt es doch auch, oder?

»Mein Vater ist Italiener«, sagt er schließlich versöhnlich.

»Echt?«, ungläubig ziehe ich meine Augenbrauen in die Höhe. »Aber du siehst sowas von … nicht italienisch aus. Abgesehen von deinen Pizzakünsten. Das war ganz schön Italiano-mäßig. Hat dir das dein Vater beigebracht? Ist er Pizzabäcker?«

Irgendwie bin ich froh, jetzt zu wissen, dass er kein armer Waisenjunge ist. Andererseits hätte das seine verkorkste Art und seine kriminelle Laufbahn erklärt.

Er schüttelt den Kopf, während er sich mit einem Geschirrtuch das Mehl aus dem Gesicht wischt.

»Das habe ich mir selbst beigebracht. Ich habe meinen Vater nicht kennengelernt, aber laut meiner Mutter konnte er auch gut kochen.«

Ich rücke den Hocker näher an ihn heran und setze mich darauf. »Ist er tot?«, frage ich geradeheraus. In Vice' Gesicht ist keine Regung zu sehen. Keine Schmerzen, keine Trauer. Nur Gleichgültigkeit.

»Er kam ins Gefängnis, als ich ungefähr ein halbes Jahr alt war. Lebenslänglich mit anschließender Sicherheitsverwahrung.«

Oha.

Wenn jemand ein solches Urteil bekommt, muss er hochgradig gefährlich sein. Ich frage mich, was er getan hat, um noch über seine Haftstrafe hinaus in Gefangenschaft bleiben zu müssen. Diese Frage liegt mir auf der Zunge, aber ich stelle sie nicht. Vielleicht, weil ich Angst vor der Antwort habe.

»Besuchst du ihn oft?«

Er schüttelt den Kopf. »Nie. Ich existiere nicht, Anna. Schon vergessen? Und so gut unsere gefälschten Ausweise auch sind, dass sie der Kontrolle im Gefängnis standhalten, ist fraglich. Dieses Risiko will ich nicht eingehen.«

Ich weite meine Augen. »Heißt das, ich kann Liam auch nie besuchen?«

»Genau das heißt es. Aber das musst du auch nicht. Du willst doch mit deinem alten Leben abschließen, oder nicht?«

»Ja, schon aber … Liam …«

»Riechst du das? Die Pizza ist fertig. Ich muss noch den Rucola waschen. Du reibst Parmesan in die Schüssel.«

Damit ist das Thema beendet. Ich versuche, nicht mehr an Liam oder Vice' Vater im Gefängnis zu denken, sondern mich auf die Pizza zu freuen.

Während Vice den Salat wäscht, reibe ich mit einer großen Metallreibe den Parmesan in eine kleine Schüssel, bis sie voll ist.

Vice holt beide Pizzen aus dem Ofen und stellt sie auf die Holzarbeitsplatte. Mit einem langen Messer schneidet er meine Margherita in kleine Stücke und beginnt seine Pizza mit dem Rucola, Parmesan und Parmaschinken zu belegen. Darüber träufelt er etwas Cranberry-Balsamico-Essig. Es sähe wirklich lecker aus, wenn da nicht das arme Schweinchen in Form von Schinken draufliegen würde.

»Kannst du nicht einfach nur Rucola und Parmesan drauf essen? Muss denn für die Pizza ein Tier sterben?«

Genervt legt er seinen Kopf in den Nacken und ich höre ihn laut stöhnen.

»Ist doch so …«, murmele ich.

Vice schneidet auch seine Pizza in Stücke, wischt den Tresen sauber und deckt den Tisch. Er stellt auch unsere Weingläser dazu und schüttet sich selbst etwas nach. Meine Flasche ist leer.

»Setz dich«, fordert er mich auf und deutet auf den Hocker, während er einige Stücke von beiden Pizzen auf ein weißes Tablett legt und zwischen unsere Teller stellt.

Wir setzen uns einander gegenüber an die Theke.

»Guten Appetit.«

»Guten Appetit.«

Ich nehme mir ein Stück Margherita. Der Teig ist dünn und knusprig. Die Tomatensoße würzig, aber nicht aufdringlich, der Käse in genau der richtigen Menge. Kurz: Es schmeckt grandios. Es ist sogar die beste Pizza, die ich jemals gegessen habe.

Ich schließe genießend meine Augen und seufze zufrieden. Als ich sie wieder öffne, sehe ich direkt in Vice' Gesicht. Wie immer starrt er mich an und beißt selbst in seine Pizza, deren Boden viel dicker und leicht matschig ist, weil ich es nicht so hinbekommen habe wie er. Er sollte lieber von seiner Pizza essen und nicht von meiner verunstalteten.

»Was?«, fragt er, als ich ihn einige Zeit anstarre.

»Nichts. Das Schweinchen«, schiebe ich meine Reaktion auf den Schinken, den er isst.

»Echt jetzt?«

»Ja.«

»Ich komme mit einem blutigen Messer nachhause und du sorgst dich um den Schinken auf meiner Pizza?«, fragt er und muss mich für verrückt halten. Vielleicht bin ich das auch, denn ich nicke.

Vice richtet seinen Blick auf das Stück Pizza in seiner Hand, deren viel zu weiche Spitze sich nach unten hinabsenkt. Seufzend legt er es zur Seite und nimmt sich ein Stück der Margherita.

»Zufrieden?«

Wieder nicke ich. »Sehr sogar! Auch wenn das Schwein jetzt umsonst gestorben ist.«

»Was soll ich deiner Meinung nach denn machen?«

»Gar kein Fleisch kaufen?«, schlage ich vor.

»Großer Gott, was tu ich mir hier nur an?«, fragt er seufzend, kann aber ein Lächeln nicht unterdrücken, während er in die Pizza Margherita beißt.

Es war einer der schönsten Abende seit langer, langer Zeit. Wir haben über Stunden hinweg Wein getrunken, Pizza gegessen, Musik gehört und uns unterhalten. Über völlig normale Dinge. Über die Riesen-Ansammlung an Psychothrillern, die Vice im Regal stehen hat, über die neusten Kinofilme und dass man sich ja mal einen zusammen ansehen könnte. Wir haben beide Interesse an dem neusten Teil von Saw. Also wollen wir einen gemeinsamen Kinobesuch planen. Nun liege ich auf dem Sofa, eingekuschelt in die frisch gewaschene Decke und habe ein Lächeln auf den Lippen.

Als ich vor über einer Woche vor Vice' Tür stand, wusste ich nicht, auf was ich mich einlasse. Ich erinnere mich an das Gespräch mit Liam, als er mir damals von ihm erzählte. Ich war dreizehn Jahre alt.

»Da gibt es jemanden, der uns helfen kann, Anna. Ich werde ein paar Dinge für ihn erledigen und …«

»Dinge?«

»Ja, nichts Wildes. Mach dir keine Sorgen. Aber vielleicht kann er uns helfen. Vielleicht kann er uns beschützen. Er ist … gefährlich.«

»Gefährlich? Ich will nicht, dass du in Gefahr bist, Liam!«

»Keine Sorge, Anna, ich passe schon auf mich auf. Er ist mächtiger als Balthasar und Markus. Er hat im Untergrund so viel Einfluss, dass er uns vielleicht vor ihnen beschützen kann. Durch ihn werde ich uns irgendwann aus diesem Albtraum rausholen. Ich verspreche dir, Anna, ich werde dich retten.«

Später nahm er mich sogar mit zu ihm, damit wir bei ihm schlafen konnten. Liam drückte mich immer hinter sich, wollte mich vor den aufdringlichen Blicken des weißblonden Mannes schützen. Ich hatte Angst vor ihm, ohne auch nur zu wissen, wer er ist. Seine ganze Erscheinung war respekteinflößend und bescherte mir eine Gänsehaut.

Als ich nun alleine vor ihm stand und ihn bat, bei ihm bleiben zu können, war das Gefühl noch immer das gleiche. Nur die Faszination wird von Tag zu Tag größer. Der Wunsch, hinter seine bleiche, emotionslose Maske schauen zu können, hat sich in mir eingenistet. Ich will wissen, wie er denkt, wie er tickt, wie er fühlt. Wenn er Letzteres denn überhaupt kann.

Aber warum sollte er mich sonst hier bei sich wohnen lassen und mich versorgen? Einen neuen Ausweis hat er mir auch beschafft, ohne etwas von mir zu verlangen. Es wirkt mir eher, als würde er diese Dinge aus Sorge tun. Vielleicht ist das aber auch nur Wunschdenken und der Preis, den ich dafür bezahlen muss, kommt irgendwann. Was könnte er von mir verlangen? Sex? Aber Vice wirkt so uninteressiert an mir, hat mich noch kein einziges Mal bedrängt oder angefasst. Es wirkt eher, als würde er vor zu viel Nähe flüchten.

Außerdem hatte er im Gegensatz zu den ganzen anderen zwielichtigen Typen im Rotlichtviertel nicht ständig eine Dame rechts und eine links im Arm oder auf dem Schoß sitzen. Ich weiß nichts über seine Arbeit, außer dass er gewaltsam Geld besorgt und offenbar Drogen und Frauen verkauft. Es interessiert mich, wie er mit seinen Prostituierten umgeht. Ist er da genauso fürsorglich und verständnisvoll wie zu mir? Oder sind sie für ihn nur Ware, die er verkauft und die funktionieren muss? Vielleicht kann ich ihn zu dieser Arbeit eines Tages mal begleiten, auch wenn ich mir nicht sicher bin, ob ich wirklich sehen will, wie er die Frauen behandelt.

Ich lehne mich zum Wohnzimmertisch und schaue auf die Uhrzeit auf meinem Handy. Schon halb zwei. Jetzt muss ich aber wirklich schlafen. Das sollte mir heute leichtfallen, denn ich bin total vollgefuttert, habe eine Flasche Wein intus, bin zufrieden und in Sicherheit.

Der Teufel

Ich kann nicht schlafen. Darum starre ich auf mein iPhone und schieße zornige, bunte Vögel gegen grüne Schweine.

Mein Verstand ist hellwach, obwohl mein Körper entspannt und ruhig ist. Ich fühle mich fast wie auf Opium. Aber es liegt nur an der Flasche Wein, die ich getrunken habe, und meinen kreisenden Gedanken.

Verdammt nochmal, es war ein wirklich schöner Abend. Anna wirkte so zufrieden, offen und glücklich. Nicht so aufgelöst und fertig wie sonst.

Sie hat viel getrunken, ob ihre Entspannung daran lag? Sie hat gut gegessen. Es ist nicht mehr viel Pizza übrig, auch wenn ihr Teig ja auch die letzte Katastrophe war. Das muss sie unbedingt üben. Ich mache trotzdem das nächste Mal zwei Böden.

Das nächste Mal. Ohne dass ich es gemerkt habe, habe ich für mich selbst schon beschlossen, dass sie länger hier bei mir bleiben wird als zu Anfang gedacht. Ich hätte sie nicht eine einzige Nacht bei mir schlafen lassen dürfen. Nicht ohne einen hohen Preis dafür zu verlangen.

Sie hätte mir einen blasen können. Während ich auf dem Schreibtischstuhl sitze, wäre sie vor mir in die Knie gegangen. Meine Finger wären über ihre Wange gefahren, in ihr Haar hinein und am Hinterkopf hätte ich fest zugepackt. Ich hätte sie bis zum Äußersten getrieben, sie so hart gegen mich gepresst, dass sie keine Luft mehr bekommt. Bis ich Tränen in ihren Augen glitzern sehen könnte.

Oder ich hätte sie als Preis für meine Gastfreundlichkeit von hinten gefickt, bis sie blutend vor mir zusammengebrochen wäre. Bis sie gewimmert und geweint hätte.

Hätte. Wäre. Könnte.

Ich lasse mein Handy sinken und seufze tief. Mein Schwanz ist hart. Verdammt. Ich streiche mir mit der flachen Hand über die Augen und schüttele den Kopf. Nichts davon hab ich getan. Garnichts. Nein. Ich hab sie bei mir schlafen lassen und ihr zu essen mitgebracht.

Seit Liam das erste Mal von ihr erzählt hat, entwickelte sich in mir ein unglaubliches Interesse für die kleine Blonde. Und es stieg von Mal zu Mal, immer wenn er mir mehr von ihr berichtete oder sie, dicht an ihren Peiniger gepresst, vor mir stand. Dann stand sie plötzlich vor meiner Tür. Wie ein trauriger, gefallener Engel. Allein und vollkommen durchnässt. Kein Liam, hinter dem sie sich verstecken konnte. Sie hat mir die Stirn geboten und von mir verlangt, sie aufzunehmen.

Ihr Mut hat mich beeindruckt, gleichzeitig auch gezeigt, wie verzweifelt sie sein muss, ausgerechnet zu *mir* zu fliehen. Zu dem, der Frauen wie Vieh verkauft, der Menschen mit seinen Drogen in den Abgrund zieht. Zu einem Psychopathen, wie Josh mich gerne nennt. Ich hätte mit ihr genau das tun sollen, worüber ich eben nachgedacht habe. Vielleicht wäre dann diese Anspannung endlich weg, die mich in ihrer Gegenwart so quält. Ich schließe mein Handy an das Ladekabel und verschränke die Arme grübelnd hinter dem Kopf.

Ich hab keine Lust, mir auf Anna jetzt einen runterzuholen. Einmal, weil das ziemlich erbärmlich wäre, schließlich liegt sie im Nebenzimmer, und ich könnte sie auch einfach ficken. Zum anderen mache ich das generell nicht gerne. Keine Ahnung, warum, aber es widerstrebt mir, selbst Hand anzulegen. Wozu habe ich denn meine Nutten?

Schlaf jetzt, Vice, und hör auf nachzudenken. Du wirst zu keinem befriedigenden Ergebnis kommen. Und befriedigt wirst du heute auch nicht mehr.

Gefallener Engel

Das Geräusch einer Kaffeemaschine weckt mich am nächsten Morgen. Ich reibe mir mit der Decke über das Gesicht und strecke mich ausgiebig. Ein lautes, langgezogenes Gähnen verlässt meine Kehle, als ich mich aufrichte und umsehe. Mir dröhnt der Schädel und ich weiß auch genau, woran das liegt. Die anderthalb Flaschen Wein waren definitiv zu viel. Auch wenn es mir lange nicht mehr so gut ging wie gestern. Ich blinzele einige Male und sehe mich um. Von hier aus kann ich Vice' Rücken sehen, wie er in der Küche steht und herumhantiert.

»Kaffee ohne Zucker?«, ruft er mir zu, als hätte er meinen Blick bemerkt.

»Ja, gern«, antworte ich und trinke den letzten Schluck meines Wassers, das auf dem Wohnzimmertisch steht. »Ich bin mal auf der Toilette.«

Ich richte mich auf und schlurfe auf das Badezimmer zu. Ich kann kaum die Augen aufhalten. Das darf nicht zur Gewohnheit werden. Mein Leben soll ja jetzt besser werden und eine Alkoholabhängigkeit wäre dem nicht förderlich. Im Badezimmer angekommen, will ich die Tür hinter mir zuschließen, doch ich finde keinen Schlüssel. Ich könnte allerdings schwören, dass gestern noch einer im Schloss gesteckt hat. Schulterzuckend gehe ich zum Klo und ziehe mir meine Hose herunter. Er weiß ja, dass ich hier bin, also wird er schon nicht reinkommen.

Oder gerade deswegen?

Als ich fertig bin, gehe ich zum Waschbecken, um mir die Hände zu waschen. Ich sehe auf die Zahnbürste und die Zahnpasta, die in einem Extra-Becher neben dem von Vice stehen und nur für mich gedacht sind. Auch eine Haarbürste liegt im Regal neben mir und ich gehe davon aus, dass er sie für mich gekauft und dorthin gelegt hat. Ich glaube nicht, dass er der typische Verwender für Haarentwirrer-Bürsten ist.

Nachdem ich mir die Hände gewaschen und etwas Wasser ins Gesicht gespritzt habe, um mich zu beleben, bürste ich mir die Haare. So langsam nervt mich mein Ansatz. Noch ein paar Wochen und ich muss sie unbedingt nachfärben. Ich hasse das Blond auf meinem Kopf. *Er* hat es geliebt, ich war sein blonder Engel.

Energisch ziehe ich fest an meinen Haaren, damit der Schmerz mich von den aufkeimenden Gedanken ablenkt.

Ich binde mir einen hohen Dutt, verlasse das Badezimmer und gehe zur Küche.

Vice gegenüber hüpfe ich auf einen Hocker am Tresen und sehe ihn mit einem Lächeln an.»Guten Morgen.«

»Guten Morgen, Anna.« Mit diesen Worten schiebt er mir einen großen dampfenden Pott Kaffee entgegen. Auf der Oberfläche ist weißer Milchschaum zu sehen und darin ist mit braunen Linien aus Kaffee ein kleines Vöglein gezeichnet. Als ich auf seine Tasse sehe, erkenne ich eine Schlange.

»Ein Vogel für vögeln?«, frage ich mit angehobener Augenbraue.

Schulterzuckend führt er seine Tasse zum Mund, auf welchem ein Schmunzeln zu sehen ist. Nachdem er einen Schluck getrunken hat, gibt er mir eine Antwort. »Ich wollte einen Lemming in deinen Kaffee malen, aber das habe ich nicht hinbekommen, also wurde es ein Vögelchen.«

Ich ziehe irritiert die Brauen zusammen. »Wieso ein Lemming?«

»Na, das sind doch diese selbstmordgefährdeten Viecher, oder nicht? Aber da dachte ich, ein kleines, hilfloses Vögelchen im Haus der Schlange passt ja auch.«

Ich sehe ihn strafend an und trinke einen großen Schluck. Er schmeckt gut, nicht zu vergleichen mit der Brühe, die ich sonst Kaffee nenne.

»Italienischer Kaffeemeister, was? Aber ich hab doch gesagt, ich trinke ihn lieber schwarz.«

»Ja, aber er schmeckt auch mit Milch und in der Milch sind wenigstens ein paar Kalorien.«

Wieder eine Aussage, mit der ich nichts anzufangen weiß. Heißt das wirklich, dass er sich Sorgen macht, weil ich so dünn bin? Ich sehe ihn abschätzend an.

»Oder schmeckt er dir nicht?«, hakt er nach.

»Nein, nein. Er schmeckt sehr gut. Ich sag doch, italienischer Kaffee- und Pizza-Meister! Auch wenn du immer noch absolut nicht italienisch aussiehst.«

»Ich habe eben viel von meiner Mutter.«

Angestrengt versuche ich, bei diesen Worten irgendeine Emotion an ihm wahrzunehmen. Irgendetwas, das mir verrät, was er dabei empfindet, wenn er über seine Mutter spricht. Aber nichts. Garnichts. Weder in seiner Stimme noch in seiner Mimik erkenne ich irgendein Gefühl.

»Kommst du klar, oder brauchst du eine Aspirin?«, fragt er nach kurzer Zeit.

Ich überlege kurz und fahre mir mit den Fingerspitzen über die schmerzende Stirn, ehe ich den Kopf schüttele. »Nein. Wer trinken kann, kann auch leiden.«

Meine Worte entlocken ihm ein weiteres Schmunzeln. »Und du findest nicht, dass du schon genug gelitten hast?«

Diese Worte treffen mich unvorbereitet und ich wende meinen Blick ab auf meine inzwischen fast leere Kaffeetasse. Ich sammele allen Mut, um ihm eine Frage zu stellen: »Was hat Liam dir alles über mich erzählt?«

Es folgt ein langes Schweigen. Ich hebe den Blick minimal an und sehe Vice ins Gesicht, nicht jedoch in die Augen. Seine Lippen sind fest zusammengepresst, sein Kiefer mahlt. Ich kann nicht erkennen, ob aus Zorn oder aus einem anderen Grund.

Plötzlich leert er seine Tasse mit einem großen Schluck und richtet sich vom Hocker auf.

»Wir sollten den Tag nicht so beginnen. Trink in Ruhe deinen Kaffee, ich geh schonmal ins Bad und sammele alle Wäsche zusammen, dann zeig ich dir, wo die Waschmaschine und der Trockner sind«, beendet er jäh das Gespräch. Er stellt seine Tasse in die Spüle und verlässt die Küche, um ins Badezimmer zu gehen.

Verwirrt über diese Reaktion sehe ich ihm nach und schüttele den Kopf.

Was war das?

Ich trinke meinen Kaffee leer und versuche, mir seine Worte zu Herzen zu nehmen. Er hat recht. Dieses Thema ist nichts für ein nettes Gespräch beim Frühstück. Also versuche ich die Gedanken daran aus meinem Kopf zu verbannen. Schließlich trinke ich den letzten Schluck, räume auch meine Tasse in die Spüle und folge meinem Gastgeber, oder eher Mitbewohner, in das Badezimmer. Dort stehen zwei Wäschewannen auf dem Boden und Vice sortiert die Wäsche nach hell und dunkel, wobei Zweiteres bei weitem überwiegt.

»Hier«, sagt er und reicht mir den dicken schwarzen Hoodie, den ich mir gestern von ihm geliehen hatte. »Zieh dich an.«

»Danke«, murmele ich schuldbewusst, weil ich ihn nicht vorher um Erlaubnis gefragt hatte.

»Heute waschen wir deine Kleidung und die nächsten Tage gehen wir für dich einkaufen. Obwohl meine Sachen an dir ziemlich sexy aussehen.«

Erneut spüre ich die Hitze in meine Wangen schießen und ich drücke den Pulli gegen mich.»Ich zieh mich dann mal an.«

In seinem Schlafzimmer schlüpfe ich in meine Jeans, mein Shirt und ziehe den Pulli über.

Zurück im Flur drückt mir Vice eine der Wannen in die Hände, ehe er mit mir die Wohnung verlässt. Ohne sie abzuschließen, gehen wir eine Etage hinunter und noch eine Treppe weiter in den Keller. In einem kleinen Raum dort unten stehen zwei Waschmaschinen und ein Trockner. Auf zwei Regalen darüber befinden sich verschiedene Waschmittel.

Als wir die Wäsche in eine der Maschinen gestopft und diese angestellt haben, gehen wir die Treppe wieder hinauf. Gerade als ich die Kellertür schließe, hören wir, wie die Haustür aufgeschlossen wird. Ich erblicke eine ältere Dame, die sich mit zwei riesigen Einkaufstüten durch die Tür zwängt. Noch bevor ich reagieren kann, ist Vice mit ein paar großen Schritten bei ihr, hält mit einer Hand die Tür auf und nimmt ihr sofort eine der großen, braunen Papiertaschen ab.

»Ach, du bist ein Schatz, Luca!«, freut sich die Frau.

Ich hebe eine Augenbraue an und gehe auf die beiden zu.

Als sich die Frau zu mir umdreht, weitet sie erfreut die Augen. »Guten Morgen! Ich würde Ihnen ja gerne die Hand reichen, aber ich muss erst alles ablegen. Luca, bist du so lieb und schließt mir die Tür auf?«

Vice nimmt ihr den Haustürschlüssel ab und öffnet die Tür für sie. Er hält sie der älteren Dame auf und geht mit ihr in die Wohnung. Ich zögere.

»Kommen Sie ruhig mit rein«, ruft die Frau und ich setze mich in Bewegung.

Die Wohnung ist geschnitten wie die von Vice, allerdings bei weitem nicht so modern eingerichtet. Alles ist in Orange- und Gelbtönen gehalten. Unser Weg endet in der Küche, wo alle Einkäufe abgestellt werden. Im Wohnzimmer steht der angeschlossene Staubsauger herum.

»So, jetzt aber! Hallo, ich bin Elke Schönberg. Sie sind Christin Weiß, nehme ich an?«, sagt die Frau und wendet sich mir lächelnd zu.

Ich nicke verzögert. In diesem Moment wird mir erst bewusst, dass mir Vice quasi seinen eigenen Vornamen als Nachnamen gegeben hat. Dieser steht schweigend, aber lächelnd neben der kleinen Frau. Sie hat braunes, kurz gelocktes Haar, ist ein Stück kleiner als ich und etwas fülliger. Ihr Gesicht ist rund und freundlich. Sie trägt auffälligen Schmuck. Große, glitzernde Ohrringe, Ringe und eine dicke Kette mit Anhänger.

»Freut mich, Frau Schönberg.«

»Es freut mich sehr, dass Luca endlich mal ein Mädchen mitbringt. Er wohnt schon so lange hier und ist mir so oft eine Hilfe, aber ist immer so allein da oben. Ich weiß, wie es ist, so allein zu sein. Mein Mann ist schon einige Jahre verstorben und nachdem mein Sohn oben ausgezogen ist, war es so still hier im Haus.«

Ihre offene und freundliche Art überfordert mich und ich kann nichts anderes tun als nicken und lächeln. Und das alles mit einem schlimmen Kater, der in meinem Kopf dröhnt.

»Als Luca mich dann fragte, ob seine Freundin bei ihm einziehen darf, war ich natürlich gleich begeistert. Ich freue mich, Sie in meinem Haus begrüßen zu dürfen.«

Ich sehe an Elke vorbei zu Vice, der mich schief anlächelt und unschuldig die Schultern zuckt.

»Ja, ich freue mich auch, dass ich hier wohnen darf. Es ist wirklich schön!«

»Sehen Sie sich nur nicht so viel um. Ich habe lange nicht staubgewischt. Die Wohnung ist so groß und ich habe das Gefühl, je älter ich werde, umso größer wird sie«, sagt sie und lacht schallend los. »Aber ich finde einfach keine passende Haushaltshilfe. Entweder wollen die horrende Summen an Geld, oder die Chemie passt einfach nicht. Ich will ja auch nicht jeden in meine privaten vier Wände lassen«.

»Christin sucht gerade nach einer Stelle als Haushaltshilfe«, mischt sich Vice ein, »nicht wahr, Schatz?« Dieses Wort aus seinem Mund klingt so falsch und gelogen und doch bereitet es mir ein merkwürdiges, heißes Gefühl in der Brust.

Wieder nicke ich. »Ja, das stimmt. Aber ich habe kein eigenes Auto und da ist es schwer, etwas Vernünftiges zu finden, wo ich nicht Ewigkeiten mit den Öffentlichen unterwegs sein muss«, erkläre ich.

Elke verengt die Augen und spitzt nachdenklich die Lippen. »Wenn Sie wollen, können Sie gerne einmal probeputzen, und wenn wir beide zufrieden sind, wäre ich glücklich. Ich dachte an dreizehn Euro die Stunde zweimal die Woche, da ich nicht nur geputzt und gesaugt, sondern auch das Bad gewischt und die Dusche sauber gemacht und die Schränke abgestaubt haben möchte.«

Vice stellt sich neben mich und legt einen Arm um eine Taille. Er zieht mich daran an sich heran.

»Das würde uns freuen, sie sucht schon lange verzweifelt.«

Elke sieht zufrieden zwischen uns hin und her. Als Vice bemerkt, dass es Elke gefällt, uns zu sehen, neigt er seinen Kopf herab und haucht mir einen Kuss auf das Haar. Elkes Lächeln wird daraufhin noch breiter.

»Heute Nachmittag um vierzehn Uhr habe ich Krankengymnastik und danach treffe ich mich zum Kaffee mit zwei Freundinnen. Haben Sie dann Zeit zum Probeputzen? Ich zeige Ihnen vorher, was ich mir vorstelle und wo sie alles finden.«

»Sehr gerne.«

Vice drückt mich nochmal fester an sich, ehe er sich von mir löst. »Lass uns wieder hochgehen, wir haben auch noch viel zu tun.«

»Habt ihr schon gegessen? Ich hab jetzt nur Brötchen für Luca mitgebracht, aber er teilt sie sicher gern mit Ihnen.« Sie greift in eine der braunen Taschen und zieht eine Bäckerstüte hervor, die sie mir reicht. Als ich sie in die Hand nehme, merke ich, dass der Inhalt noch ganz warm ist.

»Dankeschön, Frau Schönberg.«

»Bitte, bitte! Jetzt weiß ich, dass ich in Zukunft mehr vom Bäcker mitbringen muss und der Kuchen demnächst ganz aufgegessen wird. Ich habe noch so viel eingefroren! Aber alleine schaff ich das nicht und Luca isst nun auch keinen ganzen Kuchen. Obwohl er es nötig hätte!« Sie zwinkert uns zu, ehe sie sich zu ihren Tüten dreht.

»So, ich muss die Sachen in den Kühlschrank räumen. Kommen Sie dann um halb zwei runter?«

»Ja, das werde ich! Danke!«

Gemeinsam machen wir uns auf den Weg aus der Wohnung raus zurück in den Flur.

Dort stoße ich die Luft aus und fühle mich augenblicklich hundemüde.

»Ihre Freundlichkeit erschlägt einen fast, nicht wahr?« Vice schmunzelt und geht bereits die Treppe hinauf. Eilig laufe ich die Stufen hinterher und bereue es, das Aspirin heute Morgen abgelehnt zu haben.

Ich stehe unter der Dusche und lasse mir das heiße Wasser auf meine Schultern prasseln. Es ist angenehm und ich schließe genießend die Augen.

Als ich heute Nachmittag zu Elke runterging, verabschiedete sich Vice von mir zum Einkaufen. Er ist bis jetzt noch nicht wieder zurück, obwohl es schon nach achtzehn Uhr ist.

Ich habe eine ganze Weile bei Frau Schönberg unten verbracht, geputzt und Ordnung gemacht. Ich lege keinen großen Wert auf Ordnung. Es wird ja sowieso wieder dreckig. Dennoch habe ich mir Mühe gegeben.

Elke war zufrieden und gab mir fünfzig Euro für das »Probeputzen« und jetzt fange ich als ihre Haushaltshilfe bei ihr an. Ich frage mich, woher die alte Dame das Geld hat. Rentner bekommen heutzutage ja nicht so viel. Zumindest höre ich das immer aus Gesprächen. Ich werde mal gar nichts bekommen. So viel steht fest. Und Vice? Keine Geburtsurkunde, keine Identität, keine Sozialversicherungsnummer. Keine Rente.

Ich öffne die Augen, als ich einen kalten Luftzug spüre. Im Augenwinkel meine ich, durch das Wasser etwas gesehen zu haben. Doch als ich die Tropfen weggeblinzelt habe, ist nichts mehr da.

Offenbar bin ich mittlerweile paranoid geworden, aber wer will mir das verübeln? Ich bin auf der Flucht und vorgestern kauerte ich nur wenige Meter entfernt von *ihm* hinter einem Regal auf dem Boden. Beinahe hätte er mich erwischt!

Ich dreh den Wasserstrahl noch heißer. So weit, bis es brennt. Vor allem die frischen Wunden an meinem Arm schmerzen. Schließlich schalte ich das Wasser aus, nehme mir das große Handtuch, das ich auf einen Hocker neben die Dusche gelegt habe, und wickele mich darin ein. Ein kleineres Handtuch binde ich mir um den Kopf und verlasse das Badezimmer, um ins Schlafzimmer zu gehen. Ich freue mich, in frisch gewaschene Kleidung schlüpfen zu können.

Da es schon Abend ist, ziehe ich eine Jogginghose und ein T-Shirt an. Als ich nach dem Ärmel meines Pullis greife, öffne ich auch die zweite Schranktür, hinter der sich die Kleidung von Vice befindet. Seine Pullis sind so weich, kuschelig und groß.

»Nimm dir ruhig einen.«

Ich zucke zusammen und stoße einen spitzen Schrei aus. »Scheiße!!! Musst du mich so erschrecken?!«

Vice steht mit der Schulter an die Zarge gelehnt in der Tür und beobachtet mich.

»Wie lang bist du schon hier?«, frage ich.

»Eine Weile. Ich bleibe heute hier und arbeite vom Laptop aus.«

Ich ziehe mir einen seiner Hoodies aus dem Schrank und schlüpfe hinein.

»Und was kann ich tun?«

Wir gehen zusammen zur Küche. Dort lässt er sich auf einen der Hocker sinken. Ich folge ihm. Hinter ihm sehe ich neben einem gefüllten Obstkorb mit Weintrauben, Mandarinen, Bananen und Äpfeln auch einen weiteren Korb mit Süßigkeiten. Ob das alles für mich ist?

»Nimm dir ruhig etwas, wenn du Hunger hast. Das gilt für alles in der Küche«, liest er offenbar meine Gedanken. »Entspann dich einfach. Stream eine Serie oder mach, worauf du Lust hast. Mal sehen, wie lange ich brauche. Später kann ich ja dann mitschauen. Wenn's nicht der totale Frauenkram ist.«

Meine Augenbraue wandert in die Höhe und ich sehe ihn mit einem »seh ich so aus?«-Blick an. »Glaubst du echt, ich schaue typischen Frauenkram?«

»Ich weiß nicht. Steckt nicht in jeder jungen Frau ein bisschen Mädchen?«

»Steckt in dir denn ein kleiner Junge?«

Als ich diese Worte ausgesprochen habe, verziehe ich das Gesicht. »Uh, sorry, das klang komisch.«

Vice nickt. »Sehr komisch. Und nein, ich hab kein inneres Kind.«

»Meinst du? Jeder Mann verhält sich in bestimmten Situationen mal wie ein kleiner Junge und die Sache, die bei dir dafür sorgt, werde ich schon noch herausfinden.«

»Wenn du meinst.«

In diesem Moment vibriert es in seiner Hosentasche. Er zieht sein iPhone heraus, sieht kurz darauf und nimmt den Anruf mit gerunzelter Stirn entgegen.

»Ja?… Was? … Schlimm? … Hat sie echt? Klingt ja übel … Nee. …. Rühr sie solange nicht an. Ich will mir die Situation erst ansehen und selbst mit ihr reden. Ich komme zu euch.«

Als er auflegt, hüpft er auch schon vom Hocker herunter. »Ich muss doch nochmal weg, aber beeile mich.«

»Kann ich mit?«, frage ich sofort und presse daraufhin die Lippen fest zusammen. Will ich mit? Das letzte Mal war ich schon keine wirkliche Hilfe und ich bin mir gar nicht sicher, ob ich sehen möchte, was passiert ist. Wenn Vice schon sagt, dass etwas *übel* klingt, muss es etwas Schlimmes sein.

»Dann zieh dich an, aber beeil dich. Schuhe und Jacke reichen.«

Nachdem wir uns beide im Flur angezogen haben, verlassen wir das Haus und fahren mit seinem BMW durch die mittlerweile dunklen Straßen der Stadt. Als ich bemerke, dass wir in das Wohngebiet fahren, aus dem ich weggelaufen bin, sinke ich auf dem Sitz zusammen, starre aus dem Fenster und knibbele nervös an meinen Fingern herum.

Scheiße.

»Wenn wir aussteigen, zieh einfach deine Kapuze über. Wir gehen sofort ins Haus und runter in den Keller. Dich wird niemand erkennen«, verspricht er mir. »Aber Anna, egal was passiert, du musst ruhig bleiben. Sag einfach nichts und was am wichtigsten ist: Misch dich auf keinen Fall ein.« Er wird ungeduldig, als ich nicht antworte. »Hast du mich verstanden, Anna?«

»Ja, verstanden.«

Ich frage mich, warum er mir so deutlich droht, nicht dazwischenzugehen. Was ist passiert?

Wir fahren in eine mir sehr bekannte Gegend. Hier wohnt der Mittelstand. Vollkommen normale Menschen mit normalen Jobs und normalen Problemen – sollte man glauben. Aber ich weiß zumindest, wie es hinter *einer* Tür aussieht, und ich untertreibe, wenn ich es die *Hölle* nenne. Allerdings fahren wir zu einem anderen Haus in derselben Gegend.

Vice setzt den Blinker und fährt eine Straße und dann eine lange Einfahrt hinauf. Das Haus ist etwas abseits gelegen und von einem riesigen Garten umgeben. Ich sehe kein Licht, da alle Rollläden heruntergelassen sind. Vice schaltet den Motor ab und steigt aus. Auf dem Hof steht schon ein anderes Auto, ein schwarzer Golf GTI.

Ich folge Vice. Auch wenn wir hier vor den Blicken der Nachbarn geschützt sind, schlage ich mir die Kapuze über den Kopf.

Er klingelt. Es dauert nicht lange, bis das Licht im Flur angeht und uns ein kräftiger Mann mit kurzem, blondem Haar die Tür öffnet.

»Sind sie im Keller?«, fragt Vice sofort und der muskelbepackte Kerl nickt.

»In seinem Zuchtraum. Wer ist die denn? Eine Ersatznutte?«, fragt der Fremde mit einem Nicken auf mich. »Meine Begleitung. Sie wird nicht angefasst. Wenn du sie zu lange anstarrst, schneide ich dir die Augen aus den Höhlen, okay, Sven?« Das freundliche Lächeln auf Vice' Lippen will nicht zu seinen Worten passen.

»Ja, Chef, ich hab kein Interesse an deinem Mädchen«, beteuert der Fremde überrascht.

Vice schweigt und geht an seinem Schläger vorbei. Ich folge ihm mit schnellen Schritten und versuche, so dicht wie möglich hinter ihm zu bleiben. Wir steigen die Treppe zum Keller hinab.

Zuchtraum. Was wird mich hier erwarten?

Nachdem wir unten angekommen sind und eine schwere Stahltür durchschritten haben, treten wir in eine Art Folterraum ein. Es ist furchtbar heiß. Die stickige Luft ist schwer und riecht nach Opium. Ich weiß nicht, ob ich mich genauer umsehen will, aber die vielen Werkzeuge zum Schlagen, Würgen und Pfählen sind leider nicht zu übersehen. Wir gehen auf ein Bett zu, auf dem eine halbnackte, verschwitzte Frau sitzt. Sie hat zerzaustes, schwarzes Haar.

Auf einem Stuhl daneben sitzt ein ebenfalls halbnackter Mann, der sich ein Handtuch zwischen die Beine presst. Er ist schlank und hat eine Glatze.

»Fuck! Mann! Diese verfickte Nutte hat mich gebissen!«, flucht er sofort los, als er uns entdeckt. Sein Blick huscht an Vice vorbei zu mir.

»Wer ist die Süße? Meine Entschädigung? Oder eine neue Nutte zum Erziehen?«

»Sie gehört *mir*«, stellt Vice klar. »Also, was genau ist vorgefallen, dass ich an meinem Homeoffice-Abend hierher kommen muss?«

»Ich will hier raus! Hey, du!«, flüstert die Frau auf dem Bett und sieht mich an. »Sag ihnen, dass sie mich gehen lassen sollen. Ich hab das so nicht geplant! Das will ich nicht! Ich will das nicht!«

Vice fasst nach hinten und drückt mich etwas von sich weg. Dann geht er auf die junge Frau zu und neigt sich zu ihr hinab.

»Du hast ihn also gebissen. Warum?«

»Weil er stinkt. Weil er ekelig ist und weil ich das alles nicht will!«

»Tamara, genau wegen solchen Aussagen bist du hier bei ihm und–« in diesem Moment spuckt ihm die Frau mitten ins Gesicht.

Vice richtet sich auf, greift in seine Tasche und zieht ein Tuch heraus. In aller Ruhe wischt er sich über die Wange und wirft das Papier anschließend auf den Boden. Der muskulöse Typ neben mir verzieht das Gesicht, als wolle er sagen:

»Großer Fehler«.

»Merkst du das? Sie ist eine echte Katastrophe«, murmelt der Mann, der sich das Handtuch in die Hose gesteckt und diese wieder angezogen hat.

Vice schnalzt tadelnd mit der Zunge und schüttelt den Kopf. Ich kann seinen Gesichtsausdruck nicht sehen, da er mit dem Rücken zu mir steht. Dass diese Frau in ihrer Position so mutig ist, sich derart zu wehren, beeindruckt mich. Ich wäre sicher nicht so stark, mich gegen drei Männer aufzulehnen. Ich war ja nicht mal stark genug, mich gegen einen zu wehren.

»Hast du noch Gift hier?«, fragt Vice ruhig.

»Ja, habe ich«, antwortet der Verletzte und geht ohne zu Zögern an einen Schrank.

»Gift? Was?« Die Frau wird hellhörig, springt ruckartig auf und will Vice umstoßen, um an ihm vorbeizurennen. Sie kommt nur einen Schritt weit, da hat er sie an ihren Haaren erwischt und zieht sie mit einem Ruck zu sich, sodass sie mit ihrem Rücken gegen ihn stößt.

Sie beginnt zu treten und hinter sich zu schlagen, erwischt ihn seitlich mit der Faust am Kopf und tritt ihm gegen das Schienbein, doch es scheint ihm nichts auszumachen. Sein Unterarm legt sich gnadenlos um ihren Hals und er lässt sich mit ihr nach hinten auf das Bett sinken. Er sitzt nun auf der Bettkante und hält sie fest an sich gepresst. Sie zerrt an seinem Arm, der ihr offenbar das Atmen erschwert. Ihr Blick huscht hilfesuchend zu mir. So langsam dämmert mir, wieso er mir gedroht hat, mich nicht einzumischen. Vice bekommt eine ihrer Hände zu fassen und drückt ihr Handgelenk herab. Die andere Hand wird von Sven festgehalten.

»Bitte, das dürft ihr nicht, kein Gift, ich bin doch clean!«, wimmert sie und sieht mich flehend an. Mich, ihre einzige Hoffnung.

»Was habt ihr jetzt vor?«

Habe ich das gerade gefragt?

Ich beiße mir auf die Unterlippe. Ich sollte doch still sein.

Aber Vice scheint nicht wütend, sondern antwortet mir ruhig: »Wir schicken sie auf einen ausgiebigen Herointrip. Diesen Genuss hatte sie jetzt schon viel zu lange nicht mehr. Sie war mal ein Junkie, weißt du?«

Der Kerl mit der Glatze ist am Schrank zugange. Dann ertönt das Geräusch eines entzündenden Feuerzeugs.

»Aber … sie will es nicht.«

Sei doch still, Anna!

Nun rucken Vice' platinfarbene Brauen etwas zusammen. »Halt den Mund, Anna.«

»Hilf mi–« Die Stimme der Frau erstickt, als Vice seinen Arm enger um ihren Hals schraubt.

Ich mache einen zögerlichen Schritt auf die beiden zu.

Er sieht mir drohend in die Augen.

Misch dich auf keinen Fall ein.

Ich erinnere mich an seine Worte.

Sie verdreht ihre Augen, zerrt an ihren Armen, aber hat keine Chance gegen die kräftigen Männerhände, die sie eisern festhalten. Vice lässt wieder lockerer, als ihr die Ohnmacht droht. Sie zieht die Luft in ihre Lunge. Abgesehen von seinem warnenden Blick zu mir ist Vice die Ruhe selbst. Er wirkt vollkommen entspannt. Als wäre es Routine, was hier gerade passiert. Vermutlich ist es das auch.

»Bin so weit.« Mit diesen Worten dreht sich der Glatzkopf von dem Schrank weg. Er hat eine aufgezogene Spritze in der Hand. Als Nadine das sieht, weiten sich ihre Augen und sie bäumt sich auf. Sie stößt sich mit ihren Füßen vom Boden ab, donnert mit ihrem Hinterkopf gegen Vice' Gesicht. Mit aller Macht kann sie sich von Sven losreißen. Sie streckt mir ihre Hand entgegen und ohne darüber nachzudenken, mache ich einen Schritt nach vorn und ergreife sie.

Ich ziehe an ihr, um sie aus dem Griff von Vice zu befreien. Doch der muskulöse Sven entreißt mir ihren Arm mit einem Ruck und dreht ihn mit der Armbeuge nach oben. Er fasst mit seinen riesigen Pranken um ihren Oberarm und ihr Handgelenk. Vice, dessen Lippen rot vor Blut glänzen, drückt den Körper der jungen Frau fest an sich, nimmt ihr erneut die Luft zum Atmen und legt seinen Kopf beinahe liebevoll auf ihren.

»Hil-fe«, formen ihre bebenden Lippen tonlos. Ihre Augen sind glasig.

Mir gefriert das Blut in den Adern. Ich weiß, wie es ihr geht. Weiß, wie es ist, ausgeliefert zu sein. Machtlos. Wenn einem klar wird, dass man verloren hat.

Als der dritte Mann ihr die Nadel in die Armbeuge sticht, zucken Vice' schmale Lippen zu einem zufriedenen Lächeln hinauf. Ich sehe Genugtuung und Freude in seinem Gesicht. Erstaunlich viele Emotionen für diesen Mann. Ich trete wieder einen Schritt zurück und zittere. Erst wehrt sie sich noch, dann wird ihre Gegenwehr zu einem schwachen unkontrollierten Zucken. Als sie schließlich kraftlos in seinen Armen zusammensinkt, höre ich ihn genüsslich ausatmen. Er hebt sie hoch und legt sie auf das Bett. Ihre Augen sind verdreht und sie starrt abwesend unter die Zimmerdecke.

»Hmm, ich bin ja fast neidisch«, murmelt der Typ, der ihr die Spritze gegeben hat, und sieht die Nadel sehnsüchtig an.

»Du wirst nicht mehr neidisch sein, wenn du mit ihr fertig bist«, spottet Vice. Er leckt sich das Blut von der aufgeplatzten Lippe und schüttelt genervt den Kopf.

»Wir wussten nicht, was wir als Strafe mit ihr tun dürfen, Chef, darum hat Sven dich gerufen.« Dieser nickt daraufhin.

»Tu mit der Hure, was du willst. Hast meine Erlaubnis.« Vice wedelt gleichgültig mit der Hand, neigt den Kopf von einer auf die andere Seite und lässt seinen Nacken knacken.

»Anna, komm«, befiehlt er und geht an mir vorbei Richtung Tür. Ich sehe noch kurz auf die junge Frau, über die sich der Glatzkopf neigt und seine Finger über ihre Brüste hinab zwischen ihre Beine fahren lässt.

»Egal was?«, haucht er, während sich seine andere Hand an ihren Hals legt.

»Egal was«, bestätigt Vice kalt, der mich am Arm packt und mit sich zieht, da ich nicht in der Lage bin, mich zu rühren. Auch Sven verlässt mit uns den Raum und als er die Tür schließt, höre ich das schwache, gequälte Stöhnen Tamaras. Zusammen gehen wir die Treppe nach oben und verlassen kurz darauf das Haus. Was hier im Keller passiert, wird niemals jemand erfahren. Wie auch? Ich bin jedenfalls nie in den Keller meiner Nachbarn gegangen.

»Machs gut, Vice, ich wollte dich lieber persönlich hier haben, um drüber zu entscheiden, was wir mit der Schlampe tun«, rechtfertigt sich Sven dafür, dass er ihn hergerufen hat.

Vice sagt nichts dazu und gibt Sven somit nicht die erhoffte Erleichterung darüber, dass er richtig gehandelt hat. Schließlich hat sein Chef nun eine blutige Lippe. Ohne ein weiteres Wort schwingt sich Vice in seinen BMW und ich tu es ihm gleich.

Wir fahren durch die Straßen, langsam und entspannt. Ich traue mich nicht, ihn anzusprechen, aber gleichzeitig liegen mir so viele Fragen auf der Zunge. Als ich den Mund öffne, um etwas zu sagen, kommt er mir zuvor.

»Ich brauch einen BigMac. Wollen wir zu McDonalds?«

Bitte was?

»Ähm, äh, ja?«

»Du kannst auch nur einen McFlurry essen, wenn du sonst keinen Hunger hast.«

Wie gnädig.

»Ja, okay. Aber bist du dir sicher, dass du einen *BigMac* essen willst?«, frage ich kleinlaut.

»Ja, bin ich«, bestimmt er.

Er wirkt zwar etwas gereizt, aber nicht wütend auf mich. Wir fahren jetzt zu McDonalds, als wäre nichts gewesen.

»Was wird er jetzt mit ihr tun?«

Wieso kann ich nicht einfach die Klappe halten?

Vice zuckt mit den Schultern. »Misshandeln, vergewaltigen, töten, irgendwas davon. Vielleicht auch in der Reihenfolge.«

Ich weite meine Augen und sehe zu ihm, ob er das ernst meint, doch ich kann lediglich den Anflug eines Lächelns auf seinen Lippen sehen. Mehr nicht.

»Passiert sowas … öfter?«

Er zieht die Luft tief in seine Lunge und stößt sie seufzend wieder aus, bevor er spricht.»Eher selten. Je nachdem, warum die Mädchen hier landen, sind die meisten gefügiger und klüger.«

»Klüger?« Ich hebe fragend eine Augenbraue an.

»Naja, nicht so dumm wie die Schlampe eben. Für gewöhnlich weiß ein Mädchen, wenn es keine Chance hat. Wenn es unterlegen ist. Das wissen sogar die meisten Männer, wenn sie in ausweglosen Situationen sind. Die Frauen, mit denen ich zu tun habe, tun brav, was ich ihnen sage, weil sie wissen, dass auch nur ein falsches Wort sie sehr, sehr viel kosten kann. Es ist nicht wie im Film, Anna.«

Er leckt sich das Blut von den Lippen. »Weißt du, ich habe schon so einiges an Romanen gelesen in meinem Leben und wenn ich dort manchmal die Reaktionen der Charaktere sehe, rolle ich so oft mit den Augen. Vielleicht auch, weil ich diese Bücher aus der Sicht des Antagonisten lese und es besser weiß. Du magst es vielleicht mutig finden, dass sie mich angespuckt hat, aber es war nichts anderes als dumm. Es ist nicht wie im Kino, wo die starke Heldin den Bösewichten die Stirn bietet und in den aussichtslosen Situationen stehen bleibt und sich mit ihnen anlegt und in einer waghalsigen Situation entkommen kann. Oder gar den Bösewicht bekehrt. Das ist vollkommener Blödsinn«, erklärt er und schüttelt abfällig den Kopf. »Aber die Menschen wollen nicht sehen oder lesen, wie die Wirklichkeit ist. Sie wollen nicht davon lesen, wie das Mädchen dasitzt und sich einpisst vor Angst. Wie sie einfach nur alles tut, was von ihr verlangt wird, in der Hoffnung, so Schmerzen oder dem Tod zu entgehen. Die Menschen wünschen sich eine andere Realität. Eine, in der sie *immer* die Macht über sich haben. In der sie die Kontrolle über jede Situation haben. Denn der Mensch kann den Gedanken nicht ertragen, hilflos zu sein. Machtlos. Aber es gibt nun mal Situationen, in denen man es ist.«

Er hält hinter einem anderen Wagen im McDrive und dreht den Kopf zu mir. Sein Blick bohrt sich in meinen. »Das solltest *du* doch wissen, Anna. Andere Frauen würden dich fragen, warum du nichts getan hast. Warum du das alles ertragen hast. *Sie* hätten doch ganz anders reagiert. *Ihnen* hätte man diese Dinge niemals antun können. Aber das sagen sie entweder, weil sie es nicht besser wissen, oder, weil sie den Gedanken nicht ertragen können, so ausgeliefert zu sein, wie du es warst.

Oder wie Tamara es jetzt ist. Tamara hat so gehandelt, wie es sich die Menschen wünschen. Sie war mutig und stark, hat sich gegen ihr Schicksal gewehrt. Aber bei ihr endet es nicht wie im Film. Ihr Mut wird nicht belohnt. Was hat ihr Wehren gebracht? Nichts. Nichts, als dass sie diese Nacht vielleicht nicht überlebt.

Das ist die verdammte Realität, Anna. Die echte Welt, in der das sich wehrende Vergewaltigungsopfer erschlagen oder erwürgt wird, weil es die Klappe nicht hält.

Aber es ist auch dieselbe Welt, in der das Vergewaltigungsopfer es schweigend über sich ergehen lässt und dann aus reiner Mordlust getötet wird. Die kalte, harte Wirklichkeit ist: Dinge passieren, bei denen es egal ist, was du tust, es endet trotzdem immer auf dieselbe schreckliche Weise. Und wir können nichts dagegen tun. Diese Realität kennst du doch besser als jede andere. Oder nicht, Anna?«

Er fixiert mich genau, als wolle er in diesem Moment jede meiner Reaktionen studieren. Ich halte seinem Blick nur wenige Sekunden stand, ehe ich nach vorn sehe. Die Frage, was Liam ihm alles über mich erzählt hat, scheint mir in diesem Moment endgültig beantwortet. Also nicke ich nur und deute nach vorn.

»Wir sind dran«, murmele ich leise. Ich will nichts dazu sagen. Wie oft habe ich mir selbst die Schuld an all dem gegeben, was passiert ist. Wie oft habe ich gedacht, wenn ich mich nur mehr gewehrt hätte, hätte er das nicht tun können. Oder dass ich einfach unterwürfiger hätte sein müssen, damit er mir nicht wehtut. Ich habe mir selbst die Schuld für das gegeben, was passiert ist.

Aber es war nur mein Wunsch, mir irgendeine Kontrolle über das Erlebte geben zu können. Ich wollte schuld sein, weil ich so eine Möglichkeit gehabt hätte, es zu verhindern. Auch wenn dieser Gedanke dumm war. Denn mir wäre das alles trotzdem passiert. Ich habe keine Schuld daran. Genauso wie kein anderes Opfer von sexueller Gewalt. Egal, ob es einen kurzen Rock getragen oder in der Diskothek geflirtet hat.

Wir fahren weiter und er öffnet das Fenster an seiner Seite.

»Ein McFlurry, zwei Cola und 'nen Scheiß-Wrap ohne Scheiß-Fleisch und 'nen Scheiß-Veggiburger mit doppelt Soße, weil von irgendwas muss ich ja leben!«, bestellt er und fährt dann weiter zu dem Schalter, um zu bezahlen. Als wir kurz darauf unsere Tüte mit dem Essen gereicht bekommen, gibt er es gleich an mich weiter und fährt durch bis auf den Parkplatz hinter dem Gebäude.

Schweigend beißt er in seinen vegetarischen Burger und starrt aus dem Fenster hinaus. Es beginnt zu nieseln und durch die Tropfen auf der Windschutzscheibe werfen die Lampen auf dem Parkplatz dunkle Muster in Vice' blasses Gesicht. Jetzt wirkt er nur noch mehr wie ein Geist. Eine Weile schweigen wir und ich lecke lustlos an meinem Eis herum. Ich weiß nicht, was in diesem Moment merkwürdiger ist. Die Tatsache, dass wir nach dem eben Erlebten hier sitzen und was essen, oder dass er sich tatsächlich einen Veggiburger bestellt hat.

Es ist so surreal. Seit ich bei Vice bin, kommt mir mein Leben so oft unwirklich vor. Was merkwürdig ist, wenn man bedenkt, was ich in meinem Leben bereits alles durchgemacht habe. Ich bin in eine ganz andere Welt gekommen. In die Welt der Geister und Dämonen und vielleicht sitzt neben mir doch kein Geist, sondern der Teufel persönlich.

»Das war mehr als grenzwertig, Anna«, durchbricht er die herrschende Stille im Auto. Ich weiß, was er meint, aber ich traue mich nicht, etwas dazu zu sagen. »Sowas darf nicht nochmal passieren. Verstanden?« Er hat den Kopf nach links gedreht und sieht aus dem Fenster. Die kurz rasierten Haare an seinem Hinterkopf wirken in dem fahlen Licht silbrig.

Ich sehe mit zusammengezogenen Brauen zu ihm. »Was tust du dann?«

Will ich die Antwort wissen?

Er packt das letzte Stück seines Burgers zurück in die Packung und stopft sie in die Tüte, dann dreht er sich wieder zu mir. Augenblicklich schnürt sich mir der Hals zu, als er mich direkt ansieht.

»Dann werde *ich* es sein, liebe Anna, der mit *dir* tun wird, was er will.«

Das sagt er so liebevoll und sanft, dass es mir eine Gänsehaut bereitet. So liebevoll, dass mir die Finger zittern und mein Herz rast. Tut es das vor Angst?

»Ist das dein Ernst?«, hauche ich ihm mit schwacher Stimme entgegen. »Was willst du denn mit mir tun?«

»Glaub mir Anna, das willst du nicht wissen.«, flüstert er mit einem entzückenden Lächeln auf den Lippen.

Der Teufel

Wir haben geschwiegen. Alle beide. Die ganze restliche Fahrt hat sie nicht mehr gesprochen. Wir betreten gemeinsam meine, Entschuldigung, unsere Wohnung und ich schließe mein Handy neben meinem Bett an die Ladestation. Während ich noch einige Dinge am Laptop checke, putzt sie sich im Badezimmer die Zähne und macht sich bettfertig. Ich habe meinen Blick auf den Laptop gerichtet, aber kann den Drang nicht unterdrücken, über den Bildschirmrand hinweg hinter ihr herzusehen. Ihr zuzusehen, während sie durch das Wohnzimmer läuft, das Sofa auszieht und die Decke und das Kissen aufschüttelt.

Ich sehe sie nicht direkt an, auch wenn ich im Augenwinkel jede ihrer Bewegungen verfolge. Warum verdammt? Warum kann ich nicht aufhören, sie anzustarren? Ich klappe den Laptop mit einem Seufzen zu und stelle ihn beiseite. Heute Abend bekomme ich sowieso nichts Brauchbares mehr hin. Ich richte mich von dem Sessel auf und gehe selbst Richtung Badezimmer.

»Schauen wir gleich noch was zusammen im Fernsehn?«, fragt sie und ich schüttele den Kopf.

»Ich will duschen und dann ist Bett«, enttäusche ich sie sicher mit meinen Worten, ehe ich ins Bad verschwinde und die Tür schließe. Ich ziehe mich aus, werfe meine Kleidung in den Wäschekorb und steige in die Dusche. Dabei stoße ich mir meine Schulter an dem viel zu niedrig eingestellten Duschkopf.

Das ist eben der Nachteil, wenn man mit einer Frau zusammenwohnt. Ich schiebe die Brause bis ganz nach oben, damit sie über meinen Kopf reicht. Als ich den Hahn aufdrehe, läuft mir eiskaltes Wasser aus der Leitung über den Körper. Es dauert eine Weile, bis das Wasser warm wird. Meine Augen sind geschlossen und ich genieße es, wie der heiße Strahl auf meine Schultern trifft.

Was denkt sie? Was fühlt sie? Wie empfindet sie jetzt mir gegenüber? Oder Sven oder Henk? Sie muss uns alle drei dafür verabscheuen, was wir eben getan haben. Ob sie sich denken kann, dass ich am liebsten selbst dortgeblieben wäre? Nach Nadines frecher Aktion hätte ich mich am liebsten persönlich um die Nutte gekümmert. Wie schade es ist, dass ich der Schlampe nicht die Kehle aufschlitzen kann. Zu sehen, wie sie stirbt und mir ihr Blut ins Gesicht spritzt, während sie hustend daran erstickt, wäre wirklich ein Genuss gewesen. Vielleicht hätte ich sie auch erst mit meinem Butterfly gefickt, bevor ich mich selbst auf sie gelegt hätte. Ich stütze mich an der Glaswand der Dusche ab, balle meine Hand zu einer Faust und neige den Kopf hinab.

Gar nicht erst über sowas nachdenken, Vice. Du hast diesen Spaß Henk überlassen, obwohl sie dich extra gerufen haben. Du bist mit Anna nachhause gefahren. Akzeptiert das!

Ich versuche, mich wieder zu entspannen, und drücke mir Shampoo auf die Handfläche und wasche mir die Haare. Ich verziehe schmerzhaft meine Lippen, als ich an die Stelle komme, die die Schlampe mit ihrem scheiß Ring an meiner Schläfe erwischt hat. Auch mein Schienbein pocht und wird sich in den nächsten Tagen dunkel verfärben, weil sie mich getreten hat.

»Was zum …«

Irgendwas Störendes hängt an meinen Fingern und als ich auf meine Hände sehe, bemerke ich ein langes, schwarzes Haar. Wenn ich mich genauer umsehe, entdecke ich eines an den Fliesen der Wand, der Armatur und unten in der Duschwanne. Nur einmal zu duschen ruft mir ins Gedächtnis, dass ich jetzt nicht mehr allein hier bin. Ob mir das gefällt oder nicht, weiß ich nicht.

Als ich fertig bin, trockne ich die Glaswände und die Fließen mit einem Abzieher und die Armatur mit einem Tuch ab und verlasse die Dusche. Mit einem Handtuch rubbele ich mir meine Haare trocken, ehe ich es mir um die Hüften wickele. Dann nehme ich mein Rasierzeug aus dem Schrank und vernichte alle Stoppeln, die sich auf Gesicht und Hals hervorgetraut haben. Ich hebe den Kopf schräg an und fahre mit den Klingen des Rasierers über meinen Hals. Ich mag das Geräusch und das Gefühl. Anschließend wasche ich mir mein Gesicht nochmal ab und putze mir die Zähne. Dabei reiße ich mir die Lippe wieder auf.

Sie hat wirklich gedacht, dass sie eine Chance hat.

Mit einem abfälligen Lächeln spucke ich den Schaum, der sich durch mein Blut rosa verfärbt hat, in das Waschbecken. Fertig. Ab ins Bett. Die letzten Nächte waren kurz. Ich bin immer sehr spät ins Bett gegangen und wahrlich kein Langschläfer. Genaugenommen bin ich generell ein sehr schlechter Schläfer. Es dauert lange, bis ich einschlafe, ich wache häufig auf und wenn es schon vier oder halb fünf ist, habe ich meist keine Hoffnung mehr, überhaupt wieder einzuschlafen. Eine ganze Weile lang habe ich es mit Schlaftabletten versucht, aber die körperliche Abhängigkeit, in die man dann zwangsweise rutscht, war auch nicht das Wahre. Jetzt benutze ich nur noch welche, wenn ich weiß, dass ich unbedingt schlafen muss. Außerdem gibt es auch genügend Drogen, die einen in einen tiefen traumreichen oder auch traumlosen Schlaf schicken können.

Ich gehe durch den Flur in Richtung meines Zimmers. Anna steht inmitten des Wohnzimmers in ihrem Schlafanzug und sieht abwartend zu mir.

»Nacht«, rufe ich nur, ohne sie anzusehen, und verschwinde in mein Zimmer. Dort angekommen, lege ich das Handtuch über die Stuhllehne neben meinem Bett und hole mir zuerst eine frische Shorts aus der Schublade und zieh sie mir an. Aus meiner Schranktür hole ich mir ein weites schwarzes Shirt. Anschließend lege ich mich ins Bett und starre auf dem Rücken liegend ins Nichts.

Das alles hier muss aufhören. Was habe ich mir überhaupt dabei gedacht? Anna macht mir nur Ärger und Probleme. Ich habe rein gar nichts davon, sie hierzubehalten. Ich nehme mein Handy in die Hand und entsperre den Bildschirm, starre ihn einfach nur an. Wenn ich jetzt Markus anrufe und ihm sage, wo sie ist, würde mir das viel Geld einbringen. Oder ich scheiß auf Markus und geh jetzt auf der Stelle rüber und hab so lange meinen Spaß mit ihr, bis sie unter mir aufhört zu atmen.

Verzweifelt schlage ich mir mit dem iPhone gegen die Stirn.

Fuck. Ich bin hellwach.

Gefallener Engel

»Nacht«, murmele ich leise und sehe Vice hinterher, wie er in sein Zimmer geht. Er ist definitiv böse auf mich. Aber ich war auch eine Idiotin. Warum hab ich mich eingemischt? Ich hätte nicht mal etwas sagen dürfen. Kurz überlege ich, ob ich noch Alkohol trinke, bevor ich schlafe, entscheide mich jedoch dagegen. Ich fülle mir Leitungswasser in ein Glas und stelle es neben meinem Schlafplatz auf den Wohnzimmertisch. Besser ich lege mich hin und schlafe.

Morgen kann ich mich dann dafür entschuldigen. Er hat mir deutlich gemacht, dass es ein Fehler von mir war, und er hat mir gesagt, was er tut, wenn ich nochmal in so einer Situation eingreifen will. Vielleicht sollte ich es jetzt einfach dabei belassen. Ich kuschele mich in meine Decke auf dem Sofa und rolle mich auf der Seite liegend ein. So müde, wie ich bin, sollte es kein Problem sein einzuschlafen – oder?

»Zieh sie aus.« Diese Worte durchfahren meinen Körper wie ein Blitz. Eine so bekannte, tiefe und dominante Stimme, die keine Widerrede duldet. Ich kenne sie und den Mann, zu dem sie gehört.

Wieso sagst du das? Du hast versprochen, dass er mir nie wieder wehtun wird. Du hast gesagt, dass es dir leidtut. Balthasar?

Ich blinzele, meine Augen brennen und meine Lider sind schwer. Als ich mich umsehe, bin ich in dem Folterkeller des Glatzkopfes. Ich liege auf dem Bett, bin nicht gefesselt und dennoch fühlt sich mein Körper so schwer an, dass ich kaum in der Lage bin, mich zu rühren. Mit großer Anstrengung schaffe ich es, meine Fingerspitzen zu bewegen. Als ich an mir heruntersehe, stelle ich fest, dass ich nur Unterwäsche trage.

Das Bett senkt sich vor mir ab. Ich kenne den jungen Mann, der sich vorneigt und seine rauen Finger über meinen Bauch zum Slip gleiten lässt. Ohne zu zögern, zieht er ihn über meinen Po hinab und lächelt mich dabei teuflisch an. Die stechend blauen Augen, die mich genaustens fixieren, kenne ich schon so lange, wie ich denken kann.

Als ich meine Lippen öffne, um etwas zu sagen, strömt nur heiße Luft hinaus.

»Berühr sie«, befiehlt die Stimme. Er gehorcht. Ohne zu zögern, dringt er mit zwei Fingern in mich ein und drückt die Fingerspitzen nach oben.

Er tut mir weh. Ich kneife die Augen zusammen und spüre, wie Tränen mein Gesicht hinablaufen. Ich kann mich nicht wehren, mein Körper ist so schwer, mein Verstand so träge.

»Fick sie.«

Tu es nicht. Bitte.

Ich will fortkriechen, aber schaffe es lediglich, mich in das Bettzeug unter mir zu krallen. Mehr nicht.

Dann legt er sich auf mich. Ein Gürtel klimpert, kurz darauf höre ich einen Reißverschluss. Sein muskulöser Körper ist schwer.

»Endlich«, haucht er mir entgegen und ich drehe den Kopf zur Seite. Ich will ihn nicht ansehen. »Endlich kann ich es tun, Anna, und sie werden dabei zusehen. Sie werden alle beide zusehen.«

Ich spüre, wie er *ihn* gegen mich drückt.

Dann höre ich eine dritte Stimme. Allein ihr Klang nimmt mir die Luft zum Atmen und mir wird übel. »Los, tu es endlich, ich will sehen, wie du mein Mädchen fickst, und dann nehmen wir sie alle drei!«

Ich schluchze laut und kralle mich fest in die Decke unter mir. Sein Körper wird immer schwerer, ich bekomme keine Luft und er tut mir weh.

»Dachtest du, ich finde dich nicht?« Markus' Stimme ist jetzt ganz nah. Zögerlich öffne ich meine Augen und blicke in seine. Er lächelt sein Geschäftsmannlächeln. Ich kenne es so gut. »Aber ich habe dich gefunden. Vice hat viel Geld dafür bekommen dich zu mir zurückzubringen. Denn du gehörst mir, Anna. Mir allein ...«

»Anna?« Ich öffne die Augen und schnappe nach Luft. Ich schlage die Hände weg, die an meinen Oberarmen liegen, und trete die Decke von mir herunter. Panisch rutsche ich auf dem Sofa nach hinten und sehe mich verwirrt um.

Nachdem ich einige Male geblinzelt habe, verstehe ich die Situation. Ich bin nicht in dem Keller, sondern in einer Wohnung. In der Wohnung über Frau Schönberg. Kein Balthasar, kein Markus, kein Liam ist hier. Ich sehe direkt in Vice' Gesicht, der vor mir auf dem Sofa sitzt und mich verständnislos ansieht. Er hat ihn nicht angerufen. Er hat mich nicht an ihn verkauft. Er beschützt mich, oder nicht?

»Es … ich … es tut …« Weiter komme ich nicht, ehe mir die Tränen in die Augen schießen. Ich vergrabe mein Gesicht in den Händen und schluchze los. Ich schäme mich, ich will es nicht, aber ich kann die Tränen nicht zurückhalten.

Liam hätte das niemals getan. Niemals. Es war nur ein schrecklicher Traum. Auch wenn Teile davon einmal Wirklichkeit waren. Meine Wirklichkeit.

Plötzlich spüre ich, wie sich Arme um mich legen und ich hochgehoben werde. Meine Augen lasse ich geschlossen. Diese plötzliche Nähe, die starken Arme, schenken mir das Gefühl von Sicherheit. Vice trägt mich in sein Zimmer, dort stößt er die Tür mit seinem Fuß zu und lässt mich auf die Matratze seines Bettes sinken. Er lässt mich nicht los. Nur kurz löst er eine Hand von mir, als er nach der Decke greift und sie über uns zieht.

Noch immer rinnen Tränen meine Wangen hinab und ich vergrabe mein Gesicht an seiner Brust. Mit dem einen Arm hält er mich fest an sich gedrückt, mit dem anderen streichelt er sanft meinen Rücken. Es tröstet mich, schenkt mir Ruhe und Beistand. Warum tut er das? Ist er denn nicht mehr böse auf mich?

Ich seufze tief und lege zögerlich meine Arme um seinen Körper, während sich sein Kopf langsam auf meinen legt. Im Gegensatz zu Liam habe ich nicht so viel zu umgreifen. Liam hat den Körperbau seines Vaters. Groß und breit. Vice ist zwar noch größer als Liam, aber schmal. Sehr schmal. Ich spüre jedoch die Muskeln durch den dünnen Stoff seines Shirts. Ohne Probleme hat er mich hierhergetragen und sanft hingelegt und mit eisernem Griff hat er Tamara festgehalten.

Nicht mehr darüber nachdenken, Anna. Genieße diesen Moment und nimm seine Nähe und seinen Trost einfach an.

Es sind ein paar weitere Tage vergangen und ich habe mich sehr gut eingelebt. Allerdings habe ich nur diese eine Nacht bei ihm verbracht. Ich habe festgestellt, dass Vice ein sehr ordentlicher Mann ist, der sofort alles wegräumt, was er benutzt hat, und auch, dass er mir hinterherräumt. Ich frage mich, warum er sich so sehr um die Ordnung in seiner Wohnung sorgt. Da ich aber nicht nur Frau Schönberg, die mir leider immer noch nicht das Du angeboten hat, eine Hilfe sein will, habe ich schnell begonnen auch in unserer Wohnung alles sauber zu halten.

Wir haben bisher viel zusammen gekocht und egal, worauf ich auch nur im entferntesten Hunger habe, Vice besorgt alles und kocht es dann zusammen mit mir. Außerdem hat er eine Waage für das Badezimmer gekauft. Bisher hat er noch nichts dazu gesagt, aber ich gehe davon aus, dass er sie nicht für sich dahingestellt hat. Will ich wissen, wie viel ich wiege? Es wird immer noch viel zu wenig sein. Auch wenn Vice' Versuche, mich zu mästen, sicher schon Wirkung zeigen.

Wir haben angefangen, eine Serie zu schauen. »Breaking Bad« läuft bei uns jeden Abend. Er ist zwar sehr unregelmäßig zuhause, aber wenn, ist er es mit Leib und Seele. Egal, ob er dabei telefonieren oder am Laptop arbeiten muss. Ich habe das Gefühl, dass er besonders viel Zeit zuhause verbringt. Elke hat mir das in einem Gespräch bestätigt.

Bisher habe ich ihn nicht wieder zu seiner Arbeit begleitet. Er hat mich nicht darum gebeten, mitzukommen, und ich habe auch nicht danach gefragt. Er weiß, dass ich immer da bin, um ihm bei allem zu helfen, und ich habe mir angewöhnt, mich nicht aufzwingen zu wollen.

Wenn es etwas gibt, wo du mir helfen kannst, wirst du es erfahren,

waren seine Worte, an die ich mich halte.

»Ich gehe einkaufen«, höre ich Vice aus dem Flur rufen, woraufhin ich zu ihm gehe. »Elke wollte morgen Kuchen backen und hat festgestellt, dass die Sahne sauer ist und mich gebeten, ihr welche zu besorgen. Ich mache das jetzt noch schnell.«

Er zieht sich seine Stiefel an. Draußen scheint die Sonne. Es sieht richtig angenehm aus.

»Kann ich mit?«, frage ich. »Ich meine, es ist kein krimineller Ausflug und mir fällt so langsam die Decke auf den Kopf.«

Vice schiebt seinen Arm durch den Ärmel seiner Jacke, als er innehält und mich einen Augenblick lang mustert. Er ringt mit sich, das kann ich sehen.

»Gut. Zieh dich an.«

Juhu!

Schnell ziehe ich mir in seinem Schlafzimmer eine Jeans über, da ich den ganzen Tag schon in Schlafanzughose herumgelaufen bin, und schlüpfe anschließend in meine Jacke und Schuhe. Zusammen verlassen wir die Wohnung und fahren los.

»Es ist nett von dir, dass du für Frau Schönberg einkaufen gehst«, fange ich nach ein paar Minuten ein Gespräch an.

»Mhm«, ist seine monotone Antwort.

»Magst du sie?«

»Nein.«

Wow. Das ist hart.

»Warum nicht? Du gehst für sie einkaufen, du hilfst ihr beim Tragen, sie bringt dir Gebäck mit und backt Kuchen? Bist du dir sicher, dass da nicht ein Fünkchen Sympathie in dir ist?«

»Hör zu, Anna, ich wohne in ihrer Wohnung, weil ihr Sohn sich bei mir hoch verschuldet hat. Das weiß sie nicht und damit sie das auch nie erfährt, wohne ich auf seine Kosten in dieser Wohnung. Ich bin offiziell ein alter, guter Freund von ihm und so helfe ich ihr ab und zu bei gewissen Dingen, damit sie keinen

Verdacht schöpft. Elke mag mich und lässt mich deswegen in ihrem Haus schalten und walten, wie ich will, ohne dass sie mir irgendwelche unangenehmen Fragen stellt. Abgesehen von: *Wann bringst du endlich mal eine Freundin mit?* Oder *du solltest nachts lieber schlafen als unterwegs zu sein, Jungchen*«, zitiert er seine Vermieterin mit verstellter Stimme.

Ich ziehe meine Brauen zusammen und wende den Blick von ihm ab nach vorn auf die Straße. Ich weiß nicht, ob ich es ihm wirklich nicht glaube oder ihm einfach nicht glauben will, dass er nichts für diese nette Dame empfindet.

»Was?«, fragt er mich gereizt.

»Ach, ich weiß auch nicht. Es ist traurig, dass sie dich so sehr mag und du einfach gar nichts für sie empfindest.«

»Ich empfinde für niemanden etwas, Anna.«

Der Teufel

Ich fahre den Wagen auf den Parkplatz vor dem Supermarkt und steige zusammen mit Anna aus. Sie ist schon wieder still und sieht mich nicht mehr an. Herrje, nur weil es mir scheißegal ist, was mit Elke oder sonst irgendeinem Menschen passiert, schmollt sie jetzt.

»Ich mag Joshua. Zumindest bewundere ich ihn.«

Anna sieht leicht irritiert zu mir hoch. »Willst du jetzt irgendwas damit retten?«

Ich zucke mit den Schultern. »Ich weiß nicht, funktioniert es?«

Sie sieht mich nachdenklich an, während wir in das Geschäft und gleich auf die Kühlregale zugehen. Unsere Spiegelungen in den Glaswänden der Kühlschränke sehen irgendwie lustig aus. Mein Körper überragt ihren so deutlich, dass es beinahe aussieht, als würde ich mit meiner kleinen Tochter einkaufen gehen und nicht mit einer neunzehnjährigen Frau. Dazu mein weiter dunkler Pulli, der mich noch größer erscheinen lässt. Trotz oder gerade wegen dieses enormen Unterschiedes gefällt mir, was ich sehe.

»Nö«, antwortet Anna schließlich und wirkt dabei eingeschnappt.

Ohne noch etwas zu ihr zu sagen, suche ich mich durch die verschiedenen Sahnepäckchen und ziehe die aus dem Regal, die das größte, grüne Fairtrade-Bio-Siegel darauf hat.

»Frau Schönberg legt Wert auf Bio?«

»Nein«, antworte ich. »Elke nimmt für gewöhnlich die billigen Eigenprodukte der Discounter. Aber ich hatte keine Lust auf eine Nachhaltigkeits-arme-Tier-Diskussion.«

Anna sieht mich erst strafend an, ehe sich ihre Lippen zu einem Schmunzeln formen und sie den Blick abwendet.

Keine deprimierte Anna mehr. Gut. Wir gehen zusammen zur Kasse, wobei wir an den Süßigkeiten vorbei müssen.

»Hast du auf was Lust?«, frage ich und blicke seitlich zu ihr hinab. Als ich in ihr Gesicht sehe, ist dieses wie versteinert und leichenblass. Ihre Augen sind geweitet, ihr Mund leicht geöffnet und als ich ihrem Blick folge, sehe ich im Gang neben uns auf den Rücken eines Mannes. Er ist riesig, hat einen Nacken wie ein Stier und dunkles, kurzes Haar. *»Polizei«*, steht in weißer Schrift auf seinem Rücken. Er hat gerade erst den Laden betreten.

Ich wende meinen Blick von ihm ab, schiebe mir die Sahne in meine Jackentasche und lege Anna meinen Arm um die Schulter. Als ich sie an mich heranziehe, presst sie sich sofort gegen mich und krallt sich in den Stoff meines Pullis.

Zielstrebig laufe ich mit ihr den Gang hinunter Richtung Kasse, verdecke ihren Körper mit meinem so gut es geht. Als wir auf gleicher Höhe mit dem Polizisten sind, dreht sich dieser um und sieht in unsere Richtung.

Ich sehe ihm direkt in die Augen.

Er erwidert meinen Blick. Seine Brauen rucken zusammen.

Ich nicke ihm freundlich zu.

Er erwidert die Geste.

Dann dreht er sich um und geht weiter den Gang hinauf.

Wir schieben uns an der langen Schlange vor der einzigen geöffneten Kasse vorbei und verlassen den Laden. Draußen gehen wir an dem geparkten Polizeiwagen vorbei, in dem noch ein Kollege sitzt und aufs Handy schaut. Wir steuern auf den BMW zu und nachdem ich der völlig versteinerten Anna geholfen habe einzusteigen, schwinge ich mich auf den Fahrersitz. Ich schiebe den Schlüssel in die Zündung und verbinde mein iPhone mit dem Radio. Eine Playlist ihrer Lieblingsband startet.

»Lass uns Essen gehen«, bestimme ich und fahre vom Parkplatz hinunter.

Gefallener Engel

»Chop Suey« von System of a Down dröhnt aus den Lautsprechern.

Balthasar. Er war da, er war nur wenige Meter von mir entfernt. Aber er hat mich nicht gesehen. Bin ich froh darüber? Bin ich traurig, erleichtert oder wütend? Ich habe keine Ahnung.

Versteck die Narben

Ich werde nach hinten gedrückt und muss mich an dem Griff in der Tür festhalten, als Vice mit quietschenden Reifen vom Parkplatz rast. Er hat mich vor ihm versteckt. Ebenso wie vor Markus. Während ich nur dagestanden und geglotzt habe, hat er gehandelt, hat mich da rausgeholt.

Ich sage nichts zu ihm. Fahre einfach mit ihm, wohin auch immer er will. Und wenn es über den Rand einer Brücke hinaus wäre.

Wenn Engel den Tod verdienen.

Er singt tatsächlich die letzten Worte mit und schaltet den Wagen aus. »Raus mit dir! Wir gehen schick essen!«

Er steigt mit einem Lächeln auf den Lippen aus dem Auto aus. »Oh …«, höre ich ihn, als er sich wieder in das Auto lehnt und die Packung Sahne in den Getränkehalter des Autos steckt. »Na los!«

Eilig verlasse ich den Wagen und als er um das Auto herum auf mich zukommt, legt er wieder einen Arm um mich. Wir parken auf einem Hinterhof mit der Aufschrift *»privat«*. Ich sage nichts dazu. Vice wird schon wissen, was er tut. Wir gehen eine lange, dunkle Straße hinunter. Ich kann mich nicht dran erinnern, jemals hier gewesen zu sein. Aber auch hier vertraue ich ihm einfach. Wenn er mich jetzt in der dunklen, einsamen Gasse absticht – auch gut. Für einen Moment lächele ich über meine eigene Bitterkeit.

»Ich hoffe, du magst französisch. Du musst auch weder Froschschenkel noch Gänsestopfleber essen. Versprochen.« Er unterstreicht seine Worte mit einem Zwinkern. Noch weiß ich nicht mal, ob ich überhaupt Hunger habe. Aber da er mit mir so zielstrebig auf den Eingang zugeht, presse ich mich gegen ihn und lass mich mitziehen.

»Zwei Personen?«, fragt uns eine junge Frau, als wir das Gebäude betreten. Sie mustert uns ausgiebig. Wir sehen ganz offensichtlich nicht aus wie die die typischen Gäste hier. Zumindest sind wir nicht so gekleidet. Auf Vice' Nicken hin, führt sie uns durch den gut gefüllten Raum zu einem der hinteren Tische. Er scheint damit zufrieden, denn ein Lächeln liegt auf seinen Lippen. Wir lassen uns auf die Stühle sinken und als uns die Bedienung nach einem Aperitif fragt, nickt Vice erneut.

»…und die Weinkarte bitte.« Als die Dame uns die Speise- und Weinkarte gegeben hat, verlässt sie uns.

Ich hebe eine Augenbraue, als ich die Karte aufschlage.

»Ach du Scheiße! Hast du mal auf die Preise geguckt?«, zische ich erschrocken, als die Bedienung außer Hörweite ist.

»Klar.« Er zuckt die Schultern. »Nimm, was du willst. Die können dir sicher auch alles vegetarisch machen. Bei dem, was das hier kostet, kann man das verlangen.«

Während ich die Preise betrachte, wird mir ganz anders. Allein die Vorspeisen kosten hier ein Vermögen.

»Vice, bist du dir da ganz sicher?«

»Jetzt such schon was aus, oder ich tu es für dich.«

Lange suche ich auf der Karte nach etwas halbwegs Günstigem ohne Fleisch. Ich entscheide mich für einen Vorspeisensalat.

Als die Bedienung zurückkommt, deutet Vice zuerst auf mich. Als ich meinen Salat bestellt habe, beginnt er.

»Wir hätten gern zwei Gläser von dem Wein und nochmal zwei Gläser von diesem hier. Und dann nimmt sie«, woraufhin er auf mich nickt, »die Vier ohne Hähnchenbrust, die Elf bitte mit gebratener Zucchini anstatt dem Rindfleisch und die Dreizehn. Kann man den Thunfisch durch irgendwas Vegetarisches ersetzen?«, hakt er nach und die Dame, die fleißig am Notieren ist, überlegt kurz.

»Ich kann in der Küche mal nachfragen.«

»Gut, dann hätten wir gerne jeder noch die Vierundzwanzig auch ohne Rindfleisch und die Fünfundzwanzig mit extra Trüffelschaum. Außerdem zum Nachtisch zweimal das Sorbet, zweimal den Lavakuchen mit flüssigem Kern und die große Platte an Käsevariationen zum Teilen.« Vice klappt lächelnd die Karte zu und hält sie der Bedienung entgegen.

Die Dame nimmt sie uns wieder ab und eilt davon.

»Das sind sicher über fünfhundert Euro!«, flüstere ich und er zuckt die Schultern.

»Fünfhundertzwölf. Fünfhundertfünfzig mit Trinkgeld.«

Ich sehe ihn fassungslos an und weiß gar nicht, was ich davon halten soll. Ich weiß ja, dass er offenbar viel Geld verdient mit seinen krummen Geschäften, aber es so aus dem Fenster zu werfen ist heftig. Niemals können wir das alles essen.

»Ich war noch nie hier, aber habs mir schon immer mal vorgenommen. Ich mag gutes Essen.«

Ich hebe eine Augenbraue und schmunzele. »So siehst du aber nicht aus.«

»Das ist einfach mein Körperbau. Ich esse gerne und gut, aber eben nicht so viel auf einmal.«

»War das schon immer so?«, hake ich nach.

»Ich kann mich zumindest nicht daran erinnern, dass es mal anders war. Und du? Gab es mal Zeiten, in denen du gern gegessen hast?«

Überlegend verziehe ich die Lippen. Habe ich jemals gerne gegessen?

»Nein. Nein, habe ich nie. Also, es ist nicht so, als würden mir die Sachen nicht schmecken, aber ich kann einfach nicht viel essen und je nach …«, ich zögere und gestikuliere verzweifelt, »… Laune ist mir einfach grundsätzlich schlecht.«

»Du meinst, wenn es dir psychisch nicht gut geht, hast du auch keinen Hunger.«

Ich nicke und senke den Blick. »Auch wenn es vollkommen falsch war. *Er* mochte es, wenn ich so dünn war.«

»Weil dein Körper dann mehr der eines Kindes ist als der einer erwachsenen Frau«, stellt Vice fest. »Glaubst du, Balthasar hätte dich mitgenommen, wenn er dich eben gesehen hätte?«

Ich hebe meinen Kopf an und sehe ihm ins Gesicht. Das schummrige Licht der Kerze auf dem Tisch spiegelt sich in seinen großen Augen.

»Nein«, antworte ich. »Ich denke, dass er mich nicht mal angesprochen hätte.«

Vice hebt fragend eine Augenbraue an. »Wie kommst du darauf?«

Gerade als ich antworten will, stellt die Bedienung den Aperitif und die zwei Gläser Wein und die ersten zwei Vorspeisen vor uns.

»Ich weiß es einfach. Guten Appetit, Vice.« Ich hebe den alkoholhaltigen Aperitif in die Höhe. »Auf einen schönen Abend.«

Vice prostet mir zu, ehe er nachdenklich das Glas an seine Lippen führt. Unentwegt starrt er mich an. Aber mittlerweile bin ich das gewohnt.

»Ich krieg keinen Krümel mehr runter!«, stöhne ich und schiebe den Teller mit dem halb gegessenen Schokolavakuchen von mir weg.

»Was? Du hast das Leckerste ja übrig gelassen.« Vice rückt näher an den Tisch heran und tunkt den Dessertlöffel in die geschmolzene Schokolade mit dem Vanilleeis. Dann lehnt er sich über den Tisch zu mir, um mich damit zu füttern. Eigentlich ist mir furchtbar schlecht, aber diese Geste ist so süß, dass ich den Mund öffne. Das wiederholt er noch dreimal und so habe ich doch noch den ganzen Kuchen gegessen.

Mit einem zufriedenen Lächeln auf den Lippen lehnt er sich zurück.

»Lass uns gehen«, sagt er plötzlich und richtet sich auf. Mit einem Kopfnicken deutet er mir, ihm zu folgen.

»Wie, was? Aber …«

»Komm.« Er geht um den Tisch herum auf mich zu und greift nach meiner Hand.

Völlig perplex stehe ich auf und folge ihm. Jedoch nicht zum Ausgang, sondern in die andere Richtung. Dort ist eine Tür, die zu einem Außenbereich führt, der wahrscheinlich nur im Sommer genutzt wird. Meine Finger kribbeln, mein Herz schlägt wie wild in meiner Brust, während ich seinen großen Schritten folge. »Wohin gehen wir?«

»Schht.«

Hat er vor zu gehen, ohne zu bezahlen?

Eine Bedienung nickt uns freundlich zu, eine andere nimmt nicht mal Notiz von uns. Wir laufen an den vollbesetzten

Tischen vorbei, an denen die Gäste in schicken Kleidern und Anzügen sitzen.

Als Vice' Hand sich um die Türklinke legt, hören wir einen Kellner rufen. »Wo wollen Sie denn hin?«

»Komm, schnell!«, zischt Vice, der die Tür aufreißt und mit mir das Gebäude verlässt. Dann geht es schnell. Eilige Schritte, die uns folgen.

»Lauf los, Anna, die Treppe hoch! Ich komme nach!« Er löst sich von mir und dreht sich zu einem abgedeckten Tisch, der auf der Terrasse steht.

Ich trete unsicher von einem Bein auf das andere. Ich soll weglaufen.

Mach ich aber nicht.

Ich renne zu Vice und helfe ihm, den schweren Tisch vor den Ausgang zu schieben. Ein Mann und eine Frau sind nun ebenfalls dort angekommen und drücken von innen mit Kraft gegen die Tür. Zwecklos, der Tisch bewegt sich nur minimal vom Fleck.

Seine Finger legen sich wieder fest um meine, als er mich mit sich zieht. Über die Terrasse, vorbei an abgedeckten Tischen und Stühlen. Dann eine breite lange Treppe hinauf. Wir laufen zwischen zwei Bürogebäuden entlang über einen großen Hof hinein in eine andere Straße, die zu einem Privatparkplatz führt. Diesen kenne ich! Wir haben hier geparkt! Tatsächlich erreichen wir völlig außer Atem Vice' BMW und schmeißen uns hinein.

Einen Moment lang ist nichts zu hören, abgesehen von unserem angestrengten Atmen in der Stille des Wagens. Ich sehe zu ihm. Er sieht zu mir. Das Adrenalin, das durch meinen Körper rauscht, lässt mich lächeln. Es war verboten. Es war gefährlich. Es war … aufregend.

Der Blick seiner stahlgrauen Augen hält mich gefangen. Er analysiert mich, studiert mich und zieht mich in diesem Moment unheimlich an.

Plötzlich lehne ich mich nach vorn und presse meine Lippen auf seine. Vice zögert keine Sekunde, drängt sich mir entgegen und schlingt seine Arme um mich.

Der Kuss ist intensiv, leidenschaftlich und voller Verlangen. Er umspielt meine Zunge mit seiner und greift mir in den Nacken, als wolle er mich nie wieder loslassen. Kurz wandert sein Daumen über meine Wange, ehe er mit beiden Händen um meine Taille fasst und mich daran näher zu sich zieht. Ich verliere mich in dem Kuss. Meine Gedanken sind wie leergefegt. Vice' geheimnisvolle, dunkle Präsenz nimmt mich so stark ein, dass ich mich gegen diese Anziehung nicht mehr wehren kann.

Ich greife in seinen Nacken, fühle das kurze weiße Haar zwischen meinen Fingern und kralle mich in seine Haut. Eigentlich will ich nicht, dass dieser Kuss jemals endet, doch da spüre ich seine Hand unter meinen Pulli gleiten. Seine Fingerspitzen wandern hinauf zu meinen Brüsten und in diesem Moment verkrampfe ich mich. Ich will, dass er mich berührt, aber mein Körper übernimmt die Kontrolle. Mein Atem stockt, meine Bewegungen frieren ein.

Augenblicklich löst sich Vice von mir und rückt etwas zurück. Seine Hand ruht seitlich an meinem Kopf, während er mir direkt in die Augen sieht und mir sanft über die Wange streichelt.

»Es tut mir leid, das war zu viel«, flüstert er.

Ich schüttele den Kopf. »Mir tut es leid … Aber ich kann–« Er legt seine Hand flach über meinen Mund und schüttelt den Kopf.

»Sag nichts. Es hat gereicht und es war schön.«

Ich versuche, irgendetwas in seinem Gesicht zu erkennen. Sorge, Wut, Enttäuschung, irgendwas. Aber nichts. Er hat seine Gesichtszüge perfekt im Griff. Wie immer. »Lass uns nachhause fahren, noch eine Folge Breaking Bad schauen und schlafen.«

»Okay.«

Geschafft lasse ich mich auf den Sitz fallen und schnalle mich an. »Das war aufregend.«

»Normal«, erwidert er lächelnd und startet den Wagen.

Der Teufel

Opium ist was Schönes. Anna liegt in meinem Arm auf der Couch, während wir in völliger Entspannung unsere Serie zusammen schauen. Nachdem wir ohne zu bezahlen das Nobelrestaurant verlassen haben, war es schwer, von dieser Aufregung runterzukommen. Also habe ich mit etwas Opium nachgeholfen. Nach kurzem Zögern hat auch Anna etwas genommen.

Tatsächlich war es sogar für mich aufregend. Mir wurde schon eine Knarre an den Kopf gehalten, ich wurde aufs Übelste zusammengeschlagen oder bedroht und war schon bei Deals dabei, wo jeden Moment eine Schießerei hätte losgehen können. Aber das eben war etwas anderes. Es war unnötig. Nicht, weil ich die Rechnung auch einfach hätte bezahlen können, sondern eher, weil es eine unsinnige Straftat war. Was wäre passiert, wenn man uns geschnappt und der Polizei übergeben hätte? Oder hätte ich sie niedergeschossen und wir wären trotzdem geflohen?

Sterben? Ist in Ordnung. Diese Vorstellung finde ich spannend. Ich habe mir schon oft vorgestellt, wie es ist. Ich habe vielen Menschen dabei zugesehen und versucht, zu erkennen, was sie fühlen. Wie ist es, wenn man erstickt? Kann man sich gegen die Panik wehren, wenn die Lunge krampft und ein schwarzer Schleier vor die Augen zieht? Wie fühlt es sich an, wenn man abgestochen wird? Hört man irgendwann auf, den Schmerz zu spüren? Wie intensiv ist es? Fühlt es sich gut an, zu verbluten? Ich stelle es mir schön vor. Friedlich und aufregend, wenn das Herz schnell schlägt und das Blut aus dem Körper pumpt. Einfach einschlafen und dabei alles spüren und wahrnehmen. Jeden Atemzug, jeden Herzschlag, das Kribbeln im

Körper. Ist einem warm, oder kalt, bevor man in die Dunkelheit taucht? Ja. Sterben finde ich spannend, aber ins Gefängnis gehen? Nein. Ich würde sicher genau wie mein Vater nie wieder einen Fuß in die Freiheit setzen. Wahrscheinlich käme ich in die Psychiatrische und würde mich mein Leben lang unter starken Medikamenten selbst umarmen dürfen, während eine Psychiaterin versucht herauszufinden, warum ich so bin, wie ich bin. Und Anna wäre wieder zurück zu ihrem Peiniger gekommen. Aber dieses Risiko war der Spaß wert. Mein Aufmunterungsversuch hat funktioniert. Ich ziehe sie näher an mich heran. Sie legt ihren Arm über meinen Bauch und schmiegt ihre Wange gegen meine Brust.

Wir haben uns geküsst. Sie hat mich geküsst. Noch bevor ich im Auto den Gedanken zu Ende gedacht hatte, hatte sie ihre Lippen schon auf meine gepresst. Dass es nur an dem Alkohol und Adrenalin in ihrem Blut lag, ist mir klar. Und mir ist auch klar, dass ich mehr wollte. Unklar ist mir jedoch, warum ich aufgehört habe.

Ich unterdrücke ein Seufzen und lege meinen Kopf auf ihren. Dabei streichele ich mit meinen Fingerspitzen über ihren Arm hinauf bis zu ihrem Gesicht und wieder hinab. Eine der verfluchten Nebenwirkungen des Opiums. Man wird so verdammt kuschelig. Auch wenn ich ohne Drogen ständig das Bedürfnis habe, sie zu streicheln.

Furchtbar!

»Ich bin müde«, murmelt sie.

Auch ich gähne ausgiebig und drücke sie nochmal fest an mich.»Dann lass uns ins Bett gehen. Komm.«

Ich richte mich auf, sodass sie von mir hinabrutscht. Sie sieht mich fragend an. Ich deute ihr mit einem Kopfnicken, dass sie mir folgen soll. Zögerlich richtet sie sich auf. Als sie etwas schwankt, ziehe ich sie zu mir heran. Während ich sie dicht an mich drücke, gehen wir zusammen in mein Schlafzimmer.

Dort lasse ich mich auf das Bett sinken und ziehe sie mit mir hinab. Sie liegt auf mir und ich schlinge meine Arme um ihren zierlichen, dünnen Körper, presse sie gegen mich. Sie wehrt sich nicht. Sie verkrampft nicht. Sie legt ihren Kopf auf mein Schlüsselbein und hält sich an meinem Shirt fest. Es gefällt mir. Kein Sex, keine blutigen Gedanken. Nur hier liegen, ihren Körper auf meinem fühlen, ihrer Atmung lauschen, ihren Herzschlag spüren.

Gefallener Engel

Es ist angenehm, wie seine Fingerspitzen unter meinem Schlafanzug meinen Rücken hinauf- und hinabgleiten. Ich muss lächeln, während ich auf ihm liege. Ich fühle mich so unglaublich entspannt. Ganz anders als auf Koks. Ruhig und glücklich. Außerdem habe ich ein extremes Bedürfnis nach Nähe. Noch mehr als sonst. Ich bin froh, hier zu sein. Ich bin froh, bei ihm zu sein. Ich bin froh … zu sein.

»Ich war zuerst bei ihm«, flüstere ich, ohne zu wissen, warum ich plötzlich den Drang habe, ihm das zu erzählen.

»Was meinst du?«, hakt Vice verwirrt nach und ich höre seine leise, ruhige Stimme ungewöhnlich laut und brummend. Das liegt daran, dass ich mit meinem Ohr auf seiner Brust liege.

»Als ich weglief, ging ich zuerst zu Balthasar.«

Nun hält er in seiner Bewegung inne. Seine Fingerspitzen bleiben auf meinem Nacken liegen. »Warum?«

»Ich weiß es nicht«, flüstere ich und greife fester in den Stoff seines T-Shirts. »Ich hatte gehofft, dass er mir hilft.«

Vice sagt erst nichts, dann greift er mit seinen langen Fingern in meinen Nacken und hält mich fest.

»Dieser Mann hat dich und Liam missbraucht und … du fliehst zu ihm?«

Ich kann verstehen, dass er das merkwürdig findet. Sicher hält er mich jetzt für verrückt. Wenn er das nicht vorher schon getan hat. Dann vibriert seine Brust etwas und ich höre ein leises Lachen.

Irritiert hebe ich den Kopf an und seh ihm ins Gesicht. Er lächelt. »Was gibt es da zu grinsen?«

»Du magst ihn.« Es ist eine Feststellung. Ich lasse meinen Kopf zurück auf seine Brust sinken und nicke.

»Warum? Er hat die Kamera zwischen deine Beine gehalten, während sein Sohn dich angefasst hat. Wie kannst du diesen Mann dann mögen?«

Seine Worte treffen mich nicht. Abgesehen davon, dass ich gerade zu entspannt bin, tun mir solche Worte schon seit Jahren nicht mehr weh. Es ist die Wahrheit. Und ich habe sie akzeptiert. Balthasar hat seinen kleinen Sohn Liam dazu gezwungen, mich als Kind zu missbrauchen und wenn er sich weigerte, wurde er geschlagen.

»Weil er das nicht wollte. Weil er krank ist. Er war in diesen Momenten ein anderer. Das weiß ich. Das hab ich gespürt. Er hat mich nie selbst angefasst. Außer, um mich zu trösten. Ich bin mir bewusst, dass das falsch und krank ist, aber es ist die Wahrheit.«

Es ist verrückt. Ich bin verrückt. Man wird mich verurteilen. Jeder wird mich dumm und naiv nennen, dass ich Balthasar nicht abgrundtief hasse. Für die Dinge, die im Keller seiner Ferienhütte passiert sind. Für alles, was er Liam angetan hat. Vielleicht ist das so ein Stockholm-Ding, dass ich mir Nähe und Schutz von diesem Mann gewünscht habe. Der zwei Meter große Polizist mit den blauen Augen. Nichts, aber auch gar nichts entschuldigt das, was er getan hat. Er ist ein kranker, brutaler Mann und ich jahrelang sein Opfer. Aber trotzdem hatte ich nie in meinem Leben solche Angst vor ihm wie vor Markus und dieser wiederum hatte Angst vor Balthasar. Vielleicht habe ich mir deswegen Schutz von ihm gewünscht, weil ich wusste, dass er stärker war als Markus. Weil Balthasar mich getröstet hat, weil er sich selbst und ihn dafür gehasst hat, was sie mir angetan haben. Aber er hat ihn dennoch nie abhalten können, weil Markus ihn zu sehr in der Hand hatte. Bei Balthasar habe ich mich wohlgefühlt, denn im Gegensatz zu Markus, hat er mich nie angefasst, nie missbraucht und nie vergewaltigt.

»Ich habe mir oft gewünscht, er wäre mein Vater.« Ich presse meine Lippen fest zusammen, ebenso wie meine Augen.

Vice hat wieder angefangen, mich beruhigend zu streicheln. Er sagt nichts mehr dazu, sondern drückt seine Lippen auf mein Haar und hält mich fest.

Eine angenehme Wärme strahlt mir ins Gesicht. Arme sind von hinten um meinen Körper gelegt, Finger mit meinen verschlungen und gegen meinen Bauch gepresst. Vice hält mich von hinten in einer sanften, sicheren Umarmung.

Ich blinzele einige Male und sehe direkt zu den großen, bodentiefen Fenstern. Wir haben die Vorhänge nicht zugezogen und so strahlt die Sonne über ein anderes Gebäude hinweg direkt in das Schlafzimmer. Sie erhellt mein Gesicht und wärmt meine Haut.

»Morgen«, höre ich Vice murmeln, während er seine Arme enger um mich schließt.

»Morgen.« Ich schmiege mich nach hinten gegen ihn. Sein Unterleib drückt leicht gegen meinen Po und obwohl die Wirkung des Opiums nachgelassen hat, fühle ich mich nicht bedrängt und ich habe auch keine Angst. Ich genieße es sogar. Lächelnd schließe ich die Augen und konzentriere mich auf alles, was ich spüre. Die Sonne in meinem Gesicht, seine Arme um meinen Bauch und sein warmer Körper dicht an meinem.

»Frühstück?«, fragte er.

»Wie viel Uhr ist es denn?«

»Viertel nach zehn.«

Ich lächele zufrieden, denn ich habe lange und gut geschlafen. »Gern. Mein Magen knurrt schon.«

»Der knurrt schon seit einer halben Stunde«, verrät mir Vice, der seine Lippen auf mein Haar drückt.

»Wie lang bist du denn schon wach?«, will ich wissen, worauf er mir mit einem nichtssagenden:

»Lange« antwortet. »Na dann auf. Ich koch Kaffee und du holst Elkes Samstagsbrötchen rein.«

Ich mag die Kälte nicht, die zurückbleibt, als er sich von mir wegdrückt und aufsteht. Ich drehe mich auf den Rücken und seh zu ihm.

Er fährt sich mit den Händen über das Gesicht und in sein Haar hinein, um es nach hinten zu streichen, aber es steht wild von seinem Kopf ab. Dann kippt er beide Fenster im Zimmer.

»Was grinst du so?«, fragt er.

Ich zucke schmunzelnd die Schultern. »Du siehst süß aus.«

Augenrollend und sich verzweifelt durch die widerspenstigen Haare fassend, verlässt er das Schlafzimmer. Ich strecke mich ausgiebig und will gar nicht aufstehen. Zu warm und zu gemütlich ist das große Bett.

»Brötchen!«, höre ich Vice ermahnend durch die Wohnung rufen, woraufhin ich mich widerwillig aus dem Bett schäle und aufstehe. Auch im Stehen strecke ich mich nochmal durch und schlurfe aus dem Schlafzimmer in den Flur. Als ich die Haustür öffne, hängt eine Stofftüte am Türknauf und darin befinden sich Brötchen und andere, leckere Teilchen vom Bäcker. Seit ich hier eingezogen bin, bringt sie doppelt so viel Gebäck mit. Als ob ich genauso viel essen würde wie Vice.

Barfuß gehe ich Richtung Küche, wo ich das laute Zischen der Kaffeemaschine höre. Die Theke ist schon mit zwei Tellern und Besteck gedeckt und er schäumt, während der Kaffee blubbert, etwas Milch auf. Es riecht gut und nachdem ich den Tisch mit Butter, Schokocreme, Marmelade und Käse fertiggedeckt habe, setze ich mich abwartend auf einen der Hocker.

»Bitteschön.« Vice stellt mir eine große Tasse Cappuccino hin, auf dessen Milchschaum ein Bild gemalt wurde.

»Eine Spritze?« Ich hebe verwirrt eine Augenbraue.

»Ich muss heut Zeug abholen und du kannst mit, wenn du willst«, erklärt er mir und ich nicke verstehend.

»Klar.«

Vice setzt sich mir gegenüber und umfasst seine Tasse mit seinen langen Fingern und zuckt die Schultern.

»Natürlich nur, wenn du willst. Ist nichts Großes.«

Zufrieden lächelnd führe ich die Tasse an meine Lippen. »Aber erst heute Nachmittag. Heute Morgen machen wir erstmal Ordnung in der Wohnung, dann müssen wir einkaufen und später dann los.«

Ich schneide mir eines der Brötchen auf.

»Perfekt!«

Dieser Tag wird toll!

Und er war toll.

Es ist mittlerweile Abend. Wir haben die Wohnung zusammen mit laut aufgedrehter Musik aufgeräumt, waren dann einkaufen, haben gekocht und gegessen, haben eine Tasche voll »Arbeit« abgeholt und eben bei einem echt leckeren Italiener in der Stadt zu Abend gegessen. An solche Tagesabläufe könnte ich mich wirklich gewöhnen.

»Wir müssen noch woanders vorbei«, informiert mich Vice, der sein iPhone wegsteckt und den ersten Gang des Wagens einlegt. Wir haben eben das Ristorante verlassen, in dem wir zu Abend gegessen haben.

»Was Gefährliches?«

Er schüttelt mit gelangweilt verzogenen Lippen den Kopf.

Vice fährt uns ruhig und entspannt durch die Stadt. Eine von mir gebrannte CD läuft über die Anlage. Ich lehne mich zurück und starre aus dem Auto.

Diesmal brüllt uns der Sänger von Slipknot aus den Boxen entgegen, dass er seine Finger in seine Augen drückt, um seine Schmerzen zu lindern. Vice schüttelt nur den Kopf und hat sich bis jetzt noch nicht mit meinem Musikgeschmack angefreundet. Er fährt auf einen »Parken nur für Bewohner mit Ausweis«-Parkplatz und schwingt sich mit seinem Rucksack aus dem Auto hinaus.

»Glück gehabt, normal ist es eine Katastrophe, einen Parkplatz zu finden.«

»Bist du öfter hier?« Ich sehe fragend zu ihm, während ich mich in meinen Schal kuschele.

»Schon.«

Natürlich bin ich neugierig, was uns hier erwartet, vor allem, wenn er öfter hierher kommt, aber ich werde es ja sicher gleich erfahren. Wir betreten einen hohen Betonklotz, in dem sich in unzähligen Etagen die Wohnungen aneinanderreihen.

Wir fahren mit einem ziemlich versifften Fahrstuhl einige Stockwerke höher und treten dort aus der Kabine hinaus. Vice zückt seinen furchtbar vollgehängten Schlüsselbund, sucht nach dem Passenden und schließt eine der Wohnungstüren auf.

A. Kaiser, lese ich auf dem Klingelschild und frage mich, wer das sein könnte. Vice hat auf meine Frage, ob es etwas Gefährliches ist, nur gelangweilt den Kopf geschüttelt, also gehe ich nicht davon aus, dass ich wieder Zeuge werde, wie er einen Menschen foltert.

Hoffe ich.

Warum hat er einen Schlüssel für diese Wohnung?

Als wir einen kleinen, dunklen Flur betreten, liegen ein paar hochhackige Frauenschuhe und ein paar schwarze Männerlackschuhe verteilt auf dem Boden, ebenso wie ein Schal, eine Handtasche und ein großer, umgekippter Stapel Zeitungen und Prospekte. Generell ist es sehr dreckig und staubig in der Wohnung. Vice schließt die Tür hinter uns, stellt die Schuhe unter die Garderobe, und hängt den Schal und die Handtasche über einen der Haken.

Warum räumt er hier auf?

Durch die Tür direkt neben uns hören wir lautes, angestrengtes Stöhnen und ein rhythmisches Klatschen und Quietschen. Da drin geht es ganz schön ab. Ich presse die Lippen fest zusammen und versuche die deutlichen Geräusche zu ignorieren. Wir setzen uns im Wohnzimmer, das noch weitaus unaufgeräumter als der Flur ist, auf einen freien Platz auf dem Sofa und warten. Vice stützt seine Ellenbogen auf seinen Oberschenkeln ab und spielt mit seinen Fingerspitzen an der Schnalle seines Rucksackes, der vor ihm auf dem Boden steht.

Ich fühle mich unwohl, den beiden Personen hinter der Tür beim Sex zuzuhören.

»Warum sind wir hier?«, flüstere ich, bekomme aber keine Antwort. Am liebsten würde ich mir die Ohren zuhalten, aber diese Blöße will ich mir vor Vice nicht geben. Diesem scheint das Spektakel völlig egal zu sein. Er wirkt gelangweilt und desinteressiert. Das Quietschen und Klatschen hat aufgehört.

»Ja, Angel, schluck! Schluck! So ists gut!«, stöhnt der Mann. Ich vergrabe mein Gesicht in den Händen und seufze in meine Handballen hinein. Das war jetzt echt noch das i-Tüpfelchen. Vice lehnt sich zurück, legt den Kopf in den Nacken und atmet tief durch.

Kurz darauf geht die Tür auf und ein schlanker älterer, aber gut trainierter Mann verlässt das Schlafzimmer. Er schließt gerade seinen Gürtel, als er uns entdeckt.

»Habt ihr einen Dreier vor? Denke nicht, dass Angel das jetzt noch schafft«, gibt er herablassend zu bedenken, ehe er in sein Jackett und die Lackschuhe schlüpft. Wir ignorieren den Mann, der daraufhin die Wohnung verlässt. Vice legt seine Hand auf meinen Oberschenkel und greift zu.

Ob er mich oder sich selbst festhält, kann ich in dem Moment nicht erkennen.

Angel. Das klingt schon schwer wie eine Prostituierte. Was wollen wir hier? Ob sie etwas Falsches gemacht hat? Oder ob er einfach nur Geld abholt?

»Luca!«, höre ich eine erfreute, aber rauchige Frauenstimme. Als ich zu ihr sehe, weite ich vor Erstaunen meine Augen.

Es ist eine große, schlanke Frau, die mit ausgebreiteten Armen auf uns zugeht. Ihr Alter schätze ich auf Mitte-Ende vierzig. Sie ist nicht richtig angezogen, man sieht ihre entblößten Brüste. Aber das ist nicht das, was meinen Blick auf sich zieht.

Sehr langes, schneeweißes Haar umrahmt ihr ebenso weißes Gesicht, aus welchem uns stahlgraue, große Augen ansehen. Ihre Haut glänzt feucht und der Lippenstift ist tiefrot und verschmiert. Sie zieht sich ihr dünnes, goldenes Seidennegligé zurecht, sodass es ihre Brüste bedeckt. Vice neben mir richtet sich auf und geht auf sie zu. Die dünne Frau streckt ihre Arme nach ihm aus und umfasst sein Gesicht mit ihren Händen.

»Mein liebster Schatz! Hast du ein Tempo für mich?«, wispert sie. Woraufhin er ihr sofort eines gibt, als hätte er ihre Bitte erwartet. Sie säubert sich das Gesicht und bedeckt seines mit Küssen, am Ende ruhen ihre schmalen Lippen lange auf seinen. Vice hat seine Schultern leicht angehoben und ist etwas zu ihr hinabgeneigt, während ihre Fingerspitzen durch sein Haar bis in seinen Nacken streichen. Seine Körperhaltung ist angespannt. Es ist ihm offenbar unangenehm. Ich weiß nicht, wie ich reagieren soll, also bleibe ich einfach still sitzen.

Ihre dünnen Finger mit roten, sehr langen, künstlichen Nägeln greifen in sein Haar. Jetzt hebt auch er seine Hände an und legt sie auf die von Angel.

»Hallo, Mum«, bestätigt Vice mit diesem einen Wort meinen Verdacht. Er löst sich von ihr und tritt einen Schritt zurück. »Mama, wie sieht es–«

»Beschwer dich nicht, Luca! Ich bin noch nicht zum Aufräumen gekommen! Ich hab viel um die Ohren! Außerdem ist es doch gar nicht so schlimm«, unterbricht sie ihn und winkt theatralisch mit einer Hand ab. Dann entdeckt sie mich.

Ihre weißblonden Brauen ziehen sich zusammen und sie sieht mich abschätzig an. »Wer ist das?«, fragt sie Vice und nicht mich.

»Das ist Anna. Ich habe dein Zeug dabei«, wendet er das Thema gleich von mir ab. Er beugt sich zu seinem Rucksack, öffnet ihn und zieht mehrere kleine Päckchen mit Pulver heraus. Weiß und Braun.

Kokain und Heroin.

»Und was machst du mit ihr? Ist sie ne Nutte?« Sie stellt diese Frage auf so eine arrogante Weise, dass man glatt vergessen könnte, dass sie selbst eine Hure ist. Er ignoriert ihre Frage einfach.

»Hier, bitte.« Vice stellt sich zwischen mich und seine Mutter und hält ihr die Drogen entgegen.

Angel wendet den Blick von mir ab und hebt ihr Negligé an. Sie greift in ihr Höschen und zieht mehrere zerknitterte Geldscheine hervor.

»Gerade verdient, schon wieder weg. So schnell geht das immer«, scherzt sie.

Vice schüttelt den Kopf. »Geht auf mich, Mama.«

»Du bist ein guter Junge«, seufzt sie tief und schlingt ihre Arme um seinen Bauch. Vice hebt seine ebenfalls und legt sie um den dünnen Körper seiner Mutter, die sich an ihn schmiegt. Es ist eine so schreckliche Szene, dass mir übel wird.

Angel löst sich wieder von ihrem Sohn und legt die Drogen auf den vollgestellten Wohnzimmertisch.

»Wollt ihr bleiben? Soll ich uns 'ne Flasche Wein aufmachen?«

Vice schüttelt den Kopf und hält mir seine Hand entgegen. »Nein, wir hatten einen anstrengenden Tag und wollen nur noch nach Hause. Ich komme aber nächste Woche nochmal vorbei, okay, Mama?«

Wenn ich ihn höre, wie er zu dieser Frau Mama sagt, wirkt es für mich so falsch. So deutlich man ihnen die Verwandtschaft auch ansieht, so verdreht wirkt ihre Beziehung zueinander. Wie ist es für Vice, hierher zukommen und zuzuhören, wie seine Mutter mit einem Freier schläft? Sie zu sehen, halb nackt in dieser dreckigen, versifften Wohnung, voll Schweiß und diverser anderer Körperflüssigkeiten. Wie kann er nur hierherkommen und ihr so starke Drogen *schenken*?

»Lass uns gehen, Anna.«

Ich ergreife seine Hand.

»Ciao, Mama«, verabschiedet er sich, lehnt sich zu ihr und haucht ihr einen Kuss auf die Wange.

»Machs gut, mein Schatz! Und Anna? Pass gut auf meinen Jungen auf!«, ruft uns Angel hinterher, als ich zusammen mit Vice durch ihre Wohnung laufe, um sie zu verlassen.

Auf ihn aufpassen? Er passt wohl eher auf mich auf. Genauso, wie er sich mehr um sie kümmert als andersherum. Ob sie die Aufgabe einer Mutter jemals erfüllt hat? Hat sie sich um ihn gekümmert? Laut Vice war sein Vater im Gefängnis, seit er ein Baby war. Das bedeutet, dass sie ganz allein mit ihm war.

War sie damals eine gute Mutter? Oder hatte sie ihren Sohn vernachlässigt?

Schweigend fahren wir mit dem Fahrstuhl runter ins Erdgeschoss und verlassen das Gebäude. Zusammen steigen wir in seinen BMW und machen uns auf den Weg nachhause.

Das ist nicht das erste Mal, dass wir ohne ein Wort zu wechseln zurückfahren. Ich weiß nicht mal, warum er nichts sagt. Ob er sich für seine Mutter schämt? Sorgt er sich um sie oder ist er wütend? In seinem Gesicht kann ich nichts dergleichen ablesen, also starre ich aus dem Beifahrerfenster hinaus. Wenn er nicht reden will, will ich es auch nicht.

Als wir zuhause angekommen sind, verschwindet Vice ziemlich lange im Badezimmer und geht direkt danach ins Bett. Ich nehme es ihm nicht übel, auch wenn ich gerne für ihn dagewesen wäre. Denn auch wenn er so kalt und emotionslos tut, glaube ich nicht, dass ihn das Treffen mit seiner Mutter vollkommen kalt gelassen hat. Ich tu es ihm gleich, folge ihm dann ins Bett, aber denke auch noch lange über den Tag nach, bevor ich einschlafe. Einmal mehr in seinen Armen.

Es ist 19 Uhr am 20. Dezember 2010. Wir haben die Wohnung geschmückt und eine Lichterkette um das Geländer im Flur gewickelt. Vice hat einen echten, großen Tannenbaum mitgebracht, in eine Halterung gesteckt und mit LED-Kerzen bestückt. Ich bin verwundert darüber, dass er sich so viel Mühe mit den Feiertagen macht. Ich hätte ihn nicht für einen Freund von Weihnachten gehalten.

Ich selbst habe keine Verträge mit dem Fest der Liebe. Für mich war es der Horror. Meine Mutter wurde nicht mal aus ihrem Krankenzimmer rausgeholt, sondern blieb unbeachtet in ihrem Bett liegen. Ich musste den ganzen Abend mit meinem Vater verbringen und es gab nichts Schlimmeres für mich, als allein mit ihm zu sein. Er wollte mir an diesem Abend immer doppelt so viel seiner *Liebe* schenken.

»Holst du schonmal die Kugeln aus der Tüte?«

Auf Vice' Aufforderung hin wühle ich in einer Plastiktasche herum.

»Ich hätte nicht gedacht, dass du so weihnachtsverrückt bist«, murmele ich, als ich die silbernen Christbaumkugeln herausziehe und die Verpackung öffne.

»Bin ich auch nicht. Das ist das erste Mal, dass ich schmücke. Die Dekoration, die Kugeln und die Lichterketten sind alles alter Kram von Elke und ihrem Sohn.«

Ich halte ihm die Kugeln entgegen und kräusele dabei verwirrt die Stirn.»Und wieso schmückst du dieses Jahr?«

»Na für dich«, antwortet er schulterzuckend.

»Wieso für mich? Du weißt doch nicht mal, ob ich Weihnachten mag.«

Er hängt nach und nach einige silberne Kugeln auf und wühlt anschließend selbst in der Tüte herum, um anderen glitzernden Klimbim an die grünen Äste zu hängen. Der Baum riecht angenehm herb nach Harz und die flackernden LED-Kerzen, die in einem Orangeton leuchten, versprühen eine kuschelige Atmosphäre. Draußen ist es stockdunkel.

»Dann wird es Zeit, Weihnachten zu mögen. Ich habe es mir für dieses Jahr vorgenommen und werde nicht arbeiten. Wir werden ein Drei-Gänge-Menü kochen und Weihnachtsfilme im Fernsehen schauen.« Er hält kurz inne und verzieht angeekelt die blassen Lippen. »Oder, so übertreiben müssen wir es ja nicht. Am zweiten Weihnachtsfeiertag werden wir dann mit Elke essen gehen. Sie lädt mich jedes Jahr dazu ein.«

Meine Stirn liegt immer noch in Falten, als ich einen Schritt zurückmache und ihn anstarre.

Er erzählt mir in solch einer Selbstverständlichkeit von unseren Plänen über die Feiertage, als wären wir schon seit Jahren ein Paar. Generell verhalten wir uns irgendwie so. Wir schlafen zusammen in einem Bett, gehen einkaufen, kochen und essen zusammen. Abends auf dem Sofa ist es zur Routine geworden, dass ich in seinem Arm liege, während wir fernsehen und er mich in Gedanken streichelt. Selbst unser gemeinsamer Drogenkonsum vermittelt das Gefühl, als wären wir ein Paar. Ich gebe mich ihm und den Substanzen, die er mir gibt, vollkommen hin. Ich vertraue ihm. Und er verbietet mir, etwas zu nehmen, wenn er meint, dass es genug war.

Ich weiß nicht, was ich davon halte. Es ist ohne Zweifel schön, mit ihm zu kuscheln, nicht alleine zu schlafen oder zu essen.

Ich bin traurig und vermisse ihn, wenn er weg ist. Er kümmert sich gut um mich.

Zu gut. In meinen Augen ist sein Verhalten widersprüchlich. Er kocht für mich, er kümmert sich um alles. Egal, ob es um meine Gesundheit, mein Gewicht oder um meine Sicherheit geht, er hat immer für alles eine Lösung. Immer die Kontrolle. Seine Fürsorge mir gegenüber ist absolut kompromisslos und ohne mein Einverständnis. Er fragt nicht, ob er mir helfen kann, er tut es einfach. Er fragt mich, ob ich Hunger habe, und obwohl ich Nein sage, drückt er mir ein Brötchen in die Hand.

Wir sind wegen genau solcher Situationen in den letzten Wochen immer wieder aneinandergeraten, sodass wir uns gestritten, teilweise sogar angeschrien haben. Ich hab ihn geschubst, nach ihm geschlagen und er mich grob am Arm gefasst. Doch nach jedem Orkan folgte Ruhe und wir vertrugen uns.

Auch jetzt macht er diese Weihnachtsgeschichte, weil er denkt, dass es mir gefällt. Oder dass es das Beste für mich ist.

Muss ich mich geschmeichelt fühlen? Oder dankbar sein? Oder muss ich ihn fragen, wer ihm ins Gehirn geschissen hat mich so zu bevormunden? Andererseits … Noch nie hat sich jemand so viel Mühe gemacht, um mir mein Leben zu verschönern.

Liam vielleicht. Aber dieser war mit seinem eigenen, verkorksten Dasein zu beschäftigt. Wir haben uns gegenseitig so gut es ging unterstützt, aber es hat gerade so zum Überleben gereicht. Wir konnten uns nicht retten.

»So, das darfst du machen«, holen mich Vice' Worte zurück ins Hier und Jetzt.

»Was, wie?« Ich bin verwirrt, als mir Vice die Christbaumspitze in Form eines Sterns entgegenhält. Ich nehme sie und starre ungläubig zu der Spitze des Baumes hinauf.

Haha.

»Und wie soll ich da drankommen? Du bist doch der Riese von uns beiden, warum machst du das ni–«

Er schlingt seine Arme um meine Taille, hebt mich vom Boden und trägt mich zum Baum. Mit einem überraschten Quietschen schlinge ich meine Beine um seinen Bauch und strecke mich zum oberen Ende der Tanne.

Als ich den silbernen Stern draufgesteckt habe, lässt er mich ein Stück herunterrutschen und verschränkt seine Arme unter meinem Po. Mein Gesicht ist auf der Höhe von seinem. Wir sehen uns in die Augen.

»Sehr schön, Anna.« Seine Stimme ist leise und angenehm. Ich lächele etwas, da lehnt er den Kopf nach vorn und haucht mir einen sachten Kuss auf die Lippen. Ich weite meine Augen erschrocken.

Seit unserem Kuss im Auto, den ich auf den Alkohol und das Adrenalin schiebe, haben wir uns nicht mehr geküsst. Vice drückt seine Lippen zwar öfter auf mein Haar oder auch schonmal auf meine Wange, wenn wir eingekuschelt auf dem Sofa oder im Bett liegen, aber so offensiv auf meinen Mund wie jetzt nie.

In dem Moment, als ich die Augen schließen und die Geste erwidern will, löst er sich von mir und lässt mich zu Boden gleiten. Ich starre ihm gegen die Brust, die sich schnell und angestrengt hebt und senkt, während er atmet.

»Ich füttere Choke und Venom.«

Ich sehe ihm nicht nach, als er sich mit dieser Ausrede von mir wegdreht und zu den beiden Terrarien geht.

Der Teufel

»Womit?«, höre ich Anna hinter mir mit leicht zitternder Stimme fragen. Auf ihr Bitten hin habe ich versucht, meine beiden Schlangen mit tiefgefrorenen Mäusen zu füttern, aber wie ich es mir gedacht habe, ist der Jagd- und Tötungstrieb meiner beiden Schätze bereits zu stark ausgeprägt, als dass sie die toten Mäuse anrühren würden. Sie sind es von klein auf gewohnt, Lebendfutter zu bekommen, und auch wenn *ich* mittlerweile dem Fleisch abgesagt habe, meinen beiden Lieblingen enthalte ich diesen Genuss nicht vor. Kalte, tote Mäuse würde ich auch nicht fressen wollen. Warm und noch zappelnd ist es doch viel appetitlicher.

»Was glaubst du?«, stelle ich die rhetorische Gegenfrage und kümmere mich zuerst um Venom. Neben den beiden Terrarien in zwei weiteren Boxen befinden sich eine weiße Maus und eine kleine Ratte, die ich heute aus der Zoohandlung mitgebracht habe. Sie sind gefüttert und in ihrem Stroh eingekuschelt. Es gibt Menschen, die sich diese Viecher als Haustier halten. Ich hingegen habe sie nur hier, um sie sterben zu sehen.

»Willst du es nicht lieber noch ein, zwei Wochen mit den gefrorenen Mäusen versuchen?«, höre ich Anna fragen, die sich mir aber nicht nähert.

Ich greife in die Box und hole den kleineren der beiden Nager heraus. Sofort fiept er laut los. Als ich meine Finger um den warmen Körper lege, spüre ich das kleine Herz schnell schlagen.

Ob sie weiß, was jetzt auf sie zukommt? Ob sie weiß, dass sie gleich gefressen wird?

»Vice, willst du es nicht nochmal versuchen? Denk doch an die armen Tiere!«, versucht Anna verzweifelt an mein Mitleid zu appellieren. Sinnlos, so etwas besitze ich nicht. Ich öffne den Deckel zu Venoms Terrarium.

»Die beiden haben jetzt seit über vier Wochen nichts gefressen. Es wird Zeit.« Mit diesen Worten lasse ich die Maus in Venoms Reich fallen. Sie sieht sich erst panisch um und verschwindet zwischen den Blättern einer Pflanze. Meine Giftschlange liegt still da unter der Wärmelampe und nimmt bisher keine Notiz von dem Kleinen.

Ich höre, wie sich Anna entfernt und kurz darauf die Badezimmertür geschlossen wird. Wie gut, dass sie sie nicht abschließen kann. Den Schlüssel habe ich an dem Tag versteckt, als sie hier angekommen ist. Man weiß ja nie.

Einen Moment lang starre ich auf meine Giftschlange, da diese aber offenbar kein Interesse an der Maus hat, hole ich die kleine Ratte heraus. Nachdem ich sie ein paarmal über die rechte und die linke Handfläche habe laufen lassen, öffne ich den Deckel über meiner Albinokönigspython.

»Lass es dir schmecken, Choke.«

Der weiße Kopf zuckt minimal, als die kleine Ratte auf dem Boden landet und sich schnüffelnd umsieht.

Choke lässt sich nicht so lange Zeit wie Venom und schnellt sofort nach vorn. Die Ratte will wegspringen, doch die Hinterpfoten werden von der Python gepackt und festgehalten. Sofort schlingt sie ihren kräftigen Körper um ihr Opfer herum und presst gnadenlos zu. Da Choke den Hinterleib und nicht den Kopf mit seinen Zähnen erwischt hat, habe ich nun das Glück, in die panischen Augen des Tieres zu sehen, während es versucht, sich aus der todbringenden Umarmung zu lösen.

Ich gehe vor dem Terrarium in die Knie und sehe diesem Kampf mit leicht schräg geneigtem Kopf interessiert zu. Die kleine Ratte hat keine Chance. Choke hat mittlerweile eine Größe erreicht, bei der ich darüber nachdenke, ihr einen Hasen als Abendessen vorzusetzen. Aber das könnte ich nur dann, wenn ich Anna in der Zeit ins Schlafzimmer sperre.

Wir beide sind den Tieren im Terrarium ziemlich ähnlich. Nur, dass Anna freiwillig in meine todbringende Umarmung gelaufen ist. Manchmal strampelt und zuckt sie zwar noch, genauso wie die Ratte, aber ihr Schicksal ist schon lange besiegelt. Sie wird sich nie wieder aus meinem Griff lösen können. Mit dem Unterschied, dass ich sie viel länger leben lasse als Choke seinen Fang.

Anna. Was machst du nur mit mir?

Warum mach ich mir diese ganze Mühe? Ich mag Weihnachten nicht mal und dennoch schmücke ich meine Wohnung, suche mir Rezepte zum Plätzchenbacken heraus und überlege, welche drei leckeren Gänge ich an Heiligabend für dich kochen kann. Ich dachte mir schon, dass Anna keinerlei Verbindung zu Weihnachten hat. Wie auch? Sie wird keine gute Erinnerung daran haben und irgendwie habe ich mir in den Kopf gesetzt, das zu ändern. Und wieso, verdammt, habe ich sie geküsst?

Verfickt.

Es muss aufhören, dass sich all meine Gedanken ständig um sie drehen. Ich muss wieder normal werden! Dieser fürsorgliche Mann, der sich den ganzen Tag lang Gedanken darüber macht, wie er Anna das Leben verschönern kann, bin doch nicht ich, oder?

Meine Aufmerksamkeit richtet sich wieder auf Choke und sein Futter.

Die kleine Schnauze der Ratte öffnet sich ein Stück, während sie versucht nach Luft zu schnappen. Die Krallen der Vorderpfoten krümmen sich leicht, aber greifen nur in die Luft. Mittlerweile sind ihre Knochen gebrochen, die inneren Organe zerquetscht und es sind nur die letzten Impulse, die ihr Gehirn durch die Nervenbahnen schickt. Sie stirbt. Ich sehe es in den kleinen, schwarzen Augen. Ein Lächeln zupft an meinen Lippen, während ich mich aufrichte und Venom und Choker mit ihrem Futter allein lasse. Ich werde Anna fragen, was sie heute zu Abendessen will, und mache ich mich auf den Weg ins Badezimmer.

Gefallener Engel

Ich schüttele die Flasche mit der schwarzen Haarfarbe heftig, während ich auf dem Badewannenrand sitze.

Dass Vice im Wohnzimmer lebende Tiere an seine Schlangen verfüttert, versuche ich zu verdrängen. Ich war schon kurz davor, sie einfach heimlich freizulassen. Natürlich müssen sie gefüttert werden, aber ich hätte mir doch gewünscht, dass er es eine Weile weiter mit den tiefgefrorenen Tieren versucht. Allerdings glaube ich, dass er selbst zu gerne zusieht, wie sie lebendig gefressen werden. Die Futteraktion hat mich wenigstens von meinen Gedanken über Weihnachten abgelenkt.

Vielleicht hat er aber auch recht und ich sollte versuchen, es dieses Jahr zu genießen. Denn es ist anders als all die Jahre zuvor. Und *anders* ist in meinem Fall immer *besser*! Er macht sich so viel Mühe, obwohl er es nicht müsste, und das sollte ich honorieren und nicht kritisieren. Aber erstmal werde ich mir jetzt den ewig langen blonden Ansatz nachfärben.

Ich kann die goldenen Haare nicht mehr sehen. Neben mir liegen auch schon eine Schere und ein Kamm, damit ich mir danach die kaputten Spitzen abschneiden kann. Dann fühle ich mich sicher endlich wieder wie ein Mensch, denn den Anblick im Spiegel ertrage ich nicht mehr. Außer dass mein Gesicht etwas gesünder aussieht. Das liegt nur daran, dass Vice mich regelrecht mästet. Vielleicht ist er so ein komischer Typ, der drauf steht, eine Frau bis zur Fettleibigkeit vollzustopfen, damit sie nur im Bett liegen und von ihm gepflegt werden kann. Schmunzelnd schüttele ich den Kopf. Nein, so ist er sicher nicht. Erschrocken hebe ich den Kopf an, als die Badezimmertür geöffnet wird. Vice' große Silhouette steht in der Zarge und er starrt mich einen Augenblick lang an. Die Verwirrung, die zuerst in seinem Gesicht zu sehen ist, weicht einem zornigen Ausdruck.

Seine platinfarbenen Brauen ziehen sich wütend zusammen, als er mit großen Schritten auf mich zugeht.

»Was ist?«, frage ich irritiert und noch bevor ich mich aufrichten oder etwas tun kann, schlägt er mir mit Wucht die Flasche mit der Farbe aus der Hand. Meine Haut brennt von dem Schlag.

»Spinnst du?«, rufe ich wütend. Ich will mich empört aufrichten, da drückt er mich mit einer Hand auf meiner Schulter wieder herunter.

»Ich glaube, *du* spinnst?! Was wird das hier?«, fährt er mich an.

»Wonach siehts denn aus? Ich färbe mir die Haare nach!«

»Nein. Deine Haare bleiben blond. Ich kann das depressive Schwarz auf deinem Kopf nicht mehr sehen.«

Fassungslos starre ich ihn an, richte mich auf und versuche ihn dabei von mir wegzustoßen, doch es ist zwecklos. Er bleibt direkt vor mir stehen.

»Es sind *meine* Scheißhaare, ich kann damit machen, was ich will!!«

Vice ignoriert mich, fasst mir in die Haare und drückt mich an der Schulter hinunter auf den Wannenrand. Schreiend schlage ich nach ihm und reiße an seinem Ärmel herum, doch dann sehe ich, wie er mit der anderen Hand in seine Hosentasche greift.

Klack, klack, macht es, als er das Butterflymesser schwungvoll öffnet. Im ersten Moment erstarre ich vor Angst, doch als er meine Haare einmal um seine Hand wickelt, ist mir klar, was er vorhat. Ich schlage und trete nach ihm, als ich das schabende Geräusch höre, während er mir die Haare abschneidet.

Es ist hoffnungslos. Die ersten langen, schwarzen Strähnen fallen zu Boden, ehe er ein zweites Mal nachgreift und schneidet. Ich kann mit meinen Händen nichts ausrichten, er steht nun so dicht vor mir, dass ich nicht mal mehr nach ihm treten kann. Meine Haare sind verloren, das ist mir bewusst. Aber jetzt geht es ums Prinzip! Um mein Recht, über mich selbst bestimmen zu können! Hektisch greife ich neben mich, suche etwas, womit ich nach ihm schlagen kann, und ergreife mit der linken Hand etwas aus kaltem Metall. Mit Wucht reiße ich meinen Arm hoch und versuche ihn damit zu treffen.

Er zischt auf, als er sofort von mir ablässt und zurückweicht. Blut tropft auf die Fliesen am Boden. Ich sehe auf meine Hand, in der ich zitternd die Schere wie einen Dolch halte. Dann hebe ich den Blick an und sehe zu Vice. Seine Augen sind geweitet, seine Lippen leicht geöffnet und unter seinem rechten Auge, direkt auf dem Wangenknochen sehe ich eine Schnittwunde. Das Blut läuft wie rote Tränen über seine weiße Haut herab.

Absolute Stille herrscht im Badezimmer. Außer unserem angestrengten Atmen ist nichts zu hören. Vice kann offenbar nicht fassen, was ich getan habe.

Genauso wenig wie ich. Ich weiß nicht, wie lange wir uns nur fassungslos angestarrt haben, ehe ich aufstehe und auf ihn zugehe. Ich nehme mir eines der Handtücher von der Halterung und führe die Spitze davon vorsichtig an seine Wange, wische unter seiner Wunde entlang. Sie ist zum Glück nicht tief, aber wenn ich darüber nachdenke, dass ich auch sein Auge hätte treffen können, wird mir schwindelig. Mit sanftem Druck versuche ich, die Blutung zu stillen, aber zucke zusammen, als er klackernd sein Messer wegsteckt und seine Finger um mein Handgelenk legt. Mit einem Mal überrollt mich ein schlechtes Gewissen.

»Es … tut mir …«, beginne ich zögerlich, ehe er mich plötzlich zu sich zieht und seine Lippen hart auf meine presst. Er dreht mich mit dem Rücken zur Wand und hebt mich hoch, sodass ich meine Beine um seine Taille schlinge. Mit dem Körper drückt er mich gegen die Fliesen.

Ich lege meine Hände an seinen Nacken und halte mich an ihm fest, während wir uns küssen. Seine Zunge dringt fordernd und verlangend in mich ein. Unsere Atmung ist schnell. Seine

Hände gleiten über meinen Körper unter den Stoff des viel zu weiten Pullovers, halten mich abwechselnd an Po und Nacken fest. Mein Unterleib presst sich gegen seinen und ich spüre, wie sein Schwanz unter dem Stoff der Hose hart wird. Ich stöhne in den Kuss hinein und drücke mich fest gegen ihn.

Vice' Lippen lösen sich von meinen und gleiten über mein Kinn hinab zum Hals. Sofort lege ich den Kopf in den Nacken und genieße es, wie seine feuchte Zunge über die empfindliche Haut gleiten. Meine Finger krallen sich in seinem Haar und Nacken so fest, dass sich meine Nägel in sein Fleisch bohren. Mein Herz schlägt heftig, als würde ich rennen. Meine Haut kribbelt überall, wo er mich berührt, und ein heißes, angenehmes Ziehen durchfährt meinen Unterleib. Ich kenne dieses Gefühl nicht. Ich hatte es noch nie und ich weiß nicht, ob es mir Angst oder Freude macht. Ich spüre Feuchtigkeit auf meiner Wange und ich bin mir sicher, dass es Vice' Blut ist.

Er hält mich fest, trägt mich aus dem Badezimmer hinaus, über den Flur in sein Schlafzimmer. Dort lässt er mich auf das Bett sinken und legt sich auf mich. Der Druck seines Gewichtes auf mir, der sonst Beklemmung und Panik in mir hervorrufen würde, erregt mich plötzlich. Es überrascht mich, aber ich bin entschlossen, mich dem voll und ganz hinzugeben.

Vice' Finger gleiten unter den Pulli und schieben meinen BH über die Brüste nach oben. Sofort legen sich seine warmen Finger um sie, greifen fest zu und umspielen meine harten Brustwarzen. Ich fahre ihm mit den Händen durch sein Haar, während ich mich ungeduldig unter ihm räkele. Sein Kopf wandert weiter hinab, bis es seine Lippen sind, die meine Brüste liebkosen.

Dann fasst er an den Bund meiner Jogginghose und zieht diese nach unten. Seine Art, mich zu berühren, ist grob, ganz anders als sonst, wenn er mich sanft streichelt, beschützt und behütet wie ein rohes Ei. Ich stöhne gequält auf, als er fest in mein Fleisch greift.

Sofort löst er seine Hände und Lippen von mir und stützt sich rechts und links von mir auf der Matratze ab.

Er ringt mit sich, das kann ich sehen. Er wendet den Kopf ab. Dann will er sich aufrichten, aber ich verschränke meine Arme in seinem Nacken und halte ihn bei mir.

»Hör nicht auf«, flüstere ich. Meine Stimme ist rau und belegt.

Vice dreht seinen Kopf wieder zu mir und sieht mir direkt in die Augen. »Anna, nach all dem, was dir angetan wurde, denke ich nicht, dass ich der richtige Mann dafür bin.«

Nun bin ich es, die ihn sanft im Nacken streichelt. Beruhigend, beistehend, so wie er es immer bei mir tut.

»Du redest denselben Blödsinn wie Liam.« Ich lache etwas und ziehe ihn näher zu mir. »Ich will das, weil ich mich bei dir wohlfühle. Weil ich deine Berührungen genieße, weil du der erste Mann bist, bei dem ich diese Art der Gefühle habe. Ich will *dich.*« Ich hebe meinen Unterleib etwas an und presse ihn gegen ihn, spüre so nur noch deutlicher seine harte Erregung durch den Stoff. »Wieso glaubst du, dass du nicht der Richtige sein könntest?«

Vice' Kopf neigt sich etwas zur Seite und er schmunzelt dabei. Als er spricht, ist seine Stimme leise, ruhig und sanft. Im vollkommenen Kontrast zu dem, *was* er sagt. »Wenn ich eine Frau will, dann nehme ich sie mir. Es ist mir dabei scheißegal, ob sie es will oder es ihr gefällt. Ich will ihr wehtun, Anna. Verstehst du das?«

Diese Worte überraschen mich nicht, denn ich habe ihn mir nicht anders vorgestellt. Egoistisch, kalt und brutal. Wie in allem, was er tut. Außer bei mir. Meistens.

»Und willst du, dass es mir gefällt?« Ich löse eine Hand von seinem Nacken, führe sie stattdessen zu seinem Gesicht. Sanft streichele ich seine Haut und fahre mit dem Daumen seinen unverletzten, markanten Wangenknochen ab.

»Ja. Ich will, dass es dir gefällt, und ich glaube nicht, dass ich das kann.«

Meine Mundwinkel heben sich zu einem breiten, fiesen Lächeln an.

»Warum grinst du so?«, fragt er irritiert.

»Weil es das erste Mal ist, dass der *unglaubliche Vice* Selbstzweifel hat. Und dann auch noch so süße.« Ich kichere.

Er schnaubt abfällig, als wären meine Worte totaler Blödsinn. »Das sind keine Zweifel. Ich habe dich nur darauf hingewiesen, dass ich nicht der zärtliche und rücksichtsvolle Typ Mann bin. Mehr nicht.«

»Das musst du auch nicht sein. Sei du selbst. Sei einfach Vice, wie er zu Anna ist. Jeden Tag. So gibst du mir alles, was ich will.« Ich umfasse sein Gesicht mit beiden Händen, versuche, seine Wunde dabei nicht zu berühren. »Ja, ich habe viele schreckliche Dinge erlebt, mein ganzes Leben lang, aber ich will mich davon nicht mehr beherrschen oder einschränken lassen. Ich will es. Und ich will es mit dir.« Daraufhin ziehe ich ihn zu mir herab und küsse ihn.

Ohne zu zögern geht er darauf ein und presst sich gegen mich. Sein Widerstand ist gebrochen. Seine Hände wandern hinunter zu meinem Slip und streifen ihn mir ab. Ich scheine alle seine Zweifel beseitigt zu haben. Während er mir meinen Pulli und mein Shirt über den Kopf zieht, zupfe ich auch an seinem herum. Etwas widerwillig zieht er sich aus. Ich sehe auf ebenso weiße, ebenmäßige Haut wie die in seinem blutverschmierten Gesicht. Als er eine Gänsehaut auf meinen Armen entdeckt, zieht er die Decke unter uns hervor und wirft sie über unsere Körper. Wieder neigt er sich herab und bedeckt meine Brüste mit Küssen, als ich seine Hände zu seinem Schritt führe.

»Ich will nicht mehr warten«, murmele ich.

Vice offenbar auch nicht, denn er entledigt sich schnell seiner Hose und legt sich wieder auf mich. »Ich will ihn anfassen.«

Ich presse fest meine Lippen zusammen, nachdem ich diese Worte gesagt habe, und halte mich aufgeregt an seinen Unterarmen fest. Vice seufzt tief, als würde es ihm schwerfallen, die Beherrschung zu behalten, ehe er mir zunickt.

»Dann tu es, aber dann berühre ich dich auch.« Daraufhin führt er eine Hand zwischen meine Beine. Ich spüre, wie seine langen Finger, ohne zu zögern, den Weg zwischen meine Hügel finden und sich reibend auf und ab bewegen.

Das angenehme Ziehen in meinem Unterleib nimmt zu. Wie einstudiert hebe ich mein Becken an und spreize die Beine weit. Dann nehme ich all meinen Mut zusammen und führe meine Hände zu seinem Glied. Als ich ihn mit meinen Fingerspitzen sanft und vorsichtig berühre, zuckt er etwas vor mir zurück, als würde ich ihn kitzeln.

»Nicht so zögerlich, nimm ihn ganz in die Hand«, raunt er an meinem Ohr.

Ich atme tief ein und lege meine Finger mutiger um seinen Schwanz und reibe ihn sanft. Ich weiß, wie das geht. Ich weiß es sogar sehr gut. Keine Ahnung, wie oft ich das schon getan habe. Doch jetzt ist es etwas anderes. Ich mache es freiwillig, weil ich es möchte, und ich will, dass es ihm gefällt. Er quittiert meine Berührungen mit einem zufriedenen Ausatmen. Dann neigt er den Kopf herab, sodass seine Stirn gegen das Bettgestell lehnt.

Da ich wegen seiner Körpergröße nur auf seine Brust starren kann, sehe ich zwischen uns hinunter zu dem, was wir tun. Wie er meine kleine Perle reibt und ich seinen großen Schwanz, macht mich unsagbar geil. Ich weiß nicht, wohin mit meinen Gefühlen, und ich traue mich nicht, sie ihm zu zeigen. Ich stöhne gequält in meine zusammengepressten Lippen, bis Vice innehält.

»Ich will dich hören und verkrampf dich nicht so …« Er zieht meine Hand von seiner Erregung weg. »Konzentrier dich nur auf dich. Spreiz die Beine nicht so weit, sondern leg dich bequem hin. Es reicht, was ich sehe und fühle.« Mit zitternden Oberschenkeln führe ich die Beine wieder etwas mehr zusammen, so, wie er es mir sagt.

»Ich mache alles. Schließ die Augen und entspanne dich. Du bist eine erwachsene Frau und ich tu nur, was du willst«, haucht er mir entgegen und kriecht meinen Körper hinunter, bis sein Kopf zwischen meine Beine gleitet. Schon spüre ich, wie er mich küsst, leckt und an mir saugt. Zwei seiner Finger streicheln vorsichtig über meine feuchte Öffnung. Noch nie hatte ich solche Gefühle und ich versuche, die Scham zu ignorieren, die in mir emporkriecht, um seine Worte auf mich wirken zu lassen.

Als er mit den Fingern in mich eindringt, stöhne ich auf und kralle mich in Vice' Haar und presse ihn fester gegen mich. Es fühlt sich so gut an, so unglaublich gut, so …

»Oh fuck«, wimmere ich, als sich meine Pussy immer wieder zuckend um seine Finger schließt und heiße Wellen durch meinen ganzen Körper fahren. Meine Haut kribbelt und mein Herz schlägt so heftig, dass es mir fast den Atem nimmt. Noch nie in meinem Leben habe ich so etwas gefühlt. Es ist, als wäre ein Staudamm in mir gebrochen. Ein Knoten geplatzt. Ein Kartenhaus zusammengefallen.

Ich beruhige mich nur langsam, als Vice noch ein-, zweimal über meine Klitoris leckt und wieder zu mir heraufkriecht. Seine rechte Gesichtshälfte ist durch den unbehandelten Schnitt auf seiner Wange blutverschmiert, aber es stört ihn nicht. Und mich? Das kräftige Rot auf seiner Haut sieht schön aus, aber es unterstreicht auch die Gefahr, die er ohnehin immer ausstrahlt. Als er wieder bei mir angekommen ist, legt er sein Becken sofort zwischen meine Beine und führt seinen harten Schwanz an meine Öffnung. Er zögert und presst seine Lippen fest zusammen, dann lehnt er sich an mir vorbei zu seinem Nachttischschränkchen.

»Moment …«, zischt er genervt, wühlt kurz in der Schublade herum und zieht ein Kondom heraus. Ich sehe den Widerwillen in seinem Gesicht, als er es aus der Verpackung holt und überstreift. Dann positioniert er sich wieder zwischen meine Beine und ich kralle mich an ihm fest.

Stöhnend stoße ich die Luft aus, als er ohne weiteres Zögern in mich eindringt. Kurz verharrt er genießend in dieser Position, ehe er seine Arme unter meinem Körper hindurchschiebt und sich in mir zu bewegen beginnt. Nur die ersten zwei, drei Male ist er vorsichtig, dann wird er schneller und härter. Seine Bewegungen sind ausholend und so lässt er mich immer wieder aufs Neue seine ganze Länge spüren.

Ich konzentriere mich genau auf jede Bewegung, auf das Gefühl, wie sein Geschlecht meine Wände zerteilt. Bis jetzt habe ich beim Sex immer versucht, weit weg zu sein, nicht mitzubekommen, was mit meinem Körper passiert. Ich wollte nicht spüren, was Markus oder Liam mit mir gemacht haben. Aber diesmal ist es anders. Vice hat recht, ich bin eine erwachsene Frau und wir wollen es beide.

In inniger Umarmung schlafen wir miteinander und jeder Zentimeter Luft zwischen unseren Körpern ist zu viel. Für mich und für ihn. Er hält mich so fest, als wolle er mich nie wieder loslassen, so fest, als würde ich ihm allein gehören. In diesem Moment ist es auch so. Ich gebe mich ihm voll und ganz hin, lasse ihn mit mir machen, was er will. Und was er tut, ist gut.

Wieder steigt die Erregung ins Unermessliche und als ich glaube, die Anspannung in meinem Körper nicht mehr ertragen zu können, löst sie sich endlich in einem weiteren Höhepunkt. Ich umklammere seinen Körper und will nicht, dass er sich von mir löst. Er soll mich nicht ansehen, sondern genauso dicht bei mir bleiben wie jetzt. Kein Stellungswechsel, nichts! Vice erfüllt mir diesen stillen Wunsch und treibt mich so immer weiter in einen tranceartigen Zustand. Ich stöhne und wimmere laut auf, während seine Erregung nur an seiner schnellen Atmung und den angespannten Muskeln zu erkennen ist.

Ich habe keine Ahnung, wie lange wir es eng umschlungen miteinander treiben, die Zeit spielt keine Rolle mehr. Nur er und ich und das, was er mir in diesem Moment gibt. Tränen schießen mir in die Augen, ohne dass ich etwas dagegen tun kann, so schön ist es, so intensiv. Er stößt so hart zu, dass es wehtut, aber das gefällt mir. Es macht mich beinahe wahnsinnig, dass ich ihm so ausgeliefert bin, und doch will ich mehr, ohne dass ich weiß, ob ich es überhaupt ertragen kann. Mein Vertrauen zu ihm versüßt mir die Gefühle und die Schmerzen, die er mir bereitet. So sehr, dass sich bald darauf erneut meine Beine und mein Po anspannen und ich zitternd unter ihm meinen dritten Höhepunkt erreiche.

Auch Vice' Bewegungen werden kürzer und schneller. Hart und ungehalten stößt er zu, als er sich ein letztes Mal tief in mir vergräbt und ich seinen Schwanz in mir zucken spüren kann. Es ist geil zu fühlen, wie er in mir kommt.

Kurz genießen wir beide, regungslos, aber außer Atem die abklingenden Gefühle, ehe er sich aus mir hinauszieht und von mir hinabrollt. Er streift sich das Kondom ab, knotet es zu und legt es neben dem Bett auf den Boden. Dann bleibt er auf dem Rücken liegen und starrt unter die Decke. Ich weiß nicht so recht, wie ich mich jetzt verhalten soll. Je mehr sich mein Puls wieder beruhigt, umso unsicherer werde ich. Ich rolle mich auf die Seite in seine Richtung und betrachte sein Profil. Ich sehe genau auf die Schnittwunde, die ich ihm verpasst habe.

Scheiße, ich hab mit einer Schere auf ihn eingestochen, weil er mir …

Ich fasse mir durch das Haar und es fühlt sich merkwürdig an, dass sie nicht viel länger durch meine Finger gleiten. Sie sind total kurz und ich schüttele fassungslos den Kopf. Er hat mir mit seinem Messer die Haare abgeschnitten. Nur weil er nicht wollte, dass ich sie wieder schwarz färbe.

»Blutet es noch?«, fragt er und im ersten Augenblick presse ich aus Gewohnheit die Beine fest zusammen. Aber nein, ich bin es nicht, die blutet.

»Nein, es hat sich schon verschlossen. Aber wir sollten es trotzdem versorgen.«

»Ich mach ein Pflaster drauf und du bleibst genau so da liegen«, bestimmt Vice, als er sich aufrichtet, unsere Kleidung und das Kondom vom Boden sammelt und nackt den Raum verlässt.

Ich fasse mir immer noch durch das Haar und weiß nicht, ob ich wütend auf ihn bin oder mein schlechtes Gewissen überwiegt. Ich hätte ihn ernsthaft verletzen können. Was wäre dann gewesen? In seinem perfekten weißen Gesicht wird nun eine Narbe zurückbleiben. Wegen mir!

Als Vice kurz darauf, mit Pflaster im Gesicht, wiederkommt, schließt er die Tür und geht auf den Schrank zu. Dort holt er sich eine Shorts heraus, die er sich anzieht, und daraufhin einen Slip, den er mir zuwirft.

»Mehr gibts nicht.« Er grinst und legt sich wieder ins Bett. Auf dem Rücken liegend breitet er einen Arm aus, schiebt ihn unter meinem Nacken hindurch und zieht mich an sich heran. Als ich den Slip angezogen habe, drehe ich mich auf die Seite und schlinge meinen Arm um ihn. Sein Bauch ist flach und hart. Ich mag das und so fahre ich mit meinen Fingerspitzen immer wieder über die Konturen seiner Muskeln. Er zuckt leicht unter meiner Berührung. Es kitzelt ihn.

»Scheint, als wärst du doch genau der Richtige gewesen«, murmele ich leise, woraufhin er mit den Schultern zuckt.

»Scheint, als würdest du auf Schmerzen stehen.«

»Ganz sicher nicht. Mir wurde oft genug wehgetan in meinem Leben, aber das eben war etwas anderes.«

Vice, der es sonst nicht lassen kann, mich unentwegt anzustarren, hat den Kopf in die andere Richtung gedreht und sieht zum Fenster. Ich erkenne, wie er die Zähne aufeinanderpresst. Ob er sich über etwas ärgert? Seine Finger streicheln über meinen Oberarm und er hält mich fest an sich gedrückt. »Weißt du, was uns deine Schlangen voraushaben?«, frage ich ihn.

»Nein?«

Ich schmunzele. »Sie haben was zu essen bekommen.«

Ein tiefes Seufzen ist zu hören, als er seinen Arm unter mir wieder hinauszieht und sich aufrichtet.

»Ich mach uns Pasta, geh du in der Zeit duschen und dich mit deiner neuen Kurzhaarfrisur abfinden. Sieht übrigens süß aus, sollte aber nochmal nachgeschnitten werden.«

»Kannst du ja machen, bist ja jetzt ein Profi.«

»Okay, mach ich morgen.«

Blöd grinsend sehe ich ihm nach, als er, nur in Shorts, das Schlafzimmer verlässt.

Es ist Heiligabend. Vice hat mich mit einem vegetarischen Drei-Gänge-Menü verwöhnt und wir haben zusammen Wein getrunken. Jeder von uns hat von Elke eine Kleinigkeit zu Weihnachten bekommen, bevor sie sich verabschiedet hat, um zu ihrer Verwandtschaft zu fahren. Sie hat uns Schokolade und jedem eine selbstgestrickte Mütze mit unseren Namen darauf geschenkt. Wir haben ihr eine niedliche Plätzchendose mit selbstgebackenen Plätzchen geschenkt.

Nun haben wir uns vor dem Weihnachtsbaum gesetzt und sehen uns an. Ich trage eine Strumpfhose und einen seiner dicken Pullis wie ein Kleid darüber. Obwohl es mollig warm in der Wohnung ist, liebe ich es, mich darin einzukuscheln. Vice trägt ein Shirt und eine Jogginghose. Nicht die festlichste Kleidung für Heiligabend, aber wir fühlen uns wohl.

»Und? Willst du dein Geschenk?« Ich lehne mich zurück und greife nach meinem Geschenk, das ich für ihn besorgt habe, als ich zusammen mit Elke einkaufen war. Nachdem Vice sich sicher war, dass ich Markus nicht in die Hände laufe, durfte ich das Haus ohne ihn verlassen.

»Bitte!« Ich reiche ihm mein Geschenk und lächele ihn an. Dass es so hübsch verpackt ist, habe ich Elke zu verdanken. Ich habe einfach kein Talent dafür. Nachdem Elke mir eine Weile kopfschüttelnd am Geschenkpapiertisch zugesehen hat, wie ich mich mit dem viel zu großen, widerspenstigen Papier und den Geschenkbändern herumgeärgert habe, hat sie sich erbarmt und es für mich eingepackt. Nun hält Vice ein simples viereckiges rotes Päckchen in den Händen, das von einem edlen Goldband umrahmt ist.

Als Vice es öffnet, lässt er sich viel Zeit. Die Schleife wird aufgezogen, das Goldband vorsichtig über die Ecken hinabgeschoben, dann wird jeder Klebestreifen einzeln vorsichtig abgeknibbelt und gelöst. Meine Finger kribbeln, wenn ich ihm dabei zusehe, wie er in aller Seelenruhe das Geschenk auspackt. Ich hätte das Papier schon längst ungeduldig zerrissen und zu Konfetti verarbeitet, nur um endlich zu sehen, was darin ist. Als Vice es geschafft hat, sein Weihnachtspräsent auszupacken, hält er einen schwarzen Coffee-to-go-Becher in der Hand mit der weißen Aufschrift: »Work hard, Play harder«. Ich habe ihm die Tasse gekauft, weil ich weiß, dass er an Bürotagen minimum zwei Pappbecher benutzt und anschließend wegwirft.

Vice' Mundwinkel heben sich an und selbst seine Augen werden schmaler. Es ist ein echtes Lächeln.

»Danke, Anna, dass du mir so ein nachhaltiges Geschenk machst«, sagt er zwinkernd, stellt die Tasse zur Seite und reicht mir seines. Es ist nur ein Briefumschlag. Ich nehm ihn entgegen und reiße das Papier auf. Zum Vorschein kommen zwei Tickets für ein *System of a Down*-Konzert in Berlin.

»Ach. Du. Scheiße!« Ich lehne mich nach vorn und schlinge meine Arme um Vice.

Dieser legt, ohne zu zögern, seine Arme um mich und hält mich fest. »Danke! Wie geil ist das denn!? Fahren wir da zusammen hin? Übernachten wir in Berlin?« Ich bin so glücklich! Er erfüllt mir damit einen schon lange gehegten Traum.

»Ja, ich habe uns schon für zwei Nächte ins *Ritz* gebucht. Wenn ich mir das schon antun muss, dann will ich wenigstens ein bisschen Luxus genießen.«

»Ernsthaft jetzt?«, hake ich misstrauisch nach, als ich mich wieder von ihm löse.

Er zuckt die Schultern.»Wenn schon, denn schon.«

Ich lehne mich zum Wohnzimmertisch und hole unsere beiden Weingläser, reiche es ihm und hebe meines etwas in die Höhe.

»Frohe Weihnachten, Christin Weiß.«

»Frohe Weihnachten, Luca Valenti.«

Wir leeren beide unsere halbvollen Gläser mit einem Zug und stellen sie neben uns auf den Boden.

»Wir haben gegessen, Geschenke ausgepackt, jetzt halten wir Händchen und singen Weihnachtslieder, dann haben wir einen richtig klassischen Weihnachtsabend verbracht«, scherze ich, woraufhin Vice sich zu mir lehnt und seine Hände um meine Taille legt.

»Lass uns unsere Bäuche lieber mit Keksen und Wein vollstopfen und dann gucken wir uns an, wie Hans Gruber vom Dach geschmissen wird.« Er zieht mich zu sich hinüber auf seinen Schoß, woraufhin ich mich gleich an ihn kuschele.

»Das klingt gut! Aber – wer ist Hans Gruber?«

»Noch nie den Film *Stirb langsam* gesehen? Na dann wirds Zeit.« Er lässt eine Hand durch mein kurzes Haar gleiten und lehnt sich lächelnd zu mir herunter. Seine Lippen berühren meine so sanft, dass es mir eine Gänsehaut beschert. Seine andere Hand gleitet unter meinen Pulli und streichelt über meinen Rücken. Ich seufze leise und zufrieden und fasse ihm ebenfalls durch das Haar.

Als er den Kuss löst, sehe ich einen Moment lang auf seine noch feucht glänzenden Lippen.

»Was ist das, was wir haben, Vice?« Ich weiß selbst nicht, woher ich den Mut nehme, diese Frage zu stellen, vor deren Antwort ich mich fürchte.

Vice wirkt jedoch nicht überrascht, eher, als hätte er sich die Antwort darauf schon lange zurechtgelegt.

»Na, wir sind ein Paar. Das hab ich Elke doch schon gesagt, als du hier eingezogen bist.«

Bitte was?

»Das hast du doch nur getan, damit ich hier wohnen darf, oder nicht?«

»Ursprünglich.«

»Und jetzt?«

»Und jetzt koche ich uns vegetarisches Essen, kaufe nur noch Fairtrade-Bio-Sachen, hole deine Haare aus dem Abfluss der Dusche, räume deine Zahnbürste zurück in den Schrank und wir schlafen miteinander. Klingt für mich alles schwer nach Paar. Oder siehst du das anders?«

Diese Ausführung überfordert mich im ersten Augenblick und ich weiß nicht so recht, was ich darauf erwidern soll. Daher sehe ich ihn einfach nur ungläubig an. Meint er das alles wirklich ernst?

»Ist doch eine logische Schlussfolgerung, oder nicht?«, fragt er.

Ich ziehe meine Brauen zusammen. »Ich weiß nicht, ob das etwas ist, wo man mit Logik rangehen kann.«

»Womit würdest du denn an das Thema rangehen?«

»Mit Gefühlen.«

Vice' Brauen ziehen sich leicht zusammen, als müsste er erst verstehen, was ich damit meine, und wahrscheinlich ist das auch so. Was erwarte ich hier von diesem Mann? Er ist ein kaltblütiger Verbrecher, der selbst von sich behauptet, für niemanden etwas zu empfinden. Der seiner eigenen süchtigen, sich prostituierenden Mutter Drogen schenkt, der Menschen mit Freude foltert. Was also habe ich jetzt für eine Antwort erwartet? Dass wir ein Paar sind, weil er mich liebt?

Das ist dumm, Anna. Dumm!

»Komm, an unserem ersten gemeinsamen Heiligabend wird keine traurige Schnute gezogen. Lächeln, Anna! Ich schütte uns noch etwas Wein ein und Opium hätte ich auch da.«

Ich richte mich von ihm auf und werfe mich sofort auf das Sofa. »Opium klingt gut!«

Bald darauf liegen wir zusammengekuschelt in völliger Zufriedenheit auf dem Sofa und schauen *Stirb langsam* mit Bruce Willis und Alan Rickman in den Hauptrollen. Die Tatsache, dass ich bei einem Mann im Arm liege, von ihm gestreichelt und geküsst werde, der aus reiner Logik behauptet, mein Freund zu sein, ist mir im Augenblick egal. Die Drogen, die wir eben zusammen genommen haben, machen, dass ich mich gut fühle, ganz egal, aus welchem Grund er mir diese Nähe gibt. Hauptsache, er gibt sie mir.

Der Teufel

»Warte hier, es dauert nicht lange«, sage ich zu ihr, als ich den Wagen nicht ganz verkehrsregelkonform geparkt habe.

»Lass wenigstens den Schlüssel stecken, damit ich umparken kann, wenn das Ordnungsamt kommt«, bittet mich Anna.

Ich sehe sie lange und intensiv an. Sie wird nicht wegfahren. Sie wüsste nicht mal, wohin. Sie weiß, dass ich ihre einzige Chance bin, in dieser Welt zu überleben. Also schiebe ich den Autoschlüssel zurück in die Zündung, nehme mir das kleine Geschenk von ihrem Schoß und steige aus dem Auto aus.

Ohne noch einmal zu ihr zu sehen, laufe ich über den Bürgersteig und betrete den Wohnkomplex, in dem meine Mutter lebt. Ich warte auf den Fahrstuhl und drehe das kleine, quadratische Geschenk immer wieder in meinen Händen. Hoffentlich ist sie allein und bereitet keinem geilen, alten Sack einen feuchten ersten Weihnachtsfeiertag. Die Fahrstuhltür vor mir öffnet sich und ich gehe in die Kabine, wo ich auf den Knopf drücke, der mich zu ihrem Stockwerk bringt.

Ich lege den Kopf in den Nacken. Ein Seufzen entweicht meiner Kehle. Hierher zu kommen bedeutet für mich Stress. Und ich weiß nicht mal, warum. Ihre überdrehte, liebevolle Art überfordert mich. Ich bin einfach keine Umarmungs-Person. Das kann ich nicht. Aber das scheint sie nicht zu stören. Mein Vater sei genauso gewesen, sagte sie mir. Und er war schließlich ihre große Liebe.

Der Fahrstuhl bringt mich nach oben und ich betrete die Wohnung meiner Mutter. Im Flur beginne ich direkt aufzuräumen. Die Schuhe, die Klamotten, die Zeitung. Es ist ihr egal, dass alles herumliegt. Ich kenne sie allerdings nur so. In dieser Wohnung bin ich groß geworden. Hier habe ich nicht nur auf dem Wohnzimmerteppich das Licht der Welt erblickt, sondern habe auch die ersten siebzehn Jahre meines Lebens verbracht. Ich hatte kein eigenes Zimmer. Ich habe lange Zeit bei ihr im Schlafzimmer geschlafen, irgendwann dann auf der Couch. Früh habe ich schon begonnen, alles sauber zu halten, die Wäsche zu waschen, das Bettzeug zu wechseln, wenn Freier dagewesen sind, das Bad zu putzen und das Essen zu kochen. Mein Vater sei ein begnadeter Koch, sagt sie immer.

»Mama?« Sie antwortet nicht. Aber es ist auch kein Mann hier, der sich mit ihr vergnügt. Ich laufe bis ins Wohnzimmer, lege mein Weihnachtsgeschenk auf den Tisch und räume ein wenig auf. Ich schüttele die Decken und Kissen aus, trage benutztes Geschirr in die Küche und stelle eines ihrer liebsten Bilder zurück auf den Schrank, welches auf der Couch liegengeblieben ist.

Es ist ein Bild von Luka. Das einzige Bild, das sie von ihm hat. Von meinem Vater. Er sieht überrascht, aber lächelnd in die Kamera. Das Foto wurde in einem italienischen Restaurant in unserer Stadt gemacht. Er ist groß und schlank, hat schwarzes zurückgegeltes Haar, einen Dreitagebart und braune große Augen. Ich werde ihn wahrscheinlich niemals kennenlernen und ob ich das will oder nicht, diese Tatsache ärgert mich. Nachdem ich das Bild wieder aufgestellt habe, rufe ich nochmal durch die Wohnung: »Mama?«

Nichts. Vielleicht schläft sie noch, also gehe ich zu ihrem Schlafzimmer. Ich klopfe an und trete ein, ohne zu warten. Die Luft ist stickig und warm. Es riecht intensiv nach Rose. Mein erster Blick fällt auf das Nachttischchen, auf dem das Besteck für ihren Heroinkonsum liegt. Sie hat es bis vor ein paar Monaten nur geraucht, dass sie es sich spritzt, ist neu. Dann wandert mein Blick weiter zum Bett.

»Mama, ich hab dir was mitgebracht.«

Sie liegt auf der Seite und nur ihre Beine sind zugedeckt. Sie trägt ein weites, weißes Shirt und ihre langen Haare sind geflochten. Das Oberteil ist schon kaputt und ich weiß, dass es ein Überbleibsel von meinem Vater ist. Manchmal trägt sie es, vor allem, wenn sie traurig ist. Sie bat mich oft, es anziehen. Diesen Gefallen habe ich ihr getan und viele andere. Ich lasse mich neben sie auf das Bett sinken und lege eine Hand auf ihren Oberarm. Sie ist kalt. Ihre Haut ist blass, die Augen geschlossen und die Lippen sind blau. Mit meinen Fingerspitzen gleite ich ihren Arm hinauf und hinab, streichele sie sanft, ehe ich meine Beine auf das Bett ziehe und ich mich zu ihr lege.

Mein Blick huscht über ihr Gesicht. Sie ist eine schöne Frau. Die weißen Wimpern, Augenbrauen, Haare und ihre porzellanfarbene Haut mit bläulichem Schimmer. Der Name *Angel* passt zu ihr. Genauso wie zu meinem Engel Anna. Ich fahre ihr mit den Fingerspitzen über die Wange, streiche ihr ein paar Strähnen zurück, die sich aus ihrem Zopf gelöst haben. Dieser Anblick, diese Situation ist nicht neu für mich, ich weiß, was es bedeutet, denn es gehört zu meinem Alltag.

Einen Moment lang halte ich die Luft an, damit es ganz still im Raum ist. Man hört sekundenlang nichts. Nichts außer dem Rauschen der Heizung. Als ich wieder Lufthole, lege ich meine Hand auf ihre, verschränke unsere Finger ineinander und führte sie zu meinem eigenen Gesicht. Als ihre Handfläche meine Wange berührt, schließe ich die Augen.

Das Atmen tut mir weh, es brennt in meiner Brust und ich weiß nicht, warum. Eine Erklärung für dieses Gefühl finde ich nicht. Es ist neu. Ich hole wieder tief Luft, presse ihre steife Hand fest gegen mich und lehne mich etwas nach vorn. Nachdem ich ihr einen Kuss auf die Stirn gehaucht habe, löse ich mich von ihr und richte mich auf. Ich habe gewusst, dass dieser Tag kommt, und ich habe mir gewünscht, dass ich dann mehr empfinde. Ich hatte mir vorgestellt, dass es sich ganz anderes anfühlt. Intensiver. Bedeutsamer. Ich hatte gehofft, dass ich weinen muss. Da ist auch etwas in mir, das mir wehtut. Etwas, das mich wünschen lässt, dass sie die Augen aufschlägt, mich anlächelt und mit Küssen überhäuft. Aber das wird sie nicht. Nie wieder. Sie hat mich geliebt, weil ich alles war, was ihr von Luca geblieben ist. Sie hat mich sogar genannt wie ihn.

»Es tut mir leid, dass ich nicht um dich weinen kann, Mama.«

Bevor ich das Schlafzimmer verlasse, ziehe ich ihr die Decke hoch bis über ihre Schulter, damit sie ordentlich zugedeckt ist. Das habe ich als Kind schon für sie getan.

»Machs gut, Mama.«

Gefallener Engel

Vice setzt sich auf den Fahrersitz und schnallt sich an. Ich drehe die Musik am Regler etwas leiser und sehe ihn neugierig an.

»Und? Hat sie sich gefreut?«

»Ich weiß nicht. Sag mal, kommen Nutten in den Himmel oder in die Hölle?«

Irritiert ziehe ich die Stirn kraus. »Ich nehme an, das ist nicht abhängig vom Beruf, sondern davon, ob jemand ein guter Mensch ist. Warum? Weil sie Angel heißt?«

»Nein, weil sie tot ist.«

Fuck.

Meint er das ernst? Ich suche in seinem Gesicht nach Antworten, aber Vice ist nicht der Typ, der über so etwas Scherze macht. Mir fehlen im ersten Augenblick die Worte. Ich fahre mir mit der Zunge über die trockenen Lippen und versuche zu erkennen, was er empfindet. Ohne Erfolg.

»Was, also … wie? War es ein Freier? Wurde sie ermordet?«

Vice schüttelt nur den Kopf, ehe er den Wagen startet. »Nein, wahrscheinlich eine Überdosis.« Seine Mutter starb von den Drogen, die er ihr mitgebracht hat.

»Scheiße, Vice. Das tut mir leid. Wie geht es dir jetzt?«

Er zuckt unbeteiligt mit den Schultern, als wäre es das Normalste auf der Welt, gerade seine tote Mutter gefunden zu haben. »Es war ja nur eine Frage der Zeit.«

»Das beantwortet meine Frage aber nicht. Bist du traurig?«

Gerade als er ausparken will, hält er nochmal an und dreht den Kopf zu mir.

»Traurig? Ich weiß nicht. Ich glaube nicht. Sollte ich?«

»Wenn du es jetzt nicht bist, irgendwann wirst du es sicher sein.«

»Woher willst du das wissen?«, hakt er nach.

»Weil es bei mir auch so war.«

Vice schaltet den Wagen wieder aus und sieht mir neugierig in die Augen. Stumm verlangt er von mir, dass ich ihm meine Worte erkläre. Ist es an der Zeit, darüber zu sprechen? Kann ich das? Will ich das?

»Ich habe meine Mutter umgebracht.« Eine Welle der Übelkeit fährt durch meinen Körper, meine Handflächen werden nass und kalt.

Vice' Stirn legt sich in Falten, als er mich perplex ansieht. Er wartet jedoch einfach nur, er drängt mich nicht, sondern lässt mir Zeit, um weiterzusprechen.

»Sie lag über achtzehn Jahre im Wachkoma. Sie konnte nicht essen, nicht trinken, nicht auf Toilette, und hatte nur wenig auf ihre Umwelt reagiert. Aber er hat ihr wehgetan. Immer wieder hat er ihr wehgetan, um mich zu bestrafen, und weil er ein krankes Schwein ist. Ich … ich habe … ihr Leiden beendet. Erst war ich einfach nur aufgeregt und ich konnte es nicht fassen und realisieren, aber nach und nach, je bewusster mir wurde, was passiert ist, umso trauriger wurde ich.«

Was komisch ist. Sie hat mich nie im Arm gehalten, mir nie die Tränen weggeküsst, mir nie die Windeln gewechselt. Sie bekam während meiner Geburt einen Schlaganfall und lag seitdem im Wachkoma. Sie war nie wie eine Mutter für mich und dennoch sah ich sie als solche. Sie hat mir das Leben geschenkt und ihres dafür hergegeben.

Ich sehe hinunter auf meine Hand, die von Vice gehalten wird. Seine Finger streicheln über meine Haut. Beistehend, beruhigend.

»Wie hast du es getan?« Seine Stimme ist ruhig. Nicht aufdringlich oder ungeduldig.

»Mit einem Kissen«, flüstere ich. Als ich blinzele, löst sich eine Träne aus meinen Augenwinkeln, kullert meine Wange hinab und tropft auf unsere Hände.

»Deine Mutter kann sich glücklich schätzen, Anna. Sie wurde von einem Engel erlöst. Sei nicht traurig. Es war das Beste für euch beide.« Er drückt meine Hand etwas fester und schenkt mir ein Lächeln. Tatsächlich lächelt er mich aufmunternd an. Ich will seine Worte glauben. Ich will glauben, dass ich das Richtige getan habe.

»Es tut mir leid«, murmele ich, hebe seine Hand hoch und bedecke sie mit Küssen. »Ich sollte dich jetzt trösten und was mache ich? Belaste dich noch zusätzlich mit meiner schrecklichen Geschichte.«

Vice' Lippen bilden erneut ein aufmunterndes Lächeln.

»Es ist alles gut, mein Engel. Du belastest mich nicht und ich muss auch nicht getröstet werden. Lass uns nachhause fahren, die Reste von gestern essen, eine Flasche Wein vernichten und auf dem Sofa kuscheln.«

Ich küsse noch ein letztes Mal auf seinen Handrücken, ehe ich zustimmend nicke. Er wischt mir mit dem Daumen die Tränen von der Wange und startet daraufhin den Wagen.

»Ab nachhause.«

Ich liege in seinem Arm und gemeinsam starren wir auf den schwarzen Bildschirm des Fernsehers. Wir haben gegessen und die Flasche Wein ist fast leer. Meinen Vorschlag, unsere Entspannung mit etwas Opium zu verstärken, hat er abgelehnt. Man würde bei Opium schnell eine Resistenz entwickeln und man bräuchte immer mehr, um denselben Effekt zu erreichen. Darum wären Pausen von großer Wichtigkeit, um nicht in eine Abhängigkeit zu rutschen. Lustig, diesen Ratschlag von einem Dealer zu bekommen. Aber Vice' Absicht scheint ja nicht zu sein, mich von illegalen Substanzen abhängig zu machen. Vielmehr hab ich das Gefühl, dass er es genießt, dass ich von ihm abhängig bin.

Seit wir bei seiner toten Mutter waren und ich ihm gebeichtet habe, was ich getan habe, ist unsere Stimmung gedämpft. Das macht mich traurig, weil wir beide uns vorgenommen hatten, Weihnachten dieses Jahr zu genießen.

Ich habe meine Hand unter sein Shirt geschoben und streichele mit den Fingerspitzen über seinen flachen Bauch, fahre die Konturen der Muskeln ab, was ihn den Bauch nur noch mehr anspannen lässt. Ich kitzele ihn.

Auch wenn er sagt, dass es ihm nichts ausmacht, weil es ja nur eine Frage der Zeit gewesen ist, dass seine Mutter stirbt, glaube ich, dass es ihn beschäftigt. Er weiß sicher selbst nicht, was er fühlt, jetzt, da er nie wieder seine Mutter besuchen kann. Jetzt, da sie ihn nie wieder in den Arm nehmen, mit Küssen überhäufen oder von ihm Drogen kaufen kann. Es ist ihm nicht bewusst, dass es ihn doch mehr trifft, als er zugibt. Und ich blöde Kuh fange an, über meine eigene Mutter zu heulen. Meine eigene Mutter, die ich von ihrem Elend erlöst habe. Seine Brust hebt und senkt sich stark, als er tief einatmet und seufzend die Luft ausstößt.

»Vice?«

»Mh?«

»Kann ich irgendwas tun, damit es dir besser geht?«

Seine Finger streichen durch meinen Nacken in mein Haar, spielen an den kurzen, blonden Strähnen herum.

»Mir geht es zwar nicht schlecht, aber du kannst mir trotzdem einen blasen.«

Meine Brauen ziehen sich ungläubig zusammen, als ich den Kopf anhebe und ihn überrascht ansehe. Ist das jetzt sein Ernst?

»Was? Du hast doch gefragt, ob du etwas tun kannst. Also, ja, kannst du: Blas mir einen.«

Ich setze mich aufrecht hin und ziehe meine Hand unter seinem Shirt heraus. Seine Worte lösen ein Kribbeln in meinem Unterleib aus, das ich nicht ignorieren kann.

»Oder hast du Angst, dass du es nicht kannst?«

Ich stoße abfällig die Luft aus. »Du hast ja keine Ahnung, *wie* gut ich das kann.«

Vice' Lippen ziert ein fieses Lächeln, als er seine langen Finger an den Bund seiner Hose legt und sie über die Hüfte hinabzieht. »Dann beweis es mir.«

Ich sehe zu seiner immer härter werdenden Erregung, die sich mir verlangend entgegenreckt. Sein Schwanz gefällt mir. Er ist größer, länger und schöner als der von *ihm.* Und das Wichtigste ist: Ich will ihn. Ich will ihn geil machen. Mit meinen Fingern, Lippen und der Zunge. Ich will ihn mit meinem ganzen Körper befriedigen und es mir von ihm besorgen lassen. Ich fühle mich nicht schlecht bei diesen Gedanken. Nein. Ich fühle mich frei. Frei, das zu tun, was ich will. Frei, das zu tun, was mein Körper mir sagt.

Vice' Finger gleiten wieder in meinen Nacken und üben einen sanften Druck auf meinen Hinterkopf aus. Er ist ungeduldig. Ich kann das Verlangen in seinen Augen sehen und das macht mich nur zusätzlich an. Ich rutsche vom Sofa hinunter, ziehe seine Hose über die Knie und Beine hinab und positioniere mich vor ihm.

Zuerst lasse ich meine Fingerspitzen neckend über seine Länge gleiten, spiele mit ihm und genieße dabei jede seiner Reaktionen. Wie er zuckt, sich mir entgegendrängt, wie seine Finger energischer in mein Haar greifen. Er ist ungeduldig und will, dass ich endlich anfange, aber ich genieße die Macht, die ich in diesem Moment über ihn habe. Natürlich ist es mir klar, dass er mich auch mit Gewalt dazu zwingen könnte, aber das tut er nicht.

Sanft beginne ich, ihn zu reiben, ehe ich mich nach vorne lehne und meine Lippen auf seine Spitze presse. Meine Zunge gleitet über die samtige Haut und ich schmecke die süßen Tropfen der Vorfreude, die er mir schenkt.

Vice' andere Hand krallt sich um den Rand des Sofas, sodass seine Fingerknöchel hervortreten. Wie er mich dabei ansieht, während ich seinen Schwanz langsam in meinen Mund eindringen lasse, verstärkt das Kribbeln und Ziehen in meinem Unterleib. Ich spüre, wie ich immer feuchter werde.

Der Teufel

»Scheiße«, zische ich und muss mich beherrschen ihren Mund nicht mit Gewalt zu ficken. Sie ist verdammt gut. Sie weiß, was sie da tut, und ich weiß nicht, ob mir das gefällt oder nicht. Natürlich ist es von Vorteil für mich, dass sie sich nicht total doof anstellt und mir so eine Freude bereitet, dennoch ruft es mir ins Gedächtnis, dass sie nicht so unschuldig ist, wie ich mir das wünsche.

Anstatt sie grob am Hinterkopf gegen mich zu pressen, fahre ich mit der Hand durch ihr kurzes, blondes Haar, lass es zwischen meinen Fingern hindurchgleiten oder greife fest hinein. Ebenso wie in das Sofa unter mir, an dem ich mich angespannt festhalte.

Sie macht einen wirklich fantastischen Job und obwohl ich für gewöhnlich eher ruhig bin, belohne ich sie, indem ich leise seufze und den ein oder anderen Fluch nicht unterdrücken kann. Vor allem, wenn ich zu ihr hinabblicke und sehe, wie ihre großen blaugrauen Augen zu mir heraufsehen, während ihre Lippen meine Länge herauf- und hinabgleiten. Ich spüre, wie sich ihre Zunge kreisend um meine Eichel bewegt, und sehe, wie sich ihre Wangen einziehen, während sie an ihm saugt.

»Fuck.« Es macht mich beinahe wahnsinnig. Mir wurde schon oft einer geblasen, ob für Geld, Drogen, als Erniedrigung oder weil ich Langeweile hatte. Aber das, was Anna hier tut, bringt mich fast um den Verstand. Mein Schwanz zuckt immer wieder gegen ihren Gaumen und ich hebe mein Becken etwas an, während ich mich mehr und mehr anspanne. Sie lässt ihn so tief in ihren Hals gleiten, wie ich die Frauen sonst dazu zwingen muss. Sie tut das, als wäre es ein Leichtes für sie, und das Schönste: Ich sehe die Erregung in ihren glasigen Augen. Es macht sie geil, meinen Schwanz zu lutschen, und mich macht es geil, dass sie es mit so viel Hingabe tut.

»Verdammt«, presse ich hervor, als ich spüre, dass ich komme. Meine Finger krallen sich fest in ihr Haar. Ich werde in ihren Hals spritzen. Sie darf ihren Kopf nicht zurückziehen, wenn ich komme. Sie muss alles schlucken.

Ich spanne mich an, mein Schwanz pulsiert in ihrem Mund und meine Hand zittert vor Anstrengung.

Dann lasse ich sie los. Entgegen meinem Vorhaben werde ich sie nicht dazu zwingen.

Scheiße!

Annas Kopf ruckt jedoch nicht nach hinten, sondern nach vorn und das Vakuum in ihrem Mund nimmt nochmal zu, als ich seufzend den Kopf in den Nacken lege und in sie spritze.

Zufrieden höre und spüre ich, wie sie meinen Samen brav schluckt, den ich ihr in den Hals pumpe.

Ein letztes Mal saugt sie noch an mir, ehe sie ihn aus ihrem Mund gleiten lässt und sich mit dem Ärmel ihres oder besser gesagt meines Pullovers über den Mund wischt. Warum tut sie das? Ich habe doch immer mindestens eine Packung Tempos in der Nähe, oder in meinen Taschen. Den Pulli müssen wir jetzt waschen. Ich ziehe zwei Tücher aus einer Packung vom Wohnzimmertisch, reiche ihr eines und mache mich selbst sauber.

Anschließend ziehe ich mir die Hose wieder an und hebe Anna auf meinen Schoß.

Ich schlinge die Arme um ihren Körper und schiebe meine Hände unter ihr Oberteil, streichele sanft über ihren Rücken.

»Und?« Ihre Augen funkeln mich herausfordernd an.

»Ja, war ganz okay.«

Anna schlägt mir für diese Worte gegen den Oberarm.

»Es war fantastisch«, gebe ich leise zu.

Zufrieden nickt sie und schlingt ihre Arme um meinen Nacken. »Darf ich dich jetzt küssen?«

»Warum solltest du nicht dürfen?«

Sie zuckt mit den Schultern.»Er hat mich danach nie geküsst, weil er seinen eigenen Schwanz nicht schmecken wollte. Mir war es aber sowieso lieber so. Ich wollte ihn nie küssen.«

Ich stoße lachend die Luft aus. »Klingt, als hätte er irgendwelche Komplexe. Ich hab jedenfalls nichts gegen meinen Schwanz. Aber egal, du bist nicht mehr bei ihm, du bist bei mir.«

Anna nickt und spielt an meinem Hinterkopf mit meinen Haaren.»Du hast recht. Jetzt bin ich weg von ihm und nicht mehr sein Mädchen.«

Ich streichele ihr hinauf in den Nacken und ziehe sie daran zu mir herab, damit sie mir direkt in die Augen sehen muss. Sie hält meinem Blick stand.

»Richtig. Du bist nicht mehr bei ihm. Du bist hier. Du bist jetzt *meine* Anna. *Mein* Engel.«

Gefallener Engel

Ich ziehe die frische Luft noch einmal in meine Lunge und presse die Brötchen an meine Brust. Es ist eiskalt, aber die Sonne scheint mit all der Kraft, die sie jetzt noch aufbringen kann. Nur noch kurz genieße ich die Sonnenstrahlen, dann schließe ich die Haustür auf. Vice ist gestern nicht nachhause gekommen und ich habe die Nacht allein in unserer Wohnung verbracht.

Als ich dann Elke im Flur unten gehört habe, bin ich schnell zu ihr gelaufen und habe sie gefragt, ob ich die Einkäufe für sie erledigen könnte. Ich habe seit Wochen unsere Wohnung nicht alleine verlassen, außer um unten zu putzen, und ich wollte diese Chance nicht ungenutzt lassen. Elke hat sich sehr drüber gefreut, mir ihre Einkaufsliste und Geld gegeben und mich mit ihrem Schlüssel losgeschickt. Ich habe zwar einen für unsere Wohnung, aber nicht für die Haustür. Als würde Vice nicht wollen, dass ich das Gebäude verlasse. Vielleicht sollte ich fragen, ob ich mir einen nachmachen lassen darf.

Elkes Einkäufe waren überschaubar und haben alle in eine Stofftüte gepasst. Ich betrete unseren Flur, klopfe kurz bei Elke an und schließe mit ihrem Schlüssel auch die Tür auf.

»Ich bin wieder da!«, rufe ich in die Wohnung hinein.

»Ich bin grad im Bad, einfach alles in die Küche stellen, dankeschön!«

Nachdem ich die Stofftasche auf die Küchenzeile gestellt habe, ziehe ich mir meine drei persönlichen Einkäufe heraus und stecke sie mir in die großen Taschen meines Mantels. Ich verlasse Elkes Wohnung und gehe hoch. Als ich die Tür gerade öffnen will, wird sie vor mir aufgerissen und ich starre gegen eine Brust.

»Wo bist du gewesen?« Seine Stimme ist nur ein wütendes Zischen. Er ergreift mich grob am Arm und zieht mich mit einem Ruck in unsere Wohnung. Die Tüte mit den Brötchen fällt mir dabei zu Boden.

»Ich war einkaufen«, erkläre ich und sehe ihn verständnislos an.

»Ohne mich zu fragen? Bist du noch ganz dicht, Anna?«

Ich hab das Gefühl, als würden mir all meine Gesichtszüge entgleisen, während ich einen zornigen Schritt auf ihn zumache.

»Ohne dich zu fragen? Ich brauche nicht deine Erlaubnis, um einen Fuß vor die Tür zu setzen! Außerdem warst du nicht da und ich habe auch kein funktionierendes Handy, um dir Bescheid zu geben!«

Ich unterdrücke den Drang, den Schritt wieder zurückzumachen, als er mit unheilvoller Miene auf mich zukommt.

Er drängt mich zurück, dass ich mit dem Rücken gegen die Garderobe stoße. Er legt eine Hand neben meinen Kopf und neigt sich zu mir herab. Seine Präsenz ist bedrohlich und macht mir Angst. Ich spanne mich an und balle meine Hände zu Fäusten, um mich im Notfall gegen ihn wehren zu können. Aber würde er mir etwas tun?

»Dann sag ich es dir jetzt: Du verlässt diese Wohnung nur gemeinsam mit mir oder wenn ich es dir erlaube. Verstanden?«

Wütend stoße ich ihn mit meinen Händen fest gegen die Brust. Tatsächlich scheint er davon so überrumpelt zu sein, dass er etwas von mir zurückweicht.

»Ich bin ein freier Mensch! Ich kann gehen, wohin ich will und wann ich will!«, verteidige ich mich und funkele ihn wütend an.

Vice stößt lachend die Luft aus. »Das war vielleicht so, bevor du an meiner Tür geklopft hast. Aber jetzt spielst du nach meinen Regeln und wenn dir das nicht passt, bitte!« Er deutet mit ausgestreckter Hand auf die Tür. »Es steht dir frei, zu gehen, aber erwarte dann nichts mehr von mir! Keine Hilfe, kein Geld, keine Deckung mehr vor Markus.«

Ich sehe ihn fassungslos an und spüre, wie die Wut, die eben noch durch meine Adern gerauscht ist, von anderen Gefühlen vollkommen getilgt wird. Angst und Enttäuschung.

»Du mieses Arschloch«, wispere ich und dränge mich an ihm vorbei Richtung Wohnzimmer. Dort gehe ich gleich durch die Balkontür hinaus und ziehe mir meine eben gekauften Zigaretten und ein Feuerzeug aus dem Mantel. Nachdem ich die Packung geöffnet habe, nehme ich mir eine heraus und zünde sie an. Mit zitternden Fingern halte ich die Kippe fest und inhaliere den Rauch. Hoffentlich beruhigt mich das ein bisschen.

Nach nur drei Zügen öffnet sich die Balkontür und Vice tritt heraus zu mir. Auch er zündet sich eine Zigarette an und zieht einen Aschenbecher vom Fensterbrett neben sich. Als er ihn mir entgegenhält, asche ich einmal hinein.

Schweigend rauchen wir beide unsere Sargnägel. Ich hätte jetzt weglaufen können. Aber dann? Was hätte ich getan? Ohne Geld, ohne Hilfe, ohne Perspektive, von mindestens einem Mann gesucht und gejagt. Dass Vice meine einzige Chance ist, war mir klar. Und ich habe mich die ganze Zeit über gefragt, welchen Preis seine Hilfe haben wird. Nachdem sich aber meine schlimmsten Befürchtungen nicht bewahrheitet hatten und er mich nicht auf den Strich geschickt, sich selbst an mir vergriffen oder mich an Markus ausgeliefert hat, hatte ich gedacht, dass ich nichts für meine Sicherheit bezahlen musste. Doch jetzt zahle ich ihn. Der Preis für meine Sicherheit ist meine Freiheit.

»Ich will nicht, dass du das falsch verstehst. Du bist hier nicht eingesperrt.«

Ach nein?

»Wenn du einfach gehst, ohne dass ich davon weiß, könntest du von Markus, Balthasar oder irgendeinem, den sie auf dich angesetzt haben, geschnappt werden und ich würde es nicht mal mitbekommen.« Er nimmt einen letzten tiefen Zug von seiner Zigarette und drückt sie in dem Aschenbecher aus.

Gleich darauf zündet er sich eine Neue an. »Ich habe alles in die Wege geleitet, dass ich über jeden seiner Schritte Bescheid weiß. Wenn wir zusammen das Haus verlassen, dann nur, weil ich weiß, wo er gerade ist, was er tut oder mit wem er sich trifft. Dasselbe gilt für die Männer und Frauen, die in engem geschäftlichen Kontakt zu Markus stehen, und unseren herzallerliebsten Polizisten Balthasar.«

Er raucht die zweite Zigarette schnell runter, während er erzählt. »Ich will dich nicht einsperren, Anna. Ich will dich schützen.« Vice sieht mich bei diesen Worten nicht an. Er berührt mich nicht, er sagt diese ganzen Sachen auch nicht sanft und versöhnlich, sondern als wären sie eine sachliche Erklärung. Trotzdem beruhigen sie mich. Ich will mir einreden, dass sein zügiges Rauchen und sein starrer Blick nach vorn Zeichen dafür sind, dass mehr Gefühl in seinen Worten steckt, als er mir zeigen will.

Auch ich zünde mir eine weitere Zigarette an.

»Ich mag das nicht«, brummt er.

Mit angehobener Augenbraue und Kippe zwischen den Lippen seh ich zu ihm hinauf. »Was?«

»Dass du rauchst.«

»Du rauchst doch auch?«

Er zuckt die Schultern. »Ja, aber bei dir mag ich es nicht.«

»Warum nicht?«

Ein weiteres Schulterzucken ist alles, was ich als Antwort bekomme. Egal, seine Ausführungen darüber, warum ich die Wohnung nicht alleine verlassen darf, haben mich beruhigt und meine Laune wieder angehoben. Ich bin beeindruckt, dass er sich so viel Mühe macht, um mich zu beschützen. Zweifel an der Wahrheit dieser Worte habe ich nicht. Warum auch immer, aber ich glaube ihm, dass er alles dafür tut, dass ich nicht von ihnen gefunden werde. Wir rauchen beide unsere Zigaretten zu Ende, bevor wir wieder in die Wohnung gehen, um gemeinsam zu frühstücken.

Meine Anna. Diese Worte hallen in meinem Kopf seit Tagen nach. Ich bin seine Anna. Es schmeichelt mir, es gefällt mir und gleichzeitig macht es mir eine beunruhigende Gänsehaut. Er wollte mir in dieser Situation vermutlich nur Sicherheit und Geborgenheit schenken, nicht wahr? Aber warum fühlen sie sich gleichzeitig wie eine Drohung an?

»Zieh dich an, du kommst gleich mit mir«, höre ich Vice aus dem Badezimmer rufen. Es ist Freitagmorgen am 31. Dezember 2010 und Weihnachten ist schon wieder vorbei. Tatsächlich war es ein schönes Fest.

Wenn man ignoriert, dass Vice seine tote Mutter gefunden hat. Bis jetzt hatte er noch keinen Zusammenbruch oder hat sonst irgendeine Emotion gezeigt. Entweder hat er es noch nicht realisiert, er ist ein verdammt guter Schauspieler oder es macht ihm wirklich nichts aus. Mein gesunder Menschenverstand will Letzteres jedoch nicht glauben. Es ist doch nicht normal, nichts zu empfinden, oder?

»Wohin denn?«

Eilig tausche ich im Schlafzimmer meine Jogginghose gegen eine Jeans und schlüpfe in einen von Vice'Hoodies. Als ich im Flur ankomme, hat er sich gerade die Jacke angezogen und bindet sich die Stiefel. Auch ich schlüpfe in meine neuen Winterboots, die ich vor Weihnachten mit Vice zusammen mit anderen neuen Klamotten gekauft habe. Oder eher, die er mir gekauft hat.

»Wir fahren in mein Büro, da treffen wir uns mit Josh.«

Das freut mich, weil ich Joshua sympathisch und interessant finde. Warum ich mitkommen soll, weiß ich zwar noch nicht, aber ich werde es wohl früh genug erfahren.

Als wir beide angezogen sind, verlassen wir unsere Wohnung, laufen die Treppe hinab und verlassen das Gebäude. Es ist eiskalt draußen und sofort kriecht der Frost der letzten Nacht unter meine Kleidung. Ich blicke kurz auf den weihnachtlichen Türkranz von Elke und denke an unser gemeinsames Essen am zweiten Weihnachtsfeiertag. Sie hat uns weihnachtlich ganz untraditionell zum Chinesen eingeladen.

Ein All-you-can-eat-Buffet, bei dem ich mich wirklich übergessen habe. So viele leckere vegetarische Sachen, frittiertes Gemüse, Nudeln und Reis. Elke war sehr erstaunt darüber, dass *ihr lieber Luca*, genauso wie ich, nichts mit Fleisch gegessen hat. Sie hat ja auch Mitleid mit den armen Tierchen und findet es ganz toll, dass ich Luca davon überzeugen konnte, auf Fleisch zu verzichten. Sie selbst isst es allerdings zu gerne.

Ich habe unsere Vermieterin ins Herz geschlossen und habe mir vorgenommen, Vice' fehlende Gefühle zu ihr zu kompensieren. So bleibe ich immer noch auf einen Kaffee unten, nachdem ich ihr die Wohnung geputzt habe, und begleite sie, wenn Vice es mir erlaubt, zu den Wocheneinkäufen.

Schnell kommen wir mit seinem Wagen im Rotlichtviertel an, wo Vice direkt vor dem kleinen Kiosk, über dem sich sein Büro befindet, auf einem freien Platz parkt. Wir steigen zusammen aus und betreten den Laden. Vice begrüßt den Besitzer mit einem knappen Nicken, ehe wir den Verkaufsraum verlassen und über die Treppe nach oben zu seinen Räumen gehen.

Es fühlt sich komisch an, wieder hier zu sein. Die Nacht, in der ich hier angekommen bin, wird auf ewig in meiner Erinnerung bleiben als die Nacht, in der sich mein Leben endgültig verändert hat. Ich war am Ende und gleichzeitig sollte es ein Anfang sein. Der Anfang von meinem neuen Leben. Meinem Leben als freie Frau.

Wenn man denn mein Zusammensein mit Vice als frei bezeichnen kann.

»Na endlich! Dachte schon, ihr kommt gar nicht mehr. Schicke Frisur, Anna. Ich steh auf kurzhaarige Frauen, die sich was trauen. Oh, das reimt sich!«, flötet uns Josh gut gelaunt entgegen, der schon im Büro auf uns gewartet hat. Er trägt eine Nikolausmütze, die schräg auf seinem strubbeligen Kopf hängt, und hält uns zwei Gläser Schnaps entgegen.

Ich nehme das Glas und rieche daran. Es riecht süß.

»Haselnussschnaps. Keine Sorge, hat nur dreißig Prozent. Ist euer verspätetes Weihnachtsgeschenk, aber ich war über die Feiertage mit meiner Familie weg.« Wobei er zu der schon geöffneten Flasche nickt, die auf dem Schreibtisch steht. Um den Flaschenhals ist ein goldenes Geschenkband gebunden. Auch Vice nimmt sein Glas entgegen und riecht dran.

Josh schüttet ein drittes Gläschen bis zur Oberkante voll und hebt es in die Höhe. »Prost, ihr Lieben. Auf ein weiteres, erfolgreiches Jahr und auf eine schöne, gemeinsame Zeit von euch zwei Turteltäubchen.«

Mit einem verschmitzten Grinsen auf den Lippen prostet er uns zu und kippt den Schnaps seine Kehle hinunter. Wir tun es ihm gleich, wobei ich sehen kann, wie Vice die Augen rollt. Ihm passt es nicht, dass Josh ihn mit mir aufzieht.

»Oh, ist der gut. Noch einen! Gläser her!« Josh greift nach der Flasche Schnaps, die er uns geschenkt hat, schraubt sie auf und befüllt unsere Gläser ein zweites Mal.

»Ich hab noch nichts gegessen heute Morgen«, murmele ich, was ihn zum Schmunzeln bringt.

»Umso besser wirkt er.«

Vice kippt seinen zweiten Schnaps eilig hinunter und stellt das Glas auf den Tisch.

»Ich hol dir ein Brötchen«, verabschiedet er sich, ohne uns noch eines Blickes zu würdigen, und verlässt das Büro. Tatsächlich glaube ich, dass er es diesmal nicht in Sorge um mein Gewicht tut, sondern vielmehr, um vor seinem Chef zu flüchten.

Dessen Grinsen wird noch breiter, als die Bürotür geschlossen wird und wir beide allein zurückbleiben.

»Er hat Respekt vor dir, oder?«, frage ich leise.

»Ich bin ja auch sein Boss. Auch wenn Vice schon ein Fall für sich ist. Ich drehe ihm jedenfalls nicht zu oft den Rücken zu.«

Josh prostet mir lächelnd zu und wir trinken den zweiten Haselnussschnaps zusammen. Ich stelle das Glas ab und setze mich auf das Sofa. Meine Hände klemme ich dabei zwischen meine Oberschenkel, um sie etwas zu wärmen. »Wie meinst du das?«

Josh stellt sein Glas ebenfalls ab und lehnt sich mit dem Po gegen die Schreibtischplatte. Lässig lässt er seine Hände in die Taschen des Parkers gleiten, den er trägt. Ich frage mich, wie alt er ist.

»Naja, du weißt doch mittlerweile sicher selbst, dass er nicht ganz normal ist. Oder?«

»Und du bist normal?«

Josh zuckt mit den Schultern und sieht mich mit einem Unschuldsblick an, den kein geschlagener Hund besser drauf hätte.

»Ich bin 'n Drogendealender, Frauen verkaufender Fast-Ex-Junkie, Anna. Ich tu das alles, um zu überleben, weil ich es meinem Vater schuldig bin und weil ich nichts anderes kenne. Ich denke also, dass meine Entwicklung normal ist.«

»Und Vice? Tut er es aus anderen Gründen? Kennt er denn ein anderes Leben? Ich war einmal bei seiner Mama zuhause. Es war … grauenvoll. Wenn er in diesem Loch aufgewachsen ist, mit diesem seelenlosen Geist als Mutter, die er jetzt auch verloren hat. Einen Vater hatte er ja nie. Dann ist seine Entwicklung auch nachvollziehbar, oder?«

Warum ich Vice verteidigen will, weiß ich selbst nicht. Ihm ist es sowieso egal, was andere über ihn denken. Trotzdem hab ich das Bedürfnis, seine Entwicklung und sein Verhalten zu rechtfertigen.

»Angels Tod kam nicht überraschend. Nicht für mich und für Vice sicher auch nicht. Hat er dir erzählt, dass sie Lehrerin war? Also, bevor sie sich in den italienischen Mafioso verliebt hat. Er hat mit meinem Vater Geschäfte gemacht und siehe da: Sie wurde zur Nutte von meinem Dad und nach seinem Tod von mir.«

Ich schüttele den Kopf. Nein, das wusste ich nicht. Allerdings erzählt Vice mir generell wenig von sich und seinem Leben. Josh drückt sich vom Schreibtisch ab und schlendert zu mir herüber. Als er sich neben mich auf das Sofa sinken lässt, zieht er die Hände aus den Taschen, legt mir eine auf den Oberschenkel. Seine Fingerspitzen streicheln sanft über den Stoff meiner Hose. Allerdings nicht aufdringlich, sodass ich mich nicht bedrängt fühle.

»In Vice' Kopf geht einiges ab, Anna. Ich will nur, dass du das weißt, wenn du dich auf ihn einlässt. Ich habe ihn noch nie so erlebt wie bei dir, und ich würde es schade finden, wenn das mit euch auf falschen Vorstellungen aufgebaut wird. Es soll nicht kaputt gehen, was ihr habt, darum solltest du dir bewusst machen, wer Vice ist. Der Unterschied zwischen mir und ihm ist, dass ich das Elend um mich herum, das ich mit meinem Job hervorrufe, ignorieren kann. Mir sind die Drogentoten egal und ich habe auch kein Mitleid mit meinen Huren. Das ist schlimm, ich weiß, aber so bin ich. So wurde ich erzogen.«

Joshs Finger greifen etwas energischer zu und die Wärme seiner Handfläche dringt bis zu meiner Haut durch. Er sieht mich eindringlich an, als wollte er seinen Worten dadurch Nachdruck verleihen. »Was ich damit sagen will, ist: Vice tut das nicht nur, weil er es muss. Sondern weil er es gerne tut. Er lebt diese Welt, er liebt sie und du musst dir im Klaren sein, dass du dir nicht nur mit einem einfachen Dealer das Bett teilst.«

Mein Puls rast, meine Handflächen sind nass und ich weiß nicht, ob es der Alkohol oder Joshs Worte sind, die mir dieses merkwürdige Gefühl in der Brust bereiten. Dennoch öffne ich meine Lippen, ohne dass ich es will, und stelle ihm die Frage, deren Antwort ich wahrscheinlich gar nicht wissen mag:»Sondern? Mit wem teile ich das Bett?«

Joshs grüne Augen durchbohren meine, ähnlich wie bei unserem ersten Treffen, als würden sie etwas in ihnen suchen. Eine Antwort auf eine stumme Frage.

»Mit einem Mann, der die sichere Halbautomatik-Waffe gegen ein Messer eintauscht, um näher an seinem Opfer zu sein, wenn er es tötet. Vice ist ein Mörder, Anna, und er genießt es.«

Obwohl ich mir in meinem Kopf schon hundertmal die Möglichkeit vorgestellt habe, dass er jemanden getötet haben könnte, erfasst mich diese Gewissheit nun mit einer unglaublichen Wucht. Ich wende den Blick von Josh ab und atme tief ein. Er schiebt seine Finger zwischen meine Knie und umfasst meine Hände. Was fange ich jetzt mit diesen neuen Erkenntnissen an? Ändert das etwas für mich? Ändert das etwas für uns? Haltsuchend lehne ich mich an ihn, woraufhin er den anderen Arm um mich legt und mich sachte an sich drückt.

Von Josh diesen Trost, diesen Beistand zu bekommen, hilft mir sehr und gibt mir Mut, meine nächste Frage zu stellen.

»Muss ich Angst vor ihm haben?«

Der Teufel

»Soll ich nochmal gehen und in zwanzig Minuten wiederkommen? Oder darf ich bei der Kuschelrunde mitmachen?« Eigentlich ist mir ganz und gar nicht nach Scherzen zumute. Aber als ich die Tür zu meinem Büro öffne und sehe, wie die beiden eng umschlungen auf meinem Sofa sitzen, war es die unblutigere Art, darauf zu reagieren.

Ich werfe Anna eine der beiden Bäckerstüten, die ich in den Händen halte, entgegen, sodass sie neben ihr auf dem Sofa aufkommt. Mein Engel ruckt erschrocken von meinem Boss weg und streift ihre Handflächen an ihrer Hose ab.

Mit geweiteten Augen sieht sie mich nur kurz an, ehe sie nach der Tüte greift. Sie zieht eine mit Käse belegte Laugenstange hervor. Ich glaube nicht, dass sie Hunger hat, aber sie tut beschäftigt, um mich nicht ansehen zu müssen.

Was haben die beiden hier getrieben? Worüber haben sie gesprochen?

»Was hast du mir mitgebracht?«, fragt Josh, der ganz genau weiß, dass in der anderen Tüte etwas zu essen für ihn ist.

»Ein Mettbrötchen mit Zwiebeln«, antworte ich, während ich ihm die Tüte entgegenhalte. Er richtet sich vom Sofa auf und schnappt sie mir zufrieden grinsend aus der Hand.

»Geil! Das perfekte Frühstück. Du kennst mich zu gut.«

Für mich selbst habe ich nichts. Anna reagiert nicht auf das durch den Wolf gedrehte Schweinchen, sondern isst schweigend ihre Laugenstange. Kein Kommentar über das arme Tier? Wieso ist sie so ruhig und zurückhaltend?

»Worüber habt ihr gesprochen?«, kann ich meine Neugierde nicht länger unterdrücken.

»Über die lustigen Dinge, die mein Vater mit kleinen Kindern gemacht hat.«

»Du meinst, die er mit dir gemacht hat?«

Das hat den Bogen überspannt. Die Bäckertüte fällt zu Boden, eine sehnige Hand schnellt an meinen Hals und donnert meinen Kopf nach hinten gegen die Tür. Meine Hand, mit der ich im selben Moment mein Butterfly gezogen und geöffnet habe, wird von ihm verdreht und mit der Klinge gegen meinen Bauch gepresst.

»Nein! Vice, Josh!« Annas panische Stimme dringt nur bedingt zu mir durch. Mein Körper ist angespannt, der Stoff meines Hoodies ist durchstochen, so fest presst er die scharfe Klinge meines eigenen Messers gegen mich. Joshs Gesicht ist dicht vor meinem und entgegen dem, was er tut, ist es entspannt und sein Atem geht ruhig.

»Denk nach, bevor du sprichst, Vice. Vergiss nicht, wer ich bin.«

Ich spüre warmes Blut meinen Bauch hinablaufen. Ein brennender Schmerz. Es ist eine Drohung, eine Zurechtweisung und ich weiß, dass ich sie verdient habe. Der Schmerz des Messers in meiner Haut löst meine eigene Anspannung. Ich beruhige mich.

»Ja, Boss.«

Gefallener Engel

Tränen lassen mein Sichtfeld verschwimmen. Mein ganzer Körper zittert. Dass es so plötzlich auf diese Weise zwischen den beiden eskalieren kann, hätte ich mir nicht im Traum vorgestellt. Was ist da gerade passiert? Josh hat ihn angelogen, als er ihn gefragt hat, worüber wir geredet haben. Wusste Vice, dass er lügt? Oder war er einfach nur wütend darüber, dass er mich im Arm gehalten hat?

Man muss kein Genie sein, um zu verstehen, was mit *»lustigen Dinge«* gemeint ist, die Joshs Vater mit Kindern gemacht hat. Ob er nun so reagiert, weil Vice die Wahrheit gesagt hat oder weil er respektlos war, so etwas zu behaupten, weiß ich nicht.

In den Gesichtern der beiden Männer kann ich nicht erkennen, wie es jetzt weitergeht. Josh ist ruhig und Vice' Gesicht ist einmal mehr diese emotionslose Maske, die keinen Blick in sein Innerstes zulässt. Hat er Angst? Hat er Schmerzen?

»Bitte, Josh, tu ihm nichts«, flüstere ich und trete vorsichtig einen Schritt an sie heran. Ich hebe die Tüte mit dem Mettbrötchen vom Boden und halte es Joshua entgegen.

Dieser sieht noch immer in Vice' Gesicht, ehe er zu lächeln beginnt. Auch Vice' Lippen heben sich zu einem Grinsen.

Ich persönlich finde das alles überhaupt nicht komisch.

»Keine Sorge, Anna, es ist alles gut«, beteuert Josh, woraufhin er von dem Hals und dem Handgelenk des anderen ablässt und einen Schritt zurückgeht.

»Alles gut«, bestätigt auch Vice, der sein Butterfly schwungvoll schließt, es jedoch in der geschlossenen Faust behält.

Joshua nimmt sein Mettbrötchen entgegen und schlingt einen Arm um meine Taille. Kurz drückt er mich an sich und haucht mir einen Kuss auf die Wange und tatsächlich fühlt es sich an, als wären wir schon langjährige Freunde.

Nachdem er sich von mir gelöst hat, zieht er Vice kurz in eine Umarmung, die der andere, wenn auch etwas verkrampft, erwidert. Sie klopfen sich beide auf den Rücken. So, als wäre gerade nichts zwischen ihnen passiert. Dieses Verhalten verstehen wohl nur Männer.

Josh zieht sich ein Metallkästchen aus der Hosentasche, fischt sich eine selbstgedrehte Zigarette daraus und klemmt sie zwischen seine Zähne.

»Ich wünsch euch 'nen guten Rutsch. Ich trink' einen auf euch zwei Herzchen. Bis dann«, verabschiedet er sich von uns, als er an Vice vorbei aus dem Büro geht und die Tür hinter sich schließt.

Mit einem Klacken öffnet Vice das Butterfly wieder und betrachtet die die rot schimmernde Klinge.

»Scheiße! Vice, du blutest«, fiepe ich und gehe aufgeregt auf ihn zu. Suchend schaue ich über seinen Bauch, um zu sehen, wo und wie stark er verletzt ist. Ich traue mich jedoch nicht, ihn anzufassen.

Er fährt mit dem Daumen nachdenklich über die blutige Klinge und steckt es anschließend zurück in die Tasche.

»Kann ich etwas tun?«, frage ich zögerlich, doch er ignoriert mich. Er lehnt sich mit dem Rücken an die Tür und schiebt den Stoff seines Pullis nach oben. Sofort sehe ich das Blut auf seiner Haut. Mit zusammengepressten Lippen sieht er an sich hinab und begutachtet das Ausmaß der Verletzung.

»Vice, jetzt straf mich nicht für das, was passiert ist. Rede mit mir! Kann ich etwas für dich tun?«, verlange ich und trete nah an ihn heran. Die Hände stemme ich dabei in die Hüften, während ich ihn durchdringend fixiere. Die Schnittwunde an seinem Bauch blutet noch immer.

Dann hebt er den Kopf und erwidert meinen Blick mit gekräuselter Stirn. Ich will ihm doch nur helfen, aber ich weiß nicht, ob er das in diesem Moment versteht. Er starrt einfach nur zurück. Mein Blick hängt an der schon verheilten Schnittwunde auf seinem rechten Wangenknochen. Sie stammt von mir.

Ich zucke zusammen, als er nach meinem Handgelenk greift und sie zu sich zieht.

Er presst sie flach auf seinen Bauch, knapp über der frischen Verletzung, ich spüre die angespannten Bauchmuskeln. Meine Finger sind eiskalt auf seiner warmen Haut. Dann beginnt er, meine Hand über seinen Bauch weiter hinabwandern zu lassen. Als ich das warme Blut und die weiche Unebenheit des Schnittes unter meinen Fingerspitzen spüre, weite ich erschrocken die Augen und will die Hand zurückziehen. Keine Regung ist in seiner Mimik, als er sie festhält und einen größeren Druck auf meine Hand ausübt.

»Ich will dir nicht wehtun«, wimmere ich leise.

Mit der anderen Hand greift er mir in den Nacken und zieht mich dicht zu sich heran.

»Ich will es aber …«, zischt er mir ins Ohr, was mir eine Gänsehaut die Wirbelsäule hinabjagt. Seine langen Finger legen sich bestimmend um meine und lassen sie fest in sein Fleisch greifen. Angestrengt stößt er die Luft aus, hält sich in meinem Nacken fest und legt seinen Kopf auf meinen.

Ihn nur stoßweise atmen zu hören, während er mich eisern festhält, löst ein heißes Kribbeln in meinem Körper aus. Wieso fügt er sich jetzt diese Schmerzen zu? Was hat das zu bedeuten? Will er sich selbst bestrafen? Oder macht ihn das geil? Dann spüre ich, wie er verlangend seinen Unterleib gegen mich presst. Meine Atmung passt sich seiner mehr und mehr an. Vice` Erregung geht auf mich über und erfasst auch mich mit unerwarteter Wucht. Ich zwänge meine andere Hand zwischen unserer Körper und spüre die harte Wölbung, die gierig von innen den Stoff der Hose spannt. Sofort beginne ich mit Druck über seinen Schwanz zu reiben. Ich bin geil auf ihn. Warum das so ist, weiß ich nicht. Nur, dass ich ihn will. Jetzt und hier.

»Vice…«, wispere ich, als er meinen Kopf an den Haaren nach hinten zieht, sich herabneigt und mich mit seinen Lippen zum Schweigen zwingt.

Sofort schlinge ich meinen Arm um seinen Nacken, während meine andere Hand nun von selbst fester in seinen Bauch greift.

Er stöhnt vor Lust oder Schmerz, das kann ich nicht sagen, in den Kuss hinein und löst seine Finger von meinen. Stattdessen umschlingt er meinen Körper und drängt mich nach hinten zum Sofa. Auch wenn ich es nicht mehr muss, ich kralle mich immer noch an seiner Wunde fest.

Als meine Beine gegen die Couch stoßen, drückt er mich weiter zurück, sodass ich mich an ihm festhalte, während wir hinab auf die Polster sinken. Dann beendet er abrupt den Kuss, um sich seinen Gürtel und die Hose zu öffnen.

Sein Blick auf mich herab ist ein stummer Befehl, dem ich ohne zu zögern Folge leiste. Ich öffne ebenfalls hektisch meine Jeans und ziehe sie samt Slip hinab. Wir wollen beide keine Zeit verlieren. Als ich sie über die Füße hinabgestrampelt habe, zwängt sich Vice zwischen meine Beine und ohne Vorbereitung, ohne Vorspiel rammt er sich in mich. Dass ich schon feucht bin, spüre ich erst, als er mich gnadenlos weitet. Keuchend stöhne ich auf, winkele meine Beine an, damit er so tief wie möglich in mich dringen kann. Obwohl er mich so schnell und unvorbereitet nimmt, fühlt es sich gut an und ich will mehr. Ich schlinge meine Beine um seine Taille und kralle mich in seinem Nacken fest.

Vice hält mich eisern fest und rammt sich immer wieder hart in mich. Er ist gnadenlos. Brutal. Würden seine Lippen nicht immer wieder beinahe verzweifelt meine suchen, würde man denken, dass er sich nur an mir befriedigt. Aber das tut er nicht. Das kann ich fühlen, denn ich weiß, wie es ist, wenn man meinen Körper nur benutzt.

Er umspielt wild meine Zunge und dieser Kuss ist süßer als der Haselnussschnaps, den wir zuvor getrunken haben. Mit meinen Lippen umschließe ich seine Zunge ganz und sauge an ihr, als wäre sie sein Schwanz. Es erregt ihn und er beschleunigt seine Bewegungen. Das gibt mir den Rest.

Ich seufze in den Kuss hinein, als mein Körper von einem Höhepunkt erfasst wird. Zitternd halte ich mich an ihm fest, während sich mein Innerstes zuckend um ihn schließt. Als die Wellen des Orgasmus noch durch meinen Körper ziehen, rammt sich Vice ein letztes Mal in mich. Mit einem angestrengten Ausatmen versüßt er meine Gefühle, indem er in mir zuckt und spritzt.

Einen Augenblick lang ist der Raum nur von unserem schnellen Atem erfüllt. Dass diese ganze Sache hier so endet, hätte ich beim besten Willen nicht gedacht. Nach einem kurzen Moment des Genießens zieht er sich aus mir hinaus und rollt von mir herunter. Nachdem er sich die Hose wieder hochgezogen hat, schiebt er einen Arm unter mir durch und zieht mich an sich heran.

Ich drehe mich sofort zur Seite und lege meinen Arm über seinen Bauch.

»Vorsicht!«, zischt er und schiebt meinen Arm etwas höher, damit er nicht auf der Wunde liegt.

Ach plötzlich?

»Entschuldigung«, murmele ich jedoch und schmiege mein Gesicht an seine Brust. Sein Herz schlägt schnell, ebenso wie meines. Ob es nur an dem Sex liegt oder an etwas anderem, will ich nicht mutmaßen. Nicht glauben und nicht hoffen. Dann ist die Enttäuschung nicht zu groß. Ich darf nicht vergessen, dass Vice kein normaler Mann ist, von Joshs warnenden Worten ganz zu schweigen.

»Meine Anna.«

Blinzelnd hebe ich den Kopf an und sehe ihm ins Gesicht. Er sieht mich ebenfalls an und streichelt mir mit seinen Fingerspitzen über die nackte Hüfte.

»Warum sagst du das?«

Ich mache mir Gedanken über diese Worte, weil ich nicht verstehen kann, warum er sie zu mir sagt. Was empfindet er dabei? Empfindet er überhaupt etwas? Sein Streicheln hört auf. Er fasst fest zu und presst mich gegen sich.

»Weil ich will, dass du es weißt. Du bist jetzt meine Anna. Vergiss das nicht.«

»Drohst du mir?«

Ich verstehe nicht, was er mir sagen will. Er hat doch gesagt, dass ich nicht eingesperrt bin. Dass er das alles nur aus Sorge tut. Warum also klingen seine Worte jetzt nach einer Drohung?

Vice' Brauen rücken zusammen und die Augen werden schmaler. Er versteht meine Reaktion nicht. Wie kann man nur so weitab von menschlichem und sozialem Verständnis sein? Und wenn ich das sage, will das was heißen.

»Du sollst wissen, dass du keine Angst mehr haben musst. Ich beschütze dich. Ich passe auf dich auf. Ich sorge für dich. Und ich will dir nicht wehtun.«

Letzteres lässt mich nun stutzen.

»Du willst nicht, bedeutet nicht, dass du es nicht tust.«

»Naja, eben habe ich dir ganz sicher wehgetan.« Er dreht sich auf die Seite, sieht mich direkt an und legt mir eine Hand auf die Wange, streichelt sachte mit dem Daumen darüber.

»Und ich habe nicht behauptet, dass ich nicht davon träume, dir … sehr wehzutun. Aber ich verspreche dir, dass ich es nicht tun will. Ich will dich beschützen, mein Engel.«

Seine Worte machen mir Angst. Sie bestätigen das, was Josh mir über ihn gesagt hat. Das, was ich mir in all den Wochen nicht wirklich vorstellen konnte. Die Gefahr, die ihn mehr als jeher umgibt, lässt meinen ganzen Körper kribbeln, als stünde er unter Strom.

»Engel? Ich bin viel, aber ganz sicher kein Engel.«

»Doch, ein wunderschöner, trauriger Engel. Von Gott fallengelassen.«

»Und vom Teufel aufgefangen?«

Seine Mundwinkel zucken. »Wenn du das sagst.«

»Ja, das sage ich, Vice.«

Seine Lippen berühren meine. Sanft und zärtlich. Gar nicht teuflisch.

Nachdem er mich noch einmal fest an sich gedrückt hat, richtet er sich auf. Er holt zwei frische Taschentücher aus seiner Hosentasche (Woher hat der die nur immer?)und hält sie mir entgegen.

»Zieh dich an, mach dich kurz im Bad frisch, wir fahren zu einem Arzt.«

Ich setze mich an den Rand des Sofas, klemme die beiden Tücher zwischen meine Beine und ziehe mir die Hose hoch. Schon spüre ich, wie sein Sperma aus mir herausläuft und nur von den Tüchern gestoppt wird.

»Was für ein Arzt? Warum?«

»Ein Frauenarzt, den ich persönlich kenne. Er wird dich ohne Krankenkarte untersuchen und dir die Pille verschreiben. Außerdem brauchen wir die Pille danach.«

Ich richte mich schnell auf und schüttele energisch den Kopf.»Nein. Ich will zu keinem Frauenarzt. Ich brauche keine Pille. Das war eine Ausnahme, dass wir kein Kondom benutzt haben. Da ist ganz sicher nichts passiert!«

Vice sieht mich nicht an, während er den Kopf schüttelt und nun endlich die Wunde an seinem Bauch mit einem Taschentuch »versorgt«.

»Ich hab aber keine Lust, immer ein Kondom zu benutzen. Außerdem ist es wichtig, sich untersuchen zu lassen.«

»Ach ja? Wie oft warst du denn schon beim Arzt und hast dir in den Arsch packen lassen?«

Grinsend hebt er eine Augenbraue. Er macht mich so wütend. »Du sorgst dich um meine Gesundheit?«, fragt er.

»Darum gehts doch nicht!« Ich stoße ihn fest mit beiden Händen gegen den Oberarm, sodass er zur Seite taumelt. »Hör auf, mich zu verarschen!«, fahre ich ihn an.

Vice tut nichts dagegen, sondern fängt sich wieder und presst ein gefaltetes Taschentuch auf die Wunde und schiebt sein Shirt und den Hoodie darüber.

»Ich verarsche dich nicht, Anna. Ich will nur, dass abgeklärt ist, dass du gesund bist und dass du die Pille bekommst.«

»Dass ich gesund bin? Hast du Angst, dir irgendeine Krankheit von mir einzufangen? Muss ich da nicht eher Angst bei dir haben? Herr Zuhälter? Er kann mir die Pille sowieso nicht offiziell verschreiben, warum muss er mich also vorher untersuchen?«

»Weil ich es will«, knurrt Vice.

Es reicht! Ich will nicht mehr fremdbestimmt sein! Ich hole zum Schlag aus. Seine Finger legen sich um meine Hand und ziehen mich daran mit einem Ruck zu sich. Ich pralle gegen seine Brust und versuche, ihn mit der anderen Hand zu schlagen. Auch diese hält er fest und ich schaffe es nicht, mich von ihm zu lösen. Mein Wehren und Winden wird schwächer, ehe ich aufgebe und nunmehr nicht mehr von Wut, sondern von Verzweiflung gelenkt werde. Ich kämpfe angestrengt gegen die Tränen, die sich ihren Weg bahnen wollen.

»Ich komme mit rein, ich halte deine Hand, ich bedrohe ihn meinetwegen mit einem Messer, während er dich untersucht. Du musst keine Angst haben und dich auch nicht schämen, Anna.«

»Was weißt du schon!«, rufe ich aufgebracht, dann werde ich leise. »Ich schäme mich aber.« Meine Worte lassen nun doch die Tränen meine Wangen hinablaufen.

»Das musst du nicht. *Er* sollte sich schämen, ich würde ihm am liebsten die Eier abschneiden, für das, was er dir angetan hat. Ich bin bei dir, ich bin für dich da.«

Seine Worte verstärken zwar mein Weinen, aber bringen mich auch dazu, zögerlich zu nicken.

»Versprochen«, flüstert er, lockert seinen Griff und streichelt mir beruhigend über den Rücken.

Er hat recht, das weiß ich. Aber meine Angst und meine Scham sind zu groß. Ich hoffe, dass ich sie überwinden kann. Mit ihm zusammen. Aber als Erstes muss ich jetzt duschen.

Der Teufel

Ich sitze auf einem der beiden Stühle vor dem Schreibtisch des Doktors, mit dem ich auch noch andere Geschäfte tätige. Diese darf niemand erfahren und so darf auch niemand erfahren, dass ich mit Christin Weiß hier bin. Christin beziehungsweise Anna steht hinter einem Vorhang und zieht sich gerade wieder an. Im Vorgespräch hat sie ihm auf die Frage, ob ihre Periode regelmäßig ist, mit Nein geantwortet. Selbst mit Pille hätte sie viele Zwischenblutungen, manchmal ihre Periode monatelang gar nicht und wenn, immer mit starken Schmerzen verbunden.

Sie hat dann die Untersuchung selbst gut gemeistert. Während ich mich so gestellt habe, dass sie nur mich ansehen konnte und ich ihre Hände gehalten und mit ihr geredet habe, hat der Arzt sie untersucht. Nach dem normalen Abtasten und Probennehmen musste sie auch noch einen Ultraschall über sich ergehen lassen. Dieser war laut ihrer Aussage angenehmer. Der Doktor hat während der ganzen Zeit nicht viel mit uns geredet. Er würde noch auf Anna warten, um uns mitzuteilen, ob alles gut ist.

Ich glaube nicht daran.

Als Anna aus der Umkleide kommt, setzt sie sich auf den Stuhl neben mir und knibbelt an ihren Fingernägeln herum. Als der Arzt zu sprechen beginnt, lehne ich mich etwas zu ihr und umfasse ihre Hände mit meinen.

»Beim Abtasten ist es mir schon aufgefallen und die Ultraschalluntersuchung hat es bestätigt, es sind starke Vernarbungen zu erkennen. Gewuchertes Narbengewebe, das wahrscheinlich durch frühere Verletzungen und Infektionen ausgelöst wurde. Sowohl der Scheidenbereich, die Eileiter als auch die Gebärmutter sind davon betroffen. Es erklärt ihre Beschwerden bei der Periode, auch wenn die Unregelmäßigkeiten wahrscheinlich eher psychischer Natur sind. Ihr Hormonhaushalt ist vermutlich vollkommen durcheinander und die Eileiter sind auf beiden Seiten nicht durchgängig. So schlimm das jetzt für sie sein wird, Frau Weiß, auf normalem Wege wird so eine Schwangerschaft nicht möglich sein. Da Sie mit ihm«, wobei er auf mich nickt, »hier sind, werde ich keine Fragen zu der Herkunft dieser Verletzungen stellen. Aber … ich kann Ihnen sagen, dass man, in ihrem jungen Alter, operativ sicher noch etwas …«

»Ist schon in Ordnung«, unterbricht Anna ihn. Ich drücke ihre Finger fester und sehe zu ihr hinüber.

Sie wirkt gefasst, beinahe abgeklärt. »Das bedeutet dann wohl, dass ich gar keine Pille brauche. Dann ist ja schon alles geklärt und wir können gehen.« Sie richtet sich auf und ich folge ihr.

»Sind Sie sicher? Die Medizin kann heute schon sehr viel–«

»Ja, wir sind sicher. Wir gehen«, bestimme ich, da Anna meine Hand sehr fest, aber zitternd drückt. Ich ziehe sie zu mir und wir verlassen das Arztzimmer.

Wir fahren zusammen wieder nachhause. Im Auto dreht Anna die Musik so laut, dass eine Unterhaltung nicht möglich ist. Der Sänger von System of a down brüllt uns etwas über Krieg, Kinder und Ungerechtigkeit entgegen. Ich akzeptiere ihren Wunsch, nicht zu sprechen. Zumindest für den Moment. Sie wird ein Gespräch mit mir nicht für immer vermeiden können.

Als wir in der Wohnung ankommen, hängen wir unsere Jacken auf und ziehen unsere Schuhe aus. Anna geht in die Küche und ich höre den Kühlschrank aufgehen. Ich hole mir aus dem Badezimmer alles, um meine Wunde zu versorgen. Josh hatte recht mit dem, was er getan und gesagt hat. Ich habs verdient. Er ist nach allem mein Chef und ich war ein Arsch. Unser Verhältnis ist ein gutes. Wir sind nur so erfolgreich in dem, was wir tun, weil wir zwei uns aufeinander verlassen können. Auch wenn Josh sicher weiß, dass man mir den Rücken nicht zu oft zudrehen sollte.

»Ich geh 'ne Runde baden«, verabschiedet sich Anna, die sich frische Kleidung aus dem Schlafzimmer holt und dann ins Badezimmer verschwindet. Ich sitze auf dem Sofa und klebe ein ziemlich großes Pflaster auf meinen Bauch. Sie hat vor dem Arztbesuch geduscht, ob sie sich jetzt von seinen Händen und dem Ultraschall-Gel reinwaschen will? Oder sie möchte einfach entspannen. Egal was, es sei ihr gegönnt.

»Du musst unbedingt mal 'nen Schlüssel fürs Bad besorgen, Vice. Privatsphäre und so!«

»Ja ja.«

Sie weiß nicht, dass es einen Schlüssel gab, der aber mit ihrer Ankunft hier ganz plötzlich verschwunden ist. Als ich auf die Uhr sehe, stelle ich fest, dass es schon gleich 12:30 Uhr ist. Zeit für Mittagessen.

Ich surfe noch etwas mit meinem iPhone im Internet, ehe ich auf der Suche nach Inspirationen fürs Essen, in alle Küchenschränke und den Kühlschrank schaue. Das Wasser im Bad läuft schon eine Weile. Ich halte in meiner Bewegung inne und trommele mit meinen Fingerspitzen auf einer Schranktür herum. Es passt mir nicht, dass sie jetzt allein ist. Ich ringe mit mir. Als ich meine Stirn gegen die Unterkante des geöffneten Schrankes lehne und hinab auf die Arbeitsplatte blicke, sehe ich, dass das kleine, scharfe Spickmesser nicht im Messerblock steckt. »Scheiße«, zische ich und drücke mich von der Arbeitsplatte weg. Mit schnellen, großen Schritten laufe ich durch unsere Wohnung und drücke die Tür zum Badezimmer auf. Genau aus solchen Gründen steckt hier kein Schlüssel!

Sofort schlägt mir heiße, stickige Luft entgegen. Der Spiegel und die Fliesen sind vollkommen beschlagen und der heiße Dampf, der aus der Wanne aufsteigt, lässt erahnen, wie heiß das Wasser sein muss. Das Messer liegt auf dem Wannenrand und ist ein wenig blutig. Mein Puls beschleunigt sich, meine Atmung ebenso, als ich auf Anna zugehe, die bis über ihren Kopf in dem heißen Wasser liegt und sich nicht rührt. Ihr Gesicht mit den geschlossenen Augen sieht durch die schimmernde Wasseroberfläche friedlich aus. Wunderschön, wie ein blondes, totes Schneewittchen in ihrem gläsernen Sarg. Ich nehme das Messer vom Wannenrand und streiche mit dem Daumen über die Klinge.

Wenn ich ihr jetzt die Pulsadern aufschneide, würde sich das Wasser in ein schönes Rot färben. Ich würde zu ihr in ihr Blut steigen und sie dabei ganz festhalten, während sie sanft in meinen Armen einschläft. Eine wunderschöne Vorstellung. Ein wunderschönes Ende.

Gefallener Engel

Stille. Nur das Rauschen des Wassers, das zu mir in die Wanne läuft, dringt an meine Ohren. Ich halte noch immer die Luft an und habe die Augen geschlossen.

Meine Haut brennt wie Feuer durch das heiße Nass um mich herum. Vor allem die frischen Schnitte an meinen Unterschenkeln schmerzen stark. Ich habe nicht meine Arme gewählt, aus Angst, dass Vice die Wunden dort zu schnell bemerken würde. Schließlich ist seine liebste Beschäftigung, mich zu streicheln, sobald er die Möglichkeit dazu hat.

Ich stoße die Luft wieder aus, die als Blasen an die Oberfläche blubbert. Dann tauche ich auf und atme tief ein. Plötzlich spüre ich, wie kühles Wasser zu mir durchdringt. Ein Blick auf den Wasserhahn verrät mir, dass der Hebel auf kalt gestellt wurde. Als ich den Kopf zur Seite drehe, erschrecke ich mich. Vice steht mit dem Po an das Waschbecken gelehnt, das Küchenmesser in der Hand und den Blick starr auf mich gerichtet. Ich kann nicht erkennen, ob er wütend auf mich ist. Oder besorgt oder etwas ganz anderes.

»Wolltest du dich kochen? Oder glaubst du, so irgendwas von dir abwaschen zu können?«

Ich zucke mit den Schultern. »Vielleicht beides?« Die Kühle, die langsam zu mir durchdringt, ist angenehm und tut meiner Haut gut. Ich hatte jetzt genug Schmerzen, mein Kopf ist wieder klar und mir geht es gut. Ich hoffe, dass es auch noch so bleibt, bis Vice mit seiner Standpauke fertig ist, die er mir sicher gleich halten wird. »Was willst du hier?«

»Ich stehe in der Küche und stelle fest, das meine Borderline-Psychofreundin ein Messer mit zum Baden genommen hat. Normale Frauen nehmen sich Milch und Honig mit, du ein

Küchenmesser. Da wollte ich nur mal nach dem Rechten sehen. Willst du sterben, Anna?«

Tatsächlich muss ich auf seine Worte hin schmunzeln. Ich streiche mir einige nasse Strähnen aus der Stirn und zucke erneut die Schultern.»Manchmal«, antworte ich wahrheitsgemäß.

Vice zeigt mit der Spitze der Klinge auf mich. »Wage es nicht. Ich reiß mich nicht so zusammen dafür, dass du es irgendwann selbst tust, klar?«

»Natürlich, Vice, wenn ich mich doch irgendwann mal dazu entscheide, hast du die Ehre, den Föhn zu mir in die Wanne zu werfen.«

Ob er diesen Scherz versteht? Er lächelt zumindest. Ob das ein gutes oder ein schlechtes Zeichen ist, weiß ich nicht. Was ist nur los mit mir? Der Besuch beim Frauenarzt hat mich mehr aufgewühlt, als ich zugeben will. Es wundert mich, das Vice mich noch nicht zu einem Gespräch gezwungen hat.

»Wir sollten über den Besuch beim Arzt reden.«

Verdammt.

»Da gibt es nichts zu reden. Du kannst dich freuen, es ist immer ein sicherer Fick mit mir«, patze ich.

»Sind die Wunden alle von ihm?«

»Das ist doch egal. Oder willst du hören, dass es auch Liam war? Weil er mir Gegenstände reinschieben musste? Macht dich das geil?« Ich weiß selbst nicht, warum ich so wütend reagiere. Vice hat mir nichts getan, es ist nicht richtig, ihn so anzufahren.

»Willst du Kinder?«, übergeht er meine Worte einfach.

Ich schalte den Wasserhahn aus und sinke tiefer ins Wasser, bis nur noch meine Lippen und die Nase gerade so herausschauen. »Nein. Wollte ich nie. Du etwa?«

»Nein.«

Hätte mich auch gewundert.

»Bist du wütend auf Liam?«

Ich tauche wieder mehr auf und drehe den Kopf in seine Richtung. »Was? Nein! Er wurde genauso gezwungen wie ich.«

Meine Worte passen ihm nicht, denn er mahlt mit dem Kiefer, ehe er den Blick wieder auf das Messer in seiner Hand richtet.

»Wäre es dir lieber, wenn ich wütend auf ihn wär? Wenn ich mich nicht auf den Tag freue, wenn er aus dem Gefängnis entlassen wird?«

Vice drückt sich vom Waschbecken ab und geht zur Tür. »Ich geh' kochen«, ruft er noch, als er die Badezimmertür hinter sich schließt und mich allein im Raum zurücklässt.

Ob ich irgendwann verstehen werde, was in dem Kopf dieses Mannes abläuft? Es wirkt mir oft, als wäre er eifersüchtig auf Liam, dabei ist er wie ein Bruder für mich. Wir haben zusammen diese Hölle erlebt und uns gegenseitig am Leben gehalten. Ich tauche in das mittlerweile angenehme Wasser und genieße die Stille.

Vice ist nicht nur ein Krimineller, sondern ich bin mir sicher, dass er ein Psychopath ist. Er ist ein Psychopath und ich bin verrückt. Verrückt, weil ich zwei meiner Peiniger nicht hasse, sondern liebe. Verrückt, weil ich immer wieder die Schuld bei mir selbst gesucht habe. Verrückt, weil ich meine eigene Mutter getötet habe. Und besonders verrückt, weil ich bei einem Mörder Schutz suche und mich in seinen Armen so wohl und sicher fühle wie noch nie.

Gefallener Engel

7 Jahre später
Juni 2017

Ich flechte mir meine langen blonden Haare, während ich im Schneidersitz auf dem Sofa sitze und mir die Sonne durch die Fenster warm ins Gesicht scheint.

»Wann gibt es denn Essen?«

»Fünf Minuten. Heut wird mehr gegessen als gestern.«

Ich rolle die Augen. Ja, ich hab wieder etwas abgenommen, aber das ist normal. Mein Gewicht ist wie meine Psyche. Es geht auf und ab. Das liegt aber wohl daran, dass meine Psyche es ist, die mich das Essen lieben oder hassen lässt. Ich wiege mehr als noch vor sieben Jahren, aber weniger als noch vor sechs Monaten. Vice bemerkt das, er ist so genau wie eine Präzisionswaage. Ein Griff an meine Hüfte, ein Blick in mein Gesicht und er sieht sofort, wie viel ich zu- oder abgenommen habe. Vielleicht hätten wir damals damit zu *»Wetten, dass …?!«* gehen sollen?

Seit sieben Jahren leben wir zusammen. Der Psychopath und das Missbrauchsopfer. In vollkommenem Einklang. Er kauft, um Diskussionen mit mir zu entgegen, bio, nachhaltig und fair und kocht und isst, in meiner Anwesenheit, strikt vegetarisch.

Wir hatten sogar immer wieder mal Phasen, in denen ich den Drang hatte, vollkommen vegan zu leben. Die armen Kühe, deren Kälbchen weggenommen werden, die eingesperrten zerrupften Hühnchen, deren Eier wir essen, sogar die armen Läuse, mit deren Pipi die Äpfel im Geschäft eingeschmiert werden, damit sie »lecker glänzen«, taten mir leid. Selbst diese Phasen hat er immer wieder wochen- oder sogar monatelang mit mir durchgezogen, hat hundert verschiedene vegane Rezepte rausgesucht und gekocht. Aber ich war nicht standhaft genug, es auf Dauer durchzuziehen. Aber wir haben ja die Ausrede, dass wir die Milch- und Eier nur da kaufen, wo wir wissen, dass es den Tieren den Umständen entsprechend gut geht.

Alles Ausreden. Ich weiß.

»Kommst du?«

Ich hüpfe vom Sofa auf und laufe in meinen flauschigen Einhornsocken, die ich letztes Jahr in meinem Nikolausschuh hatte, zur Küche rüber und setze mich auf den Hocker. Vice serviert mir einen Teller, auf dem ein großes Stück vegetarische Lasagne liegt, die dampft und duftet. Ich lehne mich kurz darüber und rieche genüsslich daran.

Auch Vice setzt sich mit einem Teller, auf dem ein genauso großes Stück liegt wie bei mir. Dass er kein gutes Vorbild ist, was das Essverhalten angeht, hat sich nicht geändert. Er ist ein Mann, er sollte mindestens das Doppelte von mir essen.

»Guten Appetit«, sagt er, hebt sein Rotweinglas an und prostet mir zu.

»Guten Appetit.«

Optisch ist er ja eher ein großer, nordischer Albino, aber was sein kulinarisches Know-how angeht, ist er definitiv Italiener.

Gemeinsam essen wir die superleckere Lasagne. Dass Vice mich dabei anstarrt, hat sich auch nicht geändert. Generell hat sich nicht viel verändert. Wir führen seit sieben Jahren eine merkwürdige Beziehung, in der wir uns immer wieder streiten, anschreien und sogar handgreiflich werden, nur um uns danach in den Armen zu liegen oder miteinander zu schlafen. Wir nehmen immer wieder zusammen Drogen oder lassen uns auch mal richtig volllaufen. Wir suchten eine Serie nach der anderen durch und haben sogar zwei Jahre lang regelmäßig Yoga gemacht. Bis auf unsere Streit-Eskalationen, haben wir einen sehr liebevollen Umgang miteinander.

Vice' Arbeit als Zuhälter und Drogendealer hat sich nicht verändert. Vergrößert, ja, aber nicht verändert. Aus seinen kriminellen Machenschaften, hält er mich so gut raus, wie er kann.

Dennoch gab es immer wieder Situationen, in denen ich dabei war, wenn er einer Prostituierten klarmachen musste, dass *er* der Chef ist. Einem Dealer eine Lektion erteilen, der sich was in die eigene Tasche stecken wollte.

Aber es waren nicht nur solche harmlosen Dinge. Ich habe mitangesehen, wie Menschen gestorben sind. Wie Vice' Menschen umgebracht hat. Und ich war abgestumpft genug, es zu ertragen. Tatsächlich waren seine kriminellen Geschichten selten der Grund für unsere Auseinandersetzungen. Es sind andere Themen, bei denen wir aneinanderrasseln. Mein Gewicht, mein Wille, Markus endlich ins Gefängnis zu bringen meine Sehnsucht nach mehr Freiheit und mein Bruder im Herzen: Liam. Seit sieben Jahren sitzt er schon und prognostiziert waren zwischen sieben und neun Jahren. Das stand zumindest damals in den Zeitungen.

»Hast du mal nachgeforscht, wann er wieder entlassen wird?«

Es ist immer wieder beeindruckend, wie gut er seine Gesichtszüge im Griff hat, denn ich bin mir sicher, dass er jetzt am liebsten genervt mit den Augen rollen würde. Aber er hat keine Lust auf eine Diskussion mit mir, darum unterdrückt er es.

»Bald.«

Ich lege die Gabel ab und setze mich aufrechter hin. Auffordernd fixiere ich ihn mit meinem Blick. Er soll weiterreden und mich ihm nicht alles aus der Nase ziehen lassen. »Er wird bald auf Bewährung entlassen. Wann genau, kann ich dir nicht sagen, und jetzt iss weiter.«

»Vice, das ist ja toll! Werden wir ihm helfen, wieder Fuß zu fassen? Vielleicht kann er erstmal hier wohnen. Dann helfen wir ihm bei einem Job, vielleicht kann er mit mir zusammen eine Aussage gegen …«

»Bitte was?«, unterbricht er mich und legt selbst sein Besteck auf den Tisch. »Ihn hier wohnen lassen? Ist das 'ne WG oder was? Am besten soll er noch zwischen uns im Bett schlafen? Bin ich die Wohlfahrt oder was?«

Das ist sein Problem?

»Ich meine doch nur, dass wir ihm helfen können, und wir könnten gemeinsam mit ihm einen Schritt in die Legalität machen. In die normale Welt. Wenn wir zusammen aussagen, dann könnten wir sie hinter Gitter bringen und ich müsste mich nicht mehr verstecken!«

Vice lacht freudlos auf, als wolle er mir zeigen, wie lächerlich er meine Idee findet.

»Lach nicht. Das ist mein Ernst«, brumme ich.

»Ja und das lässt mich ja lachen, Anna. Glaubst du, Liam kommt nach sieben Jahren aus dem Gefängnis und ist ein normaler, netter Kerl? Das Gefängnis verändert Menschen. Vor allem, wenn man wie Liam labil und vorbelastet ist. Außerdem hat er ein klitzekleines Aggressionsproblem. Er hat jetzt sieben Jahre im Knast gesessen, weil er einem Kinderficker den Schädel zertrümmert hat. Sieben Jahre in Gefangenschaft, voller Hass und Zorn auf sein beschissenes Leben und seinen Vater. Er kommt da nicht raus, fängt eine Ausbildung an und lässt sein altes Leben hinter sich. Außerdem wird ihm eine Haftstrafe für Markus und Balthasar zu wenig sein. Ich versichere dir, er will sie tot sehen. Anscheinend kenne ich deinen besten Freund besser als du.«

Ich springe vom Hocker hinunter und knalle mit der flachen Hand auf den Tresen. Hunger habe ich keinen mehr, dafür bin ich zu wütend.

»Aber zusammen können wir das schaffen und ich werde ihn von seinen Rachegedanken abbringen. Ich will nicht mein Leben lang bitten und betteln müssen, um das Haus verlassen zu dürfen, Vice. Ich will endlich ein normales Leben führen und keine Angst mehr haben. Das hab ich dir schon hundertmal gesagt!«

Nun ist es Vice, der sich aufrichtet und um den Tresen auf mich zugeht. Ich bleibe stehen, weiche nicht zurück. Das tue ich schon lange nicht mehr.

»Und ICH hab dir schon hundertmal gesagt, dass du dich dazu entschlossen hast, ein Geist zu sein. Und du brauchst keine Angst haben, weil ich auf dich aufpasse! Wir haben ein wunderbares Leben hier, du bist in Sicherheit, gesund und versorgt und ich liebe dich mehr als jeder andere auf dieser Scheißwelt. Was, verfickt nochmal, fehlt dir denn, Anna?«

»FREIHEIT!«, schreie ich ihm entgegen. Tränen stehen mir in den Augen. Ich bin so in Rage, ich kann jetzt nicht auf seine Worte reagieren. Ich muss weg. Ich kann das jetzt nicht, also stapfe ich an ihm vorbei.

Ich gehe Richtung Flur und er folgt mir wie ein Schatten. Ich beginne mir meine Schuhe anzuziehen.

»Wo willst du hin?«

»Raus!«

Vice öffnet die Schublade des kleinen Schränkchens im Flur. Er wühlt eine Weile darin herum, ehe er sich wieder zu mir dreht. Ich habe gerade die Hand an die Türklinke gelegt, da fasst er mich grob am Oberarm und reißt mich zurück. Sofort beginne ich nach ihm zu schlagen und zu treten, aber es nutzt nichts. In solchen Momenten habe ich das Gefühl, dass er einfach kein Schmerzempfinden hat. Er zerrt mich zum Badezimmer und stößt mich hinein. Ich falle schmerzhaft nach hinten auf den Po und versuche, mich schnell wieder aufzurappeln. Die Tür wird vor mir zugeknallt und ich höre, wie von außen ein Schlüssel ins Schloss geschoben wird.

Woher hat der jetzt den verdammten Schlüssel?

»Vice! Mach wieder auf! Lass mich raus, du Arsch. Scheiße!«, schreie ich gegen das Türblatt und hämmere mit den Fäusten dagegen.

»Erst, wenn du dich wieder beruhigt hast.«

Da ich mit meinem Hämmern und Fluchen nichts erreichen werde, gehe ich ein paar Schritte zurück und setze mich seufzend auf den geschlossenen Toilettendeckel. Ich kann nicht verstehen, wieso Vice so krampfhaft an diesem Leben festhält. Wünscht sich nicht jeder in seinem Innern ein normales Leben?

Sogar sein großer Mentor Josh hat eins. Eine Frau, ein Haus, Kinder und eine Scheiß-Sozialversicherungsnummer. Wir haben nichts davon. Außer ständig ein neues teures Auto und zwei Schlangen. Ist er es nicht auch leid, dass wir nicht wie ganz normale Menschen draußen unterwegs sein können? Dass wir immer aufpassen müssen, nicht seinen Feinden oder meiner Vergangenheit über den Weg zu laufen? Das einzig Normale an unserem Leben ist unsere Vermieterin Elke. Ich weiß, dass ich mich dazu entschieden habe, ein Niemand zu sein, und jetzt, je näher Liams Entlassung rückt, umso mehr zweifel ich an meiner Entscheidung.

Natürlich ist unser gemeinsames Leben schön. Die Abende vor dem Fernseher. Unsere Partynächte mit Höhen und Tiefen. Die gemeinsamen Abstürze durch Drogen in Diskotheken oder auf dem Wohnzimmerteppich. Das Adrenalin, das uns übereinander herfallen lässt, wenn wir etwas aus dem Geschäft mitgehen lassen. Oder die Nächte, in denen er mich schweigend festhält und streichelt, wenn ich über meine Vergangenheit weinen muss.

Viele Dinge, das weiß ich, tut er nur, um mich abzulenken. Um mir wieder ein Lächeln ins Gesicht zu zaubern oder mich durch Zorn meine Sorgen vergessen zu lassen. Ich habe mich immer gefragt, warum er das alles für mich tut. Ich habe in all den Jahren immer wieder neue Theorien aufgestellt oder versucht es einfach so hinzunehmen. Hat er mir nun eben im Zorn den Grund für alles genannt? Für alles, was er für mich tut?

»Ich liebe dich mehr als jeder andere auf dieser Scheißwelt«, hallen seine Worte in meinem Kopf nach. Er hat es noch nie zu mir gesagt. Ich habe es mir gewünscht und vorgestellt, aber mich nie zu hoffen getraut. Dabei hat er es mir gezeigt. Jeden verdammten Tag. Sieben Jahre lang.

Es ist gut eine dreiviertel Stunde her, dass wir uns gestritten haben, und ich sitze immer noch im Bad auf dem Toilettendeckel.

»Anna?«

Ich bin versucht nicht zu antworten, sondern nur röchelnde Geräusche von mir zu geben, will es mir aber nicht ganz verscherzen, nachdem es eben so geendet ist.

»Ja?«, rufe ich stattdessen nur.

»Ah, du lebst noch. Prima. Gehst du jetzt auf mich los, wenn ich die Tür aufmache?«

»Nein. Hab mich beruhigt.«

Kurz darauf wird sie aufgeschlossen und Vice steht vor mir. Er trägt seine Schuhe und hat seinen Hoodie angezogen.

»Willst du weg?«

»Ja. Ich muss ins Büro. Du kommst mit und machst dir einen schönen Nachmittag in der Stadt. Das Wetter ist toll. Geh in ein Café, lass dir die Nägel machen, was auch immer.« Daraufhin zieht er einige Fünfzigeuroscheine aus seiner Tasche und hält sie mir entgegen.

Irritiert runzele ich die Stirn und richte mich auf. Zögerlich gehe ich auf ihn zu. Soll ich dem Braten trauen?

»Komm schon. Ich muss los«, drängt er mich.

Ich nehme ihm das Geld aus der Hand und stecke es ein. Ja, ich bin dreist, aber noch dreister war es von Vice, mich ins Bad zu sperren. Da ist etwas Geld, von dem er sowieso genug hat, eine halbwegs gute Entschuldigung. Ich sehe ihn aber immer noch skeptisch an. Vice ist jedoch Meister im Ignorieren von unangenehmen Situationen und so lächelt er mich an und geht zur Haustür.

Nach kurzem Zögern ziehe ich meine Schuhe an und folge ihm. Als wäre nichts gewesen, laufen wir durch den Flur, die Treppe hinunter raus aus dem Haus, auf Vice' mattgraue Protzkarre zu. Ein Audi R8 musste es diesmal sein. Vice ist ein

Paradebeispiel dafür, dass das Geschäft mit Drogen und Nutten brummt.

Wir setzen uns in den windschnittigen Zweisitzer und schnallen uns an. Er schaltet die Anlage an, die eine gemischte Playlist unserer liebsten Lieder spielt. Elektronische Musik für ihn und alternative Metal aus den Zweitausendern für mich. Meine Lieblingsband hat leider seit 2005 keine neuen Lieder mehr gemacht, weshalb ich noch immer ihre alten Alben höre.

In 2011 waren wir gemeinsam auf einem Konzert in Berlin und ich glaube, dass es sogar ihm Spaß gemacht hat. Es war einfach unglaublich. Ich habe auf seinen Schultern gesessen und über die Menge hinweggesehen. Habe meine Haare wild geschüttelt und war am Ende des Konzertes vollkommen heiser. Es war wunderschön, er hat mir damit einen Traum erfüllt. Auch die Tage im Hotel waren traumhaft. Wir haben uns von vorn bis hinten bedienen lassen und nur für Wellness oder Essen das Hotelzimmer verlassen.

Das ist schon über sechs Jahre her. Jetzt haben wir 2017. Kaum zu glauben. Die Jahre sind quasi dahingeflogen. Dennoch mache ich die Musik leiser und drehe mich auf dem Sitz zu ihm.

»Lass uns darüber reden.«

»Worüber denn?«

»Das weißt du ganz genau.«

»Du kannst doch heute tun, was du willst, Anna. Das ist es doch, was du möchtest. Oder nicht? Und Liam wird früher oder später zu mir kommen, wenn er aus dem Knast kommt. Dann siehst du ihn wieder. Also entspann dich. Ich regle schon alles.«

Ich schüttele den Kopf. »Nein, Vice, das meine ich nicht. Ich meine das, was du zu mir gesagt hast. Ist das wahr?«

Er setzt den Blinker und fährt in eine Haltebucht. Warum müssen wir eigentlich immer irgendwelche weltbewegenden Unterhaltungen im Auto führen? Wer hat sich das denn ausgedacht?

Er dreht sich zu mir und sieht mich mit seinem typischen, verständnislosen Blick an.

»Ich meine, dass du mich liebst«, helfe ich ihm auf die Sprünge und es fühlt sich merkwürdig an, diese Worte auszusprechen. Meine Fingerspitzen kribbeln und mein Herzschlag beschleunigt sich. Eigentlich ist es fast dasselbe Gefühl, das ich immer habe, wenn er mich im Arm hält, mich anlächelt oder küsst. Nur noch stärker.

»Wieso müssen wir darüber reden? War das nicht klar?«

Ich stoße prustend die Luft aus. »Nein, war es nicht? Herr Ich-kann-für-niemanden-etwas-empfinden?!«

Wenn er mir jetzt mit »Logik« kommt, geh ich auf ihn los.

Vice wendet den Blick von mir ab und sieht geradeaus.

Dass ich das nochmal erlebe, dass er meinem Blick nicht standhalten kann.

»Ich weiß ja auch nicht, wie das passiert ist. Aber es ist so. Ich habe dich schon immer gern angesehen, schon als junges Mädchen, wenn Liam dich mitgebracht hat. Du warst für mich wie ein kleiner Engel. Dann, als du in der Nacht vor meiner Tür standest, wollte ich deine Situation ausnutzen. Ich habe so oft mit dem Gedanken gespielt, was ich dir alles antun könnte und glaub mir, die Gedanken waren äußerst blutig. Oder wie ich sogar Geld mit dir machen kann, wenn ich dich auf den Strich schicke oder an Markus verkaufe. Aber das habe ich alles nicht getan. Denn mir wurde schnell klar, dass ich kein Geld mit dir verdienen oder dich kaputt machen wollte. Nein.«

Er dreht den Kopf wieder zu mir, als er weiterspricht. »Ich wollte dich besitzen. Ich wollte dich immer bei mir haben. Dich nicht zerstören, sondern glücklich machen. Lächeln sehen. Beschützen, halten, küssen und berühren. Da wurde mir klar, warum ich das alles will. Du lässt mich Dinge fühlen, die ich noch gar nicht kannte. Du machst mich glücklich, traurig und wütend, manchmal alles gleichzeitig. Das will ich nicht verlieren. Ich will *dich* nicht verlieren, weil ich dich liebe, Anna.«

Ich presse meine Lippen fest zusammen, weil sie zittern. Ebenso wie die Hände auf meinem Schoß. Mein Herz hämmert heftig in meiner Brust, als wolle es aus ihr hinausspringen. Währenddessen versucht mein Gehirn diese Flut an Worten zu verarbeiten. Es geht viel durch meinen Kopf, was ich jetzt sagen könnte. Doch ich entscheide mich für die vier einzig richtigen Worte in diesem Moment. Worte, von denen ich hoffe, dass sie ihm genauso viel bedeuten wie mir.

»Ich liebe dich auch.«

Mit einem Grinsen auf den Lippen dreht er sich wieder nach vorn und lenkt aus der Haltebucht heraus. »Gut, dann haben wir das ja geklärt.«

Ich weiß nicht, ob ich fassungslos oder glücklich darüber sein soll, wie er das Gespräch jetzt beendet. Bedeutet es ihm etwas, dass ich seine Gefühle erwidere? Oder hat er es sich schon gedacht? Wenn ihm schon so lange klar war, dass er mich liebt, hat er es nie zu mir gesagt und somit eine Reaktion von mir verlangt. Entweder hatte er Angst vor der Antwort, oder er war sich sicher, sie schon zu kennen.

Egal, ich darf die Sache jetzt nicht totdenken. Jetzt haben wir uns endlich gesagt, was wir beide schon seit sieben Jahren fühlen.

Wir lieben uns.

Der Psycho und das Opfer.

Der Teufel

Wir kommen vor dem Kiosk an, über welchem sich mein Büro befindet. Anna hat während der restlichen Fahrt über beide Backen gegrinst und laut ihre Musik mitgesungen. Das hat sich alles nicht geändert, aber das wird es wohl auch nie. Und das ist gut so.

Wir steigen aus und ich geh um das Auto herum zu ihr.

»Ich werde hier sicher zwei, drei Stunden zu tun haben. Aber wenn du dir 'nen Film ansehen willst und danach noch zur Maniküre gehst, ist das auch okay. Ich warte hier auf dich. Mach, wonach dir ist.«

Annas Lippen bilden ein beinahe diabolisches Grinsen.»Ich darf alles tun? Ohne dass du wütend auf mich bist?«

Ich hebe eine Augenbraue.»Naja, lass dich bei keinem Mord erwischen, werf nichts ein, was nicht von meinen Dealern kommt, und geh nicht mit fremden Männern mit. Aber abgesehen davon, Anna, du bist eine freie Frau. Wenn dir das so wichtig ist.«

»Ist es und glaube mir, dass ich dich auf die Probe stellen werde. Viel Spaß, Gruß an Josh, falls du ihn siehst. Er sah das letzte Mal echt scheiße aus, als ich ihn gesehen habe. Ich mache mir ein bisschen Sorgen. Ich glaube, er kifft zu viel. Apropos, hast du Kippen?«

»Werde ich machen.« Ich gebe ihr eine meiner Zigaretten und zünde sie an. »Du weißt, dass ich das hasse.«

Anna zuckt die Schultern. »Ich rauche so lange weiter, wie du rauchst.«

Gemeines Stück. Ich bin wirklich kein suchtanfälliger Mensch, aber das Rauchen kann ich einfach nicht lassen. Ich zünde mir ebenfalls eine an und mache mich auf den Weg in mein Büro. Oben angekommen, schließe ich die Tür auf und gehe hinein. Ich asche als Erstes in den Aschenbecher auf dem Schreibtisch und zücke mein Handy. Keine Nachricht von Josh, also gehe ich davon aus, dass unser Termin heute noch steht. Um mir die Zeit zu vertreiben, checke ich meine E-Mails und stöbere durch Amazon. Anna wünscht sich ein Seitenschläferkissen für die Nächte, die ich nicht da bin. Schmunzelnd klicke ich mich durch die verschiedenen Kissen.

»Na? Was grinst du so?«

Ich hebe den Blick von meinem iPhone an und hebe die Schultern.

»Ich suche nach einem Seitenschläferkissen für Anna. Sie schläft nicht gut, wenn ich nicht da bin, und da mein werter Chef, das bist du, will, dass ich ständig Nachtschichten schiebe, kaufe ich ihr lieber eins. Nicht, dass sie sich nen anderen Kerl sucht, an den sie sich nachts kuscheln kann«, erkläre ich immer noch grinsend.

»Ihr seid ja so süß! Wann wollt ihr heiraten? Ich organisier deinen Junggesellenabschied. Ich weiß auch schon, in welchem Stripclub wir feiern. Er nennt sich Purgatory und wie du weißt, gehört er mir. Eine Nacht im Fegefeuer, bevor du mit deinem Engel in den Himmel der Ehe fliegst.«

Langsam ziehe ich eine Augenbraue in die Höhe, nach dem Motto »ernsthaft?«

Mit dem Engel hat er allerdings recht. Wir würden jedoch eher gemeinsam in die Hölle hinabsteigen. Anna sähe in einem schönen cremefarbenen Brautkleid sicher traumhaft aus. Weiß darf sie ja nicht anziehen. Sie ist schließlich alles andere als unschuldig. Ihre langen, blonden Haare, gelockt mit Blumen darin, ich in einem schwarzen Anzug daneben. Diese Vorstellung gefällt sehr gut. Ob sie Ja sagen würde, wenn ich um ihre Hand anhalten würde? Wir können nicht richtig heiraten. Weder standesamtlich noch kirchlich, aber wir könnten für uns heiraten. Nur für uns. Wir würden uns aneinanderbinden. Mit einem goldenen Ring und einem Versprechen bis in den Tod.

»Na? Denkst du jetzt ernsthaft drüber nach?«

»Erzähl lieber, was es so Wichtiges gibt«, versuche ich mich selbst von meinen Gedanken abzulenken.

»Oh, das geht nicht so schnell. Es geht um einen Haufen Kokain, das den Besitzer wechseln wird, und damit verbundene organisatorische Probleme, die ich gern mit dir besprechen möchte. Es kommt sehr, sehr viel Arbeit auf uns zu, Vice. Ich rede hier von Deals, die uns in noch größere Sphären heben. Wir werden viel reisen müssen und Verhandlungen führen. Beziehungsweise du wirst das machen müssen, weil ich meine Frau und meine Kinder, die von alledem nichts wissen, nicht zu oft zu lange allein lassen kann. Außerdem habe ich noch was anderes, worüber wir sprechen müssen. Los, setz dich und nimm deinen Laptop mit, das dauert länger.« Gemeinsam lassen wir uns auf das ausgezogene Sofa sinken. Seit ich nach einem Totalabsturz auf Alkohol hier übernachtet habe, hab ich es nicht mehr eingezogen. Das ist untypisch für mich.

»Du triffst dich mit Paolo in Spanien und reist dann mit ihm weiter. Nimm deine Freundin ruhig mit, park sie im schicken Bikini am Strand und in einem All-inclusive-Hotel und lass sie eine Woche Urlaub machen, während du arbeitest.« Josh deutet nochmal lächelnd auf das Tütchen mit dem Kokain, das vor uns liegt und das wir genaustens begutachtet haben.

»Ja, mal sehen.« Begeistert davon bin ich nicht, Anna mit nach Spanien zu nehmen, aber noch weniger gefällt mir der Gedanke, sie hier allein zu lassen. Sie war immer wieder mal für ein paar Tage allein in meiner Wohnung, aber noch nie so lange. Wer weiß, auf was für Ideen sie kommt. Jetzt, da sie sich fühlen will wie eine freie Frau. Furchtbar.

»Jetzt zum nächsten Thema«, beginnt Josh, als er das Koks zurück in seine Tasche räumt. »Der liebe Herr *Fröhlich* hat sich seit einer Weile im Industrieviertel niedergelassen und nutzt eine Textilfabrik als Deckmantel für seine Geschäfte. Aber was mich am meisten beunruhigt: Er hat jetzt Kontakt mit *Angelo*, dieser hat ihm einige seiner Ostblockschläger zur Seite gestellt und sahnt jetzt mit ab. Der Scheißkerl ist ganz schön groß geworden, Vice. Und schon lange nicht mehr so ungefährlich wie noch vor ein paar Jahren. Ich hab aus zwei Gründen nicht mit ihm zusammengearbeitet, obwohl mein Vater das getan hat. Einmal, weil ich keinen Kontakt mit dieser Kinderpornoscheiße haben will, und wegen Anna. Zu den Leuten von *Angelo* kein Wort über sie. Markus hat noch nicht aufgehört, nach ihr zu suchen.«

Ich nicke verstehend. »Anna darf davon nichts erfahren, sonst kommt sie nachher noch auf die Idee, irgendwas dagegen zu tun.«

»Wäre es ihr denn zu verübeln? Glaubst du nicht, dass sie Gerechtigkeit will? Für sich und all die Kinder?«

Gefallener Engel

»Es ist mir scheißegal, was sie will, alles, was mich interessiert, ist–«

Mir platzt der Kragen. Ich drücke die Klinke hinunter und betrete Vice' Büro, nachdem ich eine ganze Weile nur am Türblatt gelauscht habe.

»Achja?« Ich knalle die Tür hinter mir mit Wucht zu. »Es ist dir also scheißegal, was ich will?«, fahre ich ihn an und gehe zielstrebig auf ihn zu. Vice bleibt ungerührt sitzen, als ich bei ihm ankomme, aushole und ihm eine schallende Ohrfeige verpasse.

Josh hingegen steht auf und geht lieber in Deckung, dabei richtet sich mein Zorn nicht gegen ihn, sondern allein gegen das

Arschloch von Soziopaten vor mir. Vice' Wange färbt sich rot, als er den Kopf wieder zu mir dreht und zu mir hochsieht.

»Wäscht sich das wieder raus?«, fragt er mich und meint damit meine in einem dunkeln Lila getönten Haare.

Es macht mich wahnsinnig, dass er jetzt einfach das Thema wechseln will, und ich balle die Hände zu Fäusten, im Drang, ihn nochmal zu schlagen. Er schafft es immer wieder, mich so in Rage zu bringen, dass ich handgreiflich werde. Vice bringt mich dazu, die Kontrolle zu verlieren, während er nur dasitzt und mich aus seinen starren grauen Augen ansieht, als würde er nicht mal verstehen, warum ich so wütend bin. Doch da legen sich andere Hände um meine Fäuste und ziehen mich von ihm weg.

»Komm, ich brauch 'nen Kaffee, Anna. Begleite mich.« Joshs Stimme ist ruhig, aber bestimmend, als er mich von Vice wegzieht. »Schöne Haare hast du, bei welchem Friseur warst du? Nikis oder Hair-Dreams?«

Ich antworte nicht, lasse mich jedoch von dem Drogenboss aus dem Büro begleiten und bin dankbar dafür, dass er mich aus dieser Situation holt. Vice hält uns nicht auf, er zückt sein Handy und sieht darauf, als wäre gerade nichts passiert. Er ist der König der Ignoranz.

Josh und ich verlassen zusammen das Gebäude und schlendern Arm in Arm die Straße hinunter. Um diese Uhrzeit ist noch nicht so viel los und so können wir ungestört das Rotlichtviertel verlassen und uns ein kleines Café suchen. Dort setzen wir uns an einen freien Platz auf der Terrasse und Josh bestellt sich einen Kaffee und obwohl ich eben erst einen Latte macchiato getrunken habe, bestelle ich mir noch einen. Einfach aus Frust.

»Er ist so ein Arschloch«, keife ich gleich weiter und Josh hebt die Schultern.

»Ist das was Neues?«

»Nein, aber er kann doch nicht im einen Moment behaupten, mich zu lieben, und im nächsten Moment sagen, dass es ihm scheißegal ist, was ich will.«

»Uh, das hat er gesagt? Wow. Glückwunsch. Aber Anna, du hast das im Büro gerade falsch verstanden. Er will dich doch auf diesem Wege nur beschützen.« Es ist keine Lüge, aber auch nicht die ganze Wahrheit. Zumindest nicht genug Wahrheit, dass es mich beruhigen würde. »Markus ist gefährlich und sein Einsatz und sein Fleiß haben sich gelohnt. Du solltest das Ganze einfach auf sich beruhen lassen und dein Leben weiterleben, Anna.«

Ich will darauf antworten, als uns die Getränke gebracht werden. Josh bezahlt sofort und nippt an dem schwarzen Gebräu. Ich lehne mich über den Tisch zu ihm, um nicht zu laut sprechen zu müssen.

»Und alles vergessen, was er mir angetan hat? Und ignorieren, was er tut? Könntest du das, Joshua? Vergessen?«

»Das versuche ich, Anna. Jeden Tag in meinem Leben.«

Ich lehne mich wieder zurück, greife nach meinem Glas und wende den Blick von ihm ab. Ich habe in meiner Rage vergessen, dass Josh auch ein großes Päckchen zu tragen hat. Sonst wäre er wohl nicht der, der er heute ist. Ein mächtiger Untergrundfädenzieher. Apropos:

»Kannst *du* ihn nicht aufhalten? Du hast doch so viel Einfluss im Untergrund. Hallo? Du bist ein Dro-gen-boss.« Letzteres flüstere ich nur, weil ich Angst habe, dass uns jemand belauschen könnte.

Josh lächelt und wirkt vollkommen entspannt. »Am Anfang hätte ich das vielleicht noch, aber jetzt ist er zu groß geworden und mit einer Organisation verbunden, mit der ich mich nicht unbedingt anlegen will. Aber wenn du deinen Liebsten fragst, er geht sicher mit Freude hin und knallt ihn ab. Er machts sicher auch langsam und blutig, wenn du ihn lieb bittest.«

»Pah. Den Gefallen tu' ich ihm sicher nicht und auch wenn du mich bestimmt für verrückt hältst, ich will nicht, dass er stirbt. Nur, dass er aufhört.«

»Ich halte dich nicht für verrückt.«

Auf seine Worte hin, wende ich den Blick erneut von ihm ab und rühre in meinem Latte macchiato herum. Ich sehe zu, wie der Schaum vom entstandenen Strudel hinabgerissen wird.

»Hast du keine Angst, hier in der Öffentlichkeit über solche Dinge zu sprechen? Was, wenn uns jemand hört?«

Josh kippt seinen Kaffee hinunter, deutet um sich herum auf die anderen Gäste an den Tischen nebenan.

»Ficken, Töten, Koksen, das interessiert keine Sau, was wir hier reden«, demonstriert er mir, dass keiner uns nur eines Blickes würdigt.

Wenn ich darüber nachdenke, hat auch Vice nie ein Blatt vor den Mund genommen, wenn wir irgendwo in der Öffentlichkeit unterwegs waren. Entweder hören die Leute nicht zu, was um sie herum gesprochen wird, es interessiert sie nicht oder sie glauben es nicht. Es könnte schließlich nur der letzte Actionfilm sein, den wir zusammen im Kino gesehen haben.

»Was soll ich jetzt tun, Josh? Ich kann ihn nicht einfach weitermachen lassen, sondern muss ihn aufhalten. Das hätte ich schon viel früher tun müssen. Aber ich bin nur vor ihm weggelaufen.«

Die grünen Augen meines Gegenübers sehen mich mitfühlend und verständnisvoll an. Ich kann mir vorstellen, wie viele arme Mädchen er so schon angesehen, um den Finger gewickelt und dann auf den Strich geschickt hat. Aber ich will glauben, dass er es jetzt, hier ernst mit mir meint. Etwas verbindet uns, das spüren wir beide.

»Ich kann dir das nicht beantworten, nur sagen, dass es dir niemand auf der Welt übel nehmen würde, wenn du dein Leben weitab von dem Ganzen führst. Ihr zwei seid doch glücklich, oder? Genieße es, keine Angst haben zu müssen und umsorgt zu werden. Wenn du das willst, an Vice' Seite, dann ist der Preis für deine Sicherheit nun mal, dass du das Leben von einem Geist führen musst. Ob du das willst, ist deine Entscheidung. Ich habe mich für ein Doppelleben entschieden und glaube mir, das ist meistens sehr, sehr anstrengend.«

Ich nicke verstehend und sehe ihn dabei eindringlich an. »Ja, ich finde, du siehst zurzeit nicht so gut aus. Was ist los?« Genug über mich und meine Probleme geredet. Ich trinke das Glas leer und schiebe es von mir.

Josh presst die Lippen kurz zu schmalen Strichen zusammen und reibt sich dann mit den flachen Händen über das Gesicht. Die kurzen Stoppeln seines Dreitagebartes geben dabei ein kratzendes Geräusch von sich.

»Naja, ich hab auch meine Aufs und Abs und gerade ein verdammtes Tief hinter mir. Das ist aber normal und geht vorbei.« Mit diesen Worten richtet er sich auf und hält mir seinen Arm entgegen. Dass er jetzt wieder aufbrechen will, schiebe ich darauf, dass er weitere Fragen zu sich selbst vermeiden will. Sieben Jahre kenn ich ihn nun schon und weiß doch fast nichts von ihm.

Ich stehe ebenfalls auf, hake mich bei ihm ein. Gemeinsam gehen wir zurück zu Vice' Büro.

Der Teufel

Ich höre, wie die Tür von außen aufgeschlossen wird, und weiß, dass es nur Josh sein kann, der mir meine Anna wiederbringt.

»Ich verabschiede mich, wir haben ja alles geklärt. Machs gut, Vice. Denk dran, wir haben verdammt viel zu tun. Ich verlasse mich auf dich. Bis bald, Anna, sei nicht zu hart zu ihm.« Er zwinkert meiner Freundin zu und verschwindet aus dem Büro und schließt von außen ab.

Ich sitze noch immer auf dem Sofa, mittlerweile mit Laptop, und sehe über den Rand des Bildschirms zu Anna, das Schlimmste erwartend. Geht sie auf mich los? Oder hat Josh sie beruhigen können? Dass sie mich aber auch einfach nicht verstehen kann. Sie soll mit ihrem alten Leben abschließen und sich auf ihr neues konzentrieren. Ihr Leben, mit mir! Aber nein, sie hängt krampfhaft an ihrer Vergangenheit und macht sich damit selbst kaputt.

Und wieso zum Donner hat sie sich die Haare lila gefärbt? »Also? Wäscht sich das wieder raus?«

Anna lässt sich eine ihrer langen Strähnen durch die Finger gleiten und schüttelt den Kopf. »Nein. Das muss rauswachsen.«

Ich presse meine Zähne fest zusammen und atme einmal tief durch die Nase ein und wieder aus. Das glaub ich ihr nicht. Sie ist kein Typ für bunte Haare, das hat sie selbst gesagt. Also glaube ich nicht, dass sich das nicht wieder auswäscht.

»War ein Scherz, natürlich wäscht sich das raus. Ich mag keine bunten Haare an mir. Auch wenn es Josh gefallen hat.«

»Warum hast du das dann überhaupt gemacht?«

»Um deine Reaktion zu sehen. Du hast gesagt, ich darf tun, was ich will. Haare färben gehört dazu.«

»Schlimmer als ein Teenager«, murmele ich und sehe wieder auf den Bildschirm hinunter. Anna geht auf mich zu, hebt den Laptop von meinem Schoß. Gerade als ich protestieren will, setzt sie sich stattdessen auf mich. Sie schiebt ihre eiskalten Finger unter mein Oberteil und streicht über meinen Bauch.

Als ich fragend den Kopf zu ihr anhebe, legt sie ihre weichen Lippen auf meine. Sofort erwidere ich den Kuss und dringe mit meiner Zunge in ihren Mund. Sie seufzt leise und krallt sich in mein Fleisch. Ihre Fingernägel sind kurz, aber scharf und ich mag den Schmerz, den sie auslöst. Anders als Anna will ich damit nichts betäuben oder mich bestrafen. Ich genieße es, weil ich es so intensiv fühle wie kaum etwas anderes. Ich umfasse ihre Hüfte und bewege ihren Schritt vor und zurück, reibe sie so an meinem Schwanz, der ziemlich schnell ziemlich viel Platz in meiner Hose einnimmt.

Anna löst den Kuss plötzlich und drückt mich nach hinten auf das Sofa. Ich tue ihr den Gefallen und lege mich, lasse sie dabei jedoch nicht aus den Augen. Sofort öffnet sie den Reißverschluss meines Kapuzenpullovers und schiebt mein Shirt weiter nach oben, sodass sie den Bauch und einen Teil der Brust freilegt. Ihre Fingerspitzen gleiten über meine Haut, meistens sanft, aber immer wieder kratzt sie mich, dass rote Striemen zurückbleiben. Nach sieben Jahren weiß sie, was ich mag.

Spielerisch fährt sie Kreise um den Skorpion, der in schwarzer Tinte meine Leiste ziert, und über die kleine Narbe, die ich von Josh und meinem eigenen Messer habe. Dann kommt sie nochmal etwas höher und bedeckt meine Lippen erneut mit ihren, diesmal ist sie wilder, fordernder. Ihre Finger wandern, über meine Brust hoch zum Hals und legen sich darum.

Ich greife mit beiden Händen um ihren Kopf, halte sie so bei mir, intensiviere das Spiel unserer Zungen.

Dann drücken ihre Finger zu. Mit so viel kraft, wie sie aufbringen kann, würgt sie mich und macht mich damit nur noch geiler. Sie weiß, dass ich es liebe. Natürlich ist ihr klar, dass ich sie einfach von mir werfen kann, dass ich es unterbrechen kann, wann immer ich will, aber das mache ich nicht. Anna stellt meine Selbstbeherrschung auf die Probe und mein Stolz kann ziemlich lang verhindern, dass ich mich wehre.

Es ist so ein geiler Rausch, den der Sauerstoffmangel in mir auslöst. Das Brennen in meiner Lunge, die Anspannung jeden Muskels, das langsame Eintrüben des Bewusstseins. Ich wünschte, ich könnte es noch viel länger hinauszögern und diesen einen Punkt überschreiten. Ich will wissen, wie es ist, zu sterben. Aber leider könnte ich es nur ein einziges Mal genießen und dafür ist mir mein Leben zu wichtig. Anna tut das normalerweise nicht so gerne, weil sie niemand ist, der andere leiden lassen will, aber bei mir macht sie da manchmal eine Ausnahme. Vielleicht bestraft sie mich gerne, oder will mir einfach nur eine Freude machen. Wir sind vor einigen Jahren während eines Drogenrauschs auf dieses Spiel gekommen. Damals war es ganz schön knapp. Ich hatte Opium intus und das legt das Atemzentrum lahm, weshalb sie mich bis zur Bewusstlosigkeit gewürgt hat. Sie saß dabei nackt auf meinem Schoß und ritt mich. In dieser Nacht haben wir nur gevögelt. Wir denken beide gerne daran zurück. Sie war so glücklich, frei, offen aber auch ganz schön versaut.

Anna löst den Kuss und sieht mir stattdessen ins Gesicht. Sie will sehen, ob ich es genieße oder ob ich gleich aufgebe. Während sie mir die Luft abdrückt, reibt sie ihren Schritt weiter über meine harte Erektion und lässt mich gleich aus anderen Gründen das Ganze abbrechen. Ich will sie endlich ficken. Meine Erinnerungen haben mich noch zusätzlich geil gemacht.

Kurz bevor ich tatsächlich dem Drang nachgegeben hätte, ihre Hand von meinem Hals zu ziehen, lässt sie mich los. Hektisch zieh ich die Luft in meine Lunge, lasse von ihren Haaren ab und will nach ihrem Oberteil greifen.

»Rühr dich nicht!« Ihr Befehlston macht mich neugierig und so lasse ich meine Hände wieder sinken.

Anna stellt sich vor das Sofa, zieht sich ihre Hose und den Slip aus und wendet sich dann meinem Gürtel zu. Auch dieser wird geöffnet und die Jeans wird mir bis zu den Kniekehlen hinabgezogen. Dann steigt sie über mich, platziert ein Bein rechts und eins links von meiner Hüfte und greift nach meinem Schwanz. Ich wende den Blick von ihrem Gesicht ab und schaue auf das, was sie tut. Sie reibt sich selbst mit seiner Spitze und ich kann schon spüren, wie feucht sie ist.

»Scheiße«, fluche ich und stoße die Luft angestrengt aus. Es kostet mich mehr Selbstbeherrschung, mich jetzt nicht in sie zu rammen, als kurz zuvor, nicht zu atmen.

Sie quält mich lange, während sie es einfach nur zu genießen scheint. Immer wieder reibt sie seine Spitze über ihre Öffnung und ihre Klitoris. Es hat lange gedauert, bis sie so offen mit mir Sex haben konnte. Sehr lange, bis sie sich getraut hat, sich frei zu fühlen, zu stöhnen und zu seufzen. Ich hab ihr alle Zeit gelassen, die sie brauchte. Jetzt wäre es allerdings schön, wenn sie sich mich nicht so quälen würde.

Dann, endlich sinkt sie auf mich herab. Als ich in ihre warme Feuchte eindringe, kostet es mich weitere Beherrschung, nicht sofort abzuspritzen, so geil hat sie mich gemacht. Ich lege meine Hände um ihre Hüfte, die diese fast ganz umfassen können. Ich mag ihren zierlichen Körper und gleichzeitig wünschte ich, es wäre mehr an ihr dran. Scheiß Zwiespalt.

Anna bewegt sich auf mir, hoch und runter, lässt mich tief in sich eindringen, dabei hat sie ihre Hände auf meinem Bauch abgestützt. Ich helfe ihr in ihren Bewegungen, indem ich sie anhebe oder zu mir heranziehe. Ohne Gewalt, ohne Zwang, ohne Schmerzen dringe ich immer wieder tief in sie ein. Es fühlt sich einfach nur geil an und dass es nicht nur für mich so ist, weiß ich spätestens, als sie stöhnend ihre Fingernägel in meine Haut gräbt und sich an ihrem Orgasmus erfreut. Als ihre Öffnung um meinen Schwanz zuckt, genieße ich es, dass es sich anfühlt, als würde sie gierig an ihm saugen. Anna wartet nicht lange, ehe sie sich gleich weiter auf mir bewegt. Sie will mich. Ich will sie.

Scheiße, verdammt, es fühlt sich so gut an. Mit keiner anderen Frau, die ich in meinem Leben gefickt hab, egal auf welche Weise, hat es sich jemals so gut angefühlt wie mit ihr.

Was hat sie nur mit mir gemacht? Wie hat sie es geschafft, dass ich sie so sehr liebe?

Ihre Bewegungen werden ein zweites Mal schneller, härter und ich helfe ihr, indem ich sie fester gegen mich ziehe, und als Anna ihren zweiten Höhepunkt genießt, spritze ich in sie hinein und koste jede Sekunde bis zum Schluss aus.

Seufzend sinkt mein Engel auf mich herab und rollt sich vorsichtig von mir. Sie zieht die Decke von der Lehne und wirft sie über uns. Es ist noch Vormittag, also bleiben wir nicht hier, aber offenbar möchte sie kuscheln.

Ich will das auch. Als ich den Arm unter ihr durchgeschoben habe, schmiegt sie, wie immer, ihre Wange an meine Brust, streichelt mir mit ihren Fingern über den Bauch. Spielerisch fährt sie die Bauchmuskeln ab, was mich immer wieder zum Zucken bringt, weil sie mich kitzelt.

»Ich liebe dich, Vice«, durchbricht sie die Stille und ich drehe meinen Kopf zu ihr, hauche einen Kuss auf ihre Stirn.

»Und ich liebe dich.« Ich bin selbst erstaunt, wie leicht mir diese Worte über die Lippen kommen. Es ist wahr. Keine Ahnung, warum, aber ich fühle es. Ich liebe sie.

»Komm mit mir«, flüstert sie und presst sich dabei noch fester an mich.

»Wohin?«

»In die wirkliche Welt. Vice, ich bitte dich. Wir können beide ein normales Leben führen, ohne Angst, ohne Drogen, Gewalt, Nutten und Tod. Bitte. Ich weiß, dass ich ein Geist sein wollte, dass ich mich dafür entschieden habe, aber jetzt wünsche ich mir mit dir ein richtiges Leben. Ein Leben da draußen, bei den normalen Menschen, mit einer gewöhnlichen Arbeit und ich bin mir sicher, dass wir auch für dich etwas finden, womit du glücklich bist.«

Ich schließe die Augen und seufze tief. Ich habe ihren Ärmel hochgeschoben und streichele über ihren Unterarm. »Ich bin aber nicht normal, Anna. Ich bin hier aufgewachsen, ich lebe schon immer hier. Diese Welt ist mein Zuhause und ich liebe sie. Ich bin gerne ein Geist, denn ich wurde als einer geboren. Ich brauche kein normales Leben, weil ich meine Arbeit gerne mache. Kannst du das nicht verstehen? Wieso willst du zurück in eine Welt, die dir nur wehgetan hat? Wenn du hier, bei mir so glücklich bist? Ich brauche das alles hier.«

Sie antwortet nicht, schmiegt sich nochmal an mich und nickt. Das war's? Keine Diskussion? Oder hat sie eingesehen, dass es sinnlos ist, mich überzeugen zu wollen? Ich, in der normalen Welt, was für eine unmögliche Vorstellung.

»Wir sind doch glücklich hier, es ist alles perfekt, wie es ist. Wir haben uns. Ich liebe dich und damit bist du der erste und einzige Mensch auf der Welt, der das geschafft hat.« Ich hauche einen weiteren Kuss auf ihre Stirn und ziehe sie dicht zu mir heran. »Du bist meine Anna. Mein kleiner Engel. Vergiss das nicht.«

»Entschuldige, dass ich einfach verschwunden bin, aber ich konnte nicht zulassen, dass Du mich aufhältst und einsperrst… Für mich ist es Zeit zu gehen, zurück in die normale Welt. Und ich hoffe, dass für Dich auch irgendwann die Zeit kommt und Du mir folgst. Damit wir wieder vereint sind. Danke für alles, was Du für mich getan hast, dass Du mir das Leben gerettet hast. Mehrmals. Danke, dass Du mir gezeigt hast, dass es nicht unmöglich ist, eine kaputte, zerstörte Gestalt wie mich zu lieben. Danke, dass Du mir gezeigt hast, dass ich wieder Vertrauen zu jemandem haben kann. Danke, dass Du mir gezeigt hast, wie es ist, zu leben. Es tut mir leid, aber ich muss gehen. In Liebe, Deine Anna«

Ich starre den Zettel an, den ich auf dem Küchentresen gefunden habe. Obwohl ich ihn schon dreimal gelesen habe, verstehe ich ihn nicht. Will ihn nicht verstehen. Dann lege ich das Papier zurück auf das Holz und gehe ein paar Schritte in das Wohnzimmer hinein.

Meine Hände sind kalt, mein Gesicht glüht vor Hitze und ich bekomme kaum Luft.

Das kann nicht sein. Das darf nicht sein. Sie hat mich nicht verlassen. Sie verarscht mich. Sie stellt mich auf die Probe. Das ist nicht wahr.

Mein Herz schlägt schmerzhaft schnell in meiner Brust, während ich hin und herlaufe und nicht weiß, was ich jetzt tun soll.

Sie hat mich nicht verlassen.

Nein. Anna. Hat. Mich. Nicht. Verlassen.

Das kann sie nicht, denn sie gehört *mir*. Ich habe doch alles für sie getan. Meine Lippen sind fest aufeinandergepresst. Sie kann nicht ohne mich sein. Sie hat kein Geld, keine Wohnung. Nichts. Anna ist *nichts* ohne mich. Ich fahre mir mit den Händen über das Gesicht, muss mich beruhigen und wieder klar denken. Sie kommt zurück. Weil sie nicht anders kann, weil sie muss. Weil sie mich liebt.

Gefallener Engel

Es tut mir leid. Es tut mir weh und ich habe Angst. Ich habe keine Ahnung, wie Vice jetzt empfindet. Jetzt, da ich weg bin. Da ich ihn verlassen habe. Ich denke nicht, dass er traurig ist. Er ist eher wütend. Wird er mich suchen? Er hat doch Wichtigeres zu tun, als mir hinterherzujagen. Oder wünsche ich mir sogar, dass er mich sucht und zu sich zurückholt? Was würde er dann mit mir machen? Ich weiß es nicht. Meine Sehnsucht nach ihm ist groß. Auch wenn es nur wenige Tage her ist, dass wir uns unsere Liebe gestanden haben, war das Gefühl doch schon seit Jahren da. Seit ich ihn in der Nacht verlassen und in ein Hotel eingecheckt habe, zweifele ich immer wieder an meiner Entscheidung, weine viel und kämpfe gegen Panikattacken an. Aber ich will zu Liam, ich muss ihn aufhalten und ich will, dass wir beide ein schönes, normales Leben führen. Nicht als Paar, sondern wie Bruder und Schwester. Als Liam Winterfeld und Anna Fröhlich. Als echte Menschen in der realen Welt. Vice hat versucht mir einzureden, dass ich kein normales Leben führen kann, aber wie soll ich das wissen, wenn ich es noch nie versucht habe?

Jetzt sitze ich im Bus Richtung Industriegebiet, halte meinen neuen Vier-Euro-Rucksack fest umklammert und kuschele mich in Vice' großen, schwarzen Pulli. Ja, ich hab ihn zusammen mit etwas Geld geklaut. Es ist die letzte Linie, die heute fährt, und trotzdem ist es noch hell draußen. Eigentlich wollte ich hierherkommen, wenn es dunkel ist, aber im Sommer geht die Sonne einfach zu spät unter. Ich binde meine schwarzgefärbten Haare zu einem strengen Zopf, damit mich keine Strähne nervt.

Gleich nachdem ich heimlich abgehauen bin, habe ich mir Farbe im Drogeriemarkt gekauft und mir die Haare wieder gefärbt. Nicht, weil ich meine blonden Haare nicht mag, sondern weil ich Angst habe, *ihm* zu begegnen. Er liebt mein Blond nicht weniger als Vice und das hasse ich. Ich bekomme eine unangenehme Gänsehaut, wenn ich daran denke, wie Markus seine Finger durch meine Strähnen gleiten lässt.

Ich schlinge die Arme um meinen Oberkörper und reibe mir selbst beruhigend darüber. Es ist jetzt über eine Woche her, dass ich weggelaufen bin. Ich habe Vice bestohlen. Mit den dreihundert Euro werde ich eine Weile zurechtkommen. Für ein billiges Hotel reicht es jedenfalls.

So schön es mit ihm war, so kaputt war es auch. Vice hat mir das Leben gerettet, auf seine Art. Es war radikal und nicht legal, aber es hat gewirkt. Die meiste Zeit konnte ich glücklich mit ihm leben, ob in seinen Armen oder auf Drogen. Aber das musste aufhören. Ich hatte mir gewünscht, dass er sich dazu entschließt, mit mir zu kommen. Dass wir gemeinsam den Weg in die Legalität, in die wirkliche Welt machen. Dass er aufhört mit den schrecklichen Dingen, die er tut. Aber er liebt diese Welt zu sehr. Er liebt sie mehr als mich. Ich wünschte, er hätte sich dazu entschieden, mit mir zu kommen, doch dafür ist er zu egoistisch.

Also muss ich diesen Weg allein gehen. Ich hoffe, dass er mir trotzdem irgendwann folgen wird. Aber es konnte nicht ewig so weitergehen. Ich kann nicht mein Leben lang weglaufen und mich verkriechen wie ein Tier. Ich habe viel geweint. Geweint, weil ich wieder alleine bin, weil ich ihn vermisse und weil ich Angst vor der Zukunft habe. Ich seufze tief und sehe meine eigene Spiegelung in der Fensterscheibe an.

Du darfst jetzt nicht trauern. Du musst konzentriert sein, Anna! Du hast eine Aufgabe!

Mit mir im Bus sitzen nur wenige andere Menschen, hauptsächlich Männer und Frauen, die ins Industriegebiet fahren, um dort wahrscheinlich ihre Nachtschicht anzutreten. Ob einer von ihnen zu dem Kinderpornoring gehört? Ist einer dieser Männer oder eine dieser Frauen ein Perverser, der sein Geld damit verdient, die Kamera auf nackte Kinder zu halten? Vielleicht sogar auf sein eigenes?

Ich habe keine Ahnung, in welchem Ausmaß das Ganze stattfindet. Wie viele Opfer gibt es? Wo kommen sie her? Was tun sie ihnen an? Was erfahre ich hier heute? Und wovor ich fast noch mehr Angst habe: Werde ich *ihm* begegnen?

Als der Bus endlich im Industriegebiet anhält, richten sich fast alle Fahrgäste auf. Gemeinsam steigen wir aus und ich sehe mich um. Textilfabrik. Ich suche eine Textilfabrik. Mich umsehend gehe ich die Hauptstraße zwischen den verschiedenen Fabrikgeländen entlang und immer wieder rauschen Transporter oder LKWs in großer Geschwindigkeit an mir vorbei. Nachdem ich in einem Internetcafé nach passenden Firmen gesucht habe, fand ich drei mögliche Kandidaten. Mayers, Dudek-Textils und Kapara.

Ich laufe weiter die Straße hinunter und werde von der untergehenden Sonne geblendet. Laut Wegweiser muss ich für Kapara und Dudek-Textils jetzt rechts die Straße runter,für Mayers nach links. Da ich rechts gleich zwei der Firmen abarbeiten kann, gehe ich dort entlang.

Werde ich überhaupt etwas finden? Es wird sicher kein Schild mit Aufschrift »geheimes Studio« geben, dem ich folgen kann. Was also hoffe ich zu finden? Ich habe eine billige Digitalkamera gekauft, mit der ich hoffentlich Beweise aufnehmen kann. Ich hätte nicht gedacht, dass die Dinger so billig sind. Sie hat nicht mal vierzig Euro gekostet.

Das erste Firmengebäude, dem ich mich nähere, ist Dudek-Textiles. Es ist gerade Schichtwechsel und so ist hier ein reges Treiben. Vielleicht falle ich ja gar nicht auf. Soll ich hineingehen?

Möglicherweise kann ich mich unter die Mitarbeiter mischen. Nein, sie ziehen Stempelkarten, ich komme spätestens nicht weiter rein, weil ich keine Karte habe.

Links am Gebäude führt noch ein Weg weiter, *»Zufahrt LKWs«* steht auf einem verrosteten Schild. Möglicherweise habe ich dort mehr Glück. Doch bevor ich dahingehe, warte ich, bis der Trubel vor dem Haupteingang vorbei ist. Niemand soll sehen, wie ich hingehe. Ich umklammere die Riemen meines Rucksacks, als würden sie mir Sicherheit und Halt geben können. Darin befinden sich mein Geld, eine Jacke und die Kamera. Ich male mir die schrecklichsten Dinge aus, die ich vielleicht sehen und aufnehmen werde, und steigere so nur unnötig meine Angst.

Als es ruhig vor dem Eingang ist, gehe ich los. Als ich um das Gebäude herumlaufe, sehe ich einen Transporter vor den geöffneten Toren parken. Daneben steht ein hochgewachsener, kräftiger Mann mit kurzem, blondem Haar. Er hat ein Telefon zwischen Schulter und Ohr eingeklemmt und notiert etwas auf einem Zettel. So abgelenkt, wie der Mann wirkt, wird er mich sicher nicht bemerken, wenn ich mich an ihm vorbeischleiche.

Ich drücke mich an die raue Fabrikmauer und versuche zwischen den großen Abfallcontainern, die hier überall herumstehen, hindurchzuschlüpfen. Ich ziehe die Riemen des Rucksacks enger, sodass er ganz fest an meinem Körper hängt. Mein Herz schlägt so schnell, dass ich es bis in den Kopf spüren kann. Es pumpt mein Blut so hart durch meine Adern, dass ich mich zu Höchstleistungen fähig fühle. Oder gleich einfach vor Aufregung mit nasser Hose umkippe. Ich bleibe stehen, als er sich telefonierend ein paar Schritte vom Transporter wegbewegt. In meine Richtung.

»Ja, weil Fröhlich sagt das. Ich weiß, ich kümmer mich drum.«

Mein Herz, das eben noch gerast ist, setzt einen Augenblick lang aus, als ich das höre. Meine Knie werden weich und ich beginne hektisch zu atmen. Allein dieser Name erfüllt mich mit so einer Angst und bestätigt den schrecklichen Verdacht, dass ich hier richtig bin. Ich mache einen Schritt zurück, trete dabei gegen irgendetwas hinter mir, worauf es *‚klong'* macht.

Scheiße, Scheiße! Hat er mich bemerkt?

»Du! Mädchen! Was tust du hier?«

Sag ihm irgendwas. Du hast dich verlaufen, oder du willst zu einem Vorstellungsgespräch. Sag irgendwas, Anna. Irgendwas!

Ich laufe los. Ich quetsche mich zwischen den Containern durch in der Hoffnung, ihm so schnell entkommen zu können. Völlig in Panik stoße ich mit der Schulter gegen einen der Metallriesen und stolpere in die andere Richtung. Ich schaffe es nicht. Meine einzige Chance ist, um Hilfe zu rufen. Ich höre ihn, wie er um den Metallkasten herumläuft. Seine Schritte sind schnell, sie sind groß und er schneidet mir den Weg ab.

Ich stehe ihm jetzt gegenüber und starre ihm direkt ins Gesicht. Er hat volle Lippen, eine breite Nase und grüne, schmale Augen, die mich genauestens fixieren. Er ist jung. Vielleicht Ende zwanzig. Wohin soll ich? Was soll ich tun? Links geht es zurück zum Vordereingang. Doch wie ich weiß, ist dort niemand mehr. Oder habe ich vielleicht doch Glück?

»HILFE!«, schreie ich laut, als ich mich umdrehe, um in die andere Richtung zu rennen, zurück zwischen den Containern durch. Aber es sind nur zwei oder drei lange Schritte, die der Mann braucht, ehe er mich an meinem Zopf zu fassen bekommt und zurückreißt.

»HIL–« Meine Stimme erstickt, als sich seine große, raue Hand über meinen Mund legt und mir mit Daumen und Zeigefinger sogar die Nase zugehalten wird. Ich winde und wehre mich in den kräftigen Armen, trete nach hinten, schlage auf ihn ein und reiße mit Kraft an seinem Ohr. Er flucht laut auf und umschlingt meinen ganzen Oberkörper mit seinem anderen Arm und presst meine an meinen Körper heran, sodass ich nichts mehr tun kann. Ohne Probleme hebt er mich vom Boden. Dass ich ihm so fest ich kann, gegen die Schienbeine trete, stört ihn nicht.

Es hat keinen Zweck, ich hab keine Chance. Er hat mich.

Als ich aufhöre mich zu wehren, löst er endlich Daumen und Zeigefinger von meiner Nase. Sofort ziehe ich den notwendigen Sauerstoff in meine Lunge. Der Mann geht mit mir zurück zu seinem Transporter, bei dem eine der beiden Hecktüren geöffnet ist. Der Rucksack wird mir vom Rücken gerissen und ich werde in den Transporter gestoßen. Schmerzhaft stürze ich auf meine Knie. Hier ist nichts außer einem zusammengerollten Teppich, der an einer Seite liegt.

Er klemmt sein Telefon wieder zwischen Schulter und Ohr, während er meinen Rucksack öffnet und hineinsieht. »Tutajpojawiłasiędziewczyna i mnieusłyszała. Ma zesobąkamerę. Co mam z niązrobić? Dobra, zabioręją do szefa.«

Ich verstehe kein Wort.

Dann lächelt er mich an. »Du lernst jetzt den Chef kennen.« Mit diesen Worten knallt er die Tür zu und verriegelt sie von außen. Ich sitze im Stockfinsteren, da sich meine Augen erst an die Dunkelheit gewöhnen müssen. Scheiße. Was wird er jetzt mit mir tun? Ich höre, wie er einsteigt und der Motor gestartet wird. Dann fahren wir los.

Ich weiß nicht, wie lange wir schon unterwegs sind, aber ich schätze fünfzehn, höchstens zwanzig Minuten. Jedes Mal, wenn ich etwas nach vorne rucke und denke, dass wir gerade an einer Ampel halten, hämmere ich wie wild an Tür und Wände und schreie aus Leibeskräften. Aber es nutzt nichts. Niemand öffnet die Tür, um mir zu helfen.

Schließlich kommen wir ganz zum Stehen und der Motor wird ausgeschaltet. Ich höre, wie der Mann aussteigt und die Fahrertür zugeknallt wird. Der Schlag klingt lange nach und so nehme ich an, dass wir in einem Gebäude sind. Ich gehe dicht an die zwei Hecktüren, balle die Hände zu Fäusten und hebe sie an. Sobald er die Tür öffnet, werde ich ihn anspringen und auf ihn einschlagen. Vielleicht erwische ich ihn günstig im Gesicht, sodass er abgelenkt ist und ich weglaufen kann. Ich höre ihn draußen etwas murmeln, verstehe aber nicht, was, nur dass er wohl mit einem anderen Mann redet.

Du schaffst das, Anna.

Ich höre, wie das Schloss geöffnet wird.

Schlag auf ihn ein und dann rennst du, so schnell du kannst.

Die Tür wird geöffnet.

Ich starre direkt in das Gesicht des Mannes, der mir mein ganzes Leben zerstört hat.

»Mein Mädchen!«

Seine Stimme lässt augenblicklich eine Eiseskälte durch meine Glieder fahren und lähmt mich, paralysiert mich. Ich zittere vor Angst am ganzen Körper, während ich ihn einfach nur anstarre. Nur ein einziges Wort verlässt meine Lippen:

»Papa?«

Der Teufel

»Dann lass sie so lange da drin eingesperrt, bis ich komme, und dann schneide ich ihr persönlich die Kehle auf. Wenn die Fotze denkt, dass sie mich beklauen kann, dann hat sie nichts anderes verdient. Ja, spritz ihr noch was, dann hört sie auch auf zu schreien. Machs gut, Henk.«

Ich lege auf und nehme einen tiefen Zug meiner Zigarette. Mein Konsum hat in den letzten Tagen extrem zugenommen, sodass ich aufpassen muss. Ich hatte mich immer unter Kontrolle, das darf jetzt nicht aufhören. Aber meine Gedanken kreisen ständig nur um meinen Engel. Wo ist sie? Wie geht es ihr? Wann kommt sie zurück? Und sie wird wieder zu mir kommen, da bin ich mir sicher.

»Ja?«, rufe ich gereizt, als es an meiner Tür klopft.

»Ich bin‘s, mach auf!«

Meine Augenbrauen wandern in die Höhe. Innerhalb von einer Woche gleich drei Besuche von ihm? Ich laufe zur Tür und schließe auf.

»Hast du eine für mich?«, überfällt er mich förmlich.

»Nana, begrüßt man denn so einen alten Freund?«, belehre ich ihn und ziehe ihn zu mir in den Arm. Ich bin nicht so der Kuscheltyp, aber hier mache ich gerne eine Ausnahme. Er soll sich bei mir gut aufgehoben fühlen, schließlich hoffe ich auf eine erneute Zusammenarbeit. Kaum einer kann so gut Geld eintreiben oder Botschaften überbringen wie mein lieber Liam Winterfeld.

»Setz dich, Liam. Ja, ich habe eine für dich. Du siehst gestresst aus, was ist los?«

Liam ist ein hochgewachsener, muskulöser Mann von achtundzwanzig Jahren. Er hat dunkles, kurzes Haar und stechend blauen Augen. Er hat einige Tattoos und Narben auf seinem trainierten Körper, aber noch weitaus mehr Narben auf seiner Seele.

Habe ich Mitleid? Nein. Männer wie er waren schon immer ein gefundenes Fressen. Verzweifelt, beeinflussbar und besonders für die nervigen Dinge sehr zu gebrauchen. Liam hat in seinem Leben schon einige Nasen für mich gebrochen, Drogen verkauft oder mir störende Leute vom Hals gehalten. Leider hat er die letzten sieben Jahre im Gefängnis verbracht, weil er einem meiner Zuhälter den Schädel eingeschlagen hat. Mittlerweile muss ich ihm dafür ja sogar dankbar sein. Ohne dieses Ereignis wäre Anna niemals allein zu mir gekommen.

»Wie fährt mein Auto? Brauchst du noch Geld? Oder möchtest du auf meiner Couch schlafen?«

Soll ich dich massieren, eine Pediküre machen, dein Händchen halten?

Mein freundliches Lächeln ist mir ins Gesicht gemeißelt. Ich will ihn daran erinnern, was er mir alles schuldet. Was ich alles für ihn getan habe.

Liam sieht mich vorwurfsvoll an, er weiß genau, was ich mit dieser Aufzählung erreichen will. Dankbarkeit und Schuld. Er ist vor einigen Tagen aus dem Gefängnis entlassen worden, kommt sofort zu mir und ohne dass er betteln und bitten muss, bekommt er einen SUV, Geld und Drogen. Heute ist er hier, um sich eine Waffe abzuholen.

»Alles funktioniert prima, Vice. Danke. Ich kann nicht so lange bleiben«, drängelt er und knetet seine Hände unruhig. Dass er mir gegenüber nervös ist, ist nichts Neues. Ich war schließlich einige Jahre lang sein Chef und er kennt mich ziemlich gut. Grund genug, Angst vor mir zu haben.

Ich falte meine Hände und lehne mich entspannt zurück. »Was liegt dir auf dem Herzen, Liam?«

Er reibt sich mit beiden Händen über das Gesicht und stößt schnaufend die Luft aus. Er ist vollkommen angespannt.

»Ich habe ein Mädchen entführt«, platzt es aus ihm heraus.

Ich ziehe eine Augenbraue langsam in die Höhe.

Bitte was hat er?

»Sie kennt mich schon aus dem Gefängnis, da hat sie Interviews mit mir geführt und sich total in mich verknallt, sage ich dir. Dann, als ich draußen war, hat sie mich überrascht, als ich diesem Wichser von Markus gerade die Luftröhre zerquetschen wollte. Er ist geflohen und sie, na ja, ich konnte sie ja nicht einfach gehen lassen. Sie kannte mich und hat mich bei einer Straftat gesehen und könnte mich leicht zurück in den Knast bringen. Scheiße. Also bin ich mit ihr ins Ferienhaus im Wald gefahren.«

Nun wandert auch noch meine andere Braue in die Höhe.

»In *das* Ferienhaus?« Ich kann ein tonloses Lachen nicht unterdrücken. »Liam, willst du sie mit in den Keller nehmen und da vernaschen? Soll ich dir 'ne Kamera mitgeben?«

Diesen Witz findet er nicht so gut. Ich weiß, was dort in der Hütte im Wald passiert ist. Mit ihm und mit Anna. Ich weiß, was er Anna dort angetan hat. Antun musste. Vor laufender Kamera, die sein eigener Vater auf sie gerichtet hat. Liam hat mir nicht nur davon erzählt, sondern ich habe es auch selbst gesehen. Auf einer altmodischen VHS-Kassette, die mich ein halbes Vermögen gekostet hat.

Er sieht mich zornig an, aber schafft es, jeden bissigen Kommentar zu unterdrücken. So viel Selbstbeherrschung hat er dann doch. Denn er braucht mich und das weiß er.

»Hör auf mit dem Scheiß. Sag mir lieber, was ich jetzt tun soll.«

Ich lege nachdenklich seufzend den Kopf in den Nacken und tue so, als müsste ich da lange überlegen.

»Du sagst, sie steht auf dich? Dann rate ich dir, sie einmal richtig hart durchzunehmen, ihr dabei oder danach die Kehle aufzuschlitzen und dann im Wald zu verscharren. Problem gelöst.«

Als ich ihn lächelnd ansehe, ist er es, der mir einen skeptischen Blick zuwirft.

»Etwas, das *ich* machen soll. Nicht, was *du* machen würdest«, erinnert er mich.

»Du weißt eben nicht, was Spaß macht. Aber okay, versuch sie um den Finger zu wickeln, Mädchen stehen auf traurige Badboys. Vielleicht schaffst du es, sie auf deine Seite zu ziehen. Es gibt genug Tussen, die sich in Sträflinge verlieben und das allein vom Briefeschreiben. Schon mal was von dem Serienkiller *Ted Bundy* gehört? Der hat aus dem Gefängnis mit seiner sympathischen Ausstrahlung reihenweise Frauenherzen zum Schmelzen gebracht, obwohl sie wussten, dass er Frauen getötet hat. Du stehst sogar direkt vor ihr, in deiner muskulösen, geheimnisvollen Liam-Art, vielleicht kommst du dann sogar ums Töten rum«, rate ich ihm und Liam nickt verstehend.

»Ja, irgendwie so. Sie ist echt ekelhaft gutherzig. Das lässt mich oft an ihrem Verstand zweifeln. Die Kleine, sie kann schon süß sein«, murmelt er eher zu sich selbst und ein Schmunzeln schleicht sich auf seine Lippen.

»Aber nicht selbst verlieben. Das ist kontraproduktiv«, warne ich ihn, befürchte aber, dass es ihm schwerfallen wird, keine Gefühle zu entwickeln. Liam, der einsame traurige Junge, der sich nur nach Liebe sehnt, eingesperrt mit einer süßen, jungen Frau.

Man möchte kotzen.

»Hier!«, lenke ich seine Gedanken von der Geisel wieder auf mich, ziehe eine Waffe aus der obersten Schublade und schiebe sie zu ihm hinüber. Zusammen mit einem zusätzlichen Magazin. »Das kommt alles auf deine Rechnung, Liam. Aber ich freue mich, dass du wieder da bist. Hast du die kleine Blonde mittlerweile gefunden?«

Liam nimmt die Waffe, steckt sie sich in die Hose und richtet sich auf. »Nein, ich weiß immer noch nicht, wo sie ist. Sie ist wohl schon verschwunden, als ich ins Gefängnis kam. Ich hatte gehofft, dass du wüsstest, wo sie ist.«

Ich hebe die Schultern an. »Wie ich dir schon gesagt habe, sie war zwei-, dreimal bei mir, hat von mir Geld bekommen und ist nie wieder aufgetaucht. Tut mir leid, Liam, aber ich kann dir da auch nicht helfen. Aber wenn du sie gefunden hast, bring sie mal wieder mit.«

Liam glaubt mir meine Lüge, nickt verstehend und wendet sich zum Gehen.

Ich richte mich ebenfalls auf und folge ihm zur Tür.

Ohne dass wir uns verabschieden, verlässt er mein Büro, das ich hinter ihm gleich wieder abschließe. Ich habe ihm nichts von Anna und mir erzählt. Er hätte es nicht verstanden, wer weiß, vielleicht würde sie ihn noch anstecken mit ihrem verrückten Plan, ein normales Leben zu führen.

Wo bist du, Anna? Wann kommst du zu mir zurück?

Gefallener Engel

Mein Vater hält mir fürsorglich seine Hand entgegen, um mir aus dem Transporter zu helfen, in dem ich immer noch stehe. Mein Gehirn schafft es nicht, die nötigen Impulse weiterzugeben, um sie anzunehmen oder wegzuschlagen. Markus lehnt sich vor, nimmt meine Hand und zieht mich aus dem Laderaum heraus. Wir befinden uns in einer Art Tiefgarage, hier stehen einige Transporter von Dudek-Textiles. Als ich bei ihm unten auf dem Boden ankomme, schlingt er sofort seine Arme um mich und bedeckt mein Gesicht mit Küssen. Seine Hände wandern gierig über meinen Rücken und die Taille.

»Ich habe dich so sehr vermisst, mein kleiner Schatz. Wo bist du nur so lange gewesen?«, haucht er mir entgegen. Da spüre ich, wie seine Hände fest an meinen Po greifen und mich gegen seinen Schritt pressen.

NEIN!

Schießt es mir durch den Kopf und ich stoße ihn mit aller Kraft von mir weg. Ich schlage nach ihm, erwische ihn an der Wange und kratze ihm mit meinen Nägeln durchs Fleisch. Drei rote, blutige Striemen ziehen sich über seine Haut. Nur kurz ist er überrumpelt, als er schon wieder nach mir greifen will. Ich trete und schlage nach ihm, sodass er nach hinten ausweichen muss. Dann laufe ich los.

»Halt sie auf!«, höre ich meinen Vater knurren und noch im selben Moment sprintet der Fahrer los, der schräg hinter mir neben dem Transporter gestanden hat, und fasst mich am Arm. Auch gegen ihn wehre ich mich mit aller Kraft, die ich aufbringen kann. Doch es nutzt nichts. Er ist einfach zu stark. Der Mann dreht schmerzhaft meine Hände auf den Rücken und schiebt mich auf meinen Vater zu, der sich ein Taschentuch an seine blutende Wange hält.

»Begrüßt man so nach all den Jahren seinen Vater?«

Ich antworte nicht, sondern wende den Blick von ihm ab. Ein Schleier aus Tränen lässt langsam meine Sicht verschwimmen. Nach all der Zeit bin ich immer noch nicht darauf vorbereitet gewesen, ihm wieder zu begegnen. Sieben Jahre bin ich vor ihm geflohen und dann laufe ich ihm direkt in die Arme. Weil ich von einem normalen Leben träume. Weil ich den Kindern helfen will, die sonst so sehr leiden müssen.

»Sieh mich an, wenn ich mit dir rede!«, schreit er, während er mir eine Ohrfeige verpasst. Als ich die Augen vor Schmerz schließe, lösen sich auch die Tränen in ihnen. »Hat Liam dich dazu angestiftet, mir hinterherzuspionieren?« Er greift in mein Haar nahe meiner Kopfhaut und dreht mein Gesicht so, dass ich ihn ansehen muss. »Los! Red schon! Sieh hin, was der Scheißkerl deinem Vater angetan hat!«

Tatsächlich sehe ich an seinem Hals grüne und blaue Blutergüsse und Quetschungen.

»Nur weil uns irgendein Mädchen gesehen hat, konnte ich entkommen, sonst hätte mich der Irre umgebracht! Willst du das, Anna? Willst du, dass dein Vater stirbt?«

Ich kneife erneut die Augen zusammen und versuche, entgegen seinem Griff den Kopf zur Seite zu drehen. Diesmal schlägt er mehrfach zu. Immer wieder in mein Gesicht, aber die Schmerzen dringen nicht zu mir durch. Ich sehe und spüre die Welt nur durch einen Schleier aus Tränen und Verzweiflung.

»Willst du das? Antworte!«, herrscht er mich an und ich schaffe es, den Kopf zu schütteln.

Ein schwaches »Nein, Papa« verlässt meine Lippen und es ist nicht gelogen. Er soll nicht sterben. Er soll nur aufhören.

»Das wusste ich doch, mein Schatz.« Er neigt sich vor und küsst mich auf die Wange. Ich lasse es zu. Seine Stimme ist wieder ruhig und versöhnlich. »Wusste ich es doch, meine Kleine. Du willst nicht Mama *und* Papa verlieren«, haucht er liebevoll und lässt mich wieder los. »Bring sie in mein Auto, aber sei nicht zu grob. Sie weiß jetzt, was richtig für sie ist, und ich will ihr meinen guten Willen zeigen. Ich nehme sie mit nachhause. Du fährst zurück zur Firma«, befiehlt er dem Schläger, der mich daraufhin zu einem alten, silbernen Audi bringt. Er öffnet die Tür, drückt mich auf den Beifahrersitz hinunter und knallt die Tür zu.

»Anschnallen!«, befiehlt mein Vater, während er sich selbst den Gurt umlegt und den Wagen startet.

Lächelnd sieht er zu mir herüber und streichelt mir zärtlich über den Oberschenkel. Seine Wange blutet nicht mehr. Die Kratzer sind jedoch deutlich zu sehen.

»Ich bin froh, dich wiederzuhaben. Und jetzt hör auf zu weinen, mein Schatz. Alles wird gut, du bist wieder bei mir und das bleibst du auch.«

Ich muss wissen, wo wir sind, also blicke ich aus dem Fenster hinaus. Als wir die Tiefgarage durch ein großes Tor verlassen, erkenne ich, dass wir mitten in der Stadt sind. Es ist dunkel und nicht mehr viel los auf der Straße. Er hat das Auto verschlossen und ich weiß nicht, ob man die Tür von innen öffnen kann, wenn abgeschlossen ist und das Auto fährt.

Ich sehe im Augenwinkel zum Lenkrad hinüber. Darunter steckt der Schlüssel, an dem die Fernbedienung zum Öffnen und Schließen des Autos hängt. Markus wirkt siegessicher, überlegen. Ich glaube nicht, dass er mir zutraut, nochmal wegzulaufen. Nicht, nachdem er mich so geschlagen hat. Aber er hat mich nicht gebrochen, auch wenn er das vielleicht denkt. Auch wenn das, was mir im Augenblick die meiste Kraft gibt durchzuhalten, die Tatsache ist, dass Liam offenbar auf freiem Fuß ist.

Ich habe keine Handynummer, nichts. Ich glaube nicht, dass er wieder zuhause eingezogen ist. Den einzigen Anhaltspunkt, den ich habe, ist eine E-Mail-Adresse von ihm, die nun schon über sieben Jahre alt ist. Doch dass er sie noch nutzt oder er sie überhaupt in den nächsten Tagen überprüfen wird, ist fraglich.

Wir fahren auf die erste Ampel zu, sie ist rot und er wird langsamer. An der Kreuzung vor uns steht schon ein Auto. Mein Herz beschleunigt sich, wir werden langsamer. Vielleicht kann ich aus dem Wagen fliehen, wenn wir anhalten. Da wird die Ampel grün und das Auto vor uns fährt los.

»Dein Zimmer ist noch so wie früher. Ich habe alles so gelassen, wie es war, als du verschwunden bist. Du wirst dich gleich wieder zuhause fühlen.«

»Ja, Papa«, hauche ich, um ihn glauben zu lassen, dass ich mich ergeben habe.

Die Lichter unserer Stadt ziehen an uns vorbei. Der Himmel ist sternenklar. Die wenigen Menschen um uns herum tragen kurze Hosen und T-Shirts. Noch vor einem Tag ist ein schreckliches Sommergewitter über den Himmel gezogen. Es hat stark gestürmt und geregnet. Ich habe auf meinem Hotelzimmerbett gesessen, mich in eine Decke gekuschelt und einen Instantkaffee getrunken. Ich kam nicht umhin, daran zu denken, was Vice wohl gerade tut. Jedenfalls einen besseren Kaffee trinken als ich. Bei dem Gedanken habe ich kurz gelächelt, doch es fiel schnell in sich zusammen und endete in Tränen.

Ich vermisse ihn.

»Mann, drück mal aufs Gas, du Idiot«, schimpft mein Vater neben mir.

Wir fahren auf die nächste Ampel zu, sie ist grün, aber der Opel vor uns schleicht förmlich auf die Kreuzung zu.

»Depp!«, flucht mein Vater, als wir mit einem Ruck zum Stehen kommen. Direkt neben der kleinen Parkanlage in unserer Stadt. Er schaltet in den Leerlauf und hebt seinen Fuß von der Kupplung. Die Ampel ist rot.

Im selben Moment schnalle ich mich mit der rechten Hand los, schlage ihm mit Wucht mit dem linken Arm ins Gesicht und reiß ihn an den Haaren nach hinten. Dann greife ich nach dem Türöffner. Ich habe nur diese eine Chance. Es macht *klack* und die Verriegelungen springen auf. Ich lehne mich schnell zur Tür, winde mich aus dem Gurt und öffne die Beifahrertür.

»NEIN! ANNA!«, schreit mir mein Vater hinterher und greift nach meinem Pulli. Ich kann mich von ihm losreißen und renne. Direkt über die Straße, wo ein abbiegendes Auto eine Vollbremsung machen muss. Zu meinem Glück schafft dessen Fahrer es, rechtzeitig zu halten. Ich springe über die kleine Hecke, die den Park umgibt, und laufe über das Gras und traue mich nicht, zurückzublicken, um nachzusehen, ob er mir folgt.

Ich durchquere die kleine Grünanlage und verlasse den Park auf der gegenüberliegenden Seite. Zwei weitere Straßen durchquere ich, bis ich in einer Fußgängerzone ankomme. Keuchend vor Anstrengung stütze ich meine Hände auf die Knie und beuge mich vornüber. Mir ist schlecht und mein Herz schlägt schmerzhaft bis in meinen Kopf. Durch die Nase ein- und den Mund wieder ausatmend, versuche ich mich vom Kotzen abzuhalten. Ob vor Angst oder Anstrengung, weiß ich nicht.

Was jetzt? Was soll ich nur tun? Zurück zu Vice? Nein, das kann ich nicht. Wenn er sieht, wie Markus mich zugerichtet hat, würde er ihn töten und mich nie wieder gehen lassen. Nachdem ich geflohen bin, wird er mich einsperren. Für immer.

Nachdem ich mich wenigstens etwas beruhigt habe, richte ich mich wieder auf und sehe mich um. Es sind einige Lokale offen, bei denen die Leute draußen sitzen, ausgelassen trinken, Musik hören und miteinander reden. Ich schlage die Kapuze des Pullis über meinen Kopf, damit nicht jeder mein Gesicht sehen kann. Ich habe nur in der Spiegelung des Autofensters gesehen, dass ich blaue Flecken habe und meine Lippe geblutet hat. Dass ich Blut geschmeckt habe, daran kann ich mich nicht mal erinnern.

Mein Blick wandert über den Platz. Es ist spät, selbst wenn es hier ein Internetcafé gibt, hat es sicher schon geschlossen. Ich taste meine Kleidung ab und finde ein paar Geldscheine in der hinteren Hosentasche. Eine Gruppe junger Leute verlässt gerade gut gelaunt eine Shisha-Bar und läuft genau in meine Richtung. Es sind zwei Jungs und zwei Mädchen. Vielleicht Anfang zwanzig.

»Entschuldigung …«, spreche ich eines der Mädchen leise an. »Kann ich mal dein Handy benutzen, um eine E-Mail zu verschicken?«, frage ich, habe den Kopf gesenkt und sehe sie von unten her an. Sie soll keinen zu genauen Blick auf mein Gesicht haben.

»Äh, klar? Gehts dir gut?«, fragt sie.

Ich nicke. »Ja, alles gut. Ich muss nur eine E-Mail an einen Freund schicken.«

Das Mädchen, das mit ihrem blonden Dutt aussieht wie eine typische Studentin, kramt in ihrer Handtasche, zieht ihr Smartphone hervor und entsperrt es für mich. Einer der Kerle stellt sich hinter mich, bestimmt um sicherzustellen, dass ich mit ihrem Handy nicht einfach abhaue. Ja, so seh ich auch aus.

»Danke«, murmele ich, als sie mir ihr Handy reicht. Ich öffne den Browser und tippe die Website zu meinem E-Mail-Anbieter ein.

»Sicher, dass alles gut ist? Können wir dir irgendwie helfen?«, fragt nun auch das andere Mädchen. Sie hat braune wellige Haare. »Sollen wir dich irgendwohin bringen?«

Ich schüttele erneut den Kopf. »Nein, wirklich, es ist alles gut. Danke.«

Kein Wunder, dass sie sich solche Gedanken machen, beim Anblick von meinem Gesicht. Sieht sicher aus, als wäre ich vor meinem gewalttätigen Freund geflohen. Nun, ganz so falsch ist es ja nicht, nur, dass mein Freund nicht mir gegenüber gewalttätig war. Zumindest nicht ernsthaft.

Nachdem ich Liam eine Mail geschickt habe mit einem Hilferuf und meinem Aufenthaltsort in der Fußgängerzone, reiche ich ihr das Handy zurück. Jetzt kann ich nichts anderes mehr tun als warten. Und Hoffen.

»Gut, geh ruhig zu dem Shisha-Laden. Demir ist ein echt lieber Kerl.«

»Okay, werd ich machen«, sage ich, um sie zu beruhigen, auch wenn ich es nicht tun werde. Als sie sich verabschieden und sich, über mich tuschelnd, von mir entfernen, gehe ich Richtung Shisha-bar. Aber ich gehe nicht rein, sondern daran vorbei. Mein Ziel ist der Brunnen, der am Ende der Fußgängerzone steht. Es ist ein großes Piratenschiff, aus dessen Kanonenrohren Wasser prasselt.

Dort setze ich mich auf den Rand und atme tief durch.

Er wird kommen, Anna. Du hast Glück. Liam wird kommen. Ganz sicher.

Narbensohn

Nachdem ich endlich einen Scheiß-Parkplatz gefunden habe, stürze ich förmlich aus dem Auto, schließe ab und renne die Straße hinein, die zu der Fußgängerzone führt. Es ist schon halb sechs Uhr morgens und die E-Mail ist schon ein paar Stunden her. Ich hoffe, dass Anna noch dort und mit ihr alles okay ist.

Als ich die Fußgängerzone erreicht habe, sehe ich mich suchend nach dem Brunnen um. Wir haben früher oft dort gesessen und zusammen gefrühstückt, wenn wir die Schule geschwänzt haben. An diesem Brunnen haben wir über das geredet, was uns passiert ist, ich habe mich tausendmal entschuldigt und sie hat mir tausendmal gesagt, dass es nicht meine Schuld war. Blödsinn, natürlich war ich Schuld. Ich habe ihr diese Dinge angetan. Dass sie ausgerechnet dort auf mich wartet, macht mir ein flaues Gefühl in der Magengegend.

Anna!

Ihre zierliche Gestalt liegt vor dem Brunnen auf dem Boden eingerollt in einen dicken schwarzen Pulli. Ich gehe vor ihr in die Knie und fasse sie vorsichtig an der Schulter an, streichele über ihren Arm.

»Anna?«, flüstere ich leise.

Ihre Lippen verziehen sich im ersten Moment zu einem schwachen Lächeln, als sie meine Berührungen spürt, dann schlägt sie die Augen auf und sieht sich panisch um.

»Ich bin es, Liam«, versuche ich sie zu beruhigen. Hektisch richtet sie sich auf und schlingt ihre Arme um meinen Hals.

»Liam!«

Auch ich lege meine Arme um ihren dünnen Körper und drücke sie fest an mich. Sie ist eiskalt und so reibe ich mit meinen Handflächen über ihren Rücken.

»Ich freue mich so, dich zu sehen. Du hast meine Nachricht gelesen. Ich hatte wirklich Glück!«, haucht sie leise und schmiegt ihr Gesicht an meine Halsbeuge.

Es ist schön, zu sehen und zu spüren, dass sie genauso glücklich über unser Wiedersehen ist wie ich. Ich stehe auf und ziehe sie mit mir nach oben, halte meine Arme um sie geschlossen. Sie ist so klein und zerbrechlich in meiner Umarmung.

»Ja, ich weiß auch nicht, ich dachte eher, dass ich ein paar alte E-Mails von dir finde aus den letzten sieben Jahren, aber dann blinkte eine von heute Nacht. Komm, lass uns zum Auto gehen, ich schalte die Heizung ein und wir fahren los.«

»Wohin?«

»Ja, das wird dir wahrscheinlich etwas komisch vorkommen, aber … wir fahren in die Hütte.«

Anna löst sich von mir und sieht mich fragend an. Ich kann verstehen, dass das für sie merkwürdig sein muss.

»Warum, von allen Orten auf der Welt, willst du ausgerechnet in die Hütte?«

»Ich erzähle dir alles unterwegs. Komm, du bist eiskalt.«

Sie drückt sich fest gegen mich, woraufhin ich einen Arm um sie lege. Gemeinsam gehen wir zu dem SUV, den ich von Vice bekommen habe, und steigen ein. Ich schalte ihr die Sitzheizung an und stelle das Gebläse auf fünfundzwanzig Grad. Anna scheint damit zufrieden, denn sie hält ihre Hände gegen die Lüftungsschlitze.

»Also, spuck schon aus, Winterfeld. Warum die Hütte? Bist du so nostalgisch, oder was ist los?«

Ich sehe einen Moment lang strafend zu ihr hinüber, ehe ich wieder auf die Straße blicken muss.

»Nein, ich… wir sind nicht allein da. Ich habe vor ein paar Tagen versucht deinen, na ja …«

»Meinen Vater zu erwürgen?«, beendet sie meinen Satz. Woher zum Teufel weiß sie das? Sie deutet auf ihr eigenes zerschundenes Gesicht. »Ich bin ihm auch schon begegnet und er hat mir davon erzählt. Aber was heißt, wir sind nicht allein da? Lass mich dir nicht alles aus der Nase ziehen. Ich hasse das!«

»Na ja, als ich das jedenfalls versucht habe, ist eine junge Frau aufgetaucht. Ihr Name ist Helena und ich kenne sie schon aus dem Gefängnis. Sie möchte mal Autorin werden und will ein Buch über Strafgefangene schreiben. Sie ist in mich verknallt und damit sie mich nicht an die Polizei verrät, habe ich sie entführt. Ich wusste nicht, wohin, also bin ich mit ihr in die Hütte und habe sie dort eingesperrt. Keine Sorge, ihr gehts gut, ich kümmere mich um sie.«

Ich kann Annas Blick von der Seite förmlich spüren. Sie grinst mich aus. So ein Biest. Aber sie sagt nichts dazu, sondern wendet den Kopf zur Scheibe und lehnt ihre Stirn dagegen.

»Schlaf ruhig noch etwas. War sicher unbequem auf dem Kopfsteinpflaster.«

»Mhm«, ertönt es leise, als sie die Augen auch schon schließt.

Gefallener Engel

Es ist angenehm warm und ich bin in eine Decke gehüllt, als ich wieder aufwache. Ich bin in Liams Wagen eingeschlafen und jetzt, als ich die Augen öffne, blicke ich direkt hoch in sein hübsches Gesicht. Seine blauen Augen, mit den langen, dunklen Wimpern, sehen besorgt auf mich herab, während seine rauen Finger über meine Wange streicheln. Mein Kopf liegt auf seinen Schoß gebettet.

»Guten Morgen. Wie geht es dir?«

Die Frage ist nicht leicht zu beantworten. Bin ich erleichtert? Bin ich traurig? Habe ich Angst?

»Ich weiß es nicht«, gebe ich leise zu und schmiege meine Wange gegen seine warme Hand. Es ist schön, seine beschützende Nähe zu spüren. Liam hat mir oft wehgetan, als wir Kinder waren. Aber ich weiß, dass er keine Wahl hatte.

Am Anfang haben wir beide nicht verstanden, was wir da taten, und so haben wir einfach mitgemacht. Es war gar nicht schlimm, schließlich hat Papa das auch mit mir gemacht und das bedeutete ja, dass er mich lieb hat. Liam wollte es nicht mehr, als er verstand, was er tun musste, und er merkte, dass er mir damit Schmerzen zufügte. Ich bin mir sicher, dass er sich bis heute dafür hasst, dass er sich nicht dagegen wehren konnte. Dass er dem Willen seines Vaters so ausgeliefert war. Genauso wie ich.

Als ich mich umsehe, erkenne ich, dass wir wirklich in der alten Ferienhütte mitten im Wald sind. Seltsamerweise macht mir das Ganze kein komisches Gefühl. All die schrecklichen Dinge, die hier passiert sind, waren unten im Keller. Hier oben habe ich mit Liam gespielt, nichtsahnend auf Balthasars Schoß gesessen und mich an ihn gekuschelt. Ich habe mich in seinen Armen sicher gefühlt. Sicher vor meinem eigenen Vater.

Dann, immer wenn wir runter in den Keller gingen, wenn Balthasar die Kamera auf uns beide richtete, begannen die Qualen. Trotzdem habe ich Liam niemals einen Vorwurf gemacht, er konnte nicht anders. Außerdem, war all das, was hier in diesem Keller passiert ist, nicht so schlimm war wie das, was mein Vater mir in meinem eigenen Kinderbett angetan hat. Denn danach hat mich niemand im Arm gehalten und getröstet. Meine Mutter konnte es nicht.

»Liam.« Ich beginne plötzlich zu schluchzen und drehe meinen Kopf gegen seinen harten Bauch. Er lehnt sich zu mir herab und schlingt seine Arme fester um mich.

»Es ist alles gut, Anna. Es ist alles gut. Du bist hier in Sicherheit und ich werde dafür sorgen, dass du nie wieder Angst haben musst. Das verspreche ich dir. Es tut mir leid, dass ich dich ausgerechnet hier hin bringen musste, aber ich weiß nicht wohin sonst. Ich wollte Helena nicht zu Vice bringen. Dem traue ich nicht.«

Besser so. Was wäre gewesen, wenn ich im Wagen eingeschlafen und auf Vice Schoß aufgewacht wäre? Wie ironisch!

Liam hat mir dieses Versprechen schon so oft gegeben, aber wie immer will ich es glauben. Ich schmiege mein Gesicht gegen ihn und schlinge meine Arme ebenfalls um ihn herum, halte ihn bei mir. Am liebsten würde ich ihn nie wieder loslassen und einfach nur weiter weinen. Ich liebe ihn. Und er liebt mich. Das wissen wir beide.

Nachdem ich mich etwas beruhigt habe, lösen wir uns wieder voneinander.

»Es geht mir besser«, sage ich mit vom Weinen verstopfter Nase.

»Hast du ein Taschentuch für mich?«

Liam tastet seine Hose ab und schüttelt den Kopf. Im selben Moment knurrt mein Magen.

Liam lächelt mich daraufhin entschuldigend an. »Ich bringe dir gleich ein Stück Küchenrolle und koche uns ein paar Nudeln. Helena hat sicher auch schon Hunger in ihrem Zimmerchen. Sie hat immer Hunger.«

Mit diesen Worten hebt er meinen Kopf sanft von seinem Schoß und richtet sich auf.

Als auch ich mich aufsetze und vor mich auf den Boden schaue, erschrecke ich mich. Zu meinen Füßen liegt ein Koloss von einem Pitbull, der mich aus großen, treuen Augen ansieht. Sein Kopf ist riesig und erst, als ich den grauen Körper herunterblicke, erkenne ich, dass es sich um eine Hündin handelt.

»Ähm, Liam, tut die hier was?«, frage ich zögerlich und er ruft aus der Küche heraus:

»Nein, das ist Butterfly, also Fly, sie ist eine ganz Liebe. Hab sie aus dem Tierheim, sie liegt schon zu deinen Füßen, seitdem ich dich hierher gebracht habe.«

Ich lehne mich nach unten zu der Pitbulldame und strecke ihr zögerlich meine Hand entgegen. Neugierig hebt sie ihre Schnauze, schnüffelt an meinen Fingern und beginnt sofort an ihnen herumzulecken. Mit meiner anderen Hand kraule ich sie hinter den Ohren. Ihr Kopf ist riesig! Aber sie ist ein wirklich schöner Hund. Ich werde die Zeit, bis Liam mit dem Essen fertig ist, einfach damit verbringen, mit dem Kampfhund zu schmusen. Nähe ist etwas, das ich aktuell sehr gut gebrauchen kann.

Nachdem wir zusammen Nudeln gegessen haben und ich Liam noch etwas über Helena ausquetschen konnte, habe ich mich nochmal aufs Sofa gelegt. Es hat nicht lange gedauert, da bin ich auch schon eingeschlafen.

Hundegebell weckt mich auf und ich schrecke hoch. Fly steht am Fenster und verjagt einen Vogel vom Fensterbrett. Kurz darauf höre ich, wie sich eine Tür öffnet und Schritte auf das Wohnzimmer zueilen.

»Anna, alles in Ordnung?« Ich setze mich aufrecht hin, wobei mir die Decke von den Schultern rutscht. Ich nicke. Auch wenn eigentlich nichts in Ordnung ist.

Nachdem Liam die Pitbulldame begrüßt hat, die ihn freudig angesprungen hat, setzt er sich zu mir. Sorgenvoll mustert er mein Gesicht und ich mag es gar nicht, dass er mich so ansieht. Er hat die letzten sieben Jahre im Gefängnis verbracht, er verdient Mitleid und Sorge. Auch wenn ich nicht behaupten kann, die letzten Jahre in Freiheit gelebt zu haben.

Fly rennt los gen Flur, wo sie sich nun vor einer jungen Frau auf den Boden wirft und um ihre Aufmerksamkeit bettelt. Sie ist ungefähr so groß wie ich, hat weibliche Rundungen, dunkle, lange Locken und ein rundes Gesicht mit vollen Lippen und grünblauen Augen. Sie ist hübsch und noch hübscher ist sie, als sie mich zaghaft anlächelt.

Liam rückt etwas zu mir und schiebt die Decke fürsorglich wieder über meine Schultern.

»Hi!«, begrüßt mich Helena und ich schenke ihr ebenfalls ein Lächeln.

»Hi!«

Sie kommt auf mich zu und hält mir ihre Hand entgegen. Mit schwachem Griff lege ich meine Finger um ihre. Sie sind warm im Gegensatz zu meinen. Ihre Wangen sind leicht gerötet und ihre Haare ziemlich zerwühlt, genauso wie Liams. Ich kann mir fast denken, was die beiden getan haben. Ich finde das allerdings süß, eine Romanze zwischen Entführer und Geisel und Helena scheint wohlauf zu sein. Ich kann mir auch nicht vorstellen, dass Liam ihr wehtun würde. Nicht absichtlich zumindest.

»Ich bin Helena«, stellt sie sich vor und ich schmunzele etwas.

»Ich weiß, ich bin Anna, aber das wirst du sicher auch wissen.«

Helena nickt. Natürlich weiß sie, wer ich bin. Liam hat mir erzählt, dass sie sich eines der Videos angesehen hat, das noch hier lag. Ich hoffe, dass ich es nicht zu Gesicht bekomme. Liam versucht verzweifelt den kleinen Fernseher, der hier im Wohnzimmer steht, zum Laufen zu bringen, schafft es aber nicht.

»Scheint, als wäre bei dem Unwetter was kaputt gegangen, ich geh mal aufs Dach und schaue nach. Ihr bleibt hier und ruft, sobald das Bild da ist«, brummt er in demselben Befehlston, den auch sein Vater beherrscht wie kein anderer. Er lässt uns beide alleine, um mit einer Leiter aufs Dach zu klettern.

Helena setzt sich nun neben mich auf das Sofa und sieht mich zögerlich an.

»Ich möchte dir nicht zu nah treten, also sag mir, wenn dir etwas unangenehm ist und du nicht darüber reden magst, aber was ist denn passiert, dass Liam so überstürzt aufgebrochen ist? Wo kommst du her?« Sie mustert unsicher mein Gesicht.

»Das Wiedersehen mit meinem Vater ist nicht ganz so glücklich gelaufen, wie ich mir gewünscht hätte«, sage ich und lächele bitter, »ich habe Dinge herausgefunden, die ihn nicht sehr erfreut haben. Zudem hatte er noch eine unangenehme Begegnung mit Liam vor ein paar Tagen und wollte seine Wut darüber an mir auslassen.« Bei diesen Worten deute ich mit dem Zeigefinger in mein zerschundenes Gesicht.

»Dein Vater hatte eine Begegnung mit Liam?«, fragt sie mich irritiert. »Was heißt denn, dass es nicht so glücklich gelaufen ist? Ich verstehe nicht ganz …«

Natürlich versteht sie nicht ganz, wenn Liam ihr nichts erzählt hat, kann sie es ja nicht wissen. Allerdings wundert mich das.

»Ich habe gehört, du bist bei dem Treffen der beiden ein ungebetener Gast gewesen?«, erkläre ich und Helenas Augen weiten sich. Jetzt scheint ihr die Verbindung zwischen meinem Vater, ihr und Liam erst klar zu werden. Ich sehe, wie es in ihrem Kopf rattert und sie die einzelnen Puzzleteile, die sie von Liam bisher erfahren hat, zu einem halbwegs schlüssigen Bild zusammenfügt.

Trotzdem helfe ich ihr etwas beim Zusammensetzen. »Balthasar und mein Vater kennen sich gut. Sie sind Freunde, könnte man sagen. Oder Geschäftspartner.« Zweiteres passt besser, denn Balthasars Abneigung gegenüber meinem Vater war deutlich spürbar.

»Hat dein Vater von den Sachen gewusst, die …« Sie traut sich nicht, es auszusprechen. Ich habe damit allerdings schon lange kein Problem mehr.

»Die Liam mit mir machen musste? Die Balthasar in diesem Keller hier gemacht hat? Ja, er wusste davon. Er hat mich sogar selbst hierhin gefahren und Balthasar ermutigt, es zu tun.« Es ist anstrengend, dennoch lächele ich Helena an.

Mein Vater hätte die Kamera am liebsten selbst gehalten, aber Liam hätte niemals auf ihn gehört. Ihm fehlt die Autorität dafür. Wenn hingegen Balthasar einen Befehl ausspricht, fällt es sogar einem erwachsenen Mann schwer, sich zu widersetzten.

Helenas Unbehagen, was das Thema angeht, ist deutlich zu spüren und so verstehe ich es auch, dass sie das Thema wechseln will.

»Und du und Liam, ihr versteht euch gut?«

»Ja, meistens, wenn er nicht gerade seine verrückten fünf Minuten hat«, sage ich lächelnd.

Ich glaube, ich werde Helena mögen. Sie scheint eine unschuldige, gutherzige Seele zu sein, wie Liam es mir schon gesagt hat. Vielleicht kann sie etwas Licht in Liams Dunkelheit bringen.

Obwohl ich tagsüber immer wieder phasenweise auf dem Sofa gedöst habe, falle ich abends einfach nur ins Bett und schlafe sofort ein. Ich befinde mich in der alten Abstellkammer der Hütte, die Liam vorübergehend als Gefängnis für Helena hergerichtet hatte. Diese durfte die Nacht bei ihm im Zimmer verbringen, damit ich meine Ruhe habe.

Ich hätte auch gerne bei Liam gelegen und mich von ihm festhalten lassen. So wie früher, aber ich kann auch verstehen, dass er bei Helena sein will, sie braucht womöglich mehr Beistand als ich. Sie ist noch jung, von ihrer Familie getrennt, die gerade eine schwere Phase durchmacht, und wird hier mit einer grausamen Geschichte konfrontiert.

Außerdem ist sie in ihn verliebt, das hat sie ihm heute sogar gesagt. Diese jungen, zerbrechlichen Gefühle, die sich zwischen ihnen entwickelt haben, bedürfen viel Aufmerksamkeit und Pflege und ich will nicht dazwischenstehen. Ich wünsche mir für Liam, dass er sein Glück findet. Vielleicht schafft es Helena ja, ihn von seinen Rachegedanken abzubringen und ihm zu zeigen, was es heißt, geliebt zu werden. Denn jemandem, der nie Liebe erfahren hat und sich selbst so sehr hasst, wie Liam es tut, fällt es schwer, Gefühle zuzulassen.

Als ich am nächsten Morgen aufstehe, schlafen die beiden noch friedlich in ihrem Zimmer. Es sei ihnen gegönnt. Ich bin allerdings ausgeschlafen und motiviert heute den Tag nicht mit

Angst und Trauer zu verbringen, sondern hoffnungsvoll und fröhlich.

Ich stehe gerade vor dem Herd und koche Rührei für alle, als Helena es ist, die als Erstes aufsteht und zu mir in die Küche kommt. Liam hat in der Hütte alles geputzt und die Schränke und den Kühlschrank gefüllt, als wolle er mit Helena hier einziehen. Er hat nicht gelogen, als er sagte, dass er sich um sie kümmert.

Helena erzählt mir, dass Liam nicht da ist, und wir hoffen beide, dass er einfach nur Brötchenholen gefahren ist. Während wir zu zweit am Tisch sitzen und zusammen frühstücken, nutzen wir die Zeit, um uns näher kennenzulernen. Helena macht sich Gedanken darüber, dass ich hier in dieser Hütte sein kann und es mir offenbar nichts auszumachen scheint. Ich erkläre ihr, dass ich all die schlimmen Erinnerungen nur an den Keller habe. Danach unterhalten wir uns noch über Liams Eltern.

Als wir schon fast mit dem Essen fertig sind, hören wir ihn mit dem SUV zurückkommen. Er brettert in hoher Geschwindigkeit die Einfahrt hoch und fährt in die Garage. Der kurze Moment, in dem ich Liam hinter dem Steuer sehen kann, reicht aus, um zu erkennen, dass er vor Wut brodelt. Helena und ich gehen zusammen in den Flur, um ihn dort zu empfangen.

Als er jedoch den Flur betritt, ist er nicht allein. Er hält einen Mann im Nacken gepackt, dem er eine Stofftüte über den Kopf gezogen hat, und schiebt ihn vor sich her. Ich sehe einen dunkelblaue Anzug, ein weißes Hemd und Lackschuhe. Ich brauche das dumpfe Gejammer des Mannes nicht zu hören, um zu wissen, um wen es sich handelt.

Papa. Oh Gott, was hat Liam vor?

»Aus dem Weg macht mir die Terrassentür auf!«, befiehlt Liam und sowohl Helena als auch ich gehorchen ohne zu zögern und öffnen die Tür für ihn.

Liam führt ihn zum Keller und während er mit ihm die Treppe hinuntergeht, bleibe ich völlig versteinert oben stehen und starre Helena hilfesuchend an. Meine Hand zittert, als sie nach ihr greift und sie festhält.

»Anna?«, fragt sie leise und ich spüre, wie diese bekannte Eiseskälte durch meinen Köper fährt.

»Das ist mein Vater«, hauche ich tonlos.

»Was?«

Wir hören einen gedämpften Schmerzensschrei aus dem Keller und ich entziehe mich ihrem Griff. »Wir müssen zu Liam! Wir müssen etwas unternehmen. Ihn abhalten. Die Körperverletzung an meinem Vater bringt ihn lange genug ins Gefängnis. Wenn er ihn umbringt, dann …« Dann was, Anna? Dann hat endlich alles ein Ende? Und Liam kommt für weitere Jahre ins Gefängnis? Nein. Das will ich nicht.

Zusammen laufen wir die Treppe hinunter. Als wir unten ankommen und den Raum betreten, der mich immer wieder in meinen Albträumen verfolgt, bildet sich eine Gänsehaut auf meinem ganzen Körper. Es sieht noch genauso aus, wie ich es in Erinnerung habe. Das Bett, die blaue Kindertapete, selbst der Geruch ist noch derselbe wie damals. Mein Vater ist mit Kabelbindern an das Gitterbett fixiert und wehrt sich so stark, dass das Plastik sich in seine Haut schneidet.

Ich renne auf Liam zu und rüttele verzweifelt an seinem Arm. »Hör auf, Liam! Lass das sein!«, flehe ich ihn an. Aber es interessiert ihn nicht. »Das führt doch nur zu mehr Leid! Du hast versprochen mich zu retten, aber doch nicht so!«

Liam sieht mich nicht an, ich weiß nicht mal, ob meine Worte überhaupt zu ihm durchdringen. Er zieht meinem Vater die Tüte vom Kopf und ich blicke in sein schrecklich zugerichtetes Gesicht. Sein dunkelblonder Dreitagebart ist blutverkrustet, seine Lippe aufgeplatzt und sein rechtes Auge ist völlig zugeschwollen. Ich lasse von Liam ab und trete einen Schritt zurück. Er öffnet Markus die Hose und zieht sie grob herab, sodass er untenrum nackt ist.

»Was hast du vor?«, ist es nun mein Vater, der Liam die Frage stellt, die sowohl mir als auch Helena auf den Lippen brennt.

»Ich bin dein Vater, Anna! Du musst mir helfen!«, ruft er mit vor Angst bebender Stimme.

»Sie muss überhaupt nichts!«, knurrt Liam, der aus einem Werkzeugkasten unter dem Bett einen Schraubenzieher herausholt. »Du weißt, was ich deiner Tochter antun musste, oder? Du warst dabei und hast dir abends diese Videos angesehen, während du es dir gemacht hast, du krankes verdammtes Schwein!«

»Liam!«, rufe ich nochmal verzweifelt. Er soll aufhören. Das bringt doch alles nichts.

Ich blicke direkt in die panischen Augen meines Vaters, der mich flehend ansieht.

»Anna, Liebes«, haucht er völlig aufgelöst. Es sticht in meiner Brust. »Du weißt doch, dass ich dich liebe. Du bist doch das Einzige, was ich noch habe.«

Ich schließe meine Augen, ich kann ihn nicht mehr ansehen. Wieso sagt er sowas? Hat er um meine Mutter getrauert? Weiß er, dass ich es war, die sie getötet hat?

»Wage es nicht, von Liebe zu sprechen!!«, schreit Liam ihn an und ich kann hören, wie er ihn schlägt. Ich traue mich nicht, die Augen zu öffnen, ich will meinen Vater nicht so sehen, das kann ich nicht, denn ich bin nicht wie Liam. Es soll einfach niemand mehr leiden. Weder ich noch er, mein Vater oder die Kinder.

»Freu dich, Markus«, höre ich Liam flüstern. »Heute bist du das Kind in meinem Kinderzimmer. Es wird lange dauern und am Ende wirst du mich anflehen, dich endlich umzubringen.«

Die Worte meines besten Freundes erfüllen mich mit so großer Angst, dass ich nicht in der Lage bin, etwas zu tun. Wie angewurzelt stehe ich da und traue mich nicht, mich zu rühren. Meine Hände sind so schmerzhaft zu Fäusten geballt, dass sich meine Nägel in mein Fleisch drücken.

»Liam, das war doch alles die Idee von deinem Vater. Ich mache eine Therapie. Ich bin nicht mehr so!«, versucht sich mein

Vater zu rechtfertigen, aber ich weiß, dass er lügt. Und Liam weiß es auch.

»Sieh in Annas Gesicht, sieh dir deine Tochter an! So bist du nicht mehr? Hast DU sie nicht so zugerichtet?«

Ich vergrabe mein Gesicht in den Händen. Warum bin ich nur so unfähig, etwas zu tun, wenn es um meinen Vater geht? Ich bin nicht in der Lage, mich gegen ihn zu wehren, und genauso wenig schaffe ich es, ihm zu helfen.

»Ich war unter Schock! Liam, ich wusste nicht, was ich tat. Ich war nur knapp dem Tode entkommen und …«

Als ich die Hände wieder sinken lasse, sieht mir mein Vater direkt in die Augen. Bettelnd, flehend. »Es tut mir leid! Hörst du? Es tut mir leid, meine Kleine, ich wollte das nicht, ich will dir nicht mehr wehtun. Bitte, glaube mir, mein Schatz.«

Er hat keine Ahnung, wie sehr ich es glauben *will*. Was in mir lässt mich immer noch hoffen, dass er sich ändert? Ist es das kleine Mädchen, das sich nur die Liebe von ihrem Vater wünscht, weil die eigene Mutter im Wachkoma liegt und sie ihr nicht geben kann?

Helena greift nach meinen Handgelenken und zieht mich energisch aus dem Raum raus, die Treppe hinauf. Als wir gemeinsam oben ankommen, rufe ich mit letzter Kraft hinunter:

»Liam, töte ihn nicht!«

Der Teufel

»Sie hat dich verlassen, Vice! Sie kommt nicht zurück. Akzeptier das.«

Mein Kiefer mahlt, während ich den Blick von Josh abwende, der mich entschieden ansieht. Ich will es nicht hören und ich will es nicht glauben.

Er greift mir an den Kragen und dreht meinen Kopf in seine Richtung, damit ich ihn wieder ansehe. »Hast du mich verstanden? Du hast jetzt keine Zeit, hinter Anna herzulaufen. Ich weiß, dass es kacke ist, ich finde es genauso scheiße wie du, aber sie ist weg.«

Genervt stoße ich die Luft aus und löse mich mit einem Ruck aus Joshs Griff. Ich wende mich von ihm ab und gehe ein paar Schritte durch meine Wohnung, entferne mich von ihm. Ich brauche meinen Raum, er darf mich jetzt nicht anfassen, sonst explodiere ich. Dass er zu mir nachhause kommt, um mir in den Arsch zu treten, hat er noch nie gemacht.

Ich habe auf dem Sofa gesessen, mir etwas opiumhaltige Medizin kleingemörsert, um mich auf einen ausgiebigen Entspannungstripp zu befördern, da hat er an meiner Tür geklopft und seitdem bekomme ich einen Einlauf. Er hat ja recht, das ist mir klar und das ist es, was die ganze Sache doppelt so schlimm macht. Ich schaffe es einfach nicht, meine Gedanken von ihr abzubringen. Von Anna. Von *meiner* Anna, die mich verlassen hat. Das Einzige, was die Leere in meinem Inneren füllt, die sie zurückgelassen hat, ist unsagbare Wut.

»Du hast jetzt eine große Aufgabe, Vice, und ich will verdammt nochmal sicher sein, dass du fähig bist, sie zu übernehmen!«, führt Josh seine Standpauke fort.

Ich fahre mir mit den Fingern durch das Haar, als ich den Kopf in den Nacken lege und unter die Zimmerdecke blicke.

»Natürlich bin ich fähig, Joshua.« Neben all dem Stress, den mir Annas Verschwinden macht, ist da noch eine andere Sache, die mir schwer im Magen liegt. »Warum gehst du?«, frage ich meinen Chef und Mentor, als ich meine Hände sinken lasse und mich wieder zu ihm umdrehe. »Warum haust du ab?« Ich sehe ihm direkt ins Gesicht, in seine grünen Augen, die mehr denn je von dunklen Schatten umgeben sind.

»Ich muss.«

»Einen Scheiß musst du, Joshua. Der Club, die Mädchen, die Drogen, das ist dein Reich, das ist deine Welt. Ich verstehe nicht, warum du jetzt abhaust? Ist es wegen deiner Familie? Zwingen sie dich?«

Ich bin mir sicher, dass seine Frau und die Kinder schuld daran sind, dass er alles aufgibt, was er erreicht hat. Was er errichtet hat. Ich kann nicht fassen, dass auch er mich im Stich lässt, alles bei mir ablädt und mich verlässt. Ich habe immer zu ihm aufgesehen und jetzt schmeißt er alles hin. Nicht jetzt, da ich ihn brauche. Meine Mutter, Anna und jetzt auch noch er.

»Niemand zwingt mich, es ist meine Entscheidung«, beteuert Josh.

»Schwachsinn!«, spucke ich ihm förmlich entgegen. »Das redest du dir ein, damit es für dich erträglicher ist, alles zu verlieren. Aber hey«, ich hebe die Hände abwehrend an und mache einen Schritt auf ihn zu, »versuch es. Aber ich hoffe, dass du bei deinem Versuch, ein normales Leben zu führen, aufs Maul fällst, Herr van der Linden.« Ich spreche ihn mit seinem Nachnamen an, um ihn daran zu erinnern, wer er ist und dass er hierhergehört. Hierher in das Fegefeuer. In die Hölle. Denn das ist der Ort, der für Dämonen wie uns bestimmt ist.

Dann seufze ich geschafft. Ich hasse sowas, ich bin nicht für diese zwischenmenschlichen Auseinandersetzungen gemacht. Es stresst mich.

Josh nickt verstehend und seufzt ebenfalls. Er deutet auf das weiße Pulver von der zerstoßenen Tablette.

»Viel Spaß damit, aber ab morgen bist du wieder voll einsatzfähig. Klar? Du hast mich gebührend zu vertreten, Herr Kaiser.« Er spricht mich als Rache mit dem Nachnamen meiner Mutter an. Ich nicke nur und lasse mich auf das Sofa sinken.

»Ich weiß, dass es scheiße ist, dass es wehtut und es tut mir leid. Dass Anna einfach verschwindet, hätte ich nicht gedacht. Ihr wart echt ein einzigartiges Paar. Auf eure ganz spezielle, selbstzerstörerische Art. Aber jetzt musst du anfangen, an dich zu denken, und aufhören im Selbstmitleid zu versinken. Werde besser wieder das kalte Arschloch, das ich damals kennengelernt habe. Das steht dir besser. Machs gut, Kumpel.«

Mit diesen Worten salutiert er mit zwei Fingern an der Schläfe und macht auf dem Absatz kehrt, um meine Wohnung zu verlassen. Ich bleibe allein zurück und starre auf mein Opium. Jetzt habe ich noch mehr Verantwortung zu tragen als vorher und ich muss mich dieser voll und ganz widmen. Aber ich werde Anna nicht vergessen. Meine Zeit, sie wieder zu mir zu holen, wird kommen. Ich muss nur Geduld haben.

Liam hat meinen Vater nicht getötet. Ich weiß nicht, wie Helena ihn abhalten konnte, aber er lebt noch.

Gefallener Engel

Wir haben gemeinsam die Hütte im Wald verlassen und sind zu einem Freund von Liam gefahren. Ein britischer Hacker namens Caleb bekam von Liam die VHS-Kassette mit den Aufnahmen von ihm und mir, die Helena in der Hütte gefunden hat. Er soll sie vorsichtshalber digitalisieren und sichern, damit wir sie später als Beweise der Polizei geben können. Liam glaubt allerdings nicht, dass unsere Väter wegen dem Video mehr Strafe bekommen als ein paar Jahre Gefängnis. Und das ist ihm viel zu wenig.

Der Hacker war ein netter Kerl, der sich ebenso wie ich in einem dicken Pulli zu verstecken versuchte. Ich habe noch nie so einen schüchternen Mann gesehen wie diesen Engländer. Dabei muss er das gar nicht sein. Er war richtig süß und schien ganz schön was auf dem Kasten zu haben.

Nun stehen wir vor dem Haus des Mannes, zu dem ich vor sieben Jahren hätte gehen können. Er ist der Sohn eines Polizisten, aber meine Scham und meine Angst damals waren zu groß. Stattdessen habe ich bei einem Psychopathen geklopft und mich in ihn verliebt.

Werde ich gleich feststellen, dass es ein großer Fehler war, nicht hierhergekommen zu sein?

Zumindest wohnt er schön. Das Haus ist ein typischer Neubau. Der Putz ist rot, die Haustür und die Fenster sind weiß. Es hat eine riesige Fensterfront.

»Dann heißt es jetzt wohl Abschied nehmen«, sagt Liam, der sich abschnallt und sich zu mir herüberlehnt. Er schließt mich in die Arme und ich nehme seine Nähe dankend an. Wieso klingt es so, als würde Liam nicht glauben, mich nochmal wiederzusehen? Was hat dieser verrückte Kerl nur schon wieder vor? Will er einen Märtyrertod sterben, wenn er Markus und Balthasar endlich das Handwerk legt? »Er wird auf dich aufpassen. Keine Angst, dir tut nie wieder jemand etwas an, dafür werde ich sorgen, Anna. Ich halte mein Wort. Ich werde dich retten. Und rächen.« Seine letzten Worte sind nur ein Flüstern, welches mir eine Gänsehaut bereitet. Er haucht mir einen Kuss auf die Wange.

»Liam, ich möchte nicht, dass du mir Rache versprichst. Ich wünsche mir, dass du mir versprichst zu leben. Dich um dich selbst und vor allem um Helena zu kümmern. So eine wunderbare Frau, die dich genauso nimmt, wie du bist, findest du nie wieder. Sorge lieber dafür, dass unsere Väter ins Gefängnis kommen, und lass nicht zu, dass sie dein Leben vollkommen zerstören.« Ich streiche ihm mit dem Daumen über seine hohen

Wangenknochen und sehe ihm flehend in die Augen. »Versprich mir, dass du nicht wirst wie dein Vater.«

Liam wendet den Blick von mir ab. Das wollte ich erreichen. Da er seinen Vater so sehr hasst, ist das die einzige Möglichkeit, ihn von Dummheiten abzuhalten. Er will nicht sein wie er.

Wir steigen aus und gehen gemeinsam auf den Neubau zu, wo Liam die Klingel betätigt. Die Pitbulldame Fly, die einen Narren an mir gefressen hat, lassen wir im Kofferraum sitzen. Ich hätte sie gerne als Schutz mitgenommen, denn ich fürchte mich etwas vor der ersten Begegnung mit dem Mann, in dessen Obhut ich nun gegeben werde.

Er ist etwas älter als ich, Justizvollzugsbeamter und Sohn eines Polizisten, das ist alles, was ich weiß. Wäre ich damals zu ihm gegangen anstatt zu Vice, wie wäre dann mein Leben verlaufen? Wenn ich zu Daniel Schuhmacher in seinem gemütlichen, roten Neubau gegangen wäre und nicht zu dem Psychopathen im Rotlichtviertel?

Die Tür wird geöffnet und ein großer, breiter Kerl mit dunkelblondem, kurzem Haar steht vor uns. Er trägt eine schwarze Stoffhose und ein graues T-Shirt mit der Aufschrift: »Ich bin Beamter, weil Superheld kein anerkannter Beruf ist.«

Witzig ist er zumindest.

Er neigt sich zu Helena und hebt sie vom Boden hoch, drückt sie fest an sich und ist offensichtlich froh, dass sie wohlauf ist. Dann begrüßen sich er und Liam, typisch männlich mit ein paar Schlägen auf den Rücken. Als er sich zu mir herunterneigt, flößt mir seine große Erscheinung doch Respekt ein. Da er eine Stufe über uns steht, wirkt er noch riesiger.

»Danke, dass ich zu dir kommen darf«, sage ich leise.

Er lächelt mich an und sieht dabei so ehrlich und freundlich aus, dass ich ebenfalls lächeln muss.

»Ich dachte eigentlich, dass wir uns schon vor etlichen Jahren kennenlernen, Anna. Als Liam ins Gefängnis gekommen ist, habe ich versucht, dich aufzuspüren. Aber du warst nicht zu finden. Liam hat mir früher viel von dir erzählt. Du kannst so lange bei mir bleiben, wie du möchtest. Mein Haus ist sowieso viel zu groß für mich allein und meine Ex hat sogar unseren Hund mitgenommen.« Daniel lächelt mich schief an und hält mir auffordernd seine Hand entgegen.

Ohne jegliche Berührungsängste ergreife ich sie und es fühlt sich gut an, als sich die großen, warmen Finger um sie schließen. Er hilft mir zu sich auf die oberste Stufe hoch.

»Mach was draus«, höre ich Liam murmeln, als er sich von Daniel verabschiedet und ihm einen USB-Stick die Hand zu drücken. Ich nehme an, dass es eine Kopie des Videos ist.

Dann verabschieden wir uns von Liam und Helena, welche mich noch einmal fest in den Arm nimmt. Seit Jahren ist sie die erste normale Frau, mit der ich Kontakt habe. Keine Nutte, keine Dealerin oder Abhängige. Zwischen uns hat es sofort harmoniert. Vielleicht auch, weil ich weiß, wie gut sie für Liam ist.

»Ich bin froh, dass wir jetzt Freundinnen sind«, sage ich leise, nachdem mir Helena versprochen hat, sowohl Liam als auch meinen Vater zu retten. Dass sie sich so sehr für uns und unsere schreckliche Geschichte einsetzt, rührt mich und ich bin froh sie kennengelernt zu haben. Jetzt bleibt nur zu hoffen, dass sie uns aus der Dunkelheit, in der wir uns befinden, heraushelfen kann, und nicht, dass wir sie in sie hineinziehen.

Daniel und ich gehen gemeinsam in sein Haus und ich sehe mich mit großen Augen um. Es ist hell eingerichtet und sauber. Es hängen Bilder an der Wand, Blumen stehen auf den Fensterbänken und in der Küche läuft das Radio. Natürlich war Vice' Wohnung nicht weniger schön, aber in ihr fehlte etwas, das es hier zuhauf gibt. Leben!

Als wir ins Wohnzimmer kommen, sehe ich gleich eine riesige Fotowand mit Bildern von ihm und seinen Freunden. Er scheint in einigen Vereinen Mitglied zu sein, denn es hängen auch Ehrungen an den Wänden. Um was genau es sich handelt, kann ich so schnell nicht sehen. Nur das Wappen der Stadtfeuerwehr erkenne ich sofort. Ein Bild von einem älteren, freundlich aussehenden Ehepaar steht auf einem Sideboard und ich nehme an, dass es seine Eltern sind.

»Setz dich, Anna. Machs dir gemütlich. Möchtest du was trinken? Was essen? Irgendwas? Ich hab Wasser, Cola, Bier«, fragt Daniel schief lächelnd, der trotz seiner robusten Erscheinung unsicher wirkt.

»Bier klingt gut«, sage ich, was ihn irritiert die Brauen zusammenziehen lässt. Damit hat er wohl nicht gerechnet.

»Ähm, okay«, sagt er zögerlich, verschwindet in die Küche und kommt kurz darauf mit zwei Flaschen Bier, einem Glas und einem Untersetzer zurück. Als er mir etwas Bier einschütten will, wedele ich schnell mit den Händen und lehne mich nach vorn.

»Nein, nein! Ich bin ein Flaschenkind.«

Als er mir die Bierflasche reicht, halte ich ihm den Flaschenboden entgegen und wir stoßen an. »Darauf, dass du doch endlich den Weg zu mir gefunden hast, Anna.«

»Darauf, dass jetzt endlich ein normales Leben für mich beginnt. Danke, Daniel.«

Seine Augen werden groß, während er sieht, wie ich fast die Hälfte der Flasche mit einem Zug leere. Ich bin mir allerdings noch nicht sicher, ob aus Respekt, Schock oder einer Mischung aus beidem.

Es war ein schönes erstes Kennenlernen. Wir haben viel geredet, auch wenn ich die Details über meinen Verbleib die letzten Jahre etwas verfälscht habe. Aus Angst, von ihm verurteilt zu werden, und um Vice zu schützen. Dem Sohn eines Polizisten von meinem äußerst kriminellen Ex-Freund zu erzählen, wäre wohl kontraproduktiv. Ansonsten war ich ehrlich, was meine Vergangenheit, Liam, meinen Vater und Balthasar anging. Daniel hat einige Male schwer schlucken müssen, auch wenn er von Liam wohl schon viel erfahren hat.

Er hat mir erzählt, dass er als Junge schon seinem Vater von den Machenschaften seines Kollegen Balthasar Winterfeld berichtet hat, aber dieser hatte ihm nicht ansatzweise geglaubt. Balthasar wäre ein ehrenvoller Polizist, dem er im Einsatz sein Leben anvertrauen würde. Er wäre ein geschätzter Kollege, der in seiner Kindheit ein sehr schweres Los gehabt haben müsse. Außerdem würde er sich schon seit Jahren für wohltätige Zwecke einsetzen, um Kindern auf dieser Welt zu helfen.

Ob das alles der Wahrheit entspricht, kann ich nicht sagen. Ich weiß es nicht. Vielleicht werde ich es auch niemals erfahren. Ich weiß nur, dass Balthasar seinen Sohn Liam oft grün und blau geschlagen hat. Dass dieser ein aggressiver Rebell war, der sich mit anderen schlug, Drogen verkauft und sich immer wieder mit seinem Vater angelegt hat, ist mir bewusst. Aber wie Balthasar ihn oft zugerichtet hat, war keine Erziehung, sondern Körperverletzung. Mir hat er hingegen nie wehgetan. Nicht ein einziges Mal.

An unserem ersten Abend in Daniels Haus mussten wir auf einen Lieferdienst zurückgreifen, da er nichts im Kühlschrank hatte. Ich habe ihn dazu überredet, beim Chinesen zu bestellen und nicht beim Italiener. Ich hätte keine Pizza oder Pasta essen können. Es hätte sich angefühlt wie Betrug und traurige Erinnerungen geweckt. Immer wieder musste ich den ganzen Abend über raus in den Garten gehen, um eine zu rauchen. Das und mein Alkoholkonsum schienen Daniel nicht zu gefallen. Aber er sagte nichts dagegen und ließ mich einfach machen.

»Anna, aufwachen.«

Ich blinzele verschlafen, als Daniel über mich gelehnt ist und mich vorsichtig an den Schultern rüttelt. Er trägt ein T-Shirt und Boxershorts. Ich liege in einem frisch bezogenen Bett in seinem Gästezimmer. Ich muss auf der Couch eingeschlafen sein. Zum Glück hatte ich mich schon umgezogen und die Zähne geputzt. Daniel hat mir eine neue Zahnbürste gegeben und ein T-Shirt und eine Shorts von ihm als Schlafanzug. Er hatte sich nach dem Essen nochmal für eine halbe Stunde verabschiedet und versprochen, ganz schnell zurück zu sein. Er müsste etwas Wichtiges erledigen. Dass er zurückgekommen ist und mich ins Bett gebracht hat, habe ich nicht mehr mitbekommen.

»Was ist denn?«, murmele ich und reibe mir über die Augen.

»Ich muss weg, Caleb, also der Computerfreak, hat mich angerufen. Er hat Balthasars Handy gehackt und gesagt, dass er in der Hütte im Wald ist. Er wollte Liam informieren, aber der geht nicht ans Telefon. Ich werde da jetzt hinfahren und …«

»Ich komme mit!«, sage ich entschlossen und schäle mich energisch aus der Decke.

»Anna, bist du sicher?«

»Todsicher! Ich gehe schnell ins Bad und zieh mich an. Gib mir eine Minute!« Ich spurte los ins Badezimmer, bin schlagartig hellwach.

Bald darauf sind wir mit Daniels Golf auf dem Weg zu Caleb, um ihn samt Laptop einzusammeln und weiter zur Hütte zu fahren. Er hat sich an keine Geschwindigkeitsbegrenzung gehalten, nur kurz vor den fest installierten Blitzern abgebremst. Da kennt sich wohl einer aus. Sein sonst so freundliches Gesicht ist angespannt und konzentriert auf die Straße gerichtet. Abgesehen davon komme ich nicht umhin, auf seine muskulösen Oberarme zu sehen, die sich beim Lenken immer wieder direkt in mein Blickfeld bewegen. Unweigerlich kommt mir der Gedanke, wie wohl und sicher ich mich in diesen starken Armen fühlen könnte.

»Wir sind gleich da«, lenkt er meine Aufmerksamkeit von sich ab zurück auf die Straße. Wir werden etwas langsamer, da wir im Dunkeln durch den Wald fahren müssen.

»Balthasars Signal ist weg. Vielleicht ein Funkloch. Ich weiß nicht, ob er noch bei der Hütte oder vielleicht schon lange wieder weg ist«, murmelt Caleb vom Rücksitz, der die ganze Zeit seinen Blick auf den Laptop gerichtet hat, um uns über alles auf dem Laufenden zu halten. Selbst hier im Dunkeln hat er die Kapuze über seinen Kopf geschlagen. Ob er sich dann mehr fühlt wie ein Hacker, wenn er so geheimnisvoll herumläuft?

»Da steht ein Polizeiwagen!«

Es ist sicher Balthasars Dienstwagen. Ob er noch hier ist? Die Garage steht offen und Liams SUV ist weg.

Sowohl Caleb hebt den Blick von seinem Laptop als auch ich dreh mich wieder nach vorn und schaue zu dem silberblauen Auto, das in der Einfahrt vor der Hütte steht. Als wir zum Stehen kommen, springen wir alle drei so schnell wie möglich aus dem Auto und laufen los. Es ist kaum etwas über einen Tag her, dass ich hier war. Während Caleb und Daniel in die Hütte laufen, gehe ich um sie herum auf die Kellertür zu.

»Papa?«, rufe ich zögerlich die Treppe hinunter. Langsam laufe ich die Stufen hinab. Als ich unten ankomme, sehe ich, dass die Tür zu Liams *»Kinderzimmer«*, wie das Studio genannt wurde, offen steht. Als ich den Raum betrete, erkenne ich das blutverschmierte Bett und die durchgeschnittenen Kabelbinder darauf und daneben liegen. Er ist weg, er ist befreit worden.

Übelkeit breitet sich in meiner Magengegend aus, als ich die Treppe eilig wieder hinaufstolpere. Obwohl ich weiß, dass niemand im Keller ist, fühle ich mich verfolgt und spanne mich panisch an. Als ich oben ankomme, donnere ich die Tür zu und atme erleichtert aus. Ich ertrage es nicht, lange dort in dem Raum zu bleiben. Nicht nur wegen dem, was mir als Kind dort angetan wurde, sondern vielmehr wegen dem Anblick meines Vaters auf dem Bett. Er hat mich angefleht, ihm zu helfen. Aber ich habe nichts getan. Macht mich das zu einem schlechten Menschen?

»Anna?« Es ist Daniels Stimme, die mich ruft.

»Ich bin hier!«, antworte ich, laufe los und wir treffen uns vor der Hütte. Auch Caleb kommt aus dem Haus heraus, hat seinen Laptop aufgeklappt.

»Balthasar ist jetzt … in der Liebmannstraße 12. Er muss lange ein Funkloch gehabt haben, sein Signal ist gerade dort aufgeploppt.«

Mir sackt alles Blut aus dem Kopf in meine Füße und ich beginne zu schwanken. Daniel scheint das selbst in dem dämmrigen Licht zu bemerken und schließt sofort seine Arme um mich, hält mich fest. Sein Körper ist warm und ich presse mein Gesicht gegen seine Brust.

»Was ist los?«, haucht er mir leise zu, während er mir beruhigend über den Rücken streichelt und wir gemeinsam wieder Richtung Auto gehen.

»Das ist mein Zuhause. Das ist meine Adresse. Er muss meinen Vater befreit haben. Er war von Liam im Keller eingesperrt. Wir müssen da hin! Was, wenn sie Helena und Liam mitgenommen haben?«

»Das wissen wir nicht. Vielleicht haben sie den Polizeiwagen bemerkt und sind rechtzeitig weggelaufen. Wenn Balthasar so lange ein Funkloch hatte, hat Liam vielleicht auch einfach nur eins. Wir sind immerhin mitten im Wald«, versucht Daniel mich zu beruhigen, doch da lenkt ein leises Fiepsen unsere Aufmerksamkeit auf sich.

»Oh Gott, Fly!« Ich löse mich von Daniel und laufe auf die Hündin zu, die hinter dem Polizeiwagen am Waldrand liegt und sich kaum rührt.

»Scheiße!« Nun setzt sich auch Daniel in Bewegung und kniet sich zu dem verletzten Hund. Sie blutet am Kopf und ist benommen. Daniel schiebt vorsichtig seine Hände unter ihrem schweren Körper durch und hebt sie hoch.

»Macht meinen Kofferraum auf, wir nehmen sie mit, sie muss in eine Tierklinik«, bestimmt er und die ehrliche Sorge in seinen Worten und seinem Blick macht mich glücklich. Wie lange habe ich neben einem Mann gelebt, der sich jetzt neben die Hündin gesetzt und ihr genüsslich beim Sterben zugesehen hätte.

Ich schüttele den Kopf, um den Gedanken an Vice loszuwerden, und richte mich auf. Schnell laufe ich vor und öffne den Kofferraum von Daniels Golf. Caleb setzt sich mit seinem Laptop auf den Beifahrersitz und ich mich auf die Rückbank, um einen Blick auf die Hündin zu haben.

Nachdem Daniel Butterfly in den Kofferraum gelegt hat, setzt er sich wieder hinter das Steuer und fährt uns aus dem Wald hinaus.

»Navigier mich, Caleb. Wir fahren zu Annas Haus. Sollen wir die Polizei rufen?«

»Nein, Balthasar entfernt sich wieder von dort, Markus muss jetzt alleine da sein. Wenn er es denn ist. Wir können nicht auf einen Verdacht die Polizei dorthin rufen, ohne dass wir wissen, dass beide da sind und wir sie bei irgendwas Kriminellem erwischen.«

»Ja und wenn sie meinen zerschlagenen Vater finden, werden sie Liam dafür drankriegen wollen. Das geht nicht«, wende ich ein, was den Justizvollzugsbeamten und Sohn eines Polizisten schwer zum Seufzen bringt.

»Alles, was mit Liam zu tun hat, ist immer so furchtbar kompliziert«, murrt er und lässt sich von Caleb zu meinem alten Zuhause navigieren. Ich hoffe sehr, dass wir die anderen dort finden werden und dass ich meinem Vater nicht begegnen werde.

Während Caleb auf seinem Laptop genau verfolgt, wo sich Balthasar aufhält, haben wir uns mit Daniels Golf hinter das Haus gestellt, in dem ich aufgewachsen bin. Wir haben mit Steinchen gegen das Fenster meines alten Kinderzimmers geworfen und so auf uns aufmerksam gemacht. Es war erleichternd und gleichzeitig schrecklich, Helena aus diesem Fenster blicken zu sehen.

Mit vereinten Kräften haben die Jungs es geschafft, Helena und Liam aus dem Fenster zu uns herunterklettern zu lassen. Es bot sich uns ein schrecklicher Anblick. Liam wurde ganz offensichtlich gefoltert. Ob von seinem Vater, von Markus oder von beiden will ich vielleicht gar nicht wissen. Helena kam nur in Unterwäsche zu uns und ich befürchte das Schlimmste. Ich traue meinem Vater alles zu. Auch dieses herzensgute Mädchen zu vergewaltigen.

Nachdem endlich alle in den Golf eingestiegen waren, fuhren wir heimlich wieder davon. Da Caleb uns mitteilte, dass Balthasar wieder zurück war und vor dem Haus parkte, verschwanden wir sofort.

Jetzt sitzen wir alle zusammen im Auto. Als Liam bemerkt, dass Daniel zu sich nachhause fahren will, meldet er sich zu Wort.

»Wir können nicht zu dir nachhause, Daniel. Ich habe ihnen gesagt, wo du wohnst, und sie haben mein Handy.«

Sowohl Daniel als auch Caleb und ich werfen Liam fragende Blicke zu. Offenbar waren die Folterungen zu schlimm und er hat nachgegeben und verraten, wo ich bin.

»Suchen sie nach mir?«, frage ich. Es ist der einzig logische Grund, warum sie das wissen wollen könnten.

»Keine Sorge, Anna. Dir wird nichts passieren«, verspricht mir Helena, die sogleich meine Hand ergreift und sanft drückt. »Balthasar hat gesagt, du hast Informationen, die sie brauchen.«

Ich kann nicht anders, als bitter zu lächeln, während ich auf unsere Hände hinabsehe. »Es geht meinem Vater nicht darum, Informationen von mir zu erhalten, sondern sicherzugehen, dass ich keine ausplaudern kann. Ich weiß, wo Markus die Filme dreht.«

Damit hatte keiner der Insassen gerechnet.

Als ein Schmerzenslaut Liams unsere Aufmerksamkeit auf sich zieht.

»Oh Gott, Liam, was haben sie dir angetan?«

Liam hebt die Schultern und lächelt schräg. »Ach, Kinderkram. Dein Vater kann doch gar nicht richtig zuschlagen. Da bin ich Härteres gewohnt«.

Typisch Liam. Er ist nicht in der Lage, Schwäche zuzugeben. Schweigen legt sich über uns, während wir zu Caleb nachhause fahren.

Der Teufel

Ihre Lippen gleiten immer wieder meinen Schwanz hoch und runter, üben Druck auf ihn aus. Das Vakuum, das sie mit ihren Wangen bildet, fühlt sich gut an. Da sie ihn nicht ganz in den Mund nehmen kann, nimmt sie ihre Finger zur Hilfe und reibt ihn direkt am Ansatz mit jeder Bewegung ihres Kopfes mit. Sie gibt ein gieriges Stöhnen von sich, das sowieso nur gespielt ist.

Es fühlt sich ganz nett an. Ja. Aber es ist eigentlich nur langweilig.

Ich lege den Kopf in den Nacken und starre nach oben, während sie mir einen bläst. Habe ich alles erledigt? Morgen früh fahre ich los. Eine lange Autofahrt steht mir bevor, denn mein Ziel ist Spanien. Ich habe ein paar große Deals vor mir und brauche dafür meine absolute Konzentration. Ich hab keine Lust, wegen einem kleinen Fehler draufzugehen. Also werde ich heute Abend nochmal alles durchlesen, was Josh mir über die Geschäftspartner aufgeschrieben hat, und die Zahlen genau ansehen, um die es geht. Nicht, dass man mich übers Ohr haut.

Als ich einen Blick auf die Uhr werfe, stelle ich fest, dass es schon spät ist.

Wir sollten das hier jetzt beenden, aber so wird das nichts. Ich sehe wieder hinunter auf die Nutte und fasse ohne Vorwarnung an ihrem Hinterkopf ins Haar und presse sie fest gegen mich, sodass sie ihn vollkommen in den Mund nehmen muss. Ich nehme ihr die Luft zum Atmen, sie spannt sich an und kneift die Augen zu. Aber sie weiß auch, dass sie es ertragen muss, denn sie ist gut erzogen. Ich ziehe ihren Kopf immer wieder ein Stück zurück, nur um sie dann erneut mit Kraft gegen mich zu pressen. Ihr gequältes Würgen, und die Fingernägel, die sich haltsuchend in meine Oberschenkel graben, reichen endlich aus. Ich sehe in ihre vor Tränen glitzernden Augen, während ich in ihren Hals spritze. Sie muss alles schlucken. Es ist eine Genugtuung, die ich sehr lange nicht mehr hatte.

Sieben Jahre lang hab ich keine andere Frau gefickt. Habe mir von keiner einen blasen oder runterholen lassen. Sieben Jahre lang war Anna alles, was ich wollte. Ich habe auf viel verzichtet. Nicht weil sie es wollte oder verlangt hätte, sondern weil ich es für richtig empfand. Treue war mir wichtig. Ich wollte ihr gehören, so wie sie mir gehört hat. Selbst auf Fleisch habe ich verzichtet und Scheiße, das mache ich sogar jetzt noch.

Als ich meine Finger aus dem Haar der Hure löse, zieht sie ihren Kopf schnell zurück und holt angestrengt Luft. Sie wischt sich über die verschmierten Lippen und sieht mich ängstlich und abwartend an.

»Kannst gehen«, ist alles, was ich ihr zuraune, woraufhin sie sich eilig aufrichtet und aus meinem Büro verschwindet. Ich schließe nicht hinter ihr ab. Ich werde auch gleich gehen. Nachdem ich meine Hose geschlossen habe, richte ich mich auf.

Wenn ich heute mein Büro und morgen meine Wohnung verlasse, weiß ich nicht, ob ich wieder zurückkommen werde. Die Sache in Spanien ist gefährlich und die Möglichkeit, dass ich getötet werde, ist so groß wie nie. Es ist ein Schritt in eine noch größere Zukunft, wenn alles klappt. Es werden Bündnisse im großen Stil geschlossen. Josh hat alles in die Wege geleitet und dann macht er sich vom Acker. Vielleicht weil er sich davor fürchtet, so wie sein Vater abgeknallt zu werden?

Ich habe keine Angst vor dem Tod. Lust jetzt abzutreten, habe ich allerdings auch nicht. Nicht, bevor Anna nicht wieder mir gehört. Wenn ich in die Hölle komme, werde ich sie mit mir nehmen.

Gefallener Engel

Fly wurde in die Tierklinik gebracht und wir fanden uns alle in der kleinen Wohnung des Hackers Caleb ein. Jeder bekam einen Schlafplatz zugeteilt und wir machten aus, dass wir hier unsere neue Basis aufbauen würden. Am nächsten Tag sollte jemand Daniel morgens an die Arbeit fahren und ihn abends mit seinem Golf wieder abholen.

Auch Helena und Liam, die gar nicht voneinander zu trennen waren, entschlossen sich, am nächsten Tag eine waghalsige Aktion zu starten. Sie haben geplant in Liams altes Zuhause, in die Villa Winterfeld, einzubrechen, um dort nach Beweisen zu suchen. Denn bisher war mein Vater der Einzige der beiden, dem sie irgendwas *eventuell* hätten nachweisen können. Balthasars Polizistenweste schien dagegen absolut weiß zu sein. Jetzt ist es schon wieder später Nachmittag und ich habe die meiste Zeit mit Caleb allein zuhause verbracht.

Nachdem die beiden Turteltäubchen – Gott sei Dank – unbeschadet von ihrem Einbruch zurückgekommen sind, war Liam furchtbar schlecht gelaunt. Das, was sie gesehen oder erlebt haben, scheint ihn sehr getroffen zu haben. Beweise gegen Balthasar haben sie jedoch keine finden können. Liam ist dann schlecht gelaunt mit Daniels Autoschlüsseln losgezogen, um ihn von der Spätschicht seiner Arbeit abzuholen. Helena ist bei Caleb im Arbeitszimmer, während ich im Wohnzimmer bin und einen Kaffee trinke.

Die Tasse steht vor mir auf dem niedrigen Tisch, während ich nach hinten gelehnt auf dem Sofa sitze und abwesend ins Leere starre. Ich mache mir Gedanken über mich, meine Vergangenheit, meine Gegenwart und meine Zukunft. Ich gehe viele *wenns* durch. Was wäre gewesen, wenn ... Aber es sind sinnlose Gedanken, denn es ist wie es ist.

Plötzlich höre ich Schritte vor der Tür und wie jemand sich am Schloss zu schaffen macht, aber für Liam und Daniel ist es noch zu früh. Ich richte mich auf, als die Tür mit Wucht aufgedrückt wird und der Fahrer von Dudek-Textils den Raum betritt. In den Händen hält er eine Brechstange, hinter ihm betreten noch zwei weitere kräftige Männer den Raum und als Letztes mein Vater.

Dieser kommt mit zügigen Schritten auf mich zu.

»Los gehts«, knurrt er zu den beiden Männern, die sich auf Calebs Büro zubewegen.

»Vater, nein!«, rufe ich panisch und versuche an ihm vorbei zu den drei Männern zu rennen, obwohl ich weiß, dass ich sie sowieso nicht aufhalten kann.

Markus packt mich jedoch am Oberarm und zieht mich zu sich. Er schließt seine Arme um mich und hält mich eisern fest.

»Endlich hab ich dich wieder, meine Kleine«, raunt er gegen mein Ohr.

»Bitte, Papa, lass mich«, flehe ich, während ich Tränen der Verzweiflung nicht mehr zurückhalten kann.

»Nein, nicht weinen, mein Schatz«, sagt er zu mir, als ich bemerke, wie er den Lauf einer Waffe gegen meinen Bauch presst. »Du wirst jetzt mit mir kommen und ganz brav sein, sonst töte ich jeden in der Wohnung hier. Hast du mich verstanden, mein Engel?« Er hat seine Lippen dicht an mein Ohr gepresst und flüstert mir diese Drohung zu. Ich nicke und höre auf, mich gegen seine Arme zu wehren.

»Spielt den Virus auf den Rechner und zerstört alles. Seht zu, dass dieser ganze PC-Kram unbrauchbar ist, und vor allem achtet darauf, jeden Datenträger zu zerstören oder mitzunehmen. Hier müssen noch mehr Leute sein, kümmert euch um sie«, befiehlt er den Schlägern, die sofort in Calebs Zimmer laufen.

Weinend verlasse ich mit meinem Vater die Wohnung. Er hält meine Hand, ohne Gewalt, ohne Zwang, aber um Helena und Caleb zu schützen, wehre ich mich nicht weiter und folge ihm.

Kurz darauf sitzen wir im Auto auf dem Weg zu Dudek-Textils. Mein Vater hat seine Hand auf meinen Oberschenkel gelegt und streichelt beruhigend mit seinen Fingern darüber.

»Alles wird gut, mein Schatz, du bist jetzt bei mir, ich passe auf dich auf und ich werde dir auch nicht mehr wehtun. Das verspreche ich dir.«

Seine Worte sind sanft und er lächelt, während er spricht. Sein Gesicht, das Liam brutal zugerichtet hat, ist notdürftig versorgt worden. Er hat Pflaster auf die offenen Wunden geklebt, die Nase ist geschwollen und aus einem Nasenloch quillt blutige Watte heraus. Er muss starke Schmerzen haben. Sanft lege ich meine Hand auf seine und schließe meine Finger um sie. Einmal, damit er aufhört, mich zu streicheln, zum anderen, weil ich hoffe, irgendwie zu ihm durchdringen zu können. Sein Lächeln wird breiter, als er meine Berührung spürt.

»Mein kleiner Engel.«

»Papa, du musst damit aufhören!«

»Warum denn? Ich erfülle so vielen Menschen ihre geheimsten Wünsche. Ich helfe ihnen, sich zu entfalten und sich ihre wahren Gefühle einzugestehen.« Bei diesen Worten sieht er kurz zu mir herüber. »Genau wie bei deinem Onkel Balthasar. Dabei war es für ihn immer das Schönste, mein kleines Mädchen auf den Schoß zu nehmen. Und du hast doch auch gerne auf seinem Schoß gesessen, oder? Du warst so winzig auf ihm. Es war ein wunderbarer Anblick.«

Ich atme tief durch und meine Lippen sind vollkommen ausgetrocknet. Es ist so krank. Es ist so unsagbar krank.

»Außerdem habe ich viele der teuren Therapien deiner Mutter von dem Geld bezahlt. Oder glaubst du, das wenige Pflegegeld hätte ausgereicht? Mach dir nicht so viele Gedanken, mein Schatz. Denk nicht darüber nach und freue dich, dass wir wieder zusammen sind. Nach so langer Zeit.«

Ich sage nichts mehr und sehe aus dem Fenster hinaus. Die Sonne steht schon tief und wird sicher bald untergehen.

Als wir mit seinem Audi bei der Lagerhalle ankommen, steigen wir gemeinsam aus und betreten die Firma durch den Eingang für die Büroräume.

»Michal, pass auf mein Mädchen auf, während ich die Unterlagen durchgehe. Die anderen sollen die Datenträger zerstören, die sie mit hierhergebracht haben«, befiehlt mein Vater einem Mann in Bomberjacke. Michal kommt auf mich zu, fasst mich am Oberarm und bleibt einfach starr neben mir stehen. Es gefällt Markus, mit Befehlen um sich zu werfen. Er liebt das Gefühl von Macht.

»Ich bin gleich wieder da, mein Schatz«, verabschiedet er sich, haucht mir einen Kuss auf die Wange und verschwindet durch eine Tür.

Was tun wir hier? Was wird passieren? Und wie geht es Helena und Liam? Bei dem Gedanken an die beiden und an meine mögliche Zukunft schießen mir sofort wieder Tränen in die Augen.

»Ich muss mich setzen, ich kann nicht mehr stehen«, bitte ich meinen Aufpasser nach über zwanzig Minuten, welcher nickt und mir stattdessen von oben in die Haare greift, als ich mich auf den Boden hocke. Nicht fest, aber so, dass ich nicht weglaufen kann. Ich vergrabe mein Gesicht in den Händen und weine. Mit aller Kraft kämpfe ich gegen die Verzweiflung an, die sich wie eine Schlange um meinen Brustkorb schlingt und mir die Luft zum Atmen nimmt. Ich habe schreckliche Angst vor dem, was passieren wird. Dabei dreht sich meine Sorge nicht primär um mich selbst, sondern um Helena, Liam und sogar um meinen Vater.

»Fertig, steh auf mein Schatz, wir fahren weiter!«, holt mich die Stimme meines Vaters zurück in diese Welt. Es fällt mir unglaublich schwer, mich wieder aufzurichten. Er fasst mich am Oberarm und führt mich durch den Flur nach draußen. Mein Vater zieht mich aufgeregt und glücklich mit sich zu einem der Transporter.

Es sind noch andere seiner Schläger da. *Angelos* Leute, so hatte Joshua sie genannt, als er Vice davon berichtet hat. Einer dieser Männer öffnete nun den Laderaum des LKWs und mein Blut sackt einmal mehr in meine Füße. Hier werden nicht einfach Kinderpornos gedreht. Nein, hier werden kleine Kinder geschmuggelt und verkauft. Von meinem Vater.

Einige dünne Stimmchen dringen aus dem dunklen Laderaum zu mir durch und ich will mich von meinem Vater losreißen, um zu ihnen zu rennen, aber sein Griff ist eisern und ich schaffe es nicht. Er schließt seine Arme um mich, hält mich fest an sich gedrückt und haucht mir einen Kuss auf die Wange.

»Du sitzt bei mir vorne, mein Schatz.«

Er zieht mich mit zu dem Transporter, sodass wir einen Blick hineinwerfen können. Es sind hauptsächlich Mädchen mit dreckigen, verschwitzten Gesichtern. Manche gefesselt und wieder andere liegen einfach auf dem Boden und ich weiß nicht, ob sie schlafen oder tot sind. Heiße, stickige Luft dringt uns entgegen und lässt erahnen, unter welchen Bedingungen diese Kinder wohl schon seit vielen Stunden in dem kleinen Raum ausharren müssen. Ihre Lippen sind spröde, die großen Augen müde und von dunklen Schatten umgeben. Es ist ein schrecklicher Anblick.

»Sehr schön. Die sehen gut aus. Damit werden wir einiges verdienen«, sagt Markus.

Zorn und Ekel ist es, was mein Vater in diesem Moment in mir weckt, dennoch schaffe ich nicht mehr, als ihn anzuflehen. »Ich will nicht, bitte, Papa!«

Die Männer mit den Maschinengewehren um uns herum würden mich erschießen, wenn ich fliehe, da bin ich mir sicher.

Ob das eine Option für mich ist? Weglaufen? Endgültig?

Nein, es ist keine Option. Es ist noch nichts verloren, vielleicht kann ich meinen Vater überzeugen oder überführen, wenn ich nur nah genug an ihn rankomme. Gerade als ich in das Fahrerhaus eingestiegen bin, lenkt jemand anderes unsere Aufmerksamkeit auf sich.

»Wo gehts denn hin, Markus?«

Diese mir so bekannte Stimme erhebt sich über das Brummen der Transporter. Ich weite meine Augen und drehe mich in ihre Richtung. Mein Herz rast und ich lehne mich aus der Tür heraus, um zu ihm zu sehen. Zu Liam, der mit ausgebreiteten Armen im Licht der Scheinwerfer steht.

Mein Vater deutet Angelos Leuten, nicht zu schießen.

»Der kleine Winterfeld Junior, willst du mit? Ich könnte mir keinen kompetenteren Hauptdarsteller vorstellen. Niemand hat mehr Erfahrung, wie man mit kleinen Mädchen umgeht, als du.«

Diese Worte treffen Liam mitten ins Herz. Das weiß ich, denn er ist es ja selbst, der sich die Schuld an dem gibt, was mir passiert ist. Aber er lässt es sich nicht anmerken.

»Du hast dich schon immer aufgeblasen, wenn du dich stark gefühlt hast. Aber ohne meinen Vater bist du ein Niemand«, behauptet Liam. Aber da irrt er sich. So sehr Markus auch vor Liams Vater gekrochen ist, die treibende Kraft ist immer er gewesen und nicht Balthasar.

»Ohne deinen Vater bin ich ein Niemand? Balthasar wäre ohne mich niemand. Was glaubst du, wer ihn dazu gebracht hat, über seinen Polizistenstolz hinwegzusehen und endlich seine Liebe zu den Kindern zuzulassen? War es nicht eine brillante Idee, dass er dich als Medium nutzt, seine Lust zu befriedigen? So konnte er zusehen, wie du seine dreckigsten Vorstellungen wahr werden lässt, und du hast endlich etwas Aufmerksamkeit von ihm bekommen. Du solltest mir also dankbar sein. Ohne mich wären all die schönen Videos niemals möglich gewesen. Wäre ich nicht gewesen, hätte er sich ewig gegen sein wahres Ich gewehrt. Also was willst du, Junior?« Seine Worte triefen geradezu vor Stolz. Stolz auf sich und das, was er erreicht hat.

Liam darf sich nicht provozieren lassen, das ist nämlich alles, was Markus erreichen will. Ob Helena auch hier ist? Ich hoffe nicht. Liam würde sie doch niemals so in Gefahr bringen, oder nicht? Aber da sie nicht hier ist, um ihn zu beruhigen, muss ich es vielleicht tun.

»Liam!«, rufe ich laut und lehne mich aus dem Transporter heraus, aber der Fahrer des LKWs zieht mich wieder zurück auf meinen Sitz.

Dann höre ich, wie Liam versucht, mit meinem Vater zu dealen. Er spricht von Beweisen, die er hätte, die er ihm im Austausch gegen mich geben würde. Aber darauf wird Markus nicht eingehen. Er fühlt sich viel zu sicher.

»Liam. Lieber Liam. Du hast mir schon immer leidgetan, wie du verzweifelt versucht hast, die Liebe von deinem Daddy zu erhaschen.« Erst ist die Stimme meines Vaters sanft und mitleidig, bis sie vollkommen umschwingt.

»Macht ihn fertig. Aber tötet ihn nicht«, befiehlt er seinen Männern, woraufhin er sich wieder zu mir dreht und mich anlächelt. Seine Gesichtszüge erstarren jedoch noch im gleichen Moment, als das Geräusch von Sirenen immer lauter wird. Die Polizei! Sie ist auf dem Weg hierher! Zorn blitzt in seinen Augen auf, als er das Jackett zurückschlägt und seine Pistole zieht. Er richtet sie auf Liam und schießt.

Ein Mal.

Zwei Mal.

Drei Mal.

Ich schlage mit aller Kraft, die ich aufbringen kann, nach dem Fahrer, erwische ihn am Auge und schaffe es endlich, aus dem LKW zu fliehen. Liam liegt auf dem Boden, er ist getroffen, und nun sehe ich, dass Helena auch hier ist. Sie liegt bei Markus, aber sie scheint unverletzt. Sie hat ihn wohl umgerissen.

Wir sind nun alle umzingelt von der Polizei, die mit einem Großaufgebot hier angekommen ist. Alle Waffen sind auf meinen Vater und seine Helfer gerichtet.

Er hat Angst. Ich kann sehen, dass er Angst hat. Seine Augen huschen panisch umher, aber es gibt keinen Ausweg. Er hat verloren.

»Papa! Ergib dich! Bitte!«, rufe ich ihm zu, woraufhin er seinen Kopf in meine Richtung dreht. »Bitte«, forme ich noch einmal tonlos mit den Lippen.

»Keine Bewegung! Legen Sie die Waffe nieder, oder wir sind gezwungen, das Feuer zu eröffnen!«

Wir sehen uns noch immer an, seine Brauen rucken zusammen, ein Glänzen ist in seinen Augen zu sehen.

Bitte, Papa, ergib dich einfach.

»Mein Mädchen«, formen seine Lippen, ehe er sie fest aufeinanderpresst, seinen Blick von mir losreißt und rennt.

»Bleib stehen, Markus«, ist es Balthasars Stimme, die zu mir durchdringt, gefolgt von einem ohrenbetäubenden Knall.

Der Körper meines Vaters zuckt nach vorn, ehe er stürzt und auf dem Asphalt liegen bleibt.

»Papa!«

Jetzt habe ich beide verloren, meine Mutter und meinen Vater und ich frage mich, ob ich im Endeffekt an dem Tod von beiden Schuld habe. Ich sinke auf die Knie und spüre kurz darauf, wie sich Helenas Arme um meinen Körper schlingen und sie sich mit mir beruhigend zu wiegen beginnt.

Habe ich auch Liam auf dem Gewissen?

Narbenvater

Ich lasse meine Waffe sinken und stecke sie zurück in das Holster. Annas glockengleiche Stimme dringt zu mir durch und ich weiß, sie sieht es nicht so, dass ich sie gerettet habe. Sie wird nur sehen, dass ich ihr den Vater nahm. Den Mann, den ich am meisten auf der Welt hasse. Den ich mehr hasse als mich selbst. Ich gehe zwischen meinen Kollegen hindurch auf ihn zu. Seine Waffe liegt nur wenige Zentimeter neben ihm auf dem Boden. Mit meinem Stiefel schiebe ich sie zu ihm.

»Nimm sie, wenn du kannst«, raune ich. Ich neige den Kopf leicht schräg, während ich ihm in seine Augen sehe. »Erschieß mich. Wenn du kannst.«

Markus sieht mich flehend an, er schüttelt den Kopf und schiebt die Waffe von sich weg. Stattdessen greift er um mein Fußgelenk.

»Hilf mir«, haucht er tonlos.

Dieses jämmerliche Stück Scheiße.

Ich schüttele seine Hand angeekelt von meinem Fuß ab. Er bekommt von mir gar nichts. Keine tröstenden Worte, keine Hilfe, keinen Beistand. Den Weg in die Hölle soll er ganz alleine gehen.

Erst, als er seinen letzten Atemzug getan hat, drehe ich mich zu meinen Kollegen.

»Ich brauche hier Hilfe zum Wiederbeleben.«

»Lass doch, Winterfeld. Kinderschänder wie er haben es doch nicht anders verdient. Außerdem ist er tot. Da ist doch nichts mehr zu machen. Wenn der Notarzt kommt, sagst du, du hast dein Bestes versucht.«

Ich muss mit Mühe ein Lächeln unterdrücken, während ich meinem Kollegen zunicke.

»Ja, die Welt braucht keine feigen Schwächlinge wie ihn«, flüstere ich, wende mich von dem toten Markus ab, um zu jemand viel Wichtigerem zu gehen.

Meinem Sohn.

»Wie steht es um ihn?«, frage ich einen Kollegen, der ihn versorgt.

»Nicht gut, du solltest bei ihm sein.«

Liam wird das schaffen, da bin ich mir sicher. Er ist stark. Viel stärker als ich. Als ich bei ihm ankomme, gehe ich in die Knie und greife nach seiner Hand. Mein Daumen streichelt beistehend über seinen Handrücken.

Du schaffst das, Liam. Du hast schon Schlimmeres überstanden. Ich habe dich nicht zum Aufgeben erzogen. Halte durch.

»Ich bin bei dir, mein Sohn.«

Gefallener Engel

»Ich will nächste Woche noch mal Liam im Gefängnis besuchen. Am Dienstag. Hast du da Dienst?«

Ich habe die Nachricht an Daniel kaum abgesendet, da hat sie auch schon zwei blaue Häkchen.

Er tippt und prompt kommt die Antwort:

»Ich bin Beamter. Ich habe Dienst, wann ich will? Hast du Lust, danach noch ins Kino zu gehen?«

Lächelnd antworte ich:

»Wenn du zahlst ;-«*

Ich stecke mein Handy weg und gehe in das Café, in dem ich als Aushilfe arbeite. Dass ich nicht mehr für Elke putzen kann, macht mich traurig. Ich mochte sie sehr, aber die Gefahr, Vice über den Weg zu laufen, kann ich nicht eingehen. Außerdem habe ich mir vorgenommen, endgültig mit diesem Kapitel meines Lebens abzuschließen. Seit einigen Wochen bin ich fast rauchfrei und habe auch meinen Alkoholkonsum stark eingeschränkt.

Das alles ist Daniel und seinem so unglaublich normalen Leben zu verdanken. Ich fühle mich wohl bei ihm in seinem Gästezimmer und ohne Zwang oder Bevormundung hilft er mir bei allem, drängt mich aber zu nichts. Dass ich bis jetzt noch nicht nach einer eigenen Wohnung gesucht habe, liegt vor allem daran, dass ich Angst davor habe, allein zu sein. Bei Daniel fühle ich mich beschützt.

Mein Bruder im Herzen Liam hat die Schussverletzung überlebt, sitzt allerdings wieder im Gefängnis. Weitere zwei Jahre, weil er gegen seine Bewährungsauflagen verstoßen hat. Aber jetzt weiß er ja, dass ich, Helena, Daniel und Caleb hier draußen auf ihn warten und ihn besuchen, wann immer wir können. Ich habe einen neuen, echten Ausweis, sodass ich ihn endlich im Gefängnis besuchen kann. Dass er Helena entführt hat, hat sie zum Glück unter den Tisch gekehrt und es nicht zur Anzeige gebracht.

Ich habe noch Zeit, bis meine Schicht anfängt, und so gönne ich mir noch einen Latte macchiato mit Vanille. Obwohl ich meinen Kaffee gerne schwarz trinke, mag ich die Getränke mit Milch gerne mit ein wenig Sirup.

Es ist Hochsommer und ich trage ein rotes, luftiges Sommerkleid. Die Narben an meinen Armen können die Leute sehen, aber das ist mir egal. Ich habe viel gelitten in meinem Leben und dafür muss ich mich nicht schämen. Nicht mehr. Denn jetzt bin ich frei. Frei von meiner Vergangenheit.

Daniel und ich haben viele Unterhaltungen geführt über mich und mein Leben. Dass er versteht, dass ich die Schuld für die meisten Dinge bei mir suche, weil ich mir so einreden will, eine Chance gehabt zu haben. Eine Möglichkeit, etwas von den schlimmen Dingen, die passiert sind, zu ändern. Aber genau so, wie auch Vice es mir damals erklärt hat: Manche Dinge passieren eben und die Vorstellung davon, es ändern zu können, gibt uns Sicherheit. Weil wir es nicht ertragen können, dass manche Dinge unausweichlich und nicht zu beeinflussen sind.

Genauso wie all das, was auf dem Firmengelände passiert ist. Ich hätte meinen Vater nicht retten können, denn es lag nicht in meiner Macht, so schrecklich es auch ist. Es ist auch nicht meine Schuld, dass er mich als Kind missbraucht hat oder dass er andere dazu verführt hat, es zu tun. Ich trage keine Schuld.

Wenn ich mir das oft genug und immer wieder sage, kann ich es vielleicht auch irgendwann glauben. Ich habe Hoffnung. Zum ersten Mal in meinem Leben.

Balthasar konnte seinen angeschossenen Sohn nicht in die Klinik begleiten, denn Daniel kam mit seinem Vater dazu. Dieser ist nicht einfach nur ein Polizist, sondern der Polizeidirektor Höchstselbst. Mit dem Video, das Helena und Liam in der Hütte gefunden hatten, das zeigt, wie Balthasar Liam dazu zwingt, mich zu missbrauchen, hatten sie genug Beweise, um ihn festnehmen zu können. Markus ist tot, Balthasar im Gefängnis und Vice weiß nicht, wo ich bin. Vielleicht hat er mich schon lange aufgegeben. Vergessen. Er hat schließlich Wichtigeres in seinem Leben zu tun, als mir hinterherzulaufen und ein normales Leben zu führen, das er so verabscheut. Auch, wenn ich mich, mit diesen Gedanken, beruhigen will, stechen sie auch schmerzhaft in meiner Brust. Bin ich ihm mittlerweile vielleicht wirklich egal? Oder empfindet er nur noch Hass für mich, weil ich es wagen konnte, ihn zu verlassen? Schließlich war ich die erste Frau, für die er Liebe empfunden hat und er war der erste Mann, den ich geliebt habe. Wenn ich es romantisch ausdrücken müsste, würde ich ihn als meine erste große Liebe bezeichnen. Aber wer bleibt schon mit seiner ersten großen Liebe zusammen? *Denk nicht an ihn, Anna, es macht dich nur traurig. Denk an Daniel, Helena, Fly und das normale Leben, das jetzt auf dich wartet!*

Ich puste auf den fluffigen Schaum meines Latte macchiato und führe ihn lächelnd zu meinen Lippen.

Doch da erstarrt mein Körper förmlich zu Eis. Ich umfasse das Glas mit festem Griff und sehe über seinen Rand hinweg zu einem Mann. Einem Mann mit schwarzem Haar, markantem Kinn und hohen Wangenknochen. Aus eisblauen Augen sieht er mich an.

Balthasar.

Wie kann es sein, dass er hier ist? Er sollte doch im Gefängnis sein. Es dauert nur einen kurzen Moment, ehe ich mich aufrichte und auf ihn zugehe.

Nun sind es seine Augen, die sich weiten, als er seinen Geldbeutel hervorzieht und hektisch darin herumwühlt.

»Willst du schon gehen, Onkel Balthasar?«, frage ich ihn mit einem Lächeln auf den Lippen.

Ich scheine ihn damit zu überfordern, denn er antwortet mir nicht, sondern sieht nur verwirrt zu mir herauf.

»Darf ich mich zu dir setzen?«, frage ich, woraufhin er nickt und zögerlich auf den Stuhl ihm gegenüber deutet.

»Hallo, Anna«, erklingt seine tiefe Stimme, die ich schon kenne, seitdem ich ein kleines Mädchen bin. Die Stimme, die Liam gleichermaßen mit Angst und Zorn erfüllt.

»Was tust du hier?«

»Ich trinke einen Kaffee.«

»Und?«

»Ich wollte dich sehen.«

»Warum bist du nicht im Gefängnis?«, frage ich, woraufhin er die Schultern hebt.

»Müssen wir wirklich darüber reden, Anna?«

Ich sehe ihn durchdringend an und nicke. »Ja. Müssen wir. Das bist du mir schuldig.«

Balthasar seufzt resigniert und steckt seinen Geldbeutel wieder weg. »Es ist verjährt. Die Aufnahmen auf dem Video sind über zehn Jahre alt und das Gesetz sagt, dass … diese Dinge …«

»Kindesmissbrauch«, bringe ich es auf den Punkt. Ich will nicht, dass er sich vor diesem Wort versteckt. Vor seinen Taten. Er soll ihnen in die Augen sehen, ebenso wie ich!

»Ja … wenn sie vor 1995 passiert sind, verjähren sie nach zehn Jahren, und ab dann nach zwanzig Jahren. Aber egal, ob neues oder altes Gesetz, es ist verjährt und anderes kann mir nicht nachgewiesen werden. Und, ich gebe dir mein Wort, nach dir und Liam hab ich nie wieder … mit niemandem und es tut mir leid. Alles tut mir leid.« Der große Polizist vor mir presst seine Lippen fest zusammen und senkt den Blick vor uns auf den Tisch. Er führt seine Hände zueinander und beginnt sie nervös zu kneten.

In diesem Moment ist er seinem Sohn einmal mehr so furchtbar ähnlich. Liam hat die Angewohnheit, seine Finger knacken zu lassen, wenn er unter Stress steht. Sie sind sich so gleich und das gefällt weder dem Vater noch dem Sohn.

»Und der Kinderhandel?«

»Das hat alles dein Vater gemacht. Ich habe versucht mich aus allem rauszuhalten, aber er hat mich nicht in Ruhe gelassen. Er hatte Angst, dass ich ihn verrate, aber das hätte auch mein Leben zerstört. Ich saß mit ihm in einem Boot und wusste nicht, wie ich da wieder rauskommen soll. Das sind alles keine Ausreden, ich weiß, und ich hätte es genauso verdient, bestraft zu werden wie er, aber …« Er schüttelt den Kopf. »Ich habe mich geändert. Ich arbeite an mir und will alles wiedergutmachen. Ich helfe den Menschen als Polizist, ich spende viel von meinem Vermögen an Kinder und so helfe ich der Menschheit mehr als mit meinem Tod oder wenn ich im Gefängnis sitze.«

Ich höre ihm zu und im Gegensatz zu all den flehenden Besserungsbeteuerungen von meinem Vater, als Liam ihn gefoltert hat, glaube ich Balthasar. Ich glaube ihm, dass er das alles wirklich will. »Und es tut mir leid, dass ich dich damals weggeschickt habe. Ich hätte dich niemals gehen lassen dürfen. Als du vor mir standest und um meine Hilfe gebeten hast, hätte ich dich vor ihm beschützen müssen. Und es tut mir leid, dass ich zu feige und zu selbstsüchtig war, um dich aufzunehmen, Anna. Ich hoffe, dass du mir das irgendwann verzeihen kannst. Dass du mir alles irgendwann verzeihen kannst.«

Ich lehne mich über den Tisch zu ihm und greife nach seinen Händen. Ich versuche, sie so gut es geht mit meinen Fingern zu umschließen.

»Sag diese Worte zu deinem Sohn, Balthasar. Er hat eine Entschuldigung am meisten verdient.« Dabei drücke ich seine Hände fest.

»Anna? Deine Schicht fängt an«, werden wir von meiner Kollegin unterbrochen.

»Okay, ich komme«, sage ich und richte mich auf. »Ich komme dich gleich abkassieren, okay?«

Balthasar atmet einmal tief durch und nickt dann. »Bekommst auch ein gutes Trinkgeld.«

»Na das will ich doch hoffen, Onkel!«

Gefallener Engel

2 Jahre später

Zwei Jahre sind seit den Vorfällen im Industriegebiet vergangen. Zwei Jahre ist es her, dass ich Vice verlassen habe. Zwei Jahre lebe ich nun schon mit Daniel in einem Haus, seit eineinhalb Jahren sind wir ein Paar und seit ein paar Wochen verlobt. Ich habe mich noch nie so sicher gefühlt wie bei ihm. Obwohl wir beide aus vollkommen unterschiedlichen Welten kommen, hat er mich in seine eingeladen und dort genauso liebevoll aufgenommen wie in seinem Haus. Selbst seine Eltern haben mich akzeptiert, als wäre ich ein vollkommen normales Mädchen. Sie versuchen, genauso wie Daniel, mir auch das Gefühl zu geben, dass ich eines wäre.

Aber ich weiß, dass ich es nicht bin. Man kann nicht das erleben, das durchmachen und das tun, was ich getan, erlebt und durchgemacht habe, und anschließend ganz normal sein. Aber ich gebe mein Bestes, mich zu integrieren und nur nach vorn und nicht zurückzublicken.

Leider gelingt mir das nicht immer. Vielleicht werde ich alles auch einfach niemals verarbeiten und vielleicht werde ich auch Vice niemals vergessen.

Helena ist mittlerweile meine beste Freundin und ich wünschte, wir könnten mehr Zeit miteinander verbringen, als wir es tun. Aber sie hat viel zu tun mit ihrer Arbeit und ich werde bald eine Ausbildung zur Erzieherin anfangen. Kaum zu glauben, aber ja: Ich möchte mit Kindern arbeiten. Vielleicht hilft mir das, mit meinen Schuldgefühlen klarzukommen, wenn ich Kindern dabei helfe, die Welt zu entdecken und sich zu entfalten. Allerdings habe ich immer wieder Tiefs und nutze die Tage, an denen Daniel weg ist, um zu trinken. Auch wenn meine körperliche Abhängigkeit von den Drogen und den Zigaretten schon überstanden ist, psychisch hänge ich noch sehr daran. Daniel darf davon nichts wissen, genauso wenig wie seine Familie und wenn ich bald mit Kindern arbeiten will, muss ich das im Griff haben. Ich weiß nur nicht wie.

Helena und ich haben heute in der Stadt gemeinsam einen Kaffee getrunken und uns unterhalten. Ich habe ihr vorgeworfen, dass sie ihrem Freund Liam immer noch nicht gebeichtet hat, dass sein Vater auf freiem Fuß ist. Natürlich wird ihr das schwerfallen, Liam ist mit dem Gedanken seine zwei Jahre Haft angegangen, dass Markus tot und sein Vater endlich im Gefängnis ist. Dass es gar nicht so ist, wird ihn fertigmachen, und ich kann Helena insoweit verstehen, dass sie es nicht sein will, die Liam diese schreckliche Nachricht überbringt.

Ich wünsche mir ja, dass Liam und sein Vater die Möglichkeit finden, sich auszusprechen, sich zu versöhnen. Irgendwie wieder zueinanderzufinden. Auch wenn es von Liam viel verlangt ist, zu verzeihen, was sein Vater ihm angetan hat. Möglicherweise sind diese ganzen Dinge auch gar nicht zu verzeihen. Ich weiß es nicht. Ich für meinen Teil habe ihm vergeben und wünsche ihm ein schönes Leben als guter Mann.

Ich habe mich nach dem unverhofften Wiedersehen im Café vor zwei Jahren noch ein paar Mal mit ihm getroffen. Wir haben über das Passierte geredet und beide versucht, auf diese Art das alles zu verarbeiten. Wenn das denn überhaupt möglich ist. Auf mein Drängen hin, hat er mir von sich erzählt, von seiner Kindheit, die geprägt war von Gewalt und Unterdrückung. Es war ihm sehr schwergefallen, von dieser Zeit zu sprechen, da er es hasste, wie schwach und unterlegen er seinem Vater gegenüber gewesen ist. Dass er seinen eigenen Sohn in genau dieselbe Situation gebracht hatte, wurde ihm leider viel zu spät klar.

Aber wir haben auch über schöne Dinge geredet, nämlich darüber, dass Daniel mir in einem Restaurant einen Antrag gemacht hat. Es war traumhaft, ich war sehr gerührt und ich habe *Ja* gesagt. Ich will daran glauben, dass es funktionieren kann. Dass ich nicht zu kaputt für ihn bin, für den beliebten, perfekten Sunnyboy, der er nun mal ist.

Gemeinsam mit Fly, der Pitbulldame, leben wir zusammen in seinem Haus, das er ursprünglich für sich und seine Exfreundin gekauft hat.

Liam ist im Gefängnis und Helena muss die Hündin durch ihren Job zu lange allein lassen und so hat sie sie schweren Herzens an uns abgegeben. Wir sind glücklich mit ihr und Daniel ist ein fantastischer Hundepapi.

Sie gehen zusammen joggen, er tollt mit ihr auf dem Rasen oder dem Teppich herum und ist schon des Öfteren mit ihr zusammen auf dem Sofa eingeschlafen. Ich habe ungefähr tausend Bilder von Fly, die mit Daniel kuschelt und ihm ihre lange, rosa Zunge quer über das Gesicht zieht, oder wie sie zusammen daliegen und schlafen. Es lässt mein Herz höher schlagen, wenn ich sehe, wie liebevoll er mit dem Tier umgeht.

Selbst nach zwei Jahren kann ich es nicht lassen, Vergleiche zu Vice zu ziehen. Daran muss ich arbeiten, wenn ich endlich von ihm loskommen will. Der weißblonde, stahläugige Psychopath hat sich in meinem Kopf eingenistet wie ein bösartiger Parasit. Ein Parasit, den ich geliebt habe. Aber jetzt ging es um mich und Daniel und darum, dass Helena ganz bald mit mir ein Kleid für meine Hochzeit aussuchen musste.

Nachdem wir uns verabschiedet haben, mache ich mich zusammen mit Fly an der Leine auf den Weg nachhause. Ich werde mich mit ihr in den Garten legen und darauf warten, dass Daniel nachhause kommt. Daniel. Mein ganz normaler Verlobter.

Der Teufel

Nur noch ein paar Wochen, und mein herzallerliebster Liam kommt endlich aus dem Gefängnis. Dieser kleine Pisser schuldet mir über zwanzigtausend Euro und er braucht nicht glauben, dass ich das vergessen habe. Oder dass ich drauf verzichte. Wer bin ich denn? Die Wohlfahrt? Da kommt er nach sieben Jahren Faulenzen aus dem Knast, nebenbei gesagt, nachdem er einen *meiner* Zuhälter getötet hat, bekommt von mir ein Auto, eine Waffe, Geld und Drogen, nur um sich wieder einsperren zu lassen. Ohne mir auch nur einen Cent zurückgezahlt zu haben.

Ich habe in seinem Umfeld herumspionieren lassen. Nicht weil ich ungeduldig bin oder das Geld unbedingt brauche, nein, weil ich gerne immer einen Schritt voraus bin und zusätzlichen Druck auf ihn ausüben will. Nicht nur, dass er mir aus Pflichtgefühl das Geld zurückzahlen muss, sondern auch, weil er Angst hat. Mein Plan wird perfekt funktionieren, denn er hat eine kleine Freundin. Helena, sein Entführungsopfer von vor zwei Jahren hat offenbar ein Stockholmsyndrom zu ihm entwickelt und sie sind jetzt ein Paar. Ich hoffe, dass sie ihn nicht verändert hat. Aber ganz egal, ob sie versucht den *»guten Kerl«* in ihm hervorzulocken, ich werd es zerstören. Er hat keine Zeit, sich um seine Süße zu kümmern, er hat Schulden abzuzahlen und mir wieder ein braver Angestellter zu sein.

»Sie hat da hinten geparkt, sie wird also hier durchkommen, wenn sie zu ihrem Auto geht. Ihr zwei stellt euch auf die Seite und seht gefährlich aus. Ich warte dann hier«, befehle ich zwei meiner Männer und schlendere in Richtung Innenstadt. Hoffentlich kommt sie nicht noch auf die Idee, zum Friseur zu gehen. Aber da sie ein Café angesteuert hat, gehe ich davon aus, dass Helena sich nur mit jemandem treffen wird.

Ich werde der jungen Frau, die als Lektorin in einem Verlag arbeitet, klarmachen, dass Liams Schulden auch ihre Schulden sind. Ich gehe davon aus, dass sie mir alles geben wird, was sie bei sich hat, und wenn sie sich wehrt, werde ich ihr etwas Angst machen. Vielleicht auch etwas Spaß mit ihr haben. Mal sehen, wie sie sich anstellt.

Sie muss ja schon eine gewisse Portion Mut haben, wenn sie sich mit Herrn Impulsiver-Totschläger-Winterfeld einlässt.

Außerdem wird sie mir ihre Handynummer geben, damit ich sie in Zukunft erreichen kann. Schließlich wird sie ab jetzt jede Woche etwas von Liams Schulden abbezahlen müssen. Ich hoffe, das reicht schon aus, um die beiden auseinanderzubringen.

Dann komme ich beim Café an, in dem sich Helena befindet. Sie ist gerade aufgestanden und umarmt eine andere Person. Blondes Haar, das in der Sonne schimmert wie pures Gold, fällt über ihre Schulter, während sie sich verabschieden. Als sie sich voneinander lösen und ich in das Gesicht ihrer Freundin sehen kann, setzt mein Herz einen Schlag aus.

Anna.

Ich kann es im ersten Moment nicht glauben, aber es ist unverkennbar mein verlorener Engel. In einem viel zu kurzen Sommerkleid strahlt sie Helena fröhlich an. Ihre Haare sind blond, ihre Figur zu dünn und in ihren zierlichen Händen hält sie die Leine eines riesigen Pitbulls. Ich muss den Blick von ihnen lösen, da ich vor Helena zurück an meinem Platz sein will. So schwer mir das fällt. Meine Schritte führen mich zu der Gasse, in der ich mit meinen Männern auf sie warten werde. Sie kommt auf uns zu.

Es ist nicht zu fassen, Liams Helena und meine Anna sind Freundinnen. Ich hab sie gefunden. Dass es ihr gut zu gehen scheint, weckt mehrere Gefühle in mir. Erleichterung, dass sie sich nicht die Pulsadern aufgeschnitten hat. Aber auch Ärger darüber, dass sie ohne mich klarzukommen scheint.

Doch ihr dünner Körper verrät, dass es in ihr anders aussehen muss, als sie vorgibt. Ich kenne sie. Ich kenne sie besser als jeder andere Mensch auf der Welt.

Liams Freundin kommt bei uns in der Gasse an, wechselt wie geplant die Straßenseite, um nicht meinen zwei Männern in die Hände zu laufen. Als sie in meiner Nähe ist, greife ich nach ihrem Handgelenk und zieh sie mit einem Ruck zu mir und drücke sie mit dem Körper gegen eine Hauswand. Ich presse die Hand auf ihren Mund und lege meine Lippen an ihr Ohr.

»Wenn du schreist, schlitze ich dich auf.«

Nachdem ich einen kurzen Moment gewartet habe, trete ich von ihr zurück und sehe sie drohend an.

»Du bist also Liams kleine Freundin«, stelle ich mit ruhigen Worten fest, während ich langsam einen Finger nach dem anderen von ihrem Mund nehme. Sie schreit nicht los. Brave Helena. »Was willst du und wer bist du?«, flüstert sie mir entgegen, während ich beginne sie zu umrunden und ausgiebig zu mustern. Liam hat einen guten Geschmack. Sie ist süß.

»Ich bin ein alter Freund von deinem Liebsten«, stelle ich gleich klar, damit sie sofort weiß, woher der Wind weht. Ja, schöne Helena, du bist nur wegen Liam Winterfeld jetzt in dieser Situation.

»Wie du weißt, Helena, ist unser Herr Winterfeld aktuell leider noch verhindert, aber er hat einige Schulden bei meiner Organisation und ich befürchte, er hat seine Dispogrenze so langsam erreicht.« Ich lasse meine Hände in die Taschen meiner Jacke wandern und umfasse dort mit einer Hand mein Messer.

»Er wird bald entlassen, dann kann er sicher alles klären«, versucht sie sich irgendwie herauszureden, aber ich schüttele bedauernd den Kopf.

»Ich kann ihm leider keinen weiteren Aufschub gewähren. Seine Schulden sind deine Schulden, ihr seid doch ein Paar, oder nicht? In guten wie in schlechten Zeiten.«

So heißt es doch immer, oder nicht?

Sie will sich rausreden und versucht herauszufinden, um was für Schulden es sich handelt. Aber das werde ich ihr noch nicht sagen, soll sie sich ruhig Gedanken darüber machen, was der liebe Liam mir für Geld schuldet. Als sie nachfragt, um wie viel Geld es sich handelt, verrät mir das, dass sie hofft, genügend dabei zu haben, um es einfach jetzt zu bezahlen, damit ich sie und Liam in Ruhe lasse.

»Oh, alles kannst du jetzt ohnehin nicht abzahlen. Außer du hast einige tausend Euro in bar dabei?« Abwartend neige ich den Kopf schräg und sehe sie an. Nein, hat sie natürlich nicht.

»Aber weil Liam und ich auch alte Freunde sind, fangen wir mit kleinen Raten an. Ich möchte ja nichts Unmögliches von ihm verlangen. Oder von dir, Helena.« Dass ich ihren Namen kenne, macht ihr Angst. Ihre Augen weiten sich, ich kann ihren Puls deutlich an ihrem Hals pochen sehen. Alles in ihr schaltet auf Fluchtinstinkt.

»Versuch es. Ruf. Und finde heraus, ob jemand kommt, bevor ich mein Messer in deinen Bauch gerammt habe«, flüstere ich freundlich. Ich liebe es, zu sehen, wie die Angst mehr und mehr Besitz von ihr ergreift. »Wie viel Geld hast du dabei?«

»N-nichts. Habe alles ausgegeben«, lügt sie mich an. Ich weiß, dass sie welches bei sich trägt, sie hat sich schon unbewusst verraten. Dennoch gehe ich gerne auf ihr Spiel ein.

»So ein Pech aber auch. Dann musst du die Schulden eben anders abzahlen. Ich hatte ja wirklich gehofft, dass dir das erspart bleibt.«

Sie versteht sofort und schlingt die Arme schützend um ihren Körper, was mir ein mitleidiges Lächeln entlockt. Süßer Versuch.

»Was meinst du damit?«, stellt sie sich dumm.

»Ich bin mir sicher, dass du dir das denken kannst. Du hast doch was in deinem hübschen Köpfchen?«

Dann geht alles ganz schnell und ich presse sie mit meinem Körper gegen die raue Wand. Während ich ihr einen Arm um den Hals gelegt habe und ihr die Luft zum Atmen nehme, wandert die andere Hand hinab zu ihrem Slip. Das Geräusch des zerreißenden Stoffes ist beinahe so erregend wie ihr ersticktes Schreien und ihre verzweifelten Versuche, sich zu wehren. Am liebsten würde ich sie jetzt blutig ficken und mir dann trotzdem ihr Geld nehmen. Doch das wäre kontraproduktiv. Dass ich seinem Mädchen Angst einjage, wird mir Liam verzeihen müssen. Dass ich sie vergewaltige, würde er mir sicher übelnehmen.

Also höre ich auf sie, als sie mir sagt, dass sie bezahlen will. Schade, ich hätte mich gerne wenigstens noch ein bisschen mit ihr vergnügt. Ich nehme mir einhundert Euro aus ihrem Geldbeutel, schaue mir ihren Personalausweis ganz genau an und lasse mir auch ihr Handy geben. Ich schicke mir selbst von ihrem Handy die Kontaktdaten von »Anna«, »Brüderchen« und »Papa« und speichere mir auch ihre eigene Nummer ein. Dabei spüre ich unentwegt ihren forschenden Blick auf mir. Im Augenwinkel erkenne ich, wie sie die Augen leicht zusammenkneift, um alles in meinem Gesicht genau zu erkennen.

»Wenn du zur Polizei gehst, werden wir Liam das Leben zur Hölle machen. Vergiss nicht, dass ich weiß, wo du wohnst, und ich bin mir sicher, dass du nicht willst, dass deinen Lieben etwas zustößt. Aber du bist ein kluges Mädchen, das weiß ich, und die kleine Blonde von eben war auch wirklich ein hübsches Ding«, drohe ich ihr ganz beiläufig, ehe ich ihr das Handy zurückreiche und mich verabschiede.

Sie hat jetzt nicht nur Angst, sondern ist auch stinksauer, weil ich ihr und ihren Liebsten drohe. Sie wird mir jetzt jede Woche an einem neuen Platz einhundert Euro hinterlassen, so lange, bis Liam wieder aus dem Gefängnis kommt. Ich gehe davon aus, dass sie ihm von der Begegnung mit mir erzählen wird. Das wird den Druck auf ihn nur erhöhen. Perfekt.

Ob sie auch Anna davon erzählen wird, weiß ich nicht. Aber wenn sie so gute Freundinnen sind, wie es eben gewirkt hat, ist die Wahrscheinlichkeit recht hoch. Ich weiß noch nicht, ob mir das gefällt. Ich hätte eben auch Anna anstatt Helena folgen können, aber ich darf nicht überstürzt reagieren.

Sie hat mich verlassen und ist auch nach zwei Jahren nicht zu mir zurückgekommen. Ich will den Grund dafür herausfinden und muss wissen, wo sie ist und ob sie mich noch liebt. Nachdem ich schon geglaubt habe, dass sie sich vielleicht umgebracht hat, hat es mich erleichtert, sie wohlauf zu sehen. Alles in mir hat danach geschrien, gleich zu ihr zu gehen und sie in die Arme zu nehmen.

Dass Josh mich mit seinem ganzen Imperium allein gelassen hat und ich mein eigenes aufgebautes mit diesem fusioniert habe, hat mir die letzten zwei Jahre sehr geholfen. Ich bin viel gereist, habe neue Kontakte geknüpft, Drogen ge- und verkauft, Finger abgeschnitten, Kehlen aufgeschlitzt oder in Hinterköpfe geschossen. Alles in allem waren es zwei sehr erfolgreiche, aufregende Jahre.

Natürlich kam ich nicht umhin, immer wieder an sie zu denken. Abends auf dem Sofa, wenn ich mir überlegt habe, was ich streame. Unsere gemeinsamen Serien habe ich ruhen lassen. Ich hatte mir vorgenommen, sie irgendwann mit ihr gemeinsam weiterzugucken.

Als ich in Mexiko mit meinem Kontaktmann durch die prächtig blühenden Schlafmohnfelder gelaufen bin, hätte ich gerne ihre Hand gehalten. Die schönen, violetten Blüten wiegten sich im warmen Wind und wurden von der untergehenden Sonne angestrahlt. Ich hatte mir gewünscht, mich gemeinsam mit ihr auf einen Opiumtrip zu begeben. Wenn unsere Körper dann warm und völlig entspannt gewesen wären, hätten wir uns mitten in das Feld gelegt und in den Himmel gestarrt. Absolut zufrieden, ruhig und glücklich. Meine Hand hätte ihre gehalten und ich hätte ihr gesagt, dass ich sie niemals gehen lasse. Dass ich sie liebe.

Ich ziehe mein Butterfly hervor und spiele nervös damit herum. Der Gedanke an Anna schnürt mir jedes Mal aufs Neue den Hals zu und ich weiß nicht, warum. Diese Frau lässt mich Dinge wollen und fühlen, die ich vorher nicht einmal kannte. Von denen ich nicht dachte, dass ich überhaupt dazu in der Lage wäre. Ich habe noch nie jemanden geliebt.

Selbst bei meiner Mutter bin ich mir nicht sicher, was es war, was ich für sie empfunden habe. Als Angel starb, habe ich mir gewünscht, etwas zu fühlen. Ich habe sie berührt, habe ihre Hand auf meine Wange gelegt, sie genaustens betrachtet. Etwas war in mir. Der Ansatz eines Gefühls. Aber es war enttäuschend. Ich wollte weinen, dieses intensive Gefühl spüren, aber es ging nicht. Alles flachte viel zu schnell wieder ab.

Später, als Josh mich mit meinem eigenen Messer verletzte und ich Anna dazu brachte, mir wehzutun, fühlte es sich richtig an. Es war der Funke einer intensiven Empfindung, ausgelöst durch Schmerz. Ich fühlte mich bestraft. Für meine Kälte dem Tod meiner eigenen Mutter gegenüber und ich fühlte mich erregt durch das, was Anna mir in diesem Moment schenkte. Gefühle.

Ich drehe das Butterflymesser schwungvoll um meinen Daumen herum und fasse fest um den Griff. Meine Augen spiegeln sich in der Klinge wider, als ich auf sie blicke. Ich liebe meine Waffe und in den letzten neun Jahren habe ich so oft davon geträumt, Anna mit ihr zu schneiden. Zu spüren, wie die Klinge ihre Haut durchdringt, das warme Blut über meine Finger läuft und sie in meinen Armen zusammensackt. Um sie zu bestrafen. Dafür, dass sie mich verlassen hat. Aber auch, um ihre intensiven Gefühle in mich aufzunehmen, die ihr Körper ausstrahlen wird, wenn sie stirbt. Aber wie hat Josh damals zu mir gesagt?

»Überleg es dir gut, Vice. Diesen Spaß hast du nur einmal, denn dann ist sie für immer weg.«

Ich will nicht, dass sie für immer weg ist. Ich will, dass sie für immer bei mir ist.

Gefallener Engel

»Weißt du, warum eine Braut ein weißes Kleid trägt?«, frage ich Helena und sehe sie wissend an. Sie braucht auch nicht lange nachzudenken, als sie mir die Antwort gibt.

»Es ist die Farbe der Unschuld!« Sie hebt stolz den Zeigefinger, weil sie meine Frage beantworten kann.

»Ja. Und ich bin schon sehr lange nicht mehr unschuldig.«

Meine Stimme versagt etwas, woraufhin mich Helena näher zu sich zieht. Ich habe mich doch schon so lange damit abgefunden, nicht mehr unschuldig zu sein, wieso also stelle ich mich so an? Ob es an Helena liegt? Sie ist die Unschuld in Person, eine herzensgute Frau, die vor Liebe förmlich übersprudelt.

Wir waren heute an diesem herrlichen Sommertag zusammen in der Stadt und sind nun auf dem Rückweg zu Helenas Auto. Wir haben für mich ein Brautkleid ausgesucht. Ein Kleid für meine Hochzeit mit Daniel Schuhmacher. Den Mann, der mir Sicherheit, Glück und ein normales Leben schenkt. Den Mann, den ich liebe. Helena hat mir ständig die polarweißesten Kleider empfohlen, aber ich empfinde mich einfach nicht so, dass ich ein weißes Kleid tragen dürfte.

»Aber Anna, welche Frau ist denn heutzutage noch jungfräulich, wenn sie zum Altar geht? Das muss man doch nicht so ernst nehmen! Du bist jetzt achtundzwanzig Jahre alt. Das ist doch kein Frevel!«, versucht sie mich zu trösten, aber ich brauche keinen Trost.

Ich bin nicht nur nicht mehr unschuldig, seit sich mein Vater in meinem Kinderbett auf mich gelegt hat, sondern auch die sieben Jahre mit Vice haben mich meiner Unschuld beraubt. Ich habe getrunken, Drogen genommen, daneben gestanden und nichts getan, während anderen Menschen schreckliche Dinge angetan wurden. Ich wurde so oft beschmutzt und habe mich selbst dreckig gemacht. Ich habe weder Helena, noch Liam oder Daniel von meiner Beziehung mit Vice erzählt. Offiziell habe ich mich sieben Jahre lang auf der Straße und mit diversen WGs durchgeschlagen.

»Ich bin auf so viele Arten befleckt, dass ein weißes Kleid an mir einfach nur unangebracht wäre.«

Natürlich wird Helena, die über die Dinge Bescheid weiß, die mein Vater getan hat, meine Worte darauf beziehen. Niemals würde sie verstehen, dass ich mich selbst auch als schmutzig empfinde. Diese Gedanken versteht wohl nur die einzige Person, die ähnliches durchmachen musste wie ich: Liam.

Dass Helena mich einfach zu sich zieht und schweigt, beruhigt mich. Ich hätte mit ihr nicht über diese Sache diskutieren wollen. Wir sind da absolut unterschiedlicher Meinungen. Sie sieht mich als unschuldige, schöne Blume, ich mich als hässliches, störendes Unkraut.

Allein in Daniels Gegenwart wird mir immer wieder klar, wie kaputt ich bin. Es ist nicht so, dass ich nicht glücklich wäre, mit ihm bei seiner Familie zu sitzen, von ihnen so aufgenommen worden zu sein. Aber ich fühle mich auch fehl am Platz, mir ihre Geschichten anzuhören, über die letzte Meisterschaft im Schützenverein, die Daniels Vater gewonnen hat. Mir die Bilder aus dem Nordseeurlaub von vor fünfundzwanzig Jahren anzusehen, wo Daniel seinen Vater im Sand eingegraben hat und stolz neben seiner Sandburg steht.

Ich weiß natürlich, dass sie das alles nur tun, um mich an ihrem Leben teilhaben zu lassen, um mir zu zeigen, dass ich willkommen bin und dazugehöre. Aber ich fühle mich einfach nicht dazugehörig. Ich empfinde mich als Last und ich denke, dass ein wunderbarer Mann wie Daniel etwas viel Besseres verdient hat als mich.

Helenas Hand greift plötzlich fester um meine und ich sehe mit irritiertem Blick zu ihr hinüber. Sie sieht beunruhigt aus.

»Alles okay?«, frage ich vorsichtig, woraufhin sie nickt und steif lächelt. Die Straße, die wir zu ihrem Auto gehen, ist menschenleer. Sie hat absichtlich etwas außerhalb geparkt, da samstags in der Innenstadt, wo sich die Brautmodegeschäfte befinden, keinerlei Parkplätze mehr frei waren. Wir haben den gesamten Nachmittag mit Bummeln, Kleideranprobieren und Kaffeetrinken verbracht, sodass es nun schon früher Abend ist. Allerdings kein Grund, jetzt Angst zu haben. Wir sind zu zweit und die Wahrscheinlichkeit, dass uns jemand überfällt, ist äußerst gering. Warum also wirkt Helena so ängstlich? Ich lächele sie aufmunternd an, um ihr etwas Sicherheit zu geben. Es ist doch schließlich alles gut.

»Hey, Ladys.« Die Stimme kommt von einem Kerl, der in Begleitung zweier weiterer Jungs ist. Zwei typische, aufgepumpte Proleten, deren Hosen tief in den Kniekehlen hängen, und ein schmächtigerer kleinerer Kerl. Gangsterstyle-mäßig haben sie ihre Kapuzen weit ins Gesicht gezogen und tragen darunter noch Caps.

»Geh einfach weiter«, sage ich zu Helena, als sie stehen bleiben will und ich sie weiterziehe. Bei solchen Typen funktioniert Ignorieren einfach am besten. Sie wollen Aufmerksamkeit, mehr nicht. Diese Art von Kerlen kenne ich gut.

»Nicht so schnell.« Der Größte von den dreien stellt sich uns in den Weg und ich rolle genervt mit den Augen. Diese Jungs sind doch gerade mal Anfang zwanzig und wollen sich bloß aufspielen. Ich will mich mit Helena einfach zwischen ihnen hindurchzwängen, als mich einer der Typen tatsächlich an der Schulter packt und zurückzerrt. »Nicht so schnell, hab ich gesagt. Ich wiederhole mich nicht gern.«

»Was wollt ihr?«, pampe ich sie an, doch offenbar galt ihr Fokus alleine Helena und nicht mir.

»Eigentlich wollten wir uns mit deiner Freundin unterhalten, nicht mit dir, Barbie.«

Barbie? Was ein Idiot. Ich zeig ihm gleich mal, wie eine Barbie zuschlagen kann.

»Mit mir?«, fragt Helena nun irritiert und deutet mit dem Zeigefinger auf sich selbst.

Was wollen diese Deppen von ihr?

»Ja, wir haben gehört, du hast einen kleinen Deal mit unserem Boss«, gerade als ich zwischen ihn und Helena gehen will, schubst er mich kräftig nach hinten, sodass ich in die Arme des dritten Kerls falle. Er fasst mir in den Nacken, und ich beginne mich zu wehren. Ich trete mit Wucht gegen das Schienbein des Kerls, woraufhin er mich wieder loslässt.

»Fasst uns nicht an! Es wäre besser für euch, wenn ihr uns jetzt durchlasst. Mein Freund ist Polizist und ich muss in fünf Minuten zu Hause sein. Wenn ihr es euch jetzt anders überlegt, kommt ihr ungeschoren davon!«

Helena ist sichtlich beeindruckt über die Dominanz in meiner Stimme, während ich den drei Kerlen drohe.

»Nein, nein.« Der größte der drei Typen, der ihr Anführer zu sein scheint, kommt noch einen Schritt auf uns zu und zückt ein Klappmesser. Nun weicht jegliche Farbe aus Helenas Gesicht. Sie muss große Angst haben. Ich traue den beiden jedoch nicht mehr zu, als dass sie uns bedrohen wollen.

»Es wäre besser für *euch*, wenn ihr jetzt kooperiert. Wie wäre es mit einer kleinen Vorauszahlung … Helena?«

Meine Freundin neben mir macht sich klein und hat offenbar den Widerstand ganz aufgegeben.

»Hat euch Vice geschickt?«

Nun bin ich es, die spürt, wie ihr Blut gefriert. Mein Puls beschleunigt sich und meine Atmung ebenso. Ich greife fester um Helenas Handgelenk und ziehe sie mit mir zusammen etwas von den Jungs weg.

»Der weiß nichts von unserem kleinen Manöver. Und das wird auch so bleiben.«

»Ihr bekommt alles, was wir bei uns haben«, will ich diese Situation einfach nur schnell beenden und greife in meine Handtasche.

Helena sieht verwirrt zu mir auf, da sie nicht verstehen kann, warum ich jetzt plötzlich in die Defensive gehe. Allein seinen Namen zu hören, fügt mir körperliche Schmerzen zu. Mit zitternden Fingern schaffe ich es nicht schnell genug, meinen Geldbeutel zu öffnen, woraufhin dem einen der drei Kerle der Geduldsfaden reißt. Er packt nach meiner Tasche, was Helena verhindern will, indem sie nach ihm greift.

»Finger weg, Schlampe«, fährt er sie an und sticht mit dem Klappmesser auf ihren Arm ein.

»Helena, bist du verletzt? Lass ihn einfach, soll er sie sich nehmen, wenn er das unbedingt will«, versuche ich sie zu beruhigen. Ich kann sehen, dass ihr Arm blutet.

Scheiße!

»Du bist ja doch klüger, als ich dachte, Barbie.« Er zieht mir die Tasche von der Schulter, wobei mir der Träger meines Kleides und des BHs ebenfalls hinabrutscht.

»Mach weiter, Alter. Barbies kann man an- und ausziehen, wie man will, oder?«, mischt sich einer der anderen beiden ein. Welcher es ist, bekomme ich nicht mal mit.

Tu das nicht. Tu das nicht!,schießt es mir durch den Kopf, als ich an unseren Angreifern vorbeisehe und eine vierte, große, in schwarzen Kapuzenpullover gehüllte Gestalt entdecke.

»Mann, pass auf!«, wird der Möchtegern-Anführer noch von seinem Freund gewarnt, aber es ist zu spät.

Ein heftiger Schlag in den Nacken sowie ein Tritt in die Kniekehle folgt, woraufhin er nach unten sackt. Cap und Kapuze werden nach hinten geschlagen und sein Kopf an den Haaren zurückgerissen.

Lange, schlanke Finger halten ein Butterflymesser an den Hals des Anführers gepresst, sodass Blut hervorquillt.

»Und was glaubt ihr, was ihr hier tut?«

Vice' Stimme zu hören beschert mir eine Gänsehaut am ganzen Körper. Ich sehe ihn nicht an, stattdessen blicke ich in die panisch aufgerissenen Augen meines Angreifers. »Ich habe eine Frage gestellt.« Vice wird ungeduldig.

Lasst ihn nicht warten. Bitte, sagt ihm einfach, was er hören will. Er wird euch sonst töten.

Aber keiner der Jungs traut sich, ihm eine Antwort zu geben.

»Nicht, bitte«, flehe ich leise, um das Leben des Mannes vor mir zu retten.

Vice antwortet mir, ruhig und freundlich. So wie meist.

»Er soll mir einfach nur meine Frage beantworten. Das ist alles. Oder einer von den anderen beiden.«

Ich sehe nur kurz in sein Gesicht, aber dieser Augenblick reicht aus, um die Kälte, die Emotionslosigkeit in seinen grauen Iriden zu erkennen. Er hat sich nicht verändert.

»Wir wollten nur etwas Extra-Geld in die Kasse bringen«, versucht sich der Kleine, Dünne zu rechtfertigen.

Mein Exfreund schnalzt verächtlich mit der Zunge.

»Und habe ich euch gesagt, dass ihr das tun sollt? Und lasst mich euch diese Frage nicht zweimal stellen müssen. Ich hasse es, wenn ich mich wiederholen muss, und ich schwöre euch, ich schlitze nicht nur ihm die Kehle auf.«

Er wird es tun, ich weiß, dass er das tun wird. Bitte nicht.

Ich wende den Blick von ihm ab, weil ich weiß, warum er jetzt so reagiert. Er verzichtet nicht auf das Geld, weil sie eigenständig handeln, sondern er verzichtet auf das Geld, weil sie mich angerührt haben. Niemand darf mich anfassen. Nur er.

»Nein, hast du nicht! Sei nicht wütend, wir dachten nur ...«

»Halts Maul. Ich habe euch nicht darum gebeten. Das ist alles, was ich hören wollte. Was ihr in euren kleinen Spatzenhirnen denkt, ist mir scheißegal. Ihr sollt Befehle befolgen. Für alles andere bin ich zuständig. Verstanden?«

Nachdem er noch kurz gewartet hat, lässt er den Jungen vor sich wieder los.

»Verschwindet«, zischt er nur, was die Jungs sich nicht zweimal sagen lassen.

Ich schlinge meine Arme um meinen Körper. Eine Eiseskälte hat sich in mir ausgebreitet, die mich zum Zittern bringt. Als Helena auf mich zukommen will, ist Vice schneller. Er hebt seine Hand an und streichelt mir sanft den Arm hinauf. Seine Fingerspitzen greifen nach den Trägern meines Kleides und des BHs und schieben sie liebevoll über meine Schulter zurück an ihre ordnungsgemäße Position.

Seine Berührungen lösen so viel in mir aus. Angst. Trauer. Schuld. Aber auch eine unaussprechliche Sehnsucht.

Als ich meine Augen schließe, spüre ich eine Träne über meine Wange hinablaufen.

»Bitte fass sie nicht an. Du willst doch was von mir?«, meldet sich Helena zu Wort, nicht wissend, dass seine Aufmerksamkeit gerade nur mir gilt.

»Heute nicht«, antwortet Vice, dessen Finger höher wandern und durch meine Haare gleiten. Das darauf folgende Seufzen zeigt, dass er ähnlich fühlt wie ich, ehe er von mir ablässt.

Der Teufel

»Ich wünsche den Damen noch einen schönen Abend. Ihr könnt euch ein andermal bei mir bedanken«, verabschiede ich mich von den beiden. Nicht näher. Noch darf ich ihr nicht näher kommen als bis hierher. Ihre Reaktion war deutlich genug. Sie hat Angst, war überfordert und nicht darauf vorbereitet, mich zu sehen. Ich muss ihr etwas Zeit lassen, um mit der Situation klarzukommen.

Zumindest ist das aktuell mein Plan, möglich, dass das morgen schon ganz anders aussieht und ich meine Ungeduld nicht mehr zügeln kann. Ich muss wissen, was sie fühlt. Liebt sie mich noch? Wo ist sie? Bei *wem* ist sie? Fragen über Fragen, die mir vielleicht Helena beantworten kann.

Ich schlage die Kapuze über meinen Kopf zurück. Mein Nacken ist völlig verkrampft, allein wegen der Anspannung, die mir Annas Nähe bereitet hat. Mich zurückzuhalten, sie nicht sofort in den Arm zu ziehen. Meine Beherrschung, dem Idioten nicht die Kehle aufzuschneiden. Es wäre eine Befriedigung gewesen, eine Linderung meiner Nervosität, sein Blut auf dem Asphalt zu verteilen.

Eigentlich war ich hier, um Helena nach dem Treffen mit Anna abzufangen und auszuhorchen. Die GPS-Ortung der beiden Handys hat mir verraten, dass sie zusammen sind. Dass dann diese Idioten *meine Anna* angefasst haben, war allerdings zu viel. Ich musste dazwischengehen, obwohl ich Anna noch nicht begegnen wollte.

Während ich mich von den beiden entferne, höre ich, wie sich Helena um sie kümmert. Es hat sie wirklich mitgenommen und ich denke, dass das gut ist. Ich bin noch tief in ihren Gedanken und in ihrem Herzen verankert. Nun werde ich einen noch genaueren Blick auf Helena haben, vielleicht besteht für mich die Möglichkeit, über sie herauszufinden, inwieweit mein Engel noch Gefühle für mich hat.

Ich spiele mit meinem Messer und seufze tief. Wenn sie nur im Ansatz so für mich empfindet wie ich für sie, wird sie bald spüren, dass sie zu mir gehört. Dass es keinen anderen Mann für sie geben kann als mich. Wir gehören zusammen und ich werde dafür sorgen, dass sie das endlich versteht. Sie ist ein gefallener Engel. Ihr Platz ist in den Armen des Teufels.

Nachdem ich über meine Recherche herausgefunden habe, dass Helena nicht nur an ihren Liebsten Liam im Gefängnis denkt, sondern auch Gefallen an ihrem heißen, neuen Nachbarn gefunden hat, habe ich einen Fotografen beauftragt. Dieser hat wunderbare Bilder von Helena und Nero Rosenthal, das ist der Name des Nachbars, gemacht, die ich Liam zugeschickt habe. Außerdem habe ich noch viele sehr interessante Sachen über Herrn Rosenthal herausgefunden, die ich sicher im Bezug auf Helena und Liam verwenden kann.

Heute habe ich in meiner Lieblingspizzeria zu Mittag gegessen, als draußen ein heftiges Sommergewitter aufzog, welches überraschenderweise Helena zu mir in das Gasthaus trieb.

Ich habe sie zu mir an den Tisch gebeten, meine Pizza Margherita mit ihr geteilt und die Möglichkeit genutzt, mit ihr zu reden. Auch sie hat die Chance genutzt, mich auszufragen. Über meine Absichten mit Liam und tatsächlich auch über meine Beziehung zu Anna. Ich habe ihr etwas über unsere gemeinsamen sieben Jahre erzählt. Sie hat mir dafür einen Einblick in Annas Leben gewährt. Einen Einblick, der mein Blut zum Kochen bringt.

Sie ist verlobt. Mit Daniel Schuhmacher, Liams bestem Kumpel. Lächerlicher kann es kaum sein.

Anna. Wird. Ihn. Nicht. Heiraten.

Das werde ich zu verhindern wissen. Niemand darf sie berühren, sie küssen, sie ficken oder ihr wehtun. Das bleibt alleine mir vorbehalten. Auf meine Frage, ob Anna mich noch liebt, hat Helena herumgedruckst und mir gesagt, dass Anna ihr keine klare Antwort darauf gegeben hat.

Natürlich nicht! Sie liebt mich, aber will sich das nicht eingestehen, weil sie glaubt, mit Daniel glücklich zu sein und ein normales Leben führen zu können. Ich werde ihr zeigen, dass sie an meine Seite gehört. Ein so kaputtes, trauriges Mädchen gehört an meine Seite, der sie vor allen Dämonen dieser Welt beschützt.

Gefallener Engel

Der Schock sitzt tief. Er hat mich gefunden. Natürlich war es utopisch zu glauben, dass ich weiter in dieser Stadt leben und mit Liam und Helena in Kontakt bleiben kann, ohne früher oder später auf ihn zu treffen. Aber ich dachte, ich wäre jetzt, nach fast zwei Jahren fester Beziehung mit Daniel, stark genug, um nicht den Boden unter den Füßen zu verlieren, wenn wir uns wiedersehen. Ich habe mich getäuscht.

Ihn zu sehen, seine Stimme zu hören, seine Berührung zu spüren hat mein blutendes Herz schmerzhaft wieder zum Schlagen gebracht. Ich habe Daniel nichts davon erzählt und ich weiß auch nicht, wie ich das tun soll. Ob ich das überhaupt tun soll. Er ist der Sohn des Polizeidirektors, ein herzensguter, fürsorglicher Mann, der immer nach Gerechtigkeit strebt. Daniel liebt mich sehr und trägt mich auf Händen.

Was würde er von mir denken, wenn er wüsste, dass ich sieben Jahre lang mit einem Psychopathen zusammen gewesen bin und dass ich ihn geliebt habe? Dass ich mit angesehen habe, wie er Prostituierte unter Drogen gesetzt und geschlagen hat? Dass ich mit dabei war, wenn er Menschen gefoltert und getötet hat, und danach mit ihm geschlafen habe? Dass ich regelmäßig mit ihm Drogen genommen habe? Dass ich nicht nur in seiner Welt gelebt, sondern auch perfekt in sie gepasst habe?

Mich vor Helena dafür zu rechtfertigen, dass ich mit Vice zusammen war, fällt mir schon schwer genug. Sie kam mich heute besuchen, um mir von ihren Sorgen über Liam zu berichten. Unser Freund ist endlich aus dem Gefängnis draußen und baut schon wieder kräftig Scheiße.

Dass mein Ex-Freund Schuld daran hat, überrascht mich nicht. Liam schuldet ihm zwar ordentlich Geld, aber ich denke nicht, dass Vice das alles tut, weil er die Kohle unbedingt braucht. Vielmehr denke ich, dass es ihm Spaß macht, Liam so unter Druck zu setzen und mit ihm zu spielen.

Ich habe versucht, Helena etwas zu beruhigen. Liam ist ein armer Junge, der mit seinen dreißig Jahren nicht viel Kindheit hatte und früh auf die schiefe Bahn geraten ist. Er hat so viel Schlimmes erleben und tun müssen und hat sich schon immer allein durchgeschlagen. Liam hat noch viel zu lernen und ich hoffe sehr, dass Helenas Liebe groß genug ist, diesen Weg in die Normalität zusammen mit ihm zu gehen.

Auch wenn noch ein viel größeres Problem auf die beiden zukommt: Helena hat Liam noch immer nicht gesagt, dass sein Vater, Balthasar Winterfeld, nicht für seine Taten im Gefängnis sitzt, sondern auf freiem Fuß ist.

»Wie kommst du überhaupt darauf und woher weißt du, dass Vice und ich uns kennen?«, frage ich Helena in der Hoffnung, dass sie aufhört mich über ihn auszufragen. Es tut mir einfach so sehr weh, über ihn zu sprechen. Wir sitzen in unserer Küche und trinken zusammen einen Kaffee, während Helena beistehend meine Hände hält.

»Ich habe ihn zufällig in der Stadt getroffen und er hat seine Pizza Margherita mit mir geteilt, da sind wir ins Gespräch gekommen«, erklärt sie mir und dieses eine kleine Detail reicht aus, um mir die Tränen in die Augen zu reiben.

»Pizza Margherita?«

»Ja, weil er Vegetarier ist. Das hat er von dir, oder?«

Ich wende den Blick von meiner besten Freundin ab und richte mich auf. Sie soll nicht sehen, was ich empfinde, sie soll nicht sehen, wie traurig es mich macht. Meine Schritte führen mich zum Fenster, sodass ich hinaus in den Garten sehen kann. Dort spielen Daniel und Fly auf der Wiese und sowohl die Hündin als auch Daniel sind so ausgelassen und fröhlich. Es ist ein schönes Bild.

»Ich liebe Daniel und er ist das Beste für mich«, hauche ich leise und das eher zu mir selbst als zu Helena.

Sie erzählt mir, dass Vice sie wegen Liams Schulden erpresst. Aber zum Glück schien er ihr nicht wehgetan zu haben. Oder sie verheimlicht mir etwas, um mich nicht zu beunruhigen.

Nachdem wir unseren Cappuccino getrunken haben und sie mir von einem süßen neuen Nachbarn erzählt hat, verabschieden wir uns. Ich hoffe sehr, dass sie sich nicht zu viele Gedanken um mich und Vice macht und sich lieber auf sich und Liam konzentriert.

Ich jedenfalls werde mich jetzt voll und ganz auf Daniel konzentrieren, der mit Fly zusammen wieder ins Haus kommt. Sie haben mit dem Wasserschlauch gespielt und sind total eingematscht, sodass ich jetzt beide in die Wanne stecken werde. Meinen Hund und meinen Verlobten!

Ich liebe ihn.

Der Teufel

Ich sitze in einem meiner Autos mit geklautem Nummernschild und fahre durch die Straßen unserer Stadt. Liam ist seit einigen Tagen aus dem Gefängnis und schon arbeitet er wieder für mich. Meine Vorbereitungen haben gefruchtet. Er hat Angst um seine kleine Freundin, ist eifersüchtig auf ihren Nachbarn und tut brav, was ich ihm sage. Perfekt.

Das Einzige, was es jetzt noch zu regeln gilt, ist, dass Anna endlich wieder an meiner Seite ist. Meine Geduld ist am Ende.

Ich habe nicht lange darüber nachgedacht, wie ich sie dazu bringe, zu mir zurückzukommen, es ist ganz einfach: Ich werde sie mir mit Gewalt holen.

Also parke ich vor ihrem gemütlichen Haus, in dem sie mit ihrem tollen Verlobten lebt, und steige aus. Ein Blick nach rechts und nach links die Straße hinunter verrät mir, dass niemand zu Fuß unterwegs ist oder gerade auf seiner Terrasse sitzt. Optimale Bedingungen.

Ich schlendere über den kleinen Pfad auf das Einfamilienhäuschen zu und betätige die Klingel. Meine linke Hand wandert unter meinen Hoodie, während ich meinen Kopf nach rechts und links neige und meinen Nacken knacken lasse.

Los, lass mich rein, Daniel.

»Ja?« Annas Verlobter öffnet mir die Tür. Sein freundliches Lächeln erstarrt, als seine Augen meine treffen.

Ich schweige.

Mein Arm ist bereits angehoben und der Lauf der Waffe zielt auf sein Gesicht. Er reagiert zu spät. Sein Kopf ruckt nach hinten, während das Projektil in seinen Schädel einschlägt. Der Knall, der natürlich trotz Schalldämpfer zu hören ist, wird die Nachbarn kurz verwirren. Möglicherweise schauen sie auch mal aus dem Fenster. Aber niemand rechnet damit, dass dem netten Herrn Schuhmacher von nebenan gerade eine Kugel ins Hirn gejagt wurde.

Sein schwerer, großer Körper kippt nach hinten und donnert schwerfällig auf den Boden. Ich schließe die Tür hinter mir und steige über ihn hinweg. Mein Blick wandert durch den Wohnbereich. Ich lausche. Wo könnte meine Anna sein?

Ein lautes, aufgeregtes Bellen lenkt meine Aufmerksamkeit auf sich. Der große, graue Kampfhund springt aufgeregt von außen gegen die Terrassentür, die zum Garten führt. Sie ist geschlossen. Gut für mich, aber noch besser für den Hund. Aber selbst wenn, hätte ich versucht, ihn nicht tödlich zu treffen. Anna würde es mir nie verzeihen, wenn ich ihren Hund erschieße. Bei Daniel konnte ich da kein Auge zudrücken. Ein Lächeln zupft an meinem Mundwinkel. Zugegeben finde ich den Pitbull selbst ziemlich süß.

»Daniel? Schatz? Was war das?«

Da ist sie ja.

Sie ruft aus der oberen Etage und so gehe ich auf die Treppe zu und sehe diese hinauf. Jetzt muss ich nur noch warten. Nur noch einen kleinen Augenblick.

System of a Downs »Revenge«, in dem die Band über eine blutige Rache an einer Frau singt, wird auf Pause gedrückt, weil ich einen Knall aus der Etage unter mir höre. Ich lege die Wimperntusche auf das Waschbecken und blicke mir selbst mit irritiert gekräuselter Stirn im Spiegel in die Augen.

Was zur Hölle?

Ich verlasse das Badezimmer und trete in den Flur.»Daniel? Schatz? Was war das?«

Keine Antwort. Nur Fly bellt laut von draußen. Wir werden für einen Geburtstag von Daniels Cousin abgeholt, um zusammen zu einer Familienfeier zu fahren. Wir sind zum Mittagessen eingeladen. Aber sie sollen meine dunklen Augenringe nicht sehen, darum überschminke ich diese sowie die Narben an meinen Armen und gebe meinen Wangen einen roten, gesunden Touch. Ich will nicht mit diesem mitleidigen Blick angesehen werden und ich will auch nicht, dass sie denken, dass ich eine Belastung für ihren lieben Daniel bin.

Was ich zweifellos bin. Auch wenn ich es nicht will. Ich habe immer ein Lächeln auf den Lippen und versuche, mich so gut ich kann an den Gesprächen zu beteiligen und mich zu integrieren. Die Familie von Daniel ist groß und laut. Alle sind freundlich. Trotzdem fällt es mir schwer, gegen diese Übermacht aus lauthals über Fußball diskutierenden Männern anzukommen. Ich komme eher selten zu Wort. Ich hätte niemals in meinem Leben gedacht, dass es so anstrengend ist und sich so unnatürlich anfühlt, ein normales Leben zu führen.

»Dan–« Mein Innerstes krampft sich zusammen, nimmt mir die Luft zum Atmen. Mein Mund ist geöffnet, aber kein weiterer Laut dringt über meine Lippen.

Vice steht am Fuß der Treppe und sieht lächelnd zu mir herauf. Einladend hält er mir seine Hand entgegen.

»Komm, Anna. Wir gehen.« Sanft, leise und freundlich ist seine Stimme.

Ich sehe über ihn hinweg zur Terrassentür, an welcher Fly aufgeregt auf und ab hüpft. Ihr geht es gut, das beruhigt mich. Aber wo ist Daniel? Was war das für ein Knall?

Oh Gott. Bitte nicht. Bitte lass ihn nicht …

»Ich warte.«

Und ich lasse ihn nicht länger warten. Ich wehre mich nicht, denn ich weiß, wozu er fähig ist, also steige ich die Treppe zu ihm hinab und lege zögerlich meine Hand in seine. Sofort umschließt er sie. Unsere Blicke treffen sich und seine stahlgrauen Augen bohren sich in meine. Glücklich, ungeduldig und verlangend. Doch außer dass sein Griff fester wird, tut er nichts.

Als ich um ihn herumtrete und zur Haustür blicke, erstarre ich vor Schock.

»Nein«, hauche ich nur, hebe meine freie Hand an und lege sie mir vor den Mund.

Daniel liegt röchelnd auf dem Boden, die Augen geöffnet, eine Pfütze aus Blut unter seinem Kopf. Sein Brustkorb hebt und senkt sich schnell, seine Hände sind zu Fäusten geballt. Nun ist meine Vermutung zur Gewissheit geworden: Vice hat meinen Verlobten niedergeschossen. All das Blut. Ich kann sehen, wie er kämpft. Er wird verlieren und das alles nur wegen mir.

»Du gehörst mir«, ist das Letzte, was ich höre, ehe sich Schwärze vor meine Augen zieht und ich das Bewusstsein verliere.

Der Teufel

Nachdem ich ihr Handy in der Blumenvase auf dem Tisch im Esszimmer versenkt habe, trage ich meinen bewusstlosen Engel zu meinem Wagen. Die Haustür steht noch offen, da es mir zu umständlich war, sie zu schließen. Aber das ist egal. Weglaufen wird der ganz sicher nicht mehr. Wieder ist niemand auf der Straße, sodass ich mich ungestört mit Anna auf den Rücksitz setzen kann.

Ich nehme sie in den Arm und bette ihren Kopf auf meiner Brust. Während ich sie sanft an mich drücke, mache ich ein Selfie von mir mit der schlafenden Anna in meinem Arm, während ich einen Mittelfinger in die Kamera zeige. Dieses Bild werde ich als Sperrbildschirm machen und später im Park irgendjemandem in die Handtasche stecken. Alle Daten habe ich schon vorher gelöscht. Falls Liam und Helena auf die Idee kommen, mein Handy zu orten, sollen sie erstmal in die falsche Richtung laufen.

Nachdem ich Anna vorsichtig quer über den Rücksitz gelegt habe, setze ich mich hinter das Steuer und fahre los. Via Handy gebe ich drei meiner Männer Bescheid, dass ich auf dem Weg bin. Mein Ziel ist klar, ich habe es mir genau überlegt. Alle Vorbereitungen sind getroffen und ich muss zugeben, dass ich etwas nervös bin. Wie wird es ihr gehen, wie wird sie reagieren, wenn sie die Augen wieder aufschlägt?

Ich habe zwei Jahre auf diesen Tag gewartet, den Tag, an dem ich endlich wieder mit meinem Engel vereint bin. Mein Vorhaben, ihr mehr Zeit zu lassen, habe ich recht schnell verworfen. Als ich durch Helena erfuhr, dass *meine Anna* einen anderen Mann heiraten will, war mir klar, dass ich mich nicht länger zurückhalten darf. Nicht länger zurückhalten kann!

Der Gedanke, dass meine Liebe in den Armen eines anderen Mannes liegt, hat mich beinahe wahnsinnig gemacht. Obwohl die Vorstellung lachhaft ist. Meine Anna in den Armen des perfekten Gutmenschen Daniel Schuhmacher. Sohn des Polizeidirektors, JVA-Beamter und zweiter Vorsitzender bei der freiwilligen Feuerwehr.

Als ob jemand wie er ihr das geben könnte, was sie braucht.

Ein Mann, der immer auf der Sonnenseite des Lebens gewesen ist, kann sie nicht glücklich machen, denn er würde niemals verstehen, wie es ist, in der Dunkelheit gefangen zu sein. Sie könnte ihn niemals so lieben wie mich, denn ich lebe in ihrer Dunkelheit und weiß, was Anna braucht, was sie will und was sie verdient.

Ich verlasse unsere Stadt und fahre über Feldwege in Richtung Wald. Ich hatte vor gar nicht langer Zeit eine nette Unterhaltung mit Balthasar Winterfeld. Der pädophile Polizeibeamte und Vater von Liam hat eine Zeitungsannonce aufgegeben. Ich habe mich darauf bei ihm gemeldet und mich prächtig mit ihm unterhalten.

So schrecklich, wie Liam ihn mir immer beschrieben hat, kam er mir gar nicht vor. Ich kann Anna beinahe verstehen, dass sie sich ihren Peiniger als Daddy gewünscht hat. So groß, stark und dominant, wie er ist, hätte er ihr sicher alle ihre perversen Fantasien erfüllen können. Allerdings würde ich das niemals zulassen, denn sie gehört mir und niemand anderes als ich wird sie jemals wieder anfassen.

Gefallener Engel

Es ist bequem und warm. Sonnenstrahlen scheinen auf mein Gesicht und als ich mich etwas bewege, spüre ich eine weiche Decke, die mich umhüllt. Meine Lippen wollen gerade ein Lächeln bilden, als ich die Augen aufschlage und sehe, wo ich bin.

Sofort setze ich mich aufrecht hin. Ich trage keine Schuhe, sondern nur einen Pulli, und umklammere die Decke mit meinen Händen.

Ich kenne diesen Ort. Ich bin vor zwei Jahren hier aufgewacht, mein Kopf auf Liams Schoß gebettet. Hier habe ich meine beste Freundin Helena kennengelernt. Hier habe ich manche Ferien verbracht. Hier wurde ich als Kind von meinem Vater, Balthasar und Liam missbraucht.

Wieso bin ich in der Ferienhütte im Wald? Was ist passiert?

»Ich dachte schon, der Schock hätte dich umgebracht. Schön, dass du wach bist.«

Vice kommt aus der Küche auf mich zu und lächelt mich dabei an.

Ich bin nicht gefesselt, das ist schonmal gut. Mein Verstand versucht, alles zu sortieren. Wie bin ich hierher gekommen? Was ist passiert?

Daniel!

Ruckartig springe ich vom Sofa auf, laufe mit schnellen Schritten auf Vice zu, hebe meine Hände an beginne auf ihn einzuschlagen.

Ich treffe sofort und mit einem schallenden Klatschen dreht sich sein Kopf zur Seite. Aber das reicht mir nicht. Ich schlage immer wieder auf ihn ein. Mit den Fäusten, mit den flachen Händen und Vice lässt das alles zu. Er weicht nur etwas zurück, sodass er mit dem Rücken gegen die Küchenzeile stößt.

Mein Blick ist verschwommen, während mir Tränen über das Gesicht rinnen. Ich weiß nicht einmal, warum ich weine. Wahrscheinlich einfach nur aus Verzweiflung.

Irgendwann, als mich die Kraft verlässt, umfasst er meine Handgelenke und zieht mich zu sich. Ein Arm schlingt sich um meinen Körper, sein Kopf legt sich auf meinen.

Ich will das nicht, ich will diese Nähe nicht. Ich will *seine* Nähe nicht.

»Lass mich los«, verlange ich kraftlos, während mein Gesicht an seine Brust gedrückt ist. Ich spüre die Wärme und höre seinen ungewöhnlich schnellen Herzschlag.

»Nie wieder«, raunt er leise und ich weiß, dass diese Worte ein Versprechen und eine Drohung sind.

Nur einen kurzen Moment noch bleibe ich so an ihn gelehnt, nur kurz fühle ich das, was ich sieben Jahre lang gefühlt habe, dann stoße ich mich mit Kraft von ihm weg.

»Was hast du getan?!« Ich starre ihn an. Seine weißblonden Haare sind durch meine Schläge zerzaust und etwas dunkelrotes Blut läuft aus seiner Nase, welches er mit dem Handrücken wegwischt. Dieser Mann scheint keine Schmerzen zu spüren.

»Was soll die Frage? Du hast doch gesehen, was ich getan habe. Oder soll ich es dir bis ins kleinste Detail beschreiben?«

»Du hast meinen Verlobten erschossen, du kranker Mistkerl!«, schreie ich.

Vice hebt unschuldig die Schultern an, als würde ich ihm vorwerfen, das letzte Pizzastück gegessen und nicht einem Menschen in den Kopf geschossen zu haben.

»Als wir gingen, hat er noch gelebt. Drück ihm die Daumen, manche Menschen überleben die verrücktesten Sachen. Ich hab mal einen Bericht von einem Typ mit Küchenmesser im Kopf gesehen, der ist damit noch rumgelaufen. Kannst du dir das vorstellen?«

»Hör auf, so eine Scheiße zu reden!«, fahre ich ihn an und verpasse ihm erneut eine Ohrfeige. Wieder nimmt er sie einfach hin und wischt sich mit dem Handrücken unter der Nase her. Durch meinen zweiten Schlag blutet es noch mehr, sodass er sich von mir wegdreht und nach der Küchenrolle greift.

Dann reagiere ich schnell. Ich drehe mich um, laufe auf die Terrassentür zu, die ich aufreiße, und renne hinaus. Ich kann nicht hören, dass Vice mir folgt. Warum, das weiß ich nicht. Dass er mich aufgrund meiner Reaktion einfach gehen lässt, glaube ich nicht.

Nachdem ich nur in Strümpfen über die Terrasse gerannt bin, will ich direkt in den Wald hineinlaufen. Ich springe von dem kleinen Absatz hinunter und die Äste und Steine stechen mir in die Füße. Doch ich ignoriere den Schmerz. Ich will weg von hier, zurück zu Daniel, auch wenn ich die Hoffnung schon fast aufgegeben habe, dass er einen Kopfschuss überlebt haben kann.

Wieso habe ich nur geglaubt, ein normales Leben führen zu können? Ich habe ihn in so große Gefahr gebracht, weil ich hätte wissen müssen, dass Vice ihn ohne zu zögern töten würde. Es ist meine Schuld.

»Nicht so schnell!« Eine große Hand legt sich um meinen Oberarm und ich werde zurückgerissen. Ich weiß nicht, woher der fremde Mann kommt, der mich jetzt zurück auf die Terrasse zieht. Alles Schlagen und Treten nutzt nichts und wenn ich ehrlich bin, ist es auch halbherzig und kraftlos. Es ist ein trainierter Kerl mit blondem Pferdeschwanz, Springerstiefeln und einer Bomberjacke. Ich kenne diese Art Typen, es sind Söldner und ich bin mir sicher, dass dieser von Vice dafür bezahlt wird, auf mich aufzupassen. Damit ich hier nicht wegkomme und mich niemand holen kommt.

Vice steht im Wohnzimmer, das vollgeblutete Tuch in den Händen haltend. Er geht in dem dicken schwarzen Pulli, den er trägt, unter. Niemals würde man hinter diesem großen Kerl mit der makellosen Haut und dem weißen Haar, der immer freundlich und zuvorkommend ist, den bösartigen Psychopathen erwarten, der er in Wirklichkeit ist.

»Du kannst hier nicht weg, Anna. Ich habe dir gesagt, dass ich dich nie wieder gehen lasse. Du gehörst zu mir. Und ich bin mir sicher, dass du das tief in deinem Innern auch weißt.«

Er ist sich so sicher in dem, was er sagt. In dem, was er will. Vice schafft es immer, die Kontrolle zu haben, über sich und über andere. Das habe ich schon von Anfang an an ihm bewundert. Aber ich habe ihn auch dafür beneidet. Ich wünsche mir, dass ich genauso weiß, was ich will. Vice hat mir jede Entscheidung abgenommen, hat mich manipuliert, bedrängt oder gezwungen. Rückblickend muss ich zugeben, dass es fast immer zu meinem Besten war.

Daniel hingegen hat mich nie bedrängt oder zu etwas gezwungen. Ich habe aufgehört zu rauchen, trinke nur noch heimlich, weil ich zu ihm und seiner Familie passen wollte. Zu diesen perfekten, fehlerlosen Menschen. Dafür habe ich ihm viel verschwiegen und auch manchmal gelogen. Ich habe Daniel in den zwei Jahren nie etwas von Vice erzählt, von meinen sieben Jahren Beziehung zu ihm, von den Gedanken an ihn, wenn ich von ihm geträumt habe. Ich wollte Daniel nicht belasten, ihn nicht traurig oder wütend machen und ich wollte nicht, dass er weiß, was für eine abgefuckte Frau ich bin.

»Geh raus auf deinen Posten«, befiehlt Vice dem Typ mit dem Pferdeschwanz, woraufhin dieser mich loslässt und aus der Wohnung geht.

»Wie wär's, wenn wir uns hinsetzen, zusammen was trinken und uns unterhalten? Wir haben uns sicher viel zu erzählen«, versucht Vice es versöhnlicher. Aber ich habe keine Lust, mit ihm zu reden. Wegen dem, was er getan hat, und weil es mir zu sehr wehtut. Er soll aus meinem Kopf und Herzen verschwinden. Ich mache wieder einen Schritt zurück.

»Ich will nicht mit dir reden. Du hast mir mein Leben zerstört«, flüstere ich. Er hat Daniel erschossen, mich entführt und mich aus meinem normalen Leben gerissen.

Vice' Laune schlägt augenblicklich um. Zorn funkelt in seinen Augen, als er mit großen Schritten auf mich zugeht und mich am Arm fasst. Er zerrt mich mit sich raus aus dem Haus. Ich stolpere hinter ihm her, wehre mich jedoch nicht. Keine Ahnung, was er vorhat. Ich wusste schon immer, dass er leicht reizbar ist und es hasst, wenn man nicht tut, was er will. Vielleicht habe ich mit diesem einen Satz den Bogen überspannt und er führt mich jetzt in den Wald, um mir dort einfach die Kehle aufzuschneiden und mich verbluten zu lassen. Ich weiß es nicht. Auch nach so vielen Jahren ist er für mich ein Buch mit sieben Siegeln. Vice ist unberechenbar.

Unsere Schritte führen uns jedoch nicht in den Wald hinein, sondern um das Gebäude herum auf die Kellertür zu. Sie ist nicht verschlossen und er drückt sie auf und zerrt mich hinunter in das Studio: in Liams Kinderzimmer.

Die Wände sind weiß gestrichen, der Boden wurde neu verlegt, ein paar Kisten, Farbeimer und Pinsel stehen in einer Ecke. Außerdem kann ich einige Kanister Benzin sehen. Der beißende Geruch ist nicht zu ignorieren.

Vice stößt mich in den Raum hinein, sodass ich auf den Boden falle. Ich habe jedoch keine Kraft mehr, mich aufzurichten.

»Was ist hier passiert, Anna?«, fährt er mich an und durchbohrt mich förmlich mit seinen stahlgrauen Augen.

»Hier wurden Kinderpornos gedreht.« Meine Stimme ist leise und kratzig.

»Wer hat hier die Pornos gedreht? Sag mir ihre Namen!«

Ich kneife die Augen zusammen, Tränen laufen meine Wangen hinab. »Markus und Balthasar«.

Diese Antwort reicht ihm nicht. Er kommt drohend einen Schritt auf mich zu.

»Ich will alles hören«, verlangt er scharf.

»Mein Vater und mein Onkel haben Liam und mich missbraucht.«

»Wer hat dir hier wehgetan? Wer hat dir Sachen reingesteckt und deine Beine vor der Kamera gespreizt? Wer war das?«

Ich vergrabe mein Gesicht in den Händen, als ich flüstere: »Liam.«

»Und wer hat dir NICHT geholfen, Anna? Wer hat dir jahrelang wehgetan, dir ein Versprechen nach dem anderen gegeben und sie alle gebrochen? War das auch Liam? War es Balthasar, der dich weggeschickt hat, als du bei ihm warst und ihn um Hilfe angefleht hast? Hat dein Vater einen ganzen Kinderhandel aufgebaut, dich missbraucht und unfruchtbar gefickt?« Seine Worte sind so scharf wie sein Messer.

Ich kann nichts gegen sie sagen. Denn sie sind die Wahrheit. Alles, was er sagt. Nun geht er zu mir auf die Knie, löst meine Hände vom Gesicht und umfasst es selbst mit seinen.

»Und wer, Anna, wer war es, der dich ohne einen einzigen Grund aufgenommen und sieben Jahre lang beschützt und behütet hat wie einen Schatz? Der dich versteckt, nachts festgehalten, dich aufgeheitert, gestreichelt und geliebt hat? Der dafür gesorgt hat, dass du dich nicht mehr verletzt oder selbst mit hungern quälst. Wer war das, Anna?«

»Das warst du.«

Er sagt nichts darauf und auch ich schweige. Man hört nur unser schnelles Atmen in dem kahlen Kellerraum, der früher regelmäßig die Hölle für mich gewesen ist. Doch nicht nur um uns herum herrscht Stille, auch das Chaos in meinem Innern hat Platz gemacht für Vice' klare, harte Worte.

Er lehnt sich zu mir vor, sodass seine Stirn auf meiner liegt. Seine Finger gleiten meinen Kopf nach hinten, halten mich verzweifelt im Nacken fest. Ich kann hören und spüren, wie er seinen Kiefer mahlt. Er ringt mit sich und ich weiß nicht, warum. Worüber denkt er nach?

Vice löst eine Hand von mir und greift sich unter den Pulli. Er zieht eine Waffe heraus und entsichert sie.

Er wird mich töten.

Er nimmt meine Hände, legt sie um den Griff der schwarzen Pistole, dreht den Lauf zu sich selbst und presst ihn gegen seine Stirn.

»Bring mich um, Anna, wenn es das ist, was du willst! Räche dich und werde mich für immer los.«

Der Mann, den ich seid Jahren liebe, der mich vor meinen Peinigern gerettet und beschützt hat, kniet vor mir und ich halte ihm eine Waffe an den Kopf.

Meine Finger zittern, als ich den schwarzen Griff umfasst halte und mein Zeigefinger den Abzug berührt. Seine Hände liegen fest auf meinen, während seine stahlgrauen Iriden direkt in meine sehen. Er und ich, wir sind gleich. Zwei verlorene Kinder der Dunkelheit. Ich liebe ihn und ich hasse ihn. Warum gibt er mir eine Waffe? In seinen Augen suche ich nach einer Antwort und ich finde sie. In ihnen steht ein Gefühl geschrieben, das mich schon mein ganzes Leben begleitet. Ein Gefühl, das für ihn jedoch völlig neu ist: Schmerz.

Er leidet. Und ich leide auch.

Und jetzt kann ich es beenden.

»Ich will nicht«, flüstere ich und will meine Hände von der Waffe wegziehen.

»Warum nicht, Anna? Dann hat alles ein Ende. Für dich und für mich.«

Ich will nicht, dass es endet.

»Ich will nicht noch einen Mord begehen und ich will nicht, dass du stirbst!«, rufe ich und reiße meine Hände von ihm los. Ich schleudere die Pistole weg. Sie schlittert über den Boden und prallt gegen die Wand.

Er lässt von mir ab und sieht mich an. Sein Atem geht angestrengt und ich sehe den Puls heftig schnell an seinem Hals schlagen. Hatte er Angst, dass ich abdrücke und er stirbt? Ich glaube nicht. Vielmehr denke ich, dass er nicht durch mich sterben will. Durch die Frau, die er, nach seinen Worten, mehr liebt als jeder andere auf der Welt.

Vice und ich gehen wieder hoch in die Wohnung und während ich auf dem Sofa sitze, kocht Vice in der Küche. Seine Waffe hat er mitgenommen. Einen Moment lang denke ich an früher. Wir haben gestritten, uns versöhnt, zusammen gekocht und gegessen, um später auf dem Sofa zu kuscheln. So war es sieben Jahre lang. Heute wird es nicht so sein.

Ich rühre nichts von dem an, was er gekocht hat. Mir ist schlecht und ich weigere mich, etwas von ihm anzunehmen.

Vice ist nicht glücklich darüber, dass ich nichts esse, akzeptiert es aber. Er trägt alles, wofür er eineinhalb Stunden am Herd gestanden hat, unangerührt zurück in die Küche und wirft es in den Müll. Nach dem Motto: Wenn du nichts isst, esse ich halt auch nichts.

Es ist mittlerweile dunkel und er will, dass wir ins Bett gehen. Nachdem ich mich im Badezimmer unter Vice' aufmerksamen Blicken fertig gemacht habe, führt er mich in das alte, große Elternschlafzimmer, in dem Balthasar und seine Frau Eva in den Ferien geschlafen haben.

Das Bett ist frisch und mit neuem Bettzeug überzogen, sodass es zumindest einladend aussieht.

»Leg dich hin, ich mache mich auch fertig und werde dann zu dir kommen«, befiehlt er mir und ich nicke nur. Es ist sinnlos, mich zu wehren, das weiß ich und so schlüpfe ich unter die Bettdecke und warte auf Vice. Ich trage einen Schlafanzug, den er wohl extra für mich und diesen Abend gekauft hat. Wie wird es jetzt weitergehen? Wie wird mein Leben weitergehen?

Der Teufel

Ich sehe in den Spiegel und erkenne mich nicht wieder. Was verfickt nochmal habe ich mir dabei gedacht, ihr meine Waffe zu geben? Wenn sie nur ein bisschen Verstand gehabt hätte, hätte sie abgedrückt.

Ich könnte jetzt mit Kugel im Hirn unten im Keller liegen und was mit Anna dann passiert wäre, will ich mir gar nicht vorstellen. Aber sie hat mich nicht erschossen. Sie hat gesagt, dass sie nicht will, dass ich sterbe.

»Fuck!«, fluche ich und donnere meinen Kopf nach vorn, sodass meine Stirn gegen den Spiegel schlägt. Hart genug, dass ich Schmerzen spüre, aber nicht hart genug, um das Glas zu zerbrechen. Meine Augen kneife ich zu, während ich versuche mit all dem klarzukommen, was ich fühle.

»Sie liebt mich«, rede ich mir ein. »Sie muss!«

Ich werde mich gleich zu ihr legen, sie in den Arm nehmen und festhalten. So wie wir es immer getan haben. Sie wird nichts dagegen tun.

Allerdings weiß ich, dass sie das nicht aus Liebe macht, sondern weil sie resigniert hat.

Ich kenne dieses verzweifelte Glitzern in ihren Augen nur zu gut. Ich weiß, warum sie die Schultern anhebt, an den Fingernägeln knibbelt, den Blick zu Boden richtet. Ich kenne ihr leises, devotes Stimmchen, wenn sie aus Angst nicht wagt ein Widerwort zu geben.

Ich kenne alles an ihr in- und auswendig. Sieben Jahre lang habe ich sie studiert und gelernt, mit jeder ihrer Reaktionen richtig umzugehen. Niemand kann ihr das geben, was ich ihr gebe. Niemand.

Mit eiskaltem Wasser wasche ich mir das Gesicht, entferne das Blut und versuche meine Gedanken zu klären. Ich muss einen kühlen Kopf bewahren, wenn alles funktionieren soll. Ich will sie schließlich zu mir hinziehen, nicht von mir wegtreiben. Nachdem ich im Badezimmer fertig bin, gehe ich durch den Flur zurück zum Schlafzimmer.

Sie wird sich sicher fragen, wieso ich sie ausgerechnet an diesen Ort gebracht habe. Das hatte mehrere Gründe. Zum einen war ich schon immer interessiert daran, an den Ort zu gehen, der Anna in ihren Träumen verfolgt. Der Ort, von dem mir Liam so viel erzählt hat. Aber es war eher ein Zufall, dass Balthasar vor einigen Wochen in der Zeitung den Verkauf des Hauses inseriert hatte, und ein noch viel größerer Zufall, dass ausgerechnet *ich* es sah. Ich konnte nicht anders und musste es kaufen. Lange werde ich nicht mit ihr hierbleiben, sondern gemeinsam mit ihr das Holz des Bodens, der Wände, der Möbel mit Benzin übergießen. Anna darf dann das Feuerzeug entzünden und alles anstecken.

Sie soll sehen, wie ein weiterer großer Teil ihrer Vergangenheit in Flammen aufgeht. Wir werden dabei zusehen, wie alles niederbrennt und nichts als Asche zurückbleibt.

Dann werde ich mit ihr abhauen, vielleicht nach Frankfurt, nach Holland oder ganz woanders hin. Das weiß ich noch nicht. Anna soll endlich alles hinter sich lassen und nach vorn blicken. In eine schöne, sorgenfreie Zukunft. In eine Zukunft mit mir, wo sie sein kann, wie sie ist. Zerstört, traurig und total abgefuckt. Genau so, wie ich sie liebe.

Ich öffne die Tür zum Schlafzimmer, trete hinein und gehe zum Bett, um mich daraufzulegen. Anna rückt sofort von mir weg und dreht mir den Rücken zu. Es schnürt mir die Brust zu, obwohl ich diese Reaktion schon vorausgesehen habe. Sie flieht vor meiner Nähe, sie flieht vor den Gefühlen, die ich in ihr auslöse. Aber warum soll nur ich leiden? Während sie zwei Jahre lang in den Armen eines anderen Mannes gelegen hat, habe ich mich nach ihr gesehnt und neben einem kalten leeren Platz im Bett gelegen.

Ich ziehe die Decke hoch bis über meine Schulter und drehe mich zu ihr.

Zum ersten Mal seit so langer Zeit schließe ich meine Arme um ihren Körper, presse sie an mich und vergrabe mein Gesicht in ihrem blonden Haar. Sehnsüchtig nehme ich ihren Duft in mich auf und schmiege meine Wange an ihren Kopf.

Die Berührung ihres warmen, dünnen Körpers fügt mir Schmerzen zu und nimmt mir die Luft zum Atmen.

»*Mein Engel*«, flüstere ich und höre in der Dunkelheit des Zimmers, wie zwei Tränen auf die Matratze tropfen.

Gefallener Engel

Ich weiß nicht, wann ich eingeschlafen bin, doch jetzt, da ich die Augen wieder öffne, scheint die Sonne durch das Fenster. Es ist Morgen. Nachdem ich einige Male geblinzelt habe, sehe ich mich im Zimmer um. Ich bin allein. Wenn es so ist wie früher, wird er schon in der Küche sein, einen Kaffee kochen und das Frühstück vorbereiten.

Mein Magen knurrt. Ich habe seit gestern Morgen nichts mehr gegessen. Obwohl ich keinen Appetit habe und mir immer noch schlecht ist, signalisiert mir mein Körper, dass ich Hunger habe. Als ich mich aufrecht hinsetze und daran denke, was gestern passiert ist, gehen mir so viele Fragen durch den Kopf:

Allen voran ob Daniel noch lebt. Kann er den Kopfschuss überlebt haben? Oder klammere ich mich an eine unsinnige Hoffnung? Was wird Vice mit mir tun? Wie geht es der ganzen Familie Schuhmacher, wenn sie von Daniels Schicksal erfahren? Wie geht es Helena und Liam? Wissen sie, was mit mir passiert ist? Wird man vielleicht sogar mich verdächtigen, Daniel erschossen zu haben?

Ich reibe mir mit beiden Händen über das Gesicht und streiche meine Haare zurück. Dabei ziehe ich mir das Haargummi heraus und binde mir einen neuen, strengen Zopf. Sicher ist Vice froh darüber, dass ich wieder blond bin.

Nachdem ich noch einen Augenblick lang einfach dagesessen und in die Leere gestarrt habe, richte ich mich vom Bett auf, ziehe mich an und gehe zur Tür. Ich öffne sie und trete hinaus in den Flur. Geklimper aus dem Wohnbereich ist zu hören, woraufhin ich den Flur hinunter in Richtung der Geräusche gehe.

Wie ich es mir dachte, steht Vice in der Küche und füllt frisch gebrühten Kaffee in eine schwarze, dicke Thermoskanne, als wäre nichts passiert. Als wären wir ein Paar, das seine Ferien zusammen in einer Hütte im Wald verbringt. Nicht, als hätte er mich entführt, das Haus von Schlägern umstellt.

Meine Gedanken wandern wieder zu meiner besten Freundin Helena. Vor zwei Jahren war sie es, die von Liam Winterfeld entführt und hierher verschleppt worden war. Er war von einem Verbrecher zu einem Helden geworden und sie waren seitdem ein Paar. Helena hat die Hölle mit ihm durchgestanden, über seine Taten und Fehler hinweggesehen und das Gute in ihm hervorgebracht.

Ist für uns so ein Verlauf, so eine Wendung auch vorgesehen? Sind wir hier, damit ich Vice bekehren und auf die gute Seite des Lebens ziehen kann?

Ich glaube nicht. Nicht nur, dass Vice ganz anders ist als Liam, ich bin auch nicht wie Helena. Er ist nicht eigentlich ein Opfer und ich bin keine starke, mutige Frau, die nur das Gute in anderen Menschen sieht.

»Guten Morgen, Anna«, begrüßt er mich.

»Guten Morgen, Vice.«

»Leider kann ich dir nur Filterkaffee anbieten, aber das Wetter ist herrlich. Ich habe den Tisch auf der Terrasse für uns gedeckt, geh schonmal raus. Ich bringe den Kaffee mit.«

Ohne ihn nochmal anzusehen, gehe ich aus der Hütte hinaus. Ich setze mich an den gedeckten Tisch, falte die Hände auf dem Schoß und warte auf ihn.

Kurz darauf kommt er zwei Kaffeetassen auf Untersetzern balancierend zu mir und setzt sich mir gegenüber an den Tisch. Eine der Tassen mit dem schwarzen, dampfenden Gebräu schiebt er mir entgegen. Die Sonne strahlt warm über die grünen Baumwipfel hinweg und in dem lauen Sommerwind höre ich das Rauschen der Blätter und das Zwitschern der Vögel. Es ist idyllisch und genau das macht die Situation so paradox.

»Wie hast du geschlafen?«, fragt er mich, ehe er an seinem Kaffee nippt und mich über den Rand der Tasse hinweg ansieht. Genau wie früher.

»Gut«, antworte ich knapp.

»Bitte iss was. Ich will nicht alle Brötchen zu dem leckeren Essen von gestern in den Müll werfen. Auch wenn ich befürchte, dass du genauso wenig Hunger hast wie ich«.

»Wieso hast du keinen Hunger?«, frage ich doch etwas interessiert.

»Weil ich nervös bin«, gibt er zu, was kurz ein Lächeln über meine Lippen huschen lässt.

»Nervös? Warum?«

»Na, wegen dir. Es ist lange her und ich will nichts falsch machen.«

Nun wird mein Grinsen noch breiter, auch wenn mir gar nicht zum Lächeln zumute ist.

»Viel mehr kannst du gar nicht falsch machen, Vice. Wie viel Uhr ist es?«, frage ich ihn, da ich weder Handy noch eine Uhr habe.

»Viertel nach zehn«, antwortet er, ohne irgendwo nachzusehen. Ich lege meine Hände um die warme Tasse und ziehe sie etwas näher zu mir.

»Was hast du jetzt vor? Wie soll es weitergehen?«

Vice hebt lächelnd die Schultern an. »Mal sehen«, ist seine Antwort, die ich wohl schon hundertmal gehört habe.

»Ich meine das ernst, Vice. Wie soll es jetzt weitergehen?«

»Wir werden das Haus anzünden und zusehen, wie es abfackelt. Dann setzen wir uns ins Auto und lassen uns überraschen, wohin uns unsere Reise führt.«

Ich verenge die Augen und sehe ihn ungläubig an.

»Anzünden? Wieso willst du es anzünden?«

Vice lehnt sich etwas zu mir nach vorn und will nach meinen Händen greifen, aber ich ziehe sie zurück und presse sie an meine Brust. Ich möchte nicht von ihm berührt werden.

»Damit du das alles hinter dir lassen kannst. Du sollst endlich aufhören, in der Vergangenheit zu leben, und nach vorn blicken. Frei von den Erinnerungen, frei sein von deinem Vater, Balthasar und Liam – und dich auf dein Leben konzentrieren. Auf mich, Anna. Auf den Mann, der bereit ist alles für dich zu tun.«

Ich schüttele den Kopf und presse meine Lippen fest zusammen. »Nein, Vice. Das ist gelogen. Du würdest nicht alles für mich tun. Du bist nicht mit mir gekommen, als ich dich darum gebeten habe.«

Seine platinblonden Brauen heben sich ungläubig in die Höhe, während er mich fassungslos anstarrt.

»Hätte ich gewusst, dass du mich verlässt, dann wäre das alles anders gelaufen. Aber ich habe daran geglaubt, Anna, dass du genauso glücklich mit mir warst wie ich mit dir. Du hast mich verlassen und mir nicht mal die Chance gegeben, dich zu begleiten«, verteidigt er sich.

»Doch, die Chance habe ich dir gegeben. In deinem Büro habe ich dich darum gebeten, mit mir zu kommen, aber für dich war der Gedanke unmöglich, und weißt du was? Du hattest recht, jemand wie du passt nicht in die normale Welt, weil du nicht normal bist. Dafür bist du viel zu kaputt, Vice. Du bist ein kranker Mann.«

Ich kann sehen, wie er über meine Worte nachdenkt, aber nur wenige Wimpernschläge später schleicht sich ein Lächeln auf seine Lippen.

»Genau darum passen wir ja so gut zusammen. Ich kenne niemanden, der so kaputt ist wie du, mein Engel. Deine Flügel sind schwarz und blutig und ich bin mir sicher, dass dir diese Tatsache in den letzten zwei Jahren nur allzu oft bewusst geworden ist. Wenn du über dich, deine Vergangenheit und mich gelogen hast. Wenn du versucht hast, vor deiner tollen neuen Familie die glückliche, normale Freundin zu spielen. Wenn du deine Narben überschminkt oder dir gewünscht hast, dir eine Zigarette anzuzünden oder dich bis zur Besinnungslosigkeit zu besaufen. Ich kenne dich besser als jeder andere Mensch auf der Welt und was noch viel wichtiger ist: Ich liebe dich mehr, als du dich selbst jemals lieben wirst.«

Ich schlage die Augen nieder und kämpfe gegen die Tränen an. Ein schmerzhafter, dicker Klos hat sich in meinem Hals gebildet und ich weiß in diesem Augenblick nicht, was ich erwidern soll. Ich bin nicht geflohen, weil ich nicht glücklich war, sondern weil ich von einem normalen Leben geträumt habe und weil ich Liam helfen wollte eines zu führen.

Plötzlich kommt ein fremder Mann um das Haus herumgelaufen und lenkt unsere Aufmerksamkeit auf sich. Er lehnt sich zu meinem Ex-Freund hinab und flüstert ihm etwas ins Ohr. Vice' Züge lassen einmal mehr keinen Blick in sein Innerstes zu. Er nickt dem Mann zu, welcher daraufhin verschwindet.

»Wir müssen unser Frühstück leider unerwartet beenden, Anna. Geh rein, zieh dir deine Schuhe an und warte auf mich. Ich schmiere dir ein Brötchen und bring es dir dann«, verlangt er von mir und nickt mit dem Kopf zur Hütte.

Was auch immer der Typ zu ihm gesagt hat, es scheint ihm nicht zu gefallen, aber ich möchte keinen Streit provozieren und so richte ich mich auf.

Vice lehnt sich zu mir und versucht erneut nach meiner Hand zu greifen. Diesmal lasse ich es zu. So sehr seine Berührung mich auch schmerzt, so sehr sehne ich mich nach ihr. Und ich hasse mich dafür.

Sein Blick trifft meinen und hält mich für den Moment an Ort und Stelle gefangen.»Ich liebe dich, Anna. Das weißt du, oder?«

Ich presse meine Lippen fest zusammen, ehe ich nicke. Ja. Das weiß ich. Auch wenn er es mir nur wenige Male in meinem Leben gesagt hat, hat er es mir doch jahrelang immer wieder gezeigt.

Alles in mir schreit danach, ihm diese Worte zu erwidern, aber dann weiß er, dass er gewonnen hat, und das will ich nicht. Das kann ich nicht. Noch nicht.

Seine Finger sind fest um meine gelegt, als wolle er mich nicht loslassen, doch schließlich seufzt er tief und lässt mich gehen. Ich drehe mich von ihm weg und laufe zurück in die Hütte. Die Terrassentür schließe ich jedoch nicht ganz, damit ich hören kann, was draußen passiert.

Ich ziehe mir im Flur die Schuhe an, wie er es mir gesagt hat. Ich kann Vice etwas rufen hören, doch ich verstehe nicht, was. Anschließend gehe ich schnell in Richtung der Küche, denn von dort aus kann ich in der Spiegelung des Fensters Vice sehen,er mich allerdings nicht. Abwartend lehne ich mich mit dem Rücken gegen die Küchenzeile und lausche.

»Muss ich es wirklich machen wie bei kleinen Kindern und bis drei zählen?« Seine Stimme ist genervt.

Was ist da draußen los? Mit wem redet er?

Er hat den Kopf in den Nacken gelegt und blickt in den Himmel. Sein weißes Haar wird von der Sonne angestrahlt, sodass es leuchtet.

Nur einen Augenblick später richtet er sich auf, schiebt den Stuhl an den Tisch heran und dreht sich zum Wald. Ich kann von der Seite sehen, dass er lächelt.

»Also ich hab ja mit vielem gerechnet, aber dass ihr zwei euch zusammentut, überrascht sogar mich. Vater und Sohn, nach Jahren wiedervereint, gegen den gemeinsamen Feind. Wie niedlich. Was ist denn mit deinem Gesicht passiert, Daddy, war die Hochzeitsnacht so wild?«

Liam! Balthasar!

Oh Gott, was suchen sie hier? Am liebsten würde ich hinausrennen und Liam und seinen Vater anschreien, dass sie verschwinden sollen! Sie sind in großer Gefahr! Auch wenn ich weiß, dass Balthasar ein Polizist ist und Liam alles andere als ungefährlich, so stehen sie doch einem Psychopathen gegenüber. Einem Psychopathen, der sie beide mit Freude erschießen würde. Ganz zu schweigen von seinen Söldnern, die ums Haus herum postiert sind. Wie sind sie hierhergekommen? Wurden sie geschnappt und man steht gerade hinter ihnen und hält ihnen eine Waffe an den Kopf?

Ich drücke mich von der Arbeitsplatte ab und gehe einige Schritte nach vorn. Vice darf nicht sehen, dass ich lausche, aber ich muss wissen, ob es ihnen gut geht.

»Und was ist mit Helena? Will sie nicht auch herauskommen?«

Oh nein, Helena ist auch hier!

Meine Gedanken und Gefühle fahren Achterbahn und ich kann nichts dagegen tun. Ich trete etwas weiter zum Wohnzimmer und kann nun einen der beiden entdecken. Es ist Balthasar. Er trägt ein weißes Hemd, das sich straff über seine breite Brust spannt, wenn er einatmet. Sein schwarzes Haar glänzt in den Lichtstrahlen, die durch das Blätterdach des Waldes auf ihn scheinen.

Sein Gesicht ist übel zugerichtet. Sein Auge ist geschwollen und blau, genauso wie seine Nase und der Wangenknochen. Was ist ihm nur passiert? Was meinte Vice mit Hochzeitsnacht?

»Die haben wir im Wagen gelassen«, höre ich nun Liam antworten.

»Das war eine kluge Entscheidung«, antwortet mein Exfreund, den ich aus dieser Position nicht mehr sehen kann. Ich kann mich immer nur für eine Seite entscheiden. Schaue ich zu Balthasar oder zu Vice?

Hinter Balthasar sehe ich etwas im Gebüsch kauern. Die braunen Haare, die durch das dichte Blättergewirr schimmern, kann ich nur einer Person zuordnen.

»Helena«, flüstere ich und lege mir eine Hand über den Mund.

Wenn ich sie sehen kann, kann Vice das auch.

»Das wird Anna sicher sehr freuen, ihr Schänder und der Mann, den sie viel lieber als ihren Daddy gehabt hätte, vereint, um die holde Jungfrau in Nöten zu retten.«

Ich ziehe zornig die Brauen über Vice' provozierende Worte zusammen.

»Aber ihr zwei wisst besser als jeder andere, dass sie keine Jungfrau mehr ist.«

Ich kann nur erahnen, wie wütend Liam diese Worte machen müssen.

»Wobei du ja nie Mann genug warst, um sie richtig zu ficken, und in den Genuss von deinem Schwanz ist sie ja auch nie gekommen, Daddy. Dabei hätte sie sich das sicher so sehr gewünscht«, setzt Vice nach und ich kann sein Lächeln dabei förmlich hören.

Dass er ihnen verrät, dass ich mir Balthasar als Vater gewünscht habe, sticht mich tief in der Brust und Scham lässt Hitze in mein Gesicht steigen. Was müssen sie von mir denken? Helena, Liam und vor allem Balthasar? Oder glauben sie ihm vielleicht gar nicht?

»Ich dachte, du liebst sie? Wie kannst du dann so über sie sprechen?«, höre ich Liam knurren, während Balthasar nur die Hände zu Fäusten ballt. Ich kann nur den Kopf schütteln. Vice sagt die Wahrheit. Auch wenn es eine Wahrheit ist, die mir wehtut und für die ich mich schäme.

»Oh, das tue ich auch. Aber es bringt ja nichts, die Realität zu leugnen. Eine Realität, vor der ICH sie gerettet und beschützt habe. Weil ihr beide nicht in der Lage dazu gewesen seid«, provoziert er die beiden weiter und ich kann sehen, wie Balthasars Atmung schneller wird. Vice will sie wütend machen, sie aus der Reserve locken. Er will ihnen wehtun und er genießt es.

»Weiß Anna, dass du ihrem Verlobten in den Kopf geschossen hast?«, ist es nun Balthasars tiefe Stimme, die durch den Wald hallt. Er spricht nicht davon, dass Vice Daniel getötet hat. Kann ich hoffen? Oder ist die Tatsache, dass er ihm in den Kopf geschossen hat, deutlich genug dafür, dass er tot ist?

»Lenk doch nicht ab.« Vice will offenbar noch nicht das Thema wechseln. »Oder ist es dir so unangenehm, noch mal vor Augen geführt zu bekommen, was du Anna und Liam angetan hast? Macht es dich vielleicht sogar geil, Balthasar? Bist du aus schlechtem Gewissen hier? Warum tust du das? Du musst dir doch im Klaren sein, dass du dich in Lebensgefahr begibst.«

Balthasar, der allen Grund hätte, die Beherrschung zu verlieren und ihn genauso zu erschießen wie meinen Vater, bleibt jedoch ruhig.

»Ich bin Polizist. Es ist mein Job, Menschen zu helfen«, erklärt er.

»Du meinst, du *warst* Polizist. Es *war* dein Job. Dank Liam und seiner kleinen Helena durftest du ja deinen Dienst quittieren«, belehrt ihn Vice.

Woher weiß er all die Dinge? Wieso ist er nur jedem immer einen Schritt voraus und wieso macht es ihm so viel Freude, ihnen wehzutun?

»Vice, was hast du dir dabei gedacht, Anna hierherzubringen?«, höre ich Liam fragen.

»Och, ich dachte, es ist ein Ort, den sie kennt. Außerdem wollte ich auch schon immer mal hierherkommen. Zu der Kulisse der vielen netten Filmchen, die dein Daddy von euch gedreht hat. Besonders gut hat mir der gefallen, als sie dir zu deinem zwölften Geburtstag einen runterholen sollte. Sie war so süß. Auch wenn ich zugeben muss, dass es mich wahnsinnig eifersüchtig gemacht hat. Aber es hat ja sowieso nicht geklappt.«

Bleib ruhig, Liam, bitte bleib ruhig und dreh nicht durch. Das will er doch! Er will dich ausrasten lassen.

Vice stochert mit einem glühenden Eisen in dem Pulverfass herum, das Liams Schuldgefühle sind.

Ich hatte schon immer vermutet, dass Vice sich einige der Filme gekauft hat. Aus Neugier? Oder in der Hoffnung, dass sich dann niemand anderes auf mich einen runterholen kann? Vielleicht aber auch, weil es ihm gefallen hat, mich in diesen Videos zu sehen. Ich weiß es nicht und ich will es auch nicht wissen.

Ich höre, wie sich Liam und sein Vater darüber streiten, dass Vice das Video gesehen hat. Ich weiß, dass mein Vater sie verkauft hat, an andere pädophile Mistkerle, und ich glaube Balthasar, dass er seine VHS-Kassetten schon lange zerstört hat. Denn im Gegensatz zu meinem Vater war er sich darüber im Klaren, dass es falsch ist, was er getan hat. Dass es krank ist und es tut ihm leid. Es tut ihm von Herzen leid und es macht ihn wahnsinnig, dass es nichts auf der Welt gibt, was diese Dinge wiedergutmachen kann.

»Boss, Stefan hat zwei schwarze Wagen entdeckt, die hierher unterwegs sind. Vielleicht sind es die Bullen«, höre ich eine weitere Männerstimme. Da er bei Vice steht, kann ich ihn nicht sehen. Ich muss wissen, was Vice jetzt tut, und so laufe ich schnell wieder zurück in die Küche, um ihn in der Spiegelung zu sehen. Neben ihm steht der Typ mit dem Pferdeschwanz.

»Das war dumm«, sagt er leise, während er bedauernd den Kopf schüttelt.

»Fahr den Wagen vor, ich hole Anna«, sagt er zu seinem Lakai, woraufhin dieser zu mir in die Hütte kommt. Ich greife nach der großen schwarzen Thermoskanne, die neben mir auf der Arbeitsplatte steht, um sie im Notfall als Waffe gegen den

Kerl zu benutzen. Sie ist schwer, weil noch Kaffee darin ist. Doch er sieht nur kurz gestresst im Vorbeigehen zu mir.

»Deine Freunde sind dumm«, spuckt er mir entgegen und geht weiter in den Flur und aus dem Haus hinaus.

Als ich wieder in die Spiegelung sehe, ist Vice nicht mehr da, er ist aus meinem Blickfeld verschwunden.

Wo ist er nur hin?

»Bleib stehen, du Psychopath, oder ich jage dir eine Kugel in den Rücken«, höre ich Liam schreien und ich laufe einige Schritte nach vorn auf die Glastür zu, um einen besseren Blick auf die Terrasse zu haben.

Vice steht mit dem Rücken zu Balthasar und Liam, welcher mit beiden Händen eine Waffe umfasst hält und auf ihn richtet.

Meinem Exfreund scheint das jedoch vollkommen egal zu sein. Er legt den Kopf in den Nacken und rollt genervt mit den Augen. Er hat keine Angst. Vice hat niemals Angst. Das Leben ist für ihn ein Spiel. Ein Spiel, das er immer gewinnt. Schließlich bilden seine Lippen ein fieses Lächeln, ehe er spricht:

»Willst du noch mal für ein paar Jährchen ins Gefängnis? Hat es dir im Knast so gut gefallen? Das bezweifele ich. Du willst deine kleine Helena nicht allein lassen. Sie nicht ihrem heißen, neuen Nachbarn überlassen. Sie hat dich verändert, alter Freund, und aus diesem Grund wirst du mich nicht erschießen.«

Er hat recht, Vice hat recht, Liam liebt Helena und er will sie nicht nochmal alleine lassen. Zwei Jahre lang haben die beiden nun getrennt voneinander verbracht und darauf gewartet, endlich vereint zu sein. Liam darf das jetzt nicht aufs Spiel setzen. Er darf ihn nicht erschießen.

Liam soll nicht zurück ins Gefängnis und Vice soll nicht sterben.

»Er hat recht. Gib mir die Waffe zurück, Liam. Du darfst deine, du darfst eure Zukunft nicht aufs Spiel setzen«, spricht Balthasar meine Gedanken aus und ich hoffe so sehr, dass Liam auf seinen Vater hört.

Liams darauffolgende Worte versetzen mir einen weiteren Stich mitten ins Herz.

»Ich habe Anna versprochen, dass ich sie beschütze.«

Oh, Liam, das musst du nicht. Ich liebe dich wie einen Bruder und ich war dir niemals böse. Ich habe dir nie einen Vorwurf gemacht. Du bist genauso ein Opfer wie ich und niemand hat jemals von dir verlangt, dass du mich rettest. Du bist derjenige, Liam, der gerettet werden muss.

Ein schallendes Lachen reißt mich aus meinen Gedanken heraus und ich richte meine Aufmerksamkeit auf meinen psychopathischen Exfreund. Liams Verzweiflung erheitert ihn und er sieht ihn nicht ansatzweise als Gefahr.

»Es wäre ja fast niedlich, wenn es nicht so erbärmlich wäre«, zischt Vice, während er sich umdreht, seine eigene Waffe zieht und sie auf Liam richtet. Zwei Schüsse fallen. Hallen durch den Wald. Zerreißen die Luft.

Ich höre einen schrillen Schrei, doch es ist nicht meiner. Helena ist aus dem Gebüsch aufgesprungen und starrt zu Liam. Vice ist am Oberarm getroffen.

Mein Herz donnert wie wild in meiner Brust. Vice lebt, auch Liam steht noch und wirft seine Waffe erschrocken weg. Gerade will ich erleichtert durchatmen, als Balthasar auf seine Knie sackt.

Oh nein. Nein! Bitte nicht! Bitte!

»Vater!«, schreit Liam, der den Körper des Polizisten auffängt und mit ihm zusammen zu Boden sackt.

Mit zitternden Fingern umklammere ich die Thermoskanne und gehe auf die Tür zu, zögerlich drücke ich sie auf und starre fassungslos auf Balthasar, der in Liams Armen liegt.

»Ich fasse es nicht! Wer hätte gedacht, dass der Kinderschänder am Ende einen Heldentod stirbt und sich dramatisch vor seinen verachteten Sohn wirft?«

Balthasar hat sich für Liam in die Schussbahn geworfen?

Ich muss zu ihm, ich muss zu ihm!

Alles in mir drängt mich zu Balthasar, der Gedanke, dass er vielleicht tödlich getroffen wurde, betäubt mich. Das darf nicht sein. Ich fasse die Thermoskanne am Henkel und gehe auf Vice zu. Niemals würde er mich jetzt zu Balthasar lassen. Niemals. Aber ich muss dort hin!

»Das ist besser als im Kino!«, macht sich Vice immer noch über sie lustig. »Tut mir leid, Liam. Du wolltest deinen Vater jahrelang unbedingt töten und nun habe ich es getan.«

Unbemerkt stehe ich direkt hinter Vice, während er unbekümmert die Schultern zuckt.

»So gerne ich zusehen würde, wie der große, böse Daddy dramatisch in deinen Armen stirbt, und seine letzten Worte hören, die sicher herzzerreißend sind, habe ich leider etwas Wichtigeres zu tun. Meine Anna wartet auf mich«.

Als er sich zu mir umdreht, ziert ein bösartiges Grinsen seine Lippen, welches jedoch in dem Moment erstarrt, als er mich direkt vor sich entdeckt.

Der Teufel

Als die Thermoskanne mich mit Wucht am Kopf erwischt, ist es nicht der Schlag, der mich zu Boden gehen lässt, sondern mein Herz.

Ich taumele kurz und stürze auf den Boden. Anna würdigt mich keines Blickes, als sie die Kanne achtlos fallen lässt und auf Balthasar und Liam zuläuft.

»Halt durch«, höre ich sie flehen und wieder ist da dieser unerträgliche Schmerz mitten in meiner Brust, der mir die Luft zum Atmen nimmt.

Sie hat mich niedergeschlagen, um bei Balthasar und Liam zu sein. Die Polizei ist auf dem Weg hierher und sie weiß, dass wir jetzt fliehen müssen. Stattdessen schlägt sie mich nieder und geht zu ihren beiden Schändern. Was verfickt nochmal habe ich falsch gemacht? Was will sie, was ICH ihr nicht geben kann? Ich balle die Hände zu Fäusten, drücke mich vom Boden ab und verschwinde durch die offene Terrassentür ins Innere der Hütte. Weder Helena, Liam noch Anna bemerken mich. Zu sehr sind sie damit beschäftigt, sich um den Körper des Polizisten zu scharen und ihm beim Sterben zuzusehen.

Kurz spiele ich mit dem Gedanken, mir meine Waffe zu holen und sie einfach alle abzuknallen. Auch Anna. Aber nein. Nein. Jetzt ist die oberste Priorität, abzuhauen und nicht von der Polizei geschnappt zu werden. Ich sehe ein letztes Mal durch die Glastür nach draußen. Mein Engel hält Balthasars Hand fest und weint bitterlich.

Es war alles nur Liams Schuld. Von Anfang an. Wegen Liam wollte sie zurück in die normale Welt und hat mich verlassen. Wegen Liam hat sie Daniel kennengelernt und wegen Liam und seinem Vater hat sie sich gerade gegen mich gewendet.

Als ich meinen Blick von Anna losgerissen habe, laufe ich schnell durch die kleine Hütte zum Hinterausgang, doch ich werde nicht den Wagen nehmen. Ich schicke meine Männer alleine los und renne selbst in den Wald hinein. Vielleicht gehe ich den ganzen Weg bis in die nächste Stadt zu Fuß, vielleicht klaue ich mir auch beim Waldschwimmbad ein Auto. Ich weiß es noch nicht. Das Einzige, was ich weiß, ist: Die Polizei wird mich nicht erwischen.

Gefallener Engel

Das kann nicht sein, das darf nicht sein. Ich halte Balthasars Hand verzweifelt umklammert und streiche mit den Daumen über seine raue Haut.

»Halt durch!«, flehe ich leise und als mich mein Patenonkel daraufhin traurig anlächelt, ist mir klar, dass er nicht durchhalten wird.

»Meine kleine Anna.« Balthasars Stimme ist schwach und das viele Blut, das sich unter ihm ausbreitet und sein weißes Hemd großflächig rot färbt, gibt mir die Gewissheit: Er wird es nicht schaffen. Verzweifelt rinnen heiße Tränen über meine Wangen. Liam spricht zu ihm, doch durch den betäubenden Schleier aus Trauer und Schmerz dringen seine Worte nicht zu mir hindurch. Die Menschen, die von dem wissen, was er Liam und mir angetan hat, als wir Kinder waren, werden sagen, dass er nichts anderes verdient hat. Sie werden nicht verstehen, warum ich um ihn weine, und wenn ich ehrlich bin, weiß ich es selbst nicht.

Ich habe auch um meinen Vater geweint und außer mir wird das wohl niemand verstehen. Aber das ist mir egal. Meine Gefühle sind, wie sie sind, und ich empfinde keinen Hass, keine Abscheu, keinen Zorn gegen ihn. Das habe ich nie. Mein Vater hat mich nie angerührt, wenn er in der Nähe war. Balthasar hat mich oft gehalten und getröstet, hat mir die väterliche Nähe geschenkt, die mir Markus nie gegeben hat. Und diese Dinge haben mir immer mehr bedeutet als die Dinge, die im Keller dieser Hütte geschehen sind. Ich habe mir eingebildet, dass er mich beschützt hat. Beschützt vor meinem eigenen Vater. Vielleicht brauchte ich das, damit ich all das Leid überhaupt ertragen konnte.

Schwerfällig holt er ein letztes Mal Luft, ehe er zwischen uns beiden hin und hersieht und zu uns spricht: »Ich liebe euch beide. Bitte vergebt mir.« Es ist nur noch ein schwaches Hauchen, als sein Griff schwächer wird.

Er atmet nicht mehr.

Sein Herz steht still.

Er ist tot.

»Oh Gott, nein«, schluchze ich los, sinke auf seine Brust hinab und höre nicht auf, seine Hand zu halten.

»Ich liebe dich auch.«

Gefallener Engel

2 Jahre später

»Ja, okay. Ich komme vorbei. Bis später«, höre ich Daniel, der in der Küche sitzt und telefoniert. Wir haben gerade gefrühstückt und ich habe Fly, nachdem sie Futter bekommen hat, in den Garten gelassen.

Ich komme aus dem Wohnzimmer zu ihm und bleibe in der Türzarge stehen. Es versetzt mir immer wieder aufs Neue einen Stich ins Herz, ihn zu sehen. Er hat sich die Haare länger wachsen lassen, damit sie über die eine Seite seines Kopfes fallen, wo sich die große, weiße Narbe befindet. Mit seinem Bein hat er riesige Fortschritte gemacht, lediglich die Zehen sind noch etwas taub. Es wurde viel versucht, mit Stromtherapie, Krankengymnastik und Akupunktur, doch das, was wirklich am meisten geholfen hat, war das Laufen im Sand während unserer Flitterwochen. Seine Zehen sind noch etwas gekrümmt, aber er braucht keine Schiene mehr, um mit der Fußheberlähmung normal zu gehen.

Seit einiger Zeit versucht er eine Wiedereingliederung in seinem Beruf, was natürlich schwer für ihn ist, da er nach wie vor einige Defizite hat. Nur wenige Stunden pro Tag verbringt er im Büro, hofft aber, irgendwann wieder als aktiver Justizvollzugsbeamter arbeiten zu können. Die Prognosen dafür sind sehr gut.

Er hat es mir noch nie gesagt, doch ich glaube, tief in seinem Innern gibt er mir die Schuld dafür. Vielleicht tue ich ihm aber auch unrecht und es sind nur meine eigenen Schuldgefühle, die mich das glauben lassen. Seine Familie hat sich gut um mich gekümmert, als noch nicht klar war, ob Daniel durchkommt, und die Umstände dieses Angriffes noch nicht geklärt waren. Seit sie jedoch erfahren haben, dass es mein Exfreund war, der ihm das angetan hat, ist unsere Beziehung eine andere. Ich habe Unglück über die Familie Schuhmacher gebracht, weil ich niemandem von meiner Beziehung mit Vice erzählt habe. Weil ich überhaupt eine Beziehung mit ihm geführt habe.

»Wer war das?«, frage ich und sehe dabei auf seine Hand, die er immer wieder zur Faust ballt und knetet. Die Missempfindungen bereiten ihm immer noch Schmerzen, aber bisher haben wir noch keine Medikamente gefunden, die gegen diese helfen.

»Ein Kollege, ich soll heute seine Schicht übernehmen. Wir müssen Helena und Liam leider absagen.«

»Oh, okay.« Ich nicke verstehend und bin beinahe froh darüber, nicht dorthin zu müssen. So sehr ich Helena und Liam auch liebe, zu sehr erinnert mich Liam an das, was geschehen ist. Wenn ich ihn ansehe, sehe ich nicht nur seinen Vater, Balthasar. Sondern auch meinen Vater und Vice. Liam ist meine dunkle Vergangenheit. »Ich schreibe ihnen, dass wir nicht können«, sage ich und ziehe mein Handy aus der Hosentasche, um Helena eine Nachricht zu schicken.

»Hey liebste Bestsellerautorin,

Daniel muss für einen Kollegen einspringen, daher müssen wir leider für heute absagen. Aber wir wünschen euch viel Spaß und guten Appetit! Drück alle lieb von uns!

LG

Anna und Daniel«

Helena hat ihr Vorhaben, ein Buch über verurteilte Verbrecher zu schreiben, in die Tat umgesetzt. Nur, dass sie nur einem Mann eine Stimme gegeben hat. Dem Mann, den sie zum Interview im Gefängnis kennengelernt und mit dem sie die Hölle durchgemacht hat. Sie hat ihre eigenen Erfahrungen niedergeschrieben, in der sie die Geschichte von Liam Winterfeld erzählt. Der Roman trägt den Namen »Narbensohn – Unser Licht gegen die Dunkelheit« und dieser hätte nicht besser gewählt werden können. Ich habe das Buch noch nicht gelesen, auch wenn sogar ich den ein oder anderen Auftritt darin habe. Aber ich habe es selbst erlebt und komme immer noch nicht damit klar, was passiert ist und so steht das Exemplar, das sie für mich und Daniel signiert hat, in unserem Schrank und sieht mahnend auf mich herab. Wahrscheinlich hat sie mich viel zu lieb und nett beschrieben. Dabei bin ich das gar nicht. Ich bin eine schlechte, abgefuckte Frau, die so wunderbare Menschen wie Helena, Daniel und seine Familie nicht verdient.

»Ich gehe trotzdem gleich baden«, sage ich zu ihm, gehe auf ihn zu, lehne mich zu ihm hinab, um ihm einen Kuss auf die Lippen zu hauchen.

Wir haben vor über einem Jahr geheiratet. Sein Vater hatte die Vormundschaft über ihn, während er im Koma lag und noch einige Monate danach. Es hat lange gedauert, bis Daniel wieder so klar im Kopf war, um für sein Handeln selbst verantwortlich sein zu können. Darum war die Hochzeit auch auf unbestimmte Zeit verschoben. Bisher weiß nur Daniel, dass ich ihm keine Kinder schenken kann. Er hat es gut aufgenommen, denn er kennt meine Vergangenheit. Wie seine Eltern das sehen, dass sie vielleicht niemals Enkelkinder bekommen werden, weiß ich nicht.

Trotz der Tatsache, dass mein Exfreund dafür verantwortlich ist, dass er jetzt schwerbehindert ist und von Schmerzen gequält wird, wollte er mich heiraten. Daniel trägt mich noch immer auf

Händen und sein Verhalten mir gegenüber hat sich nicht geändert. Ich sollte aufhören, so schlecht zu denken und in der Vergangenheit zu leben. Vor mir liegt eine wunderbare Zukunft mit ihm und unseren Freunden. Ich darf mich nicht mein Leben lang von den Ketten meiner Vergangenheit festhalten lassen.

»Ich ziehe mich dann jetzt an und geh«, verabschiedet sich Daniel, als er sich aufgerichtet hat und mir ein Lächeln schenkt.

»Okay, bis später, Schatz.« Er lehnt sich zu mir herab und gibt mir noch einen Kuss, bevor er aus der Küche verschwindet.

Ich bleibe zurück und räume den Tisch ab. Mein angefangenes Toastbrot mit Marmelade werfe ich mal wieder in den Mülleimer. Nachdem ich Milch, Butter und jeglichen Brotbelag zurück in den Kühlschrank geräumt habe, verstaue ich noch das Brot und räume das Geschirr in die Spülmaschine. Daniel ist weg und Fly tollt draußen im Garten herum. Ich hole sie noch nicht wieder rein, da das Wetter so herrlich ist und sie es liebt, auf den heißen Platten der Terrasse zu liegen und das Haus zu bewachen.

Kurz stehe ich am Fenster und blicke hinaus in den Garten zu der Pitbulldame. Sie ist so dankbar und glücklich, von uns aufgenommen worden zu sein. Sie hat einen Großteil ihres Lebens im Tierheim verbracht, wo sie als bissiger, verängstigter Hund schwer zu vermitteln gewesen ist. Fly war zu Hundekämpfen missbraucht worden und hatte in ihrem Leben nur Leid und keinerlei Liebe erfahren. Erst, als sie von Helena und Liam aufgenommen und später an uns übergeben worden war, lernte sie, was es bedeutet, geliebt zu werden. Ich wurde auch missbraucht und lernte erst mit neunzehn Jahren, was es bedeutet, geliebt zu werden. Es war krankhaft, ungesund und gefährlich. Aber es war Liebe.

Seufzend stoße ich die Luft aus und gehe die Treppe hinauf zum Badezimmer.

Ich lasse Wasser in die große Eckbadewanne laufen und ziehe mich aus. Nachdem ich alles auf den Hocker neben dem Waschbecken gelegt habe, schlinge ich mir ein Handtuch um die Brust. Als ich meine Hand in das dampfende Wasser tauche, spüre ich, dass es sehr heiß ist. Aber das ist nicht schlimm, ich mag es. Ich träufele etwas pflegendes Öl in das Wasser, lasse mein Handtuch zu Boden gleiten und steige in die Wanne. Meine Haut brennt, doch der Schmerz schafft es nicht, meine Gedanken zu klären. Ich schließe die Augen und schalte das Wasser mit dem Fuß aus.

Jetzt ist es leiser im Raum. Ich höre nur mein eigenes Atmen und das Plätschern des Wassers, wenn ich mich bewege. Aber selbst das ist mir im Moment zu viel.

Ich tauche unter. Sofort umhüllt mich dieser dumpfe Mantel aus Stille. Es ist friedlich. Ich versuche den Moment so lange wie möglich zu genießen, es auszureizen, bis meine brennende Lunge mich dazu zwingt, wieder aufzutauchen. Sobald ich über Wasser bin, atme ich tief ein und ärgere mich selbst darüber, nicht mehr Beherrschung zu haben, um noch länger unter Wasser zu bleiben. Manchmal wünsche ich mir, nie wieder auftauchen zu müssen.

Dann lenkt ein klackendes Geräusch meine Aufmerksamkeit auf sich. Ich streiche mir mit den Händen das Wasser aus den Augen und blicke zur Tür.

Dort steht er.

Der Schlüssel im Schloss wird umgedreht, abgezogen und in die Hosentasche gesteckt. Dann wendet er sich zu mir und sieht mich an. Eine Eiseskälte umfängt meinen Körper, obwohl ich in heißem Wasser liege. Ich bin nicht in der Lage zu sprechen und ich versuche auch nicht zu entkommen.

Er geht auf mich zu und zieht seinen schwarzen Pullover aus, lässt ihn zu Boden fallen. Kurz vor der Wanne streift er seine Schuhe ab, um anschließend, ohne zu zögern, hinter mich ins Wasser zu steigen.

Ich rutsche nach vorn, um ihm Platz zu machen, und habe keinerlei Verlangen zu fliehen. Seine Anwesenheit betäubt meinen Verstand und meinen Körper. Dann spüre ich, wie er von hinten die Arme um mich schlingt und mich an sich zieht. Seine Hände sind warm, als sie sich um meinen Bauch legen und mich einfach nur festhalten.

Ich bemerke seinen schnellen Atem, ebenso wie sein Herz, das heftig in seiner Brust schlägt. Auch mein Puls hat sich beschleunigt und ich presse mich nach hinten an ihn. Eine Hand löst sich von meinem Bauch, streichelt über diesen hinauf, über meine Brüste zum Hals. Seine langen Finger legen sich um diesen und üben einen sanften Druck aus. Eine Gänsehaut fährt meine Wirbelsäule herab und ich kralle mich in seine Jeans.

Er neigt den Kopf nach vorn und haucht mir einen langen, sehnsüchtigen Kuss auf das Haar. Ich spüre seine Liebe, in jeder Berührung. Aber ich spüre auch Trauer, Enttäuschung und Zorn. Zorn auf mich und das, was ich getan habe. Dass ich ihn verlassen habe. Nun löst sich auch die andere Hand von meinem Bauch und greift nach meinem Unterarm, er hebt ihn an und dreht ihn mit der Handinnenfläche nach oben. Auch die Hand an meinem Hals löst sich und taucht neben uns ins Wasser und zieht sein Butterflymesser hervor.

Ich spüre seine Lippen an meinem Ohr:

»Ich weine, weil mein Engel den Tod verdient«, übersetzt er den Text meines Lieblingsliedes.

Mit der anderen Hand legt er die Schneide seines Messers auf die Innenseite meines Unterarmes und schneidet tief hinein. Die Klinge dringt durch die Haut und durchtrennt meine Pulsadern. Ich wimmere leise, als er den anderen Arm nimmt und auch dort einen tiefen Schnitt hinterlässt.

Mein Herz rast und pumpt mein Blut in das Wasser der heißen Wanne, während er das geöffnete Messer in meine eigene Hand legt. Seine Finger schließen sich um meine, sodass ich es festhalte, während er die blutige Klinge an seinen eigenen Arm führt. Ich kneife die Augen zusammen, aus denen sich Tränen lösen, während er sich selbst die Pulsadern durchtrennt.

Vice ist hier, um mir eine Entscheidung abzunehmen, vor der ich schon so oft in meinem Leben stand. Er ist hier, um dafür zu sorgen, dass ich ihn nie wieder verlassen kann, und dafür ist er bereit, zu sterben.

Er lässt das Messer ins Wasser fallen und schlingt seine Arme fest um mich.

»Ich liebe dich mehr als mein Leben, mein Engel.« Seine Stimme ist leise und ruhig.

Anders als erwartet habe ich keine Angst. Obwohl sich die Kälte, die mich zuvor erfasst hat, immer mehr ausbreitet. Aber das heiße Wasser um uns herum und die Hitze, die sein Körper ausstrahlt, hüllen mich ein.

Ich schließe meine Augen, konzentriere mich auf unsere Atmung, auf seine Fingerspitzen, die sanft meine Arme hinauf- und hinabstreicheln. So, wie er es immer getan hat. Ich spüre sein Herz an meinem Rücken schlagen. Es schlägt in demselben schnellen Rhythmus wie meines. Ein gemeinsamer Rhythmus, der bald erstirbt.

Das ist unser Ende. Das Ende, das wir verdienen.

Der Teufel

Es ist kalt. Der Tod ist kalt. Immer wieder rauschen Wellen des Schwindels durch meinen Körper. Sie berauschen mich und machen mir gleichzeitig Angst. Aber das ist nicht schlimm. Ich wollte es immer fühlen, ich wollte dieses intensive Gefühl spüren und nun ist es soweit. Ich werde sterben. Mit ihr.

Tränen. Sie laufen meine Wange hinab. Endlich kann ich sie spüren, ganz deutlich. Zum ersten Mal in meinem Leben.

Ich weine, weil ich Anna endlich wieder in meinen Armen halte. Ich weine, weil wir sterben werden. Ich weiß nicht einmal, ob vor Freude oder Trauer.

Endlich werde ich mit ihr zusammen sein. Für immer. Es ist die einzige Möglichkeit, sie nie wieder loslassen zu müssen.

Um sie glücklich zu machen.

Um sie zu retten.

Diese Welt bringt ihr nur Leid und keiner der Menschen um sie herum weiß, wie es in ihrer zerstörten Seele aussieht. Ich bin der Einzige auf der Welt, der ihr das geben kann, was ein Engel wie sie verdient.

Ich streichele sie sanft, höre und spüre, wie sie weint. Sie weiß, dass ich sie nicht loslassen werde. Nie wieder und das gibt ihr Sicherheit. Zweimal habe ich sie gehen lassen. Ein drittes Mal kann ich es nicht. Sie gehört mir, weil ich sie mehr liebe als mein eigenes Leben. In meiner Umarmung entspannt sie sich mehr und mehr und während wir gemeinsam sterben, weiß ich, dass sie es endlich begriffen hat:

Ein gefallener Engel gehört in die Arme des Teufels.

Ende

Gefallener Engel

Alternatives Ende
2 Jahre später

»Ja, okay. Ich komme vorbei. Bis später«, höre ich Daniel, der in der Küche sitzt und telefoniert. Wir haben gerade gefrühstückt und ich habe Fly, nachdem sie Futter bekommen hat, in den Garten gelassen.

Ich komme aus dem Wohnzimmer zu ihm und bleibe in der Türzarge stehen. Es versetzt mir immer wieder aufs Neue einen Stich ins Herz, ihn zu sehen. Er hat sich die Haare länger wachsen lassen, damit sie über die eine Seite seines Kopfes fallen, wo sich die große, weiße Narbe befindet. Mit seinem Bein hat er riesige Fortschritte gemacht, lediglich die Zehen sind noch etwas taub. Es wurde viel versucht, mit Stromtherapie, Krankengymnastik und Akupunktur, doch das, was wirklich am meisten geholfen hat, war das Laufen im Sand während unserer Flitterwochen. Seine Zehen sind noch etwas gekrümmt, aber er braucht keine Schiene mehr, um mit der Fußheberlähmung normal zu gehen.

Seit einiger Zeit versucht er eine Wiedereingliederung in seinem Beruf, was natürlich schwer für ihn ist, da er nach wie vor einige Defizite hat. Nur wenige Stunden pro Tag verbringt er im Büro, hofft aber, irgendwann wieder als aktiver Justizvollzugsbeamter arbeiten zu können. Die Prognosen dafür sind sehr gut.

Er hat es mir noch nie gesagt, doch ich glaube, tief in seinem Innern gibt er mir die Schuld dafür. Vielleicht tue ich ihm aber auch unrecht und es sind nur meine eigenen Schuldgefühle, die mich das glauben lassen. Seine Familie hat sich gut um mich gekümmert, als noch nicht klar war, ob Daniel durchkommt, und die Umstände dieses Angriffes noch nicht geklärt waren.

Seit sie jedoch erfahren haben, dass es mein Exfreund war, der ihm das angetan hat, ist unsere Beziehung eine andere. Ich habe Unglück über die Familie Schuhmacher gebracht, weil ich niemandem von meiner Beziehung mit Vice erzählt habe. Weil ich überhaupt eine Beziehung mit ihm geführt habe.

»Wer war das?«, frage ich und sehe dabei auf seine Hand, die er immer wieder zur Faust ballt und knetet. Die Missempfindungen bereiten ihm immer noch Schmerzen, aber bisher haben wir noch keine Medikamente gefunden, die gegen diese helfen.

»Ein Kollege, ich soll heute seine Schicht übernehmen. Wir müssen Helena und Liam leider absagen.«

»Oh, okay.« Ich nicke verstehend und bin beinahe froh darüber, nicht dorthin zu müssen. So sehr ich Helena und Liam auch liebe, zu sehr erinnert mich Liam an das, was geschehen ist. Wenn ich ihn ansehe, sehe ich nicht nur seinen Vater, Balthasar. Sondern auch meinen Vater und Vice. Liam ist meine dunkle Vergangenheit. »Ich schreibe ihnen, dass wir nicht können«, sage ich und ziehe mein Handy aus der Hosentasche, um Helena eine Nachricht zu schicken.

»Hey liebste Bestsellerautorin,

Daniel muss für einen Kollegen einspringen, daher müssen wir leider für heute absagen. Aber wir wünschen euch viel Spaß und guten Appetit! Drück alle lieb von uns!

LG

Anna und Daniel«

Helena hat ihr Vorhaben, ein Buch über verurteilte Verbrecher zu schreiben, in die Tat umgesetzt. Nur, dass sie nur einem Mann eine Stimme gegeben hat. Dem Mann, den sie zum Interview im Gefängnis kennengelernt und mit dem sie die Hölle durchgemacht hat. Sie hat ihre eigenen Erfahrungen niedergeschrieben, in der sie die Geschichte von Liam Winterfeld erzählt. Der Roman trägt den Namen »Narbensohn – Unser

Licht gegen die Dunkelheit« und dieser hätte nicht besser gewählt werden können. Ich habe das Buch noch nicht gelesen, auch wenn sogar ich den ein oder anderen Auftritt darin habe. Aber ich habe es selbst erlebt und komme immer noch nicht damit klar, was passiert ist und so steht das Exemplar, das sie für mich und Daniel signiert hat, in unserem Schrank und sieht mahnend auf mich herab. Wahrscheinlich hat sie mich viel zu lieb und nett beschrieben. Dabei bin ich das gar nicht. Ich bin eine schlechte, abgefuckte Frau, die so wunderbare Menschen wie Helena, Daniel und seine Familie nicht verdient.

»Ich gehe trotzdem gleich baden«, sage ich zu ihm, gehe auf ihn zu, lehne mich zu ihm hinab, um ihm einen Kuss auf die Lippen zu hauchen.

Wir haben vor über einem Jahr geheiratet. Sein Vater hatte die Vormundschaft über ihn, während er im Koma lag und noch einige Monate danach. Es hat lange gedauert, bis Daniel wieder so klar im Kopf war, um für sein Handeln selbst verantwortlich sein zu können. Darum war die Hochzeit auch auf unbestimmte Zeit verschoben. Bisher weiß nur Daniel, dass ich ihm keine Kinder schenken kann. Er hat es gut aufgenommen, denn er kennt meine Vergangenheit. Wie seine Eltern das sehen, dass sie vielleicht niemals Enkelkinder bekommen werden, weiß ich nicht.

Trotz der Tatsache, dass mein Exfreund dafür verantwortlich ist, dass er jetzt schwerbehindert ist und von Schmerzen gequält wird, wollte er mich heiraten. Daniel trägt mich noch immer auf Händen und sein Verhalten mir gegenüber hat sich nicht geändert. Ich sollte aufhören, so schlecht zu denken und in der Vergangenheit zu leben. Vor mir liegt eine wunderbare Zukunft mit ihm und unseren Freunden. Ich darf mich nicht mein Leben lang von den Ketten meiner Vergangenheit festhalten lassen.

»Ich ziehe mich dann jetzt an und geh«, verabschiedet sich Daniel, als er sich aufgerichtet hat und mir ein Lächeln schenkt.

»Okay, bis später, Schatz.« Er lehnt sich zu mir herab und gibt mir noch einen Kuss, bevor er aus der Küche verschwindet.

Ich bleibe zurück und räume den Tisch ab. Mein angefangenes Toastbrot mit Marmelade werfe ich mal wieder in den Mülleimer. Nachdem ich Milch, Butter und jeglichen Brotbelag zurück in den Kühlschrank geräumt habe, verstaue ich noch das Brot und räume das Geschirr in die Spülmaschine. Daniel ist weg und Fly tollt draußen im Garten herum. Ich hole sie noch nicht wieder rein, da das Wetter so herrlich ist und sie es liebt, auf den heißen Platten der Terrasse zu liegen und das Haus zu bewachen.

Kurz stehe ich am Fenster und blicke hinaus in den Garten zu der Pitbulldame. Sie ist so dankbar und glücklich, von uns aufgenommen worden zu sein. Sie hatte einen Großteil ihres Lebens im Tierheim verbracht, wo sie als bissiger verängstigter Hund schwer zu vermitteln gewesen ist. Fly war zu Hundekämpfen missbraucht worden und hatte in ihrem Leben nur Leid und keinerlei Liebe erfahren. Erst, als sie von Helena und Liam aufgenommen und später an uns übergeben worden war, lernte sie, was es bedeutete, geliebt zu werden. Ich wurde auch missbraucht und lernte erst mit neunzehn Jahren, was es bedeutet, geliebt zu werden. Es war krankhaft, ungesund und gefährlich. Aber es war Liebe.

Ich entschließe mich, doch nicht zu baden, sondern in die Stadt zu fahren. Also schnappe ich mir meine Handtasche und verlasse das Haus. Meine Schritte führen mich eilig Richtung Bushaltestelle, da mir die Uhr verrät, dass in vier Minuten schon der nächste Bus fährt. Die Sonne knallt erbarmungslos vom Himmel und ich schiebe meine ohnehin kurzen Ärmel noch höher über die Schultern. Da ich mich so beeilen muss, hilft nicht gegen die Hitze. Zum Glück schaffe ich es rechtzeitig zum Bus, in dem es leider noch heißer ist als draußen.

Schon als ich einsteige, entschuldigt sich der Fahrer freundlich bei mir, dass heute Morgen die Klimaanlage ausgefallen ist. Ich schenke ihm ein freundliches Lächeln, während ich mein Ticket bezahle, da ich davon ausgehe, dass er schon von genügend Menschen dafür beschimpft worden ist. Dabei kann der arme Fahrer am allerwenigsten etwas dafür.

Ich setze mich ans Fenster und starre hinaus. Wir fahren los. Um zu meinem Ziel zu kommen, müssen wir durch die komplette Stadt fahren. So fahren wir auch durch das Wohngebiet, in dem ich aufgewachsen bin. Die gepflegten Vorgärten, die langen Einfahrten und die schönen Wohngebäude lassen niemanden erahnen, welche schrecklichen Dinge sich hier vor vielen Jahren abgespielt haben.

Ich habe das Haus meiner Eltern geerbt und einer Institution gespendet, die sich um die Betreuung von psychisch kranken Jugendlichen kümmert. Nun leben in meinem alten Zuhause Kinder in einer Wohngruppe, die versuchen mit ihren Betreuern wieder ein normales Leben zu führen. Ich wollte keinen Profit aus dem Haus schlagen und es teuer verkaufen. Geld interessiert mich nicht und ich hatte das Bedürfnis, etwas Gutes zu tun.

Ich mache immer noch eine Ausbildung zur Erzieherin und auch wenn mein Umgang mit den Kindern sehr gut ist, so habe ich doch große Schwierigkeiten in der Berufsschule. Mir fehlt so viel Wissen, da ich von mir sagen muss, dass ich in den neun Jahren, die ich mich in die Schule quälte, nicht viel gelernt habe. Vielmehr habe ich mit Liam geschwänzt oder im Unterricht geschlafen.

Daniel glaubt an mich, aber es ist mir furchtbar peinlich und unangenehm, dass er mir bei den einfachsten Dingen helfen muss.

Als wir weiterfahren, kommen wir auch am Rotlichtviertel vorbei. Hier steigen zwei junge Frauen ein, die sicher auch im tiefesten Winter diese kurzen Röckchen tragen. Aber ich verurteile niemanden, der sich diesen Job ausgesucht hat. Stattdessen lächele ich sie freundlich an. Wie viele Prostituierte, die ich zwangsweise in meinen sieben Jahren in diesem Milieu kennengelernt habe, waren gezwungen, das zu tun? Und wie viele, musste ich erschreckend feststellen, waren selbst in ihrer Kindheit oder auch als junge Frauen missbraucht worden?

Was sexuelle Gewalt mit dem Körper und der Psyche eines jungen Mädchens anstellt, ist für viele nicht vorstellbar. Depressionen und Angst sind nur zwei von vielen Folgen. Viele nehmen sich irgendwann einfach das Leben und ich kann das sehr gut verstehen. Einige Mädchen suchen auch noch Jahrzehnte später die Schuld bei sich und zeigen ihre Peiniger nie an.

Ich habe mal gelesen, dass einer Schätzung zufolge circa 95 Prozent aller Sexualstraftäter niemals zur Rechenschaft gezogen werden. Entweder weil sie niemals angezeigt werden oder weil das Gesetz noch immer viel zu sehr auf der Seite der Täter als auf jener der Opfer ist. Wie lange hat es gedauert, dass eine Vergewaltigung schon als diese gilt, wenn das Opfer klar »Nein!« gesagt hat? Nur weil sich ein Mädchen vor schierer Panik nicht wehrt, bedeutet das doch nicht, dass ein Mann mit ihr tun und lassen darf, was er will? Das Gleiche gilt natürlich auch für Männer, deren Stolz oft im Weg steht, dass sie ihren oder ihre Peinigerin niemals anzeigen.

Erschreckend ist auch, wie viele junge Frauen nach Missbrauch in der Kindheit später in Drogen- und Alkoholsucht fallen und sich selbst prostituieren, um ihre Sucht zu finanzieren. Diese Frauen werden dann von der Gesellschaft verachtet, ohne dass auch nur einer von ihnen versucht, die Hintergründe für ihr Handeln zu erfahren oder zu verstehen. Denn wenn die Menschen eines gut können, dann ist es, über andere zu urteilen. Sie schwingen den Hammer der Tugend und sind blind für die Sünden, die vor ihrer eigenen Haustür liegen.

Bei mir ist es nicht anders, denn ich weiß um meine Probleme. Ich weiß, dass ich eigentlich keine Schuld trage. An nichts, was passiert ist: Und dennoch gebe ich sie mir.

Kurz bevor wir die Stadt Richtung Autobahn verlassen, fahren wir am Industriegebiet vorbei. Ich lehne meine Stirn gegen die

Scheibe, welche beschlägt, als ich schwer seufze. Dort wurden Kinder aus einem Container gerettet und ein Kinderhandel endlich aufgedeckt. Aber dort habe ich auch meinen Vater sterben sehen.

Ich umklammere meine Handtasche fest und presse sie gegen meinen Bauch.

Als der Bus später an meinem Ziel hält, steige ich aus und verabschiede mich freundlich.

Ich habe das Gefühl, dass es hier noch wärmer ist als zuhause. Als ich den Kopf anhebe und in den Himmel blicke, bewundere ich die glänzenden Hochhäuser. Das Bankenviertel ist immer wieder beeindruckend und schreit gerade so nach Geld und Männern in Anzügen. Doch es ist nicht mein Ziel.

Ich drehe mich genau in die andere Richtung und blicke die Straße hinunter, in welcher überall rote und pinke Herzchen an den Wänden und über den Türen leuchten. Das Bahnhofsviertel. Ich presse meine Handtasche fest an meinen Körper, während ich die Straße hinunterlaufe. Viele Menschen sind an diesem Samstagnachmittag unterwegs und genießen das Wetter. Oder verfluchen es, denn meine Klamotten kleben an mir wie eine zweite Haut.

Als ich endlich an meinem Ziel ankomme, atme ich tief durch. Ich hebe den Kopf an und sehe auf ein großes leuchtendes, nigelnagelneues Schild über dem Eingang eines Clubs.

Purgatory steht darauf. Zu deutsch: *Fegefeuer*. Ich nicke dem Türsteher freundlich zu, der mir die Tür aufhält und mich eintreten lässt.

Tatsächlich ist es im Innern des Stripclubs sehr angenehm. Hier ist die Klimaanlage offenbar nicht kaputt. Ich laufe durch den Raum, in dem die Musik leise und eher im Hintergrund läuft. Suchend sehe ich mich um, aber da ich nicht finde, was ich suche, setze ich mich an einen der Tische. Ich war schon zwei-, dreimal hier, aber das ist einige Jahre her.

Seitdem hat sich offenbar einiges getan. Die Sitze, deren Bezüge früher total abgewetzt und aufgeplatzt waren, sind neu, der Tisch vor mir wackelt nicht und ist ebenfalls neu. Auch die Bühne, die Theke und der Boden wurden generalüberholt. Ich hole mein Handy heraus und entsperre es.

Eine Nachricht von Helena leuchtet auf dem Display:

»Hey liebe Anna,

Das ist sehr schade, aber das holen wir nach! Dabei hatten wir extra Tofufisch für dich eingekauft!

Wünsch dir trotzdem nen schönen Abend.

Kuss

Helena«

Ich schreibe ihr eine Antwort:

»Ich wünsche euch auch einen schönen Abend. Und Helena, ich habe dich und Liam sehr, sehr lieb. Vergesst das nie.«

Nachdem ich die Nachricht abgesendet habe, schalte ich mein Handy aus und starre auf den schwarzen Bildschirm.

Plötzlich wird eine rote Coladose direkt vor mich gestellt und ich hebe neugierig den Kopf an.

»Josh!«, rufe ich erfreut, richte mich auf und falle meinem alten Freund um den Hals.

»Hey, Anna! Ist schön, dich mal wieder zu sehen! Wie komme ich zu der Ehre?«, fragt er, drückt mich fest an sich und haucht mir einen Kuss auf die Wange.

Es tut gut, ihn zu sehen, ihn zu spüren und seine Stimme zu hören. Josh hat immer eine beruhigende, familiäre Ausstrahlung. Man fühlt sich bei ihm einfach wohl. Nachdem wir uns eine ganze Weile lang im Arm gehalten haben, lösen wir uns wieder voneinander und setzen uns an den Tisch. Er öffnet die Coladose für mich und hat selbst ein Glas Bier vor sich stehen.

»Erzähl, wie kommt es, dass du deinen alten Kumpel Josh besuchst?«, fragt er und ich zucke die Schultern.

»Ich wollte dich einfach mal sehen. Es ist schon so viele Jahre her, dass wir uns das letzte Mal unterhalten haben. Du hast mir sicher sehr viel zu erzählen«, versuche ich ihn zu animieren, mir etwas von sich preiszugeben. Aber Josh ist ein Meister im Drumherumreden und schafft es so, immer viel zu erzählen, dabei aber nichts zu verraten.

»Och, wo soll ich denn da anfangen«, stöhnt er und trinkt erstmal einen großen Schluck von seinem Bier.

Ich lächele, als ein kleiner Schaumbart auf seiner Oberlippe zurückbleibt. Joshua ist ein wirklich gutaussehender Mann. Der Dreitagebart steht ihm gut, die Piercings an Augenbraue, Lippe und Zunge lassen ihn jugendlich wirken und die Falten um seine Augen, wenn er lächelt, machen ihn sympathisch. Seine grünen Augen funkeln noch genauso schelmisch wie damals.

Als ich hinab auf seine Hände und Arme blicke, erkenne ich, dass er die Ärmel seines Hemdes hochgeschlagen hat. Ich kann mich nicht daran erinnern, einmal einen Blick auf seine Arme geworfen zu haben. Er hatte immer lange Ärmel. Ebenso wie ich. Jetzt, da ich es kann, bemerke ich den Grund dafür. Neben verschiedenen Tattoos sehe ich Narben. Andere Narben, als ich sie habe. Sie sind zweifellos selbst zugefügt, jedoch stammen sie von Spritzen und nicht von Klingen.

Josh muss einmal ein Junkie gewesen sein. Erstaunlich, denn jetzt leitet er ein ganzes Imperium von Drogen und Prostitution. »Nun, ich hab tatsächlich eine kleine Auszeit genommen. Vor vier Jahren, um genau zu sein, und seit zwei Jahren bin ich wieder zurück im Geschäft. Wie du siehst, erfolgreich und mit Facelift.« Er schmunzelt und deutet mit einer Hand um sich herum.

»Ja, es sieht jetzt besser aus. Es war schon ganz schön abgefuckt hier.«

Er zuckt die Schultern. »Mein ganzes Leben ist abgefuckt, warum soll dann mein Club anders aussehen? Aber egal, ich hab alles auf Hochglanz poliert, mich inklusive. Wie geht es dir, Anna? Du siehst dünn aus. Also … das sahst du immer, aber mir fällt es einfach auf.«

Nun bin ich es, die einen Alibischluck Cola trinkt, um eine Antwort hinauszuzögern.

»Na ja, mein Leben ist nicht weniger abgefuckt als deines, Josh, das weißt du doch. Und wie du einmal selbst gesagt hast, es gibt gute und schlechte Phasen, ich halte mich jetzt allerdings schon sehr lange in einer schlechten Phase auf.«

Josh presst seine Lippen aufeinander und zieht die Brauen zusammen. Er macht sich Sorgen, das kann ich deutlich sehen. Eine Hand löst er von seinem Bier und schiebt sie über den Tisch zu mir, umfasst meine und streichelt mit seinem rauen Daumen über meinen Handrücken.

»Und was gedenkst du dagegen zu tun? Ich verkaufe dir keinen Stoff. Drogen sind keine Lösung, Anna, und wenn dir das ein Dealer sagt, solltest du ihm glauben.«

Ich schmunzele und schüttele den Kopf. »Nein, es geht nicht um Drogen, Josh. Ich …« Nun presse ich die Lippen fest zusammen und atme tief ein. Ich löse meine Hand von ihm, greife in die Handtasche und ziehe einen Kuli heraus. Ich nehme mir eine der kleinen, weißen Servietten, die auf dem Tisch liegen, und schreibe etwas darauf.

Als ich sie ihm rüberschiebe und er liest, was darauf steht, hebt er seine gepiercte Augenbraue an. »Bist du sicher?«

»Todsicher«, ist meine deutliche Antwort. Ein Lächeln bildet sich auf seinen Lippen und er steckt die Serviette in seine Hosentasche.

»Darauf trinken wir jetzt was mit ein paar Umdrehungen. Ich hol uns was von der Theke, womit wir anstoßen können.« Daraufhin richtet er sich auf.

Ach, Josh, ich weiß nicht, ob du ein Engel oder ein Teufel in deinem eigenen Fegefeuer bist.

Nachdem ich mit Josh zwei Schnäpse getrunken habe, haben wir uns noch eine ganze Weile unterhalten. Über alte Zeiten, über seinen Club und vor allem über das neue Auto, das er sich gekauft hat. Einen Tesla. Ich war erstaunt, dass er sich um die Umwelt sorgt, aber er meinte, dass er einfach ein Speedjunkie wäre und niemand die Beschleunigung eines Model S P100D toppen könnte. Ich habe von dem ganzen technischen Kram, den er mir erzählt hat, nur die Hälfte verstanden, aber das Leuchten in seinen Augen, während er mir freudig davon berichtete, hat mich glücklich gemacht.

Ein paar Stunden später sitze ich in einem Restaurant an einem Tisch für zwei.

Ich knibbele nervös an meinen Fingernägeln herum. Es ist ein Nobel-Restaurant für französische Küche. Ich sitze auf der Terrasse, von welcher aus ein paar Stufen hoch in einen Hof führen. Ich war schon einmal hier, habe fast jedes Gericht von der Karte probiert und bin dann ohne zu zahlen davongelaufen.

Zum Glück ist das schon so viele Jahre her, dass sich an mich niemand mehr erinnert.

Ich trinke einen großen Schluck von meinem Wein, den ich mir bestellt habe. Mein Puls rast, meine Finger zittern und obwohl es schon etwas abgekühlt hat, steht mir der Schweiß auf der Stirn.

Ich habe einen Entschluss gefasst, ich bin mir sicher. Noch nie in meinem Leben war ich mir bei etwas so sicher, sonst hätte ich Josh diese Worte nicht auf eine Serviette geschrieben. Ich habe mein Schicksal besiegelt und es fühlt sich gut an. Es fühlt sich richtig an. Endlich, seit so vielen Jahren fühlt sich wieder etwas richtig an. Auch, wenn es vielleicht mein Todesurteil gewesen ist.

Dann ist es soweit.

Er ist da.

Ich hebe den Blick an, als er den Stuhl zurückzieht und sich mir gegenübersetzt. Er faltet die Hände auf dem Tisch und sieht mit seinen stahlgrauen Augen in meine. Sein weißes Haar ist länger geworden, und kleine Fältchen bilden sich um seine Augen, als er mich anlächelt. Ansonsten hat er sich nicht verändert.

»Wie kommt es, dass du mich gerufen hast, mein Engel?«

Auch ich lächele.

»Ein gefallener Engel gehört in die Arme des Teufels.«

Ende

Danksagung

Einmal mehr möchten wir uns bei all denen bedanken, die uns auf unserem Abenteuer »Selfpublishing« begleiten, uns als Autorinnen unterstützen, unsere Bücher lesen und lieben und mit unseren Charakteren mitleiden. Vor allem Annas Geschichte ist eine, die uns unter die Haut geht. Missbrauch ist ein schwieriges Thema und wir haben versucht, es realistisch und ohne Verschönerung darzustellen. Dabei danken wir Dr. med. Zierold und Psychologin A. Nitsche für Ihre kompetenten Erklärungen.

Danke an unseren Coach und Marketing-Manager Marco von Einstrom.com für all Dein Engagement und dafür, dass Du diesen Weg zusammen mit uns gehst. Ohne Dich wären wie niemals da, wo wir jetzt sind.

Danke an unsere Familien und Freunde, die unser Rückhalt sind, das Fundament, das uns hält, das Dach, das uns schützt.

Auch unsere Testleser haben einen großen Teil dazu beigetragen, dass das Buch ist, wie es ist. Danke, vor allem, weil es letztlich so kurzfristig war. Danke Caroline, Verena, Nicole, Lisa, Jenny, Alexandra, Michaela, Ingeborg, Sabrina, Kerstin, Ceylan und Desiree.

Danke liebe Leser und Leserinnen. Wir hoffen, es hat euch gefallen, obwohl es dem ein oder anderen sicher schwer im Magen liegt.

Eure
Mika D. Mon

FOLLOWING YOU: BIS DU MIR GEHÖRST

Dark Romance

»Wer ist der Schatten, der mich verfolgt? Egal, wohin ich gehe – ER ist bereits dort. Ich weiß es. Fühle es. Ein Kribbeln in meinem Nacken, ein Flattern in meiner Brust. Will ich vor dir fliehen? Oder will ich wissen, wer du bist?«

Ich stehe dicht hinter dir, rieche deinen süßen Duft, sehe die Gänsehaut in deinem Nacken. Ich will nach dir greifen, dich an mich ziehen und nie wieder gehen lassen. Flieh, kleine Prinzessin, solange du es noch kannst.

Ich werde dich verfolgen.

Bis du mir gehörst.

Der erste Band der neuen, fesselnd heißen Romanreihe!

VALENTINE MINE: FEGEFEUER

Dark Romance

Frauen? Sind für mich nicht mehr als ein netter Zeitvertreib für ein paar Stunden. Liebe? Alles, was ich brauche, ist Geld und Macht – und das habe ich. Es gibt nichts, was ich nicht erreichen kann. Es gibt nichts, was ich nicht besitzen kann. Mein Leben ist fantastisch, bis sie auftaucht. Sie ist wild und chaotisch; das genaue Gegenteil von mir. Verdammt, ich muss sie haben. Ich will sie besitzen. Ich werde sie von mir abhängig machen. Sie soll für mich arbeiten. Als meine Sekretärin. Ich lehne mich herüber und winke meinen Kumpel herbei.

»Sie muss mir gehören.«

Er lächelt. »Das wird sie, Gabriel. Das wird sie…«

Doch diese Frau stellt meine Welt auf den Kopf und lässt mich plötzlich alle Regeln brechen, die ich mir selbst auferlegt habe.

Mehr über die Autorinnen:

www.MikaDMon.de

Abonniere den D.Mon Newsletter und wir informieren dich über die neusten Veröffentlichungen, Sonderangebote & Gewinnspiele.

facebook.com/MikaDMon
instagram.com/MikaDMon